詹福瑞 著

# 论经典

LUN JING
DIAN

人民文学出版社

图书在版编目(CIP)数据

论经典/詹福瑞著.—2 版.—北京：人民文学出版社,2016
ISBN 978-7-02-012042-0

Ⅰ.①论… Ⅱ.①詹… Ⅲ.①中国文学—古典文学研究 Ⅳ.①I206.2

中国版本图书馆 CIP 数据核字(2016)第 224140 号

责任编辑　杨　华
装帧设计　柳　泉
责任印制　王景林

出版发行　人民文学出版社
社　　址　北京市朝内大街 166 号
邮政编码　100705
网　　址　http://www.rw-cn.com

印　　刷　三河市西华印务有限公司
经　　销　全国新华书店等

字　　数　302 千字
开　　本　880 毫米×1230 毫米　1/32
印　　张　13　插页 2
版　　次　2015 年 3 月北京第 1 版
　　　　　2016 年 9 月北京第 2 版
印　　次　2016 年 9 月第 1 次印刷

书　　号　978-7-02-012042-0
定　　价　38.00 元

如有印装质量问题，请与本社图书销售中心调换。电话：010-65233595

# 目 录

第一章　经典之争 …………………………………………… *1*
第二章　经典的传世性 ……………………………………… *20*
第三章　经典的普适性 ……………………………………… *69*
第四章　经典的权威性 ……………………………………… *106*
第五章　经典的耐读性 ……………………………………… *134*
第六章　经典的累积性 ……………………………………… *163*
第七章　经典与政治 ………………………………………… *198*
第八章　媒体之于经典的传播与建构 ……………………… *234*
第九章　教育之于经典的传播与建构 ……………………… *261*
第十章　大众阅读与经典面临的挑战 ……………………… *311*

引用书目 ……………………………………………………… *358*
人名索引 ……………………………………………………… *376*
作品索引 ……………………………………………………… *393*
后记 …………………………………………………………… *411*

# 第一章 经典之争

经典,这是一个十分熟悉的名字,回顾以往的历史,它已经成为我们深深的记忆。但是,这个名字在今天,有可能渐渐远离我们,以致我们担心有一天它会变得异常陌生。经典,自古至今永远是一个沉重的话题。

## 一

按照中国旧说,经典就是圣人的著作。汉代班固《汉书·儒林传》云:"六学者,王教之典籍,先圣所以明天道,正人伦,致至治之成法也。"①六学,就是儒家经典《诗》《书》《易》《春秋》《礼》《乐》六经。翼奉就明确说圣人所作为经:"圣人见道,然后知王治之象,故画州土,建君臣,立律历,陈成败,以视贤者,名之曰经。贤者见经,然后知人道之务,则《诗》《书》《易》《春秋》《礼》《乐》是也。"②梁代刘

---

① 班固:《汉书·儒林传》,中华书局1962年版,第3589页。
② 班固:《汉书·眭两夏侯京翼李传》,中华书局1962年版,第3172页。

勰《文心雕龙·原道》:"道沿圣以垂文,圣因文而明道。"①都认为经书是圣人所做,用以明道的。唐代刘知几《史通·叙事》:"自圣贤述作,是曰经典。"②欧阳修《与乐秀才第一书》亦云:"孔子之系《易》,周公之作《书》,奚斯之作《颂》,其辞皆不同,而各自以为经。"③清人金圣叹说:"原夫书契之作,昔者圣人所以同民心而出治道也。其端肇于结绳,而其盛育而为六经。其秉简载笔者,则皆在圣人之位而又有其德者也。"④都明确指出经典乃是圣人所为之著作。因此,金圣叹径称圣人所作的书为"圣经"。对于儒家来说,经典自然指圣人留下的四书五经,而对于佛教而言,"又睹诸佛,圣主师子,演说经典,微妙第一"⑤。也是指佛祖的著作。周作人1945年1月13日在《新民声》发表《佛经》文章,其中有"经固然是教中的圣典"一语,亦讲得清楚,经典即圣典。而从他1924年2月16日刊于《晨报副镌》的文章《读〈欲海回狂〉》记载看,在那时有经典流通处,而所卖的书籍则为佛经无疑:"第二次是三年前的春天,在西城的医院里养病,因为与经典流通处相距不远,便买了些小乘经和杂书来消遣,其中一本是那《欲海回狂》。"胡适在《谈谈诗经》一文中说:"《诗经》不是一部经典。从前的人把这部《诗经》看得非常神圣,说它是一部经典,我们现在要打破这个观念;假如这个观念不能打破,《诗经》简直可以不研究了。因为《诗

---

① 刘勰:《文心雕龙·原道》,詹锳:《文心雕龙义证》,上海古籍出版社1989年版,第28页。
② 刘知几:《史通·叙事》,上海古籍出版社2008年版,第126页。
③ 欧阳修:《欧阳修全集》卷七十,中华书局2001年版,第1024页。
④ 金圣叹:《第五才子书施耐庵水浒传·序一》,陆林辑校整理《金圣叹全集》第三册,凤凰出版社2008年版,第11页。
⑤ 赖永海等:《法华经·序品第一》,中华书局2010年版,第29页。

经》并不是一部圣经,确实是一部古代歌谣的总集。"①言外之意也是要人们不要认为《诗经》出自圣人之手,是圣人的典籍。但是这样的解释问题比较大,即我们常说的是先有鸡、还是先有蛋的问题,是经典因为圣贤而成为经典?还是反过来,是圣贤因了经典而成为圣贤?其实这个问题很清楚,比鸡和蛋的争论要明确,那就是圣贤因为他们的著作或言论而成为圣贤,而非相反,经典因为出自圣贤而成为经典,这个结论是无庸置疑的。当然,也有这样的情况,有人自诩为圣贤,或者他因为先写出了经典之作而被大家尊奉为圣人了,他又有新的著述出来,于是被他自身或他人顺理成章地安排为经典。但是是否为经典,还很难说。揆之古今中外,安排为经典的或自诩为经典的,未必一定就是经典。凡被称为经典作家的,一般而言,都能保证其作品较高的水平,肯定会有一部或多部作品为经典,但也并非部部都是经典。所以旧说并没有回答清楚何为经典这个问题。1942年,朱自清先生在昆明西南联大写有《经典常谈》小册子,对经典有过介绍:"本书所谓经典是广义的用法,包括群经、先秦诸子、几种史书、一些集部;要读懂这些书,特别是经、子,得懂'小学',就是文字学,所以《说文解字》等书也是经典的一部分。"②这个介绍实则是划了一个经典书的大致范围。这个范围超过了旧说只限于经书的狭隘观点,但未论及经典的内涵,即为什么称经、史、子、集为经典。

在西方,经典这一概念的形成,经过了一个较长的演变过程,就此刘象愚有过详细的介绍:"英语中与汉语词'经典'对应的

---

① 顾颉刚编:《古史辨》第三册,海南出版社2005年版,第383页。
② 朱自清:《经典常谈》,北京出版社2004年版,第1页。

classic 和 canon 原本没有我们今天所说的意义。Classic 源自拉丁文中的 classicus,是古罗马税务官用来区别税收等级的一个术语。公元二世纪罗马作家奥·格列乌斯用它来区分作家的等级,后来到文艺复兴时期人们才开始较多地采用它来说明作家,并引申为'出色的'、'杰出的'、'标准的'等义,成为 modle(典范)、standard(标准)的同义词,再后来人们又把它与'古代'联系起来,出现了'Classical antiquity'(经典的古代)的说法,于是古希腊、古罗马经典作家们也就成了'Classical authors'(经典作家)。文艺复兴之后的'古典主义'(Classicism)正是以推崇古希腊、古罗马经典作家而得名的。Canon 从古希腊语中的 kanon(意为'棍子'或'芦苇')逐渐变成度量的工具,引申出'规则'、'律条'等义,然后指《圣经》或与其相关的各种正统的、记录了神圣真理的文本,大约到十八世纪之后才超越了《圣经》的经典(Biblical canon)范围,扩大到文化各领域中,于是才有了文学的经典(literary canon)。"① 可见在西方,经典的词源有两个,Classic 由最初的税收等级演变为"杰出的"和"标准的"涵义,最后演变为经典的作家;而 Canon 由最初的棍子和芦苇之意,演变为基督教系的教会规条,而后才扩大到文化领域的文学经典。由以上有关经典的词源及其演变以及后来人们习惯的使用来看,所谓经典至少有这样一些基本的规定条件:(一)经典是指传统的传世精神产品;(二)经典应该是杰出的精神产品;(三)经典具有典范的文化价值和意义。

在经典的认识中,有两类精神产品颇具特殊性:一类是宗教的

---

① 刘象愚:《西方现代批评经典译丛·总序(二)》,哈罗德·布鲁姆(又译哈洛·卜伦)著,徐文博译:《影响的焦虑》,江苏教育出版社 2006 年版,第 4 页。

经典，如基督教的《圣经》、佛教的经书、伊斯兰教的《古兰经》；另一类是具有意识形态性质的经典，如马克思主义者亦用经典来指马克思、恩格斯、列宁的著作。这两类经典著作，在其特殊的读者群中所起到的是宗教与意识形态的信仰作用。美国学者莫提默·艾德勒、查理·范多伦《如何阅读一本书》这样介绍："有一种很有趣的书，一种阅读方式，是我们还没提到的。我们用'经书'（canonical）来称呼这种书，如果是传统一点，我们可能会称作'圣书'（sacred）或'神书'（holy）。但是今天这样的称呼除了在某些这类书上还用得着之外，已经不适用于全体这类书籍了。"①"一个最基本的例子就是'圣经'。这本书不是被当作文学作品来读，而是被当作神的话语来读。对正统的马克思主义的信徒来说，阅读马克思的书要像犹太人或基督徒阅读'圣经'一样的虔诚，而对'虔诚信仰'中国共产主义的人来说，《毛语录》也就是'圣经'。"②这类宗教信仰和意识形态信仰的书，属于特殊的经典，因为已有其明确而又特定的经典含义，因此无论当代西方学术界和中国学术界，基本上不再把其列入经典的讨论范围之内。本书讨论的经典，亦主要限定在文学经典以及与其相近的人文经典。

## 二

无论中国还是西方，何为经典，似乎已经成为常识性问题，很少有人提出问题。雷乃·威勒克1974年曾很自信地说过：

---

① 莫提默·艾德勒、查理·范多伦著，郝明义、朱衣译：《如何阅读一本书》，（台北）商务印书馆2008年版，第290—291页。
② 同上书，第291页。

"至少对于更为遥远的过去来说,文学经典已经被牢固地确定下来,远远地超出怀疑者所容许的程度。贬低莎士比亚的企图,即便它是来自于像托尔斯泰这样一位经典作家也是成功不了的。"①甚至中国古代和现代哪些著作属于经典,虽然不同时期的认识有一些出入,但是大体上也有一个基本的书目。而在西方,"我们所能说的只是,西欧三千年的历史已逐渐蕴积了一批具有'独创性的信息',以学校用语来说,就是'古典',以卡尔·凡·德兰的定义来说,'所谓古典就是无需重写的书'。这类书的书目随时代的进展略有变动,但变动得并不厉害。"②上个世纪五十年代,阿德勒和哈钦斯编选的五十四卷本《西方世界经典著作》所囊括的著名人文社会科学和自然科学著作,也得到西方学术界以及教育界的认可,有着很大的影响。经典典范地位在过去也很少受到质疑。然而西方进入二十世纪七十年代以来,经典的合法性却受到了学术界尤其是来自后现代学者的非难和质疑,以致兴起一股非典和废典以及重构经典的风潮。刘象愚介绍云:"1971年,希拉·狄兰妮(Sheila Delany)为大学一年级学生编选了一本题为'反传统'(Counter-Tradition)的文集,她的目的是要以完全另类的文字与文体来对抗乃至取代以'官方经典'为代表的'官方文化';翌年,路易·坎普(Louis Kampf)和保罗·洛特(Paul Lauter)合作,编选了《文学的政治》(Politics of Literature)一书,对传统的文学研究与教学以及男性白人作家大张挞伐。这两本书的问世,对当时美国大学英文系中暗暗涌动

---

① 转引自 D. 佛克马、E. 蚁布思著,俞国强译:《文学研究与文化参与》,北京大学出版社 1996 年版,第 54 页。
② 克里夫顿·费迪曼:《一生的读书计划》,花城出版社 1981 年版,第 4—5 页。

## 第一章 经典之争

的那股反传统潮流起了推波助澜的作用。这股潮流到二十世纪七十年代末终于达到高峰,1979年,一些学者聚集在哈佛研讨'经典'问题,两年后,著名学者莱斯利·菲德勒和休斯顿·贝克尔(Houston Baker)将会议论文编辑成书,题名'打开经典'(Opening Up the Canon),此后关于经典问题的论争就正式进入了美国和西方学术界的主潮,论争相当激烈甚至火药味十足,而且规模不断扩大以至于变成了一种'学术事业'(academic industry),并乘了'全球化'的劲风,很快播撒到东方和中国。"①

解构经典的学者认为,经典代表的仅仅是某些人的趣味,而且其形成带有太多的政治、种族、性别和权力的色彩。如居罗利所说:"近年来许多批评家确认,'规范化'的文学文本精品(传统所称的'古典'精品)运作在某种程度上就像《圣经》经典的形成。这些批评家在价值判断的客观性领域发现一个政治的内涵:一大批人从文学规范中被排除出去。……规范形成的批评家把他们的问题建立在一个令人困扰和无可争议的事实之上:如果你扫视一下西欧所有伟大的经典作家的名单,你将会发现其中很少有女人,甚至很少非白人作家和出身寒微的下层作家。""我们一旦思考这个问题,就被迫思考一些令人惊异的假说。尽管他们创作的作品可能一直是伟大的,但它们并没有受到保护而无法经典化……如果这是可能的,那么规范组成的历史就会作为一种阴谋,一个不言而喻的、审慎的企图出现,它试图压制那些并不属于社会的、政治的,但又是强有力的群体的创作,压制那些在一定程度上隐蔽或明显

---

① 刘象愚:《西方现代批评经典译丛·总序(二)》,哈罗德·布鲁姆著,徐文博译:《影响的焦虑》,江苏教育出版社2006年版,第1—2页。

地表达了占统治地位的群体的'意识形态'的创作。"①按照科内尔·韦斯特的说法,对文学经典的修正与重构,与二十世纪第三世界的非殖民化有关:"具体而言,非殖民化进程标志着从1492年直到1945年的欧洲时代的终结。欧洲统治的瓦解和欧洲人口的衰减促成了破解欧洲文化霸权之神秘性和欧洲哲学大厦之结构的学术活动。换言之,美国在'二战'以后成为世界主要强国,欧洲自信心的漫长时期终于结束,欧洲文明衰落的方方面面甚至可以从特权精英白人的高等教育体制的上端感觉出来,其中包括它的人文学科。"②尤其是到了六十年代以后,美国的意识形态日益多极化,"有色美国人、美国妇女和新左派的白人男子"对"男性欧美文化精英"进行了激进而彻底的质疑,其中就包括"经典标准的局限性、盲视性和排他性"③。破解既有经典的神秘性和神圣性,与此同时开始建构与多极文化相适应的新的经典体系。当然在反对经典的力量中,后现代是急先锋,它的最大特点,就是站在西方马克思主义、女性主义、后殖民主义、新历史主义和结构主义的立场,来重新审视和评价经典,对传统经典的合法性提出质疑。对于这些反对经典的后现代各学派,"女性主义者、非洲中心论者、马克思论者、师法傅柯的新历史论者或解构论者",美国著名文学批评家、捍卫经典的主将耶鲁大学教授哈洛·卜伦一概称为"憎恨学派"④。

---

① Frank Lentricchia & Thomas McLaughlin 编,张京媛等译:《文学批评术语》,牛津大学出版社1994年版,第320页。
② 科内尔·韦斯特:《少数者话语和经典构成中的陷阱》,罗钢、刘象愚主编:《文化研究读本》,中国社会科学出版社2000年版,第199—200页。
③ 同上书,第201页。
④ 哈洛·卜伦著,高志仁译:《西方正典》,(台北)立绪文化事业有限公司1998年版,第28页。

## 第一章 经典之争

而在中国,进入上世纪九十年代以来,既受西方文化思潮的影响,同时也是为了重写现代和当代文学史的需要,经典也成为学术界研究的重点,而且也发生了关于经典的争论,学术界,尤其是文学界、更确切地说是在现当代文学研究界,逐渐陷入经典的焦虑。一方面,选编现当代文学经典,一批经典选编书陆续面世,如谢冕、钱理群主编《百年中国文学经典》(北京大学出版社1996年版),谢冕、孟繁华主编《中国百年文学经典》(海天出版社1996年版),吴秀明、李杭春、施虹主编《20世纪中国文学经典文本》(浙江大学出版社2005年版),朱栋霖主编《中国现代文学经典1917—2000》(北京大学出版社2007年版),王家新主编《中国当代文学经典》(春风文艺出版社2008年版),等等。纷纷选编文学经典,既可见对经典的重视,在此方面,恰与西方后现代的去经典化形成反差;另一方面,亦可见学术界争夺经典话语权之激烈。随之而来,在中国文学界展开了关于经典的讨论。1997年,广东现代文学研究界举办了"文学经典化问题"研讨会。2005年,首都师范大学文学院联合北京师范大学文艺学研究中心和《文艺研究》,在北京召开"文化研究语境中文学经典的建构与重构国际学术会议",有来自中国、美国、德国、英国、新西兰、澳大利亚、荷兰、新加坡以及中国台湾地区的学者参加会议。会议论文结集为《文学经典的建构、解构和重构》,由北京大学出版社2007年出版。2006年,中国社会科学院文学研究所、《文学评论》杂志社和陕西师范大学共同主办了"文学经典的承传与重构"学术研讨会。同年,中国社会科学院文学研究所又联合《外国文学研究》编辑部和厦门大学文学院主办"与经典对话"全国学术研讨会。2007年,首都师范大学文学院又在北戴河举办了"文学经典化问题:文学研究与人文学科制度 2007 年国际学术论坛",来自美国、俄国、日本和中国大陆的中国社会科学院、北京大学、北京师范大学、中国人民大学、北京外国语大学、四川大学、华中师范大学、首都师范大学、《文艺报》、《中国教育报》的学者参加研讨。会议论文结集为《文学经典化问题研究》,由人民文学出版社 2010 年出版。从 2005 年到 2007 年,如此密集地召开有关经典的国内、国际学术研讨会,足见经典问题已经成为学术界尤其是文学界关注的热点。与此同时,各学术期刊也集中发表了一批研究经典的文章。如洪子诚《中国当代的"文学经典"问题》(《中国比较文学》2003 年,第三期)、黄曼君《回到经典重释经典——关于二十世纪中国新文学经典化问题》(《文学评论》2004 年,第四期)、陶东风《文学经典与文化权力》(《中国比较文学研究》2004 年,第三期)、童庆炳《文学经典建构诸因素及其关系》(《北京大学学报》2005 年,第五期)、刘象愚《经典、经典性与关于"经典"的论争》(《中国比较文学研究》2006 年,第二期)、朱国华《文学"经典化"的可能性》(《文艺理论研究》2006 年,第二期)、王宁《经典化、非经典化与经典的重构》(《南方文坛》,2006 年,第五期)、阎景娟《试论经典的永恒性》(童庆炳、陶东风主编《文学经典的建构、解构和重构》,北京大学出版社 2007 年版)、聂珍钊《文学经典:阅读、阐释和价值发现》(林精华、李冰梅、周以量编《文学经典化问题研究》,人民文学出版社 2010 年版),等等。

自上个世纪九十年代关于经典的讨论以来,在经典的涵义、经典的属性与价值、经典的建构与传播等几个方面都取得了成果。一些基本的问题、观点和立场都已经逐渐清晰。在这场讨论中,虽然没有出现西方那样十分强烈的存典和废典的激烈斗争(西方称之为"文化战争"),但是也与欧美一样,自然形成了由经典内部品质研究经典(什么是经典)和从外部建构来研究经典(经典是怎样形成的)的两种倾向。但总体上看,还是从经典的建构等外部权力因素来研究经典的居多,而且提出了经典重构的观点。当然也有从内部因素和外部因素两个方面来探讨经典建构的文章,如童庆炳先生的《文学经典建构诸因素及其关系》一文,但是响应者寥寥。可见经典的争论,主要还是受了西方后现代的影响,关注经典形成的权力因素,并且以重建经典的理论占了上风。

## 三

综观中外关于经典的讨论,有一些不容忽视的倾向,需要引起研究经典者的注意;也有一些问题,需要进一步解决。

其一,"正典(canon)原本是指教学机构的选书"[1]。这一观念使关于经典的讨论,更多地来自高等学校。由于参加经典研究和讨论的学者主要来自高等学校,因此关注的角度偏于甚或主要在文学教育,文学史教材编撰中何人可列为经典,是经典争论的起点也是终点。如刘象愚文章所介绍的,在欧美,经典的争论源起于大学编选教材,而后演变为一场文化战争。因此在经典的论争中,参与者无论是自由主义者还是保守主义者,主要是高校的教学人员。对此,通过美国学者约翰·杰洛瑞的《文化资本》一书亦可了解一

---

[1] 哈洛·卜伦著,高志仁译:《西方正典》,(台北)立绪文化事业有限公司1998年版,第21页。

二。据杰洛瑞的观点,学校、尤其是大学,"是一个真正具有权力(分配文化资本的权力)的地方"①。杰洛瑞重点考察了美国的经典演变过程。早在十八、十九世纪,英语作品中就出现了俗语经典,与古典文学课程相抗衡,并且从小学教育进入到高等教育。二十世纪上半叶,美国新批评家们成功地重组了经典,把文学经典改变为异常难懂的经典作品;同时将"学校的社会空间"(即文学细读的空间)与"大众文化的社会空间"(即为日常乐趣而阅读的空间)分离开来,使人们在学校以外消费文学作品变得更加困难,以此"使文学经典得以将英语研究这种体制化产业拓展为一门大学课程"②。而到了二十世纪七、八十年代,由专家和技师为主组成的职业管理阶层的兴起,使美国经历了一次转型。这些拥有各种文化资本的新资产阶级坚持要熟悉文学究竟有何益处。为了应对新阶级时代文学越来越被社会边缘化以及非文学写作课出现的情况,响应反经典批评,解构主义的耶鲁派领军人物保罗·德曼提出了理论的经典:认为理论可以"取代甚至超越文学语言与所谓非文学语言之间的传统运用屏障,将全部作品从文本经典化的世俗重负中解放出来"③。从杰洛瑞《文化资本》关于美国文学经典建构三个历程的描述可以看出,在美国,文学经典的建构"覆盖了从小学课程的基础读写到高级博士课程的文学理论教学等所有教育

---

① 约翰·杰洛瑞著,江宁康、高巍译:《文化资本》,南京大学出版社2011年版,第33页。
② 詹姆斯·英格里什:《文化资本·中文版序》,南京大学出版社2011年版,第4页。
③ 约翰·杰洛瑞著,江宁康、高巍译:《文化资本》,南京大学出版社2011年版,第168页。

## 第一章 经典之争

层面"①,说明欧美的经典之争确实主要是在学校、重点是在大学这个范围内展开的。在中国也是如此,经典之热,既受了欧美经典之争的影响,亦缘起于现代文学史教材的编写。文学史是中文学科的基础课程,因此比起欧美来,中国的学者更有编写文学史的热情。文学史之多,令大陆以外的专家惊讶。日本学者木山英雄说:"社会主义国家喜欢写文学史,因为需要教科书。除了教科书以外,在日本写文学史的人很少。"②大体而言,自上个世纪五十年代以来,大学编写并开设中国文学史经历了三个阶段:五十年代到六十年代中期为第一阶段,文化大革命为第二阶段,上个世纪七十年代以来为第三阶段。在这三个阶段中,第二阶段属于特殊时期,所用教材多无定编。五十至六十年代大学所用文学史和七十年代以后所用文学史多为当时编写。中国古代文学史,第一阶段以中国社会科学院编和北京大学编为代表,第三阶段以袁行霈主编和章培恒、骆玉明编为代表。第一阶段和第三阶段的文学史,虽然因为文学史观不同,前后有比较大的变化,但是入选的经典作家和作品,却大同而小异。相比较而言,中国现代文学中的争论就比较大。对传统上所称的鲁迅、郭沫若、茅盾、巴金、老舍和曹禺的评价,尤其是对茅盾和郭沫若的评价,以及过去未能进入文学史重要作家行列、新时期的文学史则作为文学史重要作家予以介绍的沈从文、张爱玲、钱锺书、穆旦等,都引起很大的争论。然而这一切也主要是以大学研究人员为主力而展开的。黄修己先生说:"'文化

---

① 詹姆斯·英格里什:《文化资本·中文版序》,南京大学出版社2011年版,第5页。
② 丸山昇等讲述,李岫整理:《现代文学史研究漫谈》,《中国现代文学研究丛刊》,1992年第四期。

大革命'结束后,中国现代文学学科得以恢复,'中国现代文学史'成为大学中文系的必修课程,编写教材成为当务之急,而当时还没有哪一家有魄力自己来编,因而出现了各高校联合编写文学史教材的热潮。"①当然,中国和外国一样,研究人文学科的主力在大学。但是研究经典,只为了编写教材的需要,而且只看到学生的学习,而忽略社会普通读者这一重要的阅读群体的阅读现象,显然是不全面的。更何况,学校在经典的建构中究竟有多大的权力?能否会决定一部作品是否为经典、是否主宰经典传播的命运?也是应该深入而又实事求是研究的问题。

其二,关于经典的内部属性,在基础理论研究方面,也缺少有理论深度、有说服力的研究成果。研究欧美和中国反经典与捍卫经典两派的理论,可以发现,论辩双方对经典内部品质都缺乏集中而又深入的研究。经典固然与权力有关,尤其是在其传播过程中,自然要受到权力的影响;而且经典的确立确实离不开媒体及教育机构的传播,但是经典的传世除了权力的影响之外,亦有其自身的价值所在,值得我们去认真研究。哈洛·卜伦说:"谁让弥尔顿进入正典?这个问题的第一个解答是约翰·弥尔顿自己。"②也就是说,经典的确立,首先在于经典文本本身。例如在中国,明代书坊所刻小说甚多,其中说史小说更是大宗,但是流传下来可称为经典的却只有《三国演义》。传播之于经典的确定固然十分重要,但是没有其文本自身的质量,也很难成为经典。因此,研究经典首先就

---

① 黄修己、刘卫国主编:《中国现代文学研究史》,广东人民出版社 2008 年版,第 937 页。
② 哈洛·卜伦著,高志仁译:《西方正典》,(台北)立绪文化事业有限公司 1998 年版,第 40 页。

第一章　经典之争

应该研究经典文本本身所具有的品质。但是无论东西方，这方面的研究成果并不是很多。建构派的理论自然不承认或者不理会经典作品本身的特征："经典性并非作品本身具有的特性，而是作品的传播所具有的特性，是作品与学校课程大纲中其他作品分布关系的特性。"①而维护经典的理论，也缺少对经典文本属性的深入研究。如美国文学批评和阅读界都有很大影响的耶鲁大学讲座教授哈洛·卜伦撰写的《西方正典》，应该是维护文学经典的重要著作，但是，通观全书竟然没有对经典属性与品质的集中论述。而被中国学者引述较多的伊塔洛·卡尔维诺《为什么读经典》一书，虽然在第一篇用了十页的篇幅讨论经典的定义，但是其十四条定义，不惟琐碎简单，而且感性的描述亦大大多于理性的概括。在中国国内也是介绍西方理论的文章多，真正对经典做基础性研究的少。以上所举几部经典选本，只有春风文艺出版社编选的《中国当代短篇小说经典》（李敬泽编选）的《导言》中引述了《现代汉语词典》关于经典的解释，"指传统的具有权威性的著作"，并稍作了一点发挥，除传统的、权威性之外，又补充了"必须经受时间的考验，必须能够经受一代又一代读者的阅读和领悟"②一条。谢冕先生在《百年中国文学经典·序》里对经典亦有简单的议论，认为经典"意味着一种高度"，"是最值得保留和记忆的作品"，"这大体是指那些能通过具体的描写或感受，直接或间接地表现出生活的信念、对人和大地的永恒之爱，有鲜明的个人风格、又有精湛丰盈的艺术

---

① 约翰·杰洛瑞著，江宁康、高巍译：《文化资本》，南京大学出版社2011年版，第50页。
② 李敬泽编选：《中国当代短篇小说经典》，春风文艺出版社2003年版，第2页。

表现力的作品"①。而其他几部经典选本,都未谈入选经典的条件,或者是以各个时期乃至流派的代表作家、代表作品、优秀作品来指代经典。如吴秀明主编的《20世纪中国文学经典文本》说到其书编选原则:"所选作品既顾及其文学地位和在思潮流派中的代表性,更注重文本本身的可接受性和可言说性,即文本内在的丰富蕴含。"②但是很显然,优秀作家作品和代表作家作品,不等于经典。所以,所谓的经典选本,名与实并不相符。台湾周庆华、王万象、董恕明先生著有《阅读文学经典》一书,其中前两章对经典的发现略有论及,而重点讨论的则是经典与阅读的关系,中国大陆选编的现当代文学经典丛书虽然有数部,但是读下来,我们会发现,同是百年文学经典,铨选的作家作品却有不同。虽然不同选者有不同的标准,但是也意味着对经典必要的基础性探讨未做扎实,影响到了对现当代经典的认识。例如经典的传世性,虽然有来自中西方诸多文章的否定,但是也在经典的研究中得到了许多文章的肯定。然而,在这些文章中却鲜有类似迈克尔·泰纳那样对时间检验的深入追问:既然说经典是经过时间检验的传世之作,那么时间是怎样检验艺术品的?时间本身并不起作用,那么在时间过程中发生了什么使时间起作用的事?传世的作品凭什么传世?又如,一般认为,经典有其耐读性的特征,那么经典为什么耐读?例如,为什么一部《红楼梦》,有的读者读了再读,一辈子为伴?也少见有文章讨论。哈洛·卜伦《西方正典》论述莎士比亚时提出了

---

① 谢冕、钱理群主编:《百年中国文学经典》,北京大学出版社1996年版,第2—3页。
② 吴秀明等主编:《20世纪中国文学经典文本》,浙江大学出版社2005年版,第1页。

经典阅读的陌生性,伊塔洛·卡尔维诺《为什么读经典》也讲到了经典每次重读都像初读的感受,然而,阅读经典为什么会产生陌生感?经典的哪些品质给了读者陌生感?似乎也少有人进行深究。还有经典是否有其世界性,是否有其超越阶级、族群和地域的普适性价值?也是研究经典必须辨明的重要理论问题。

其三,在研究经典的成果中,有大量介绍西方后现代否定经典和维护经典的理论文章,尤其对权力在建构经典中的重要作用,有比较充分的阐述。然而,有的现象却被有意无意地忽视或遮蔽。如在讨论经典与政治的关系时,一些文章过于强调主流意识形态对经典的决定性影响以及经典对政治的从属性,却忽视或无视经典与政治关系中的另外一个向度,即少数的经典并不符合主流意识形态,在其传播过程中,所起的不是服务政治、支持主流意识形态的功能,而是与主流意识形态相抵牾,对政治形成冲击和消解,因此而受到主流意识形态的批评,甚至受到政治的禁锢。这些经典实际上是冲破了权力的禁锢与干扰而得以传世的。所以,在人类漫长的阅读历史中,不是所有的经典都与主流意识形态合拍,有相当多的经典表现为与权力疏离、甚至形成对抗。纵观书史,毫不夸张地说,一部经典的传世史,就是一部经典的焚书、禁书史。经典的传播史被检察官一连串似乎无止尽的烟火所照亮,斯坦贝克、马克思、左拉、海明威、爱因斯坦、普鲁斯特、威尔斯、海因里希·曼、杰克·伦敦、布莱希特与中国的《红楼梦》《水浒传》,等等,都曾受到权力机构的禁毁。这种现象不能不令人思考:经典与主流意识形态究竟是什么样的关系,是权力的产物?还是对抗权力、疏离权力的产物?与此相关,建构经典的理论能否全面而准确地揭示经典形成的原因,也值得提出来进一步探讨。再者,正典和非典论辩双方,都持论过于偏激。事实上,非典和正典,讨论的问题并不在一个层面之上。正典派是在接受了人类优秀精神产品——经典的前提下,阐释经典的价值和存在意义;而非典讨论的则是经典的确认与传播机制。两者的分别只是视角不同、层次各异,并非完全对立,因此这两者并非不可以整合。

其四,跳开经典教学为了规范、树立标准的立场,站在普通读者的立场来看经典阅读,究竟为什么要读经典?这些问题没有得到回答,或者说没有得到认真而令人信服的回答。中国的一些媒体,也开展过为什么阅读经典的讨论,如《文艺报》。但是通观这些文章,因为缺乏对经典内在本质的深入研究,故其论述多停留在表面,或有民族的、地域的局限。如说:在今天出版物激增、信息爆炸时代,如不精选读物就会浪费阅读时间。这固然是阅读经典的理由,但是却过于表面化。另外,在中国的学校,无论中小学和大学,遴选经典作为教材的传统依然很牢固。但是调查近些年来的社会普通读者的阅读倾向,却明显出现了渐离经典的迹象。大众文化、大众审美和大众阅读从实际上对经典产生了无形的消解以及疏离,对经典形成了真正的威胁。当然,近年来,社会主流意识形态也发出了倡导阅读经典的声音,其影响如何,尚需进一步观察,不过也反映出权力机构对这一问题的关注。但是不从理论上说清为什么阅读经典的问题,仅仅停留在号召和提倡,大家都清楚,是不足以影响人们对经典重要性认识以及阅读的。

经典的讨论无疑已经十分深入,成果也极为丰硕。但是问题还存在,并且很多,因此有必要在既有的研究成果基础之上,继续讨论何谓经典这个似是老生常谈实则涉入深水的学术问题。其实应该明确,除了阅读,经典属于当代之外,就其生成而言,经典属于文化传统,是人类优秀的文化遗产。本书即试图调和正典和非典两家的观点,首先在分析历史遗留下来并被认可的经典的基础上,讨论何为经典、经典的价值及其存在的意义,而后再来探讨经典在历史的传播与建构过程中,经典与政治、媒体以及教育的关系,最后讨论大众阅读与经典阅读问题。

# 第二章 经典的传世性

上文已经说明,经典属于传统,是人类优秀的文化遗产。与其他文化遗产不同的是,经典不是死的标本,它是活在当代、而且有着强大活力、参与到当代文化建构,并影响到人类灵魂的文化遗产。作为文化遗产,经典的最基本的属性,就是有其传世的价值。尽管在不同时代、不同时期,有的经典会退出读者的视野,有的进入读者的视野,出出进进的情况时常有之,但是从总体看,经典是不朽的。

一

经典的最常见定义,并且经常被国内外论者所谈到的就是所谓的时间检验说,或者称为历史检验说,即经典必为传世之作。如美国克里夫顿·费迪曼教授所说:"好书不会沉默,不是一时性地满足人的心灵。它甚至可说是不朽的。而且对三四代以后的子孙也有益处。"[①]所谓传世,自然属于文化遗产,这应该是经典的基本

---

① 克里夫顿·费迪曼:《一生的读书计划》,花城出版社1981年版,第12页。

## 第二章 经典的传世性

属性。冯友兰在《我的读书经验》一文中说:"怎样知道哪些书是值得精读的呢？对于这个问题不必发愁。自古以来,已经有一位最公正的评选家,有许多推荐者向他推荐好书。这个评选家就是时间,这些推荐者就是群众。历来的群众,把他们认为有价值的书,推荐给时间。时间照着他们的推荐,对于那些没有永久价值的书都刷下去了,把那些有永久价值的书流传下来。从古以来流传下来的书,都是经过历来群众的推荐,经过时间的选择,流传了下来。我们看见古代流传下来的书,大部分都是有价值的,我们心里觉得奇怪,怎么古人写的东西都是有价值的。其实这没有什么奇怪,他们所作的东西,也有许多没有价值的,不过这些没有价值的东西,没有为历代群众所推荐,在时间的考验上,落了选,被刷下去了。现在我们所谓称'经典著作'或'古典著作'的书都是经过时间考验,流传下来的。这一类的书都是应该精读的书。"①这是时间或历史检验说极为巧妙的比喻。哈洛·卜伦也说,经典就是"从过去所有的作品之中被保留下来的精品"②。美国芝加哥大学教授、著名教育家和社会学家爱德华·希尔斯说:"'杰作'这一范畴本身就意味着对文学作品长期以来做过的筛选和评价。"③美国诗人和文学批评家艾略特《什么是经典作品》云:"他们清楚地知道自己试图做什么,他们唯独不能指望自己写一部经典作品,或者知道自己正在做的就是写一部经典作品。经典作品只是在事后从

---

① 《书林》1983 年第一期。
② 哈洛·卜伦著,高志仁译:《西方正典》,(台北)立绪文化事业有限公司 1998 年版,第 24 页。
③ 爱德华·希尔斯著,傅铿、吕乐译:《论传统》,上海人民出版社 2009 年版,第 166 页。

历史的视角下才被看作是经典作品的。"①在这里,艾略特强调,经典非关作者之写作动机,与当代亦有距离,它是从历史的视角下审视,才被确定下来的。历史的视角,当然不能被理解为经典是客观自然形成的,如我们惯常所认为的那样,而是说经典的确认,必须经过较长的历史时间,才可以认识清楚。因为只有经过这样的时间过程,才会看出一部作品能否超越不同时期、不同时代而获得承认,得到欢迎。就此许多批评家都有过相同的论述。英国作家、文学批评家赛缪尔·约翰逊有一段著名的论断:"可是有一些作品,它们的价值不是绝对的和肯定的,而是逐渐被人发现的和经过比较后才能认识的;这些作品不是遵循一些论证的和推理的原则,而是完全通过观察和体验来感动读者;对于这样的一些作品,除了看它们是否能够经久和不断地受到重视外,不可能采用任何其他标准。人类长期保存的东西都是经过经常的检查和比较而加以肯定的;正因为经常的比较证实了这些东西的价值,人类才坚持保存并且继续珍贵这些东西。正像在大自然的作品当中,一条河不能算是深,一座山也不能说是高,除非我们游历了许多名山,渡过了许多大河,我们就不能做出适当的判断;同样在精神创造当中,没有任何一件东西能够称得上优秀,除非经过和同类东西比较之后确实发现是这样。论证会立刻显示出它的说服别人的力量,既不期望也不害怕时间的洪流对它会发生任何影响;但是一些未经肯定的和实验性质的作品必须按照它们接近人类总的和集体的能力的程度来加以判断,而人类总的和集体的能力是经过无数代人们的

---

① 托马斯·斯特尔那斯·艾略特撰,王恩衷编译:《艾略特诗学文集》,国际文化出版公司1989年版,第189—190页。

努力才能显示出来……因此人们崇敬寿命长的著作并不是由于轻信古人较今人有更高的智慧,或是由于悲观地相信人类一代不如一代,而是接受了大家公认的和无可置疑的论点的结果;就是大家认识最长久的作品必然经过长久的考虑,而考虑得最周到的东西势必被读者了解得也最深刻。"①约翰逊认为,时间给了不同时代的读者检查和比较的空间,并由于他们长久的周到的思索,形成了人类总的和集体的判断能力,证实了经典的价值。这些论述都说明了一个问题,经典乃是历经时间检验留下来的精品。

## 二

然而,经典为什么要经过时间的检验?经典是经过时间检验的说法,主要涉及到哪些问题?

第一个问题是时间对于经典的重要意义在何处?迈克尔·泰纳《时间的检验》首先引入了赛缪尔·约翰逊时间检验的理论,然而他又作了更进一步的设问:"假设时间的检验有效,是哪一些特殊的过程使它有效?时间本身并不起作用,在一系列的时期中发生了什么使时间起作用的事?"②关于这个问题,约翰逊的论述已经有所涉及,就是经常的检查和比较证实了经典的价值。"虽然这些作品并不借助于读者的兴趣和热情,但它们却经历了审美观

---

① 赛缪尔·约翰逊著,李赋宁、潘家洵译:《莎士比亚戏剧集序言》,《文艺理论译丛》第四辑,人民文学出版社 1958 年版,第 141—142 页。
② 迈克尔·泰纳著,陆建德译:《时间的检验》,中国社会科学院外国文学研究所《世界文论》编辑委员会编:《重新解读伟大的传统》,社会科学文献出版社 1993 年版,第 205 页。

念的数度变迁和风俗习惯的屡次更改,并且,当它们从一代传给另一代时,在历次移交时,它们都获得了新的光荣和重视。"①然而显然并未说服迈克尔·泰纳:"假如或因为某一特定时期的大多数人关于一部作品的性质和地位完全可能搞错,为什么自从某个时期以来大多数人持有的观点不会出错呢? 如果承认,对一件当代作品的价值我不应该屈服于大众的观点,为什么我就应该附和一个多世纪或一千多年以来的观点呢? 我随声附和成说还不是听命于更大多数的人吗? 于是没人愿意提倡的'一个特定时期多数人的主观主义'演变为很多人,包括像约翰逊这样的重要人物,坚持提倡的'长期以来多数人的主观主义'。换句话说,时间究竟有什么重要性?"②他怀疑多数人的判断的有效性,还是要继续追问,时间为什么重要,发挥了什么作用? 对此,弗兰克·席柏莱也做了与约翰逊很相近的回答。他认为,对一部作品客观的审美性质的判断,"可能需要时间——为了研究这作品并获致各种知识和经验等等;可能需要数代人的时间,使具体的一致意见超越我们称作时尚风气等的暂时影响而逐渐形成"③,时间可以使读者克服一个时代或某个时期社会风尚或审美风尚的制约和局限。这里特别应该注意的是"时尚风气",也就是说经典的价值的确定,必须克服单

---

① 赛缪尔·约翰逊著,李赋宁、潘家洵译:《莎士比亚戏剧集序言》,《文艺理论译丛》第四辑,人民文学出版社1958年版,第143页。
② 迈克尔·泰纳著,陆建德译:《时间的检验》,中国社会科学院外国文学研究所《世界文论》编辑委员会编:《重新解读伟大的传统》,社会科学文献出版社1993年版,第205页。
③ 原文见《亚里斯多德学会增刊》,第十二卷,第49—50页,引自迈克尔·泰纳著,陆建德译:《时间的检验》,中国社会科学院外国文学研究所《世界文论》编辑委员会编:《重新解读伟大的传统》,社会科学文献出版社1993年版,第211页。

## 第二章 经典的传世性

个时代受时代政治、经济和文化影响的阅读价值判断。这对经典的确定至关重要。

在经典建构一派的理论中,特别强调时代和权力在经典建构中所起的作用。然而从流传下来的经典看,时代和权力恰恰是影响经典的短期因素。它们可能在一个时期左右经典的遴选和传播,然而从长时间的经典传播来看,时代和权力却不能决定经典的地位。经典恰恰是在克服时代的局限和权力的制约而得到历史确认的。在经典确认的过程中,时间首先发挥的是克服某一特定时期意识形态和社会风尚对作品认识之局限的作用。应该承认,人们的阅读首先是个人性的行为,每个人的阅读兴趣、阅读对象,都有其个别性和特殊性。所以可以说一个人有一个人的阅读史。不仅如此,一个时期或时代的人们对事物的认识,必然受到他所处的时代的限制,阅读中对作品的欣赏、理解、判断亦受到时代各种条件的影响和限制。如艾略特《约翰·德莱顿》文中所说:"像所有其他的世纪一样,十九世纪具有狭隘的欣赏口味和特殊的时代风尚;并且,像所有其他的世纪一样,它并不知道自己的局限。"[①]因此,也可以说一个时代有一个时代的阅读史。受读书个别性和特殊性的影响,有的经典作家,在当代受到追捧,但是后代却遭到贬抑,隔代之后,再获好评;有的经典作家,却名没当代,经过相当长的一段时期,才被发掘出来。加拿大作家阿尔维托·曼古埃尔《阅读史》说:"阅读的历史亦不符合各文学史的年代学,因为对某一位特别作家的阅读历史

---

[①] 托马斯·斯特尔那斯·艾略特撰,王恩衷编译:《艾略特诗学文集》,国际文化出版公司1989年版,第49页。

常常不是以那位作家的处女作开始,而是以作者的一名未来读者开始:藏书癖者莫里斯·海涅和法国超现实主义者将德·萨德侯爵从受谴的色情文学书架中拯救出来,在此之前,萨德的著作在那里尘封了一百五十多年;威廉·布莱克在遭受两个世纪的漠视后,到了我们的时代,因凯恩斯爵士和弗莱的热忱,使他的作品成为每一个学院的必修课程。"[1]当拿迪安·阿尔凤斯·法兰高斯·迪·萨德是法国颇有争议也颇有影响的作家和哲学家,其小说以描写人的情色而著名于世,其哲学以宣扬暴力与疼痛合乎自然而被称之为"萨德主义"。萨德生前八次身陷囹圄,三次被判死刑,1814年最终死在被关的疯人院中。萨德活了七十四岁,有四十年是在监狱度过的。他的作品也同其人一样,生前受到诅咒,死后仍使人唯恐避之不及,一百多年难见天日。然而到了二十世纪,萨德却被波德莱尔发现,受到超现实主义艺术家阿波里奈尔的重视。而到了罗兰·巴特那里,萨德甚至被视为与普鲁斯特平起平坐的作家,一时成为法国被研究的热门作家。威廉·布莱克也是如此。他出身贫寒,没有受到正规教育,有着浓厚的宗教意识,其诗歌作品《天真之歌》《经验之歌》等充满了神秘感,所以他的诗歌在世时未受重视。直到十九、二十世纪之交,叶芝等人重编了布莱克的诗集,人们发现了他的作品的天真与丰富的想象力。现在已经被誉为与乔叟、斯宾塞、莎士比亚、弥尔顿、华兹华斯齐名的英国文学史上伟大的诗人之一。

这种情况在我国也存在。有些经典名扬当代,如李白的诗赋,

---

[1] 阿尔维托·曼古埃尔著,吴昌杰译:《阅读史》,商务印书馆2002年版,第25页。

## 第二章 经典的传世性

在李白活着的盛唐时期,就负有盛名。天宝中,李白被唐玄宗召入翰林,玄宗"降辇步迎,如见绮、皓。以七宝床赐食,御手调羹以饭之,谓曰:'卿是布衣,名为朕知,非素蓄道义何以及此?'"①名动京师。然而,李白是以什么闻名于朝廷的呢?是玄宗所谓的道义吗?李白在未被玄宗召见之前,确实是在不断地通过各种方式蓄其声名,他访道峨眉,结交道士,学纵横术于赵蕤,自命策士,学剑山东,以侠自任,仗剑去国,在扬州不到一年,就散金三十万。这些的确也给他带来一定的名声,范传正《唐左拾遗翰林学士李公新墓碑》就说他"少以侠自任,而门多长者车"②。尤其是出蜀之后,李白有意识地投刺名流,自然也给他增加了名气。但是,真正让他成名的不是什么"道义",而是才名,更确切的说是诗赋,如裴敬《翰林学士李白墓碑》所说,李白是"以诗著名,召入翰林"③的。与李白同一时期的著名诗人杜甫写有《饮中八仙歌》:"李白一斗诗百篇,长安市上酒家眠。天子呼来不上船,自称臣是酒中仙。"④亦可证明李白的诗在当时的影响。当然朝廷的厚遇确实也进一步扩大了李白作品影响。李白在世时曾经委托身后整理文集的魏颢在《李翰林集序》中讲到:"七子至白,中有兰芳。情理宛约,词句妍丽,白与古人争长,三字九言,鬼出神入,瞠若乎后耳。白久居峨眉,与丹丘因持盈法师达,白亦因之入翰林,名动京师。《大鹏赋》

---

① 李阳冰:《草堂集序》,詹锳主编:《李太白全集校注汇释集评》第一卷,百花文艺出版社1996年版,第1页。
② 范传正:《唐左拾遗翰林学士李公新墓碑》,同上书第一卷,第11页。
③ 裴敬:《翰林学士李白墓碑》,同上书第一卷,第14页。
④ 杜甫:《饮中八仙歌》,萧涤非主编:《杜甫全集校注》卷一,人民文学出版社2014年版,第136页。

时家藏一本,故宾客贺公奇白风骨,呼为谪仙子。"①正因为有这样大的声名,所以魏颢才"不远命驾江东访白,游天台,还广陵,见之"②。中唐时期的著名诗人韩愈《调张籍》诗云:"李杜文章在,光焰万丈长。"③就是对李白当世诗名的最好概括。然而到了宋代,对李白却多了批评之声。北宋时期王安石编李白、杜甫、韩愈和欧阳修《四家诗选》,李白居于选诗最后一位,其原因王安石说得很明白:"太白词语迅快,无疏脱处;然其识污下,诗词十句九句言妇人酒耳。"④至于"二苏"对李白的评价,也就有了很大不同。苏轼在《李太白碑阴记》中说:"李太白,狂士也。又尝失节于永王璘,此岂济世之人哉! 而毕文简公以王佐期之,不亦过乎。曰:士固有大言而无实、虚名不适于用者,然不可以此料天下士。士已气为主。方高力士用事,公卿大夫争事之,而太白使脱靴殿上,固以气盖天下矣。使之得志,必不肯附权幸以取容,岂肯从君于昏乎! 夏侯湛赞东方生云:开济明豁,包含宏大。陵轹卿相,嘲哂豪杰。笼罩靡前,跆籍贵势。出不休显,贱不忧戚。戏万乘若僚友,视俦列如草芥。雄节迈伦,高气盖世。可谓拔乎其萃,游方之外者也。吾于太白亦云。太白之从永王璘,当由迫胁。不然,璘之狂肆寝陋,虽庸人知其必败也。太白识郭子仪之为人杰,而不能知璘之无成,此理之必不然者也。吾不可以不辩。"⑤有的文章,只看了苏轼碑记的前两句,就说苏轼贬抑李白,颇为荒唐。其实此文对李白作

---

① 魏颢:《李翰林集序》,詹锳主编:《李太白全集校注汇释集评》第一卷,百花文艺出版社1996年版,第3页。
② 同上书,第4页。
③ 方世举:《韩昌黎诗集编年笺注》卷九,中华书局2012年版,第517页。
④ 惠洪:《冷斋夜话》卷五《舒王编四家诗》,中华书局1988年版,第43页。
⑤ 张志烈等:《苏轼文集校注》卷十一,河北人民出版社2010年版,第1092页。

为士人的豪气给予了高度评价。因为敬爱之深，苏轼甚至对李白从永王璘之事，也给予辩解，认为不是李白识见不高，而是来自永王的胁迫。而苏辙的评价则就很低，他在《诗病五事》中说："李白诗类其为人，骏发豪放，华而不实，好事喜名，不知义理之所在也。"①而到了南宋时期，对李白的评价越发低下。赵次公《杜工部草堂记》云："至李杜，号诗人之雄。而白之诗，多在于风月草木之间、神仙虚无之说，亦何补于教化哉！"②罗大经亦云："李太白当王室多难、海宇横溃之日，作为歌诗，不过豪侠使气，狂醉于花月之间耳。社稷苍生曾不系其心胸，其视杜少陵之忧国忧民，岂可同年语哉。"③受这种认识的影响，李白文集在宋代的流传也比较少。北宋咸平年间，乐史在李阳冰《草堂集》的基础之上，编成《李翰林集》；又搜集李白赋序表赞书颂等，编为《李翰林别集》。神宗时，宋敏求在《草堂集》和《李翰林集》基础上，加入王溥藏李白诗集和唐魏万编李白诗集及《唐类诗》诸编中所载李白作品等，编为《李太白文集》。其后，曾巩依据宋敏求本，作了初步的编年，"考其先后而次第之"。这个本子由晏处善交给毛渐校正刊刻。至于李白作品注本也只有南宋杨齐贤的《集注李白诗》以及宋末元初萧士赟在杨注基础上所作的《分类补注李太白集》。而在宋代，与李白齐名的唐代著名诗人杜甫的影响则甚巨，史有"千家注杜"之说（《黄氏补千家集注杜工部诗史》）。与李白相比，我国另一位著名诗人陶渊明则是身前寂寞、身后著名。陶渊明逝世于宋文帝元嘉四年（公元427），到了梁代大通（公元527）间，也就是经过了一个

---

① 苏辙：《栾城集》第三集，卷八，上海古籍出版社2009年版，第1552页。
② 王琦注：《李太白全集》卷三十四，中华书局1977年版，第1533页。
③ 罗大经：《鹤林玉露》丙编卷六《李杜》，中华书局1983年版，第341页。

世纪,昭明太子萧统才发现了这位伟大诗人①。其《陶渊明集序》云:"余爱嗜其文,不能释手,尚想其德,恨不同时。故更加搜求,粗为区目。白璧微瑕者,唯在《闲情》一赋。扬雄所谓劝百而讽一者,卒无讽谏,何必摇其笔端?惜哉,无是可也。并粗点定其传,编之于录。"②并写了陶渊明传记。但是,萧统的《文选》虽然选了陶渊明诗,然而不过数首而已,显然没有陆机、潘岳和谢灵运等人之多。其实在齐梁时期,陶渊明作品很难说有什么影响,所以沈约的《宋书》把陶渊明列入隐逸传,而《宋书·谢灵运传论》则根本未及陶渊明,萧子显的《南齐书·文学传论》和刘勰的《文心雕龙》中也都未提陶渊明。钟嵘《诗品》评论了陶渊明,说他:"其源出于应璩,又协左思风力,文体省净,殆无长语。笃意真古,辞与婉惬。每观其文,想其人德。"但是又说:"世叹其质直。至如'欢言醉春酒','日暮天无云',风华清靡,岂直为田家语耶。古今隐逸诗人之宗也。"③虽然给了他古今隐逸诗人之宗的地位,却因为他的诗过于质直而列之中品。北齐时期阳休之见到三个陶渊明集的本子,一是八卷无序本,一是六卷并序目本,而"编比颠乱,兼复缺少"。只有萧统编的八卷本,"编录有体,次第可寻"。阳休之"恐终致忘失",补萧统本所缺,编了陶集十卷本,然评价却一般:"余览陶潜之文,辞采虽未优,而往往有奇绝异语,放逸之致,栖托仍高。"④可见到北齐时,文人仍认为

---

① 据穆克宏、郭丹《魏晋南北朝文论全编·陶渊明集序》"说明",日人桥川时雄《陶集版本源流考》云,他所见之《陶渊明集》旧抄本,在此序之后有"梁大通丁未年夏季六月昭明太子萧统撰"字样,则萧统序写于公元527年。详见江苏教育出版社2004年版,第470页。
② 《陶渊明集序》,袁行霈:《陶渊明集校注》,中华书局2003年版,第614页。
③ 曹旭:《诗品集注》,上海古籍出版社2011版,第336—337页。
④ 《北齐阳仆射休之序录》,袁行霈:《陶渊明集笺注》,中华书局2008年版,第614页。

陶渊明诗辞采不高,流传亦少,因此才有阳休之"恐终致忘失"的忧虑。陶渊明的文学地位只有到了唐代,才得到承认,而其经典作家的地位则是在宋代才被确定下来的。宋治平三年(公元1066)思悦《书靖节先生集后》云:"梁钟记室嵘评先生之诗为古今隐逸诗人之宗。今观其风致孤迈,蹈厉淳源,又非晋宋间作者所能造也。"①曾纮说:"余尝评陶公诗,语造平淡,而寓意深远;外若枯槁,而中实敷腴,真诗人之冠冕也。"②已经从晋宋之优秀作家,抬升为古今诗人的领袖了。欧阳修把陶渊明的《归去来辞》列为晋文首选。苏轼被贬海南只带了一部陶渊明集,且一生写了一百零九首和陶诗。并评价陶渊明诗:"我于诗人无所甚好,独好渊明之诗。渊明作诗不多,然其诗质而实绮,癯而实腴。自曹、刘、鲍、谢、李、杜,诸人皆莫及也。"③而苏轼的弟弟苏辙也写了四十四首和陶诗。阿尔维托·曼谷埃尔所举萨德和威廉·布莱克著作的遭遇,以及李白和陶渊明的遭际,说明一本书或一个人的作品是否受到欢迎,不完全在于作品本身,更重要的是取决于某一时代的一些读者。一般作品是如此,经典亦不例外。经典在一个时期被埋没,而在另一个时期被发现,足以证明经典的永恒性是相对而非绝对的。埋没与发现,从布莱克的情况来看不在于经典本身。经典作品一经诞生,就自然成为一个存在的客体。这个客体是被掩埋于浩如烟海的精神产品之中,还是终于会被发掘出来,张扬于现世,读者当然发挥了重要作用。更确切地说在于时代赋予读者的特定性的眼光,这里包括读者的注意力、读者的兴趣所在、读者的价值观所左

---

① 袁行霈:《陶渊明集笺注》,中华书局2008年版,第615—616页。
② 同上书,第616页。
③ 苏辙:《追和陶渊明诗引》,袁行霈:《陶渊明集笺注》,第662页。

右的评价标准,等等。所以应该相信,精神产品如果是优秀的,具备了经典的条件,迟早会被发现,会被肯定。但是何时被发现,却有机缘凑泊的条件,要受到读者所处时代的制约与影响。如上所述,李白在唐代就备受欢迎,但是在宋代却也颇受批评,说他的诗无非是女人和酒,关心社稷甚少。这样的评价,就与北宋时期儒学的地位的进一步巩固、理学的兴起和南宋的社稷倾危有关。陶渊明的诗在齐梁时期评价不是很高,钟嵘《诗品》列为中品,在陆机、谢灵运等人之后,也与齐梁时期审美风尚重辞彩相关。萧统编《文选》,其标准就是"事出于沉思,义归于翰藻"的。而一个作家、一部作品被某一时期的读者发掘出来之后,是否在此后的更多时期和时代经历了观念变迁和风俗习惯的变化而同样受到关注和欢迎,则是经典最终确定下来的关键,也就是说时间可以克服以上所说的认识的局限。

经过了比较长的历史时间,究竟有些什么样的事情会影响到人们对经典的认识呢?那就是在这段较长的历史时期内,社会的政治、经济和文化都有可能发生比较大变动,而人们的思想意识也会随之发生变化。在社会和人们的精神都发生变化的背景下,读者对作品的认识会克服个别性和特殊性,在整体上产生一种客观的趋同倾向。也就是说,不同时期的读者对作品文本中的一些基本的东西,如内容的涵义,思想倾向,如果是文学作品的话,还要涉及其艺术品位,即通常所说的审美特征,会在其认识的个别性和特殊性的基础之上,产生基本趋同的情势。尤其是精神产品的价值,优秀或低劣的精神产品,会得到不同时期读者的"公认"。正是从这个意义上说,经典必须要经历较长时间的淘汰和检验,才能确定下来。居罗利《规范》一文引"保守主义批评"的观点云:"他们指出这样一个事实,即伟大作品并不通过读者与作品同时代的单独'选票'而获得规范性。相反,一部规范的作品必定意味着代代相传,后来的读者不断地证实对作品伟大性的评判,好像几乎每一代都重新评判了这部作品的质量。"①居罗利所说的保守主义,就是指后现代之外的传统的批评观点。而所谓的"重新评判",实际上就是客观的"规范性"克服时代的局限而得以不断地析出,从而确定下来。截止到现代,这仍然是检验精神产品能否成为经典的最有效途径。伽达默尔在讲时间距离的诠释学意义时指出:"正是这种经验在历史研究中导致了这样一种观念,即只有从某种历史距离出发,才可能达到客观的认识。的确,一件事情所包含的东西,即居于事情本身中的内容,只有当它脱离了那种由当时环境而产生的现实性时才显现出来。一个历史事件的可综览性(Überschaubarkeit)、相对的封闭性,它与充实着当代的各种意见的距离——在某种意义上都是历史理解的真正积极的条件。因此历史方法的潜在前提就是,只有当某物归属于某种封闭的关系时,它的永存的意义才可客观地被认识。换句话说,当它名存实亡到了只引起历史兴趣时,它的永存的意义才可客观地被认识。只有到这时才似乎可能排除观察者的主观干扰。"②时间所发挥的作用,就是拉开一段历史的距离,使认识对象脱离当下环境而产生的"现实性";就是不断地过滤掉读者认识的"当代的"主观干扰,使对精神产品的判断,尤其对于其永存意义的认识,克服来自读者和

---

① Frank Lentricchia & Thomas McLaughlin 编,张京媛等译:《文学批评术语》,牛津大学出版社 1994 年版,第 323 页。
② 汉斯-格奥尔格·伽达默尔著,洪汉鼎译:《诠释学 I 真理与方法——哲学诠释学的基本特征》,商务印书馆 2010 年版,第 421—422 页。

时代的个别性和特殊性,趋于客观,实则就是趋同。当然伽达默尔的诠释学思考并不在此终止:"但是,对一个文本或一部艺术作品里真正意义的汲舀(Ausschöpfung)是永无止境的,它实际上是一种无限的过程。这不仅是指新的错误源泉不断被消除,以致真正的意义从一切混杂的东西被过滤出来。而且也指新的理解源泉不断产生,使得意想不到的意义关系展现出来。促成这种过滤过程的时间距离,本身并没有一种封闭的界限,而是在一种不断运动和扩展的过程中被把握。"①也就是说,历史的时间距离不是固定的,而是处于不断运动和扩展的过程中,而作品的意义亦得以不断地被诠释,使新的意义不断发现。"对一个文本或一部艺术作品里真正意义的汲舀(Ausschöpfung)是永无止境的,它实际上是一种无限的过程。"但是,这些仍然是在时间距离的前提下而进行的,而且也只有在时间的距离下,"它不仅使那些具有特殊性的前见消失,而且也使那些促成真实理解的前见浮现出来"②。"时间距离常常能使诠释学的真正批判性问题得以解决,也就是说,才能把我们得以进行理解的真前见(die wahre Vorurteile)与我们由之而产生误解的假前见(die falsche Vorurteile)区分开来。"③伽达默尔这里所说的"前见",就是一个读者之前的阅读历史对一部经典的解释,包括读者本人在阅读某部经典之前关于这部经典相关的信息。近来王兆鹏先生率领他的团队做了一件既有争议同时也颇有意义的工作,那就是出版了《唐诗排行榜》。此书认为:"一部作品

---

① 汉斯-格奥尔格·伽达默尔著,洪汉鼎译:《诠释学Ⅰ　真理与方法——哲学诠释学的基本特征》,商务印书馆2010年版,第422页。
② 同上。
③ 同上书,第422—423页。

## 第二章 经典的传世性

能否成为名篇,不是由某一个时期某一个人确定的,而是在历史上由公众确认的。能够得到公众持久认同的作品,才是名篇。作品的公认度,也就是民意的认同程度。"①这与冯友兰先生的见解是一致的。根据这种认识,此书以历代唐诗选本、历代唐诗评论、二十世纪唐诗研究论文、文学史著作和网络链接作为唐诗引用的统计数据,从而排出名篇的位次。姑且不论当代文学、研究文章和网络链接所涉及的唐诗,仅仅因为此书采集了历史上具有代表性和影响力较大的唐诗选本七十余种,上百种选本、诗话、笔记、序跋中关于唐诗的评论,此书所作的唐诗排行,就颇能反映唐诗的名篇经历历史检验成为经典的历程。在唐诗名篇排行的前三十名中,李白和杜甫,王维和孟浩然,李商隐和杜牧以及高适、王勃、王昌龄、柳宗元、白居易、刘禹锡等皆在其中。这个排行榜对于考察经典的意义在于它以数据统计告诉我们,经典确实是经过了历代读者的不断评价,从而肯定了它的质量,确定它经典的地位。那么,这个历代有几代?所谓的较长时间究竟有多长?爱德华·希尔斯《论传统》认为至少要三百年才可以称之为"传统",这样讲未免太绝对。但是此种理论可以说明这样一个问题,所谓"传统",是指经过长时间而延续下来的事物。借鉴爱德华·希尔斯的"传统"之论,经典也是要经历较长时间而流传下来的作品。

这个"时间",首先是指时间自然的长度。从陶渊明和威廉·布莱克的遭际来看,他们被发现至少经历了一个世纪。而中国现代作家谁为经典作家,哪些作品可称为经典,经过了七十余年,有的似乎可以确定下来,如鲁迅、巴金、老舍和曹禺等,有的还在不确

---

① 王兆鹏、张静、邵大为、唐元等:《唐诗排行榜》,中华书局2011年版,第4页。

定之中,如现在已经写入文学史中,并且被诸多现代文学研究专家确定为经典的张爱玲。因此现代文学中何为经典还得要经过一段较长的时间的淘汰检验。

所谓的"时间",不仅指自然的时间,同时也是指经典要经过两个甚至更多的社会制度和意识形态、更多的文化阶段检验的历史的时间。我们都知道,不同的社会制度和意识形态,不仅反映了社会发展的不同历史阶段,而且更重要的是代表了不同的利益集团和不同的价值观,因此对精神产品的判断,自然带有阶级的利益集团的局限,甚至偏见。所以跨越不同社会制度、超越不同意识形态的历史的时间,可以最大限度地克服对精神产品判断的局限。哈洛·卜伦即认为:"有关正典地位的预言必须在一个作家去世之后,经过大约两个世代的验证。"①这两个世代,据我看来,讲的不仅仅是时间的长度,还包含了不同的政治、经济和文化阶段的概念。《红楼梦》《水浒传》在清代都是禁毁书。《红楼梦》之所以遭到禁毁,是因为此书通过贾宝玉、林黛玉等青年男女而反映出的价值诉求,不符合、甚至违背了封建社会主流意识形态的价值观,如对科举的憎恶,对男女自由婚姻与情爱的追求,等等。而《水浒传》则以主要笔墨描写封建社会从皇帝到官员的昏庸腐败,鼓吹官逼民反,替天行道,用正面的笔墨来塑造造反的贼民,把以宋江为首的一百单八将写成英雄,更是对封建政权的公然颠覆。这两部小说,在当时,只是在民间传播,受到士人和普通民众的欢迎。当然,现在这两部作品的经典价值

---

① 哈洛·卜伦著,高志仁译:《西方正典》,(台北)立绪文化事业有限公司1998年版,第734页。

已经家喻户晓了。这些例子足可以说明,经典的确立必须经过一段历史,更确切地说,是要经过不同的社会制度和不同的意识形态的历史。所以我们的一些学者和教学科研机构,忙于确定当代文学的经典,说得刻薄些,似乎有些徒劳。当然也有另外的意义,那就是据此我们可以考察当代不同利益集团、不同思想流派争夺经典话语权的努力。

## 三

第二个问题,也是根本问题,是精神产品是否具有永久性的问题,即经典从时间的维度来衡量,是否具有永恒价值的问题。

迈克尔·泰纳在《时间的检验》中说:"时间检验的实质,就在于发现哪一些作品具有可以被称为经典的优点,有益于我们的生活。"①时间检验的实质乃在于经典的永久价值。然而经典是否具有永恒性,具有永久的价值和魅力?后现代主义显然是持反对意见的。后现代学者颠覆经典的指导思想是文化的多元性和断裂性,"后现代主义宣扬其对不确定性、开放性和多元性的信仰"②,"后现代主义阅读理论怀疑任何形式的同一性或固定性"③。因此不认为文学作品具有永恒的价值。应该说后现代的理论对如何认

---

① 迈克尔·泰纳著,陆建德译:《时间的检验》,中国社会科学院外国文学研究所《世界文论》编辑委员会编:《重新解读伟大的传统》,社会科学文献出版社1993年版,第218页。
② 史蒂文·康纳著,严忠志译:《后现代主义文化——当代理论导引》,商务印书馆2002年版,第26页。
③ 同上书,第185页。

识经典,是有相当的反拨作用的。而且迈克尔·泰纳也认为对于每一部经典的优点是存在争议的,且是正常的现象。的确,经典的永久性是相对的,不是绝对的。任何精神产品,都产生于一定的时间,在一定的历史时期写成,自然有其时间的局限、历史的阻隔。人类的发展自然有其阶段性,不同时期,不同时代,其文化会异中有同,同中有异。时代不同,人们所生活的社会、人们的生活习俗、人们所面对的问题,肯定会有很大的不同。远的不说,仅看一个世纪的中国,其变化之大,就堪称天翻地覆。就社会形态来看,这百年经过了半封建半殖民地到社会主义以及中国特色社会主义的演变。生产方式亦由农耕为主,发展到工业为主到当代的信息化时代。而社会意识形态则变化更大。就文化潮流来看,大体而言,亦由上世纪初的士文化,转变为"五四"以后以知识分子为主体的雅文化或曰精英文化,到今天的大众文化或曰俗文化。这样大的社会及文化的变化,不仅影响精神生产,即文化的创造,也影响到人们对精神产品的接受。因此对何谓经典的认识、衡量评价经典的准则也有不同。樊骏先生写过两篇文章,一篇是《〈中国现代文学研究丛刊〉十年(1979—1989)》,统计十年现代文学研究成果的文章:"以作家作品为对象的文章有六百多篇,占全部篇目的三分之二。有专文或者专节论述的作家(即不包括综论性文章举例提到的作家),约一百四十人。最多的是关于鲁迅的,有一百二十九篇;其次是茅盾,六十二篇;以下的顺序为老舍四十三篇,郭沫若三十五篇,曹禺三十一篇,郁达夫二十七篇,巴金二十五篇,丁玲十五篇,闻一多十五篇,沈从文十四篇,周作人十四篇,叶圣陶十二篇,赵树理十篇。五篇以上的,还有徐志摩、艾青、沙汀、朱自清、冰心、冯雪峰、夏衍、胡适、张天翼、胡风、萧红、戴望舒、张爱玲、许地山、

## 第二章　经典的传世性

王统照、萧军等人。只有一篇的,有六十多人。"①而另一篇文章《〈中国现代文学研究丛刊〉:又一个十年(1989—1999)》又作了一个统计:"以作家作品为对象的文章近五百篇,接近总数的一半。其中有专文或者专节具体论述的作家(综论性文章中作为例子简略地提及的作家不计在内)一百六十人。最多的是鲁迅,达四十六篇;其次是老舍,有二十八篇;以下顺序是:茅盾、张爱玲各十七篇,郭沫若十六篇,巴金、郁达夫各十五篇,沈从文十四篇,周作人、萧红各十三篇,徐志摩十二篇,林语堂、丁玲各九篇,胡适、徐訏、冯至各八篇,钱锺书、废名、胡风各七篇,曹禺、庐隐各六篇,穆旦、无名氏、王统照、叶圣陶各五篇;此外,艾青、冰心、梁实秋、路翎等十人各四篇,李劼人、陈独秀、李健吾、孙犁、汪曾祺等十三人各三篇,瞿秋白、田汉、穆时英、梅娘、赵树理等十八人各二篇,另有吴宓、夏衍、张天翼、周文、周扬、艾芜、陈铨等六十一人各一篇。"②以1989年为界,前十年研究鲁迅、郭沫若、茅盾、巴金、老舍和曹禺的文章占作家作品研究的半数以上,而后十年间则缩减为五分之一;与此同时,"关于张爱玲、萧红、林语堂、徐訏、冯至、穆旦等人的文章明显增多"。这足以证明时代变化给经典的认定带来的变化。"像张爱玲、萧红这样两位思想取向和艺术风格、文学成就和历史地位各不相同的女作家,竟然同时成为研究的热点,成果增幅又都如此突出,足以表明研究者的价值判断与审美情趣、文学观念与学术选择的日趋多样,不再那么划一了。"③因此,迈克尔·泰纳一方面承认伟大作品"之所以伟大的公认的原因——经典作品所具有的特

---

① 樊骏:《中国现代文学论集》,人民文学出版社2006年版,第411页。
② 同上书,第439—440页。
③ 同上书,第440页。

点:普遍性和深刻性",另一方面,又"允许存在相当程度的争论,几乎每部伟大的作品都是如此"①。

但是我们又不能不看到,以上所说都是文化的阶段性,而非文化的断裂性。所谓阶段性,是说文化既有接续,又有变异,用中国古代文学理论家刘勰的话说,是"参五因革",通中有变,变中有通的。只有这样,才能"文律运周,日新其业。变则其久,通则不乏","骋无穷之路,饮不竭之源"②,文化因此而不断发展。而文化的断裂性,则把文化的阶段性特点强调到了极端,全然不要传统,否定既有的文化,既与文化的阶段性特征不符,也违背了文化发展的实际。后现代理论仅据文化的阶段性和不确定性,就率尔否定文化所具有的永久性,否定经典的经久价值,无疑是偏颇的。"我们身上总是带着印痕,谁也不是一张白纸"③。文化既有其阶段性和流动性,亦有其连续性和稳定性。已有的文化和当下的文化共存,形成了持续不断的文化链,构成了人类的文化遗产。人类文化如同一条源远流长的河流,它所流经的任何一个时段,既有新汇入的支流河水,亦有来自源头和上游的河水。我们习惯上所说的传统,就是文化延续性和稳定性的集中体现。代代相承的文化,有嬗变,甚至有某种意义上的断裂,也有其一以贯之的传统。"即使在生活受到猛烈改变的地方,如在革命的时代,远比任何人所知

---

① 迈克尔·泰纳著,陆建德译:《时间的检验》,中国社会科学院外国文学研究所《世界文论》编辑委员会编:《重新解读伟大的传统》,社会科学文献出版社1993年版,第218页。
② 《文心雕龙·通变》,詹锳:《文心雕龙义证》,上海古籍出版社1989年版,第1106页。
③ 汉斯-格奥尔格·伽达默尔、杜特著,金惠敏译:《解释学 美学 实践哲学 伽达默尔与杜特对谈录》,商务印书馆2005年版,第12页。

## 第二章　经典的传世性

道的多得多的古老东西在所谓改革一切的浪潮中仍保存了下来,并且与新的东西一起构成了新的价值"①,这是经典永恒性的重要事实依据和理论根基。爱德华·希尔斯《论传统》说:"几乎任何实质性内容都能够成为传统。人类所成就的所有精神范型,所有的信仰或思维范型,所有已形成的社会关系范型,所有的技术惯例,以及所有的物质制品或自然物质,在延续过程中,都可以成为延传对象,成为传统。"②而一个传统链往往能延续很长时间:"一神教传统至今已持续了二千五百年到三千年之久;公民身份传统已持续了大约二千年之久;基督教传统已有将近二千年的历史;自由派传统已有几个世纪的历史;马克思主义传统也有一百三十多年的历史;艺术和文学中的'现代主义'传统持续时间与马克思主义传统相同或略长于马克思主义传统。"③这里所说的传统,就是文化的连续性。爱德华·希尔斯在《论传统》中提出"共同意识"的概念:"一个社会是一个连续性的存在。连续性是一种跨时间的一致性。它取决于同一性在某种程度上的稳定性。这些社会组成部分的同一性,即社会生活各领域中的那些同一性,将一个社会过去的某些东西保留至今,并且维持着人们跨时间的同一意识,以此来保存这个社会;这些同一性中的一部分持续得更为长久,并且相互关联。所有这些同一性的基础是对现在和过去的同一意识"。"社会跨时间的同一性就是存在于在世的几代人和已死去

---

① 汉斯-格奥尔格·伽达默尔著,洪汉鼎译:《诠释学Ⅰ　真理与方法——哲学诠释学的基本特征》,商务印书馆2010年版,第399页。
② 爱德华·希尔斯著,傅铿、吕乐译:《论传统》,(台北)桂冠图书有限公司1992年版,第17页。
③ 同上书,第16页。

的几代人之间的共同意识。早期的信仰和制度范型延续至今,这也是死人和活人之间的共同意识,在这个过程中,后者接受前者传递给他的东西。共同意识的内容因为人们对它的解释而起着变化;共同意识通过人们重新解释前辈的信仰又得到维持"①。这个"共同意识"就是文化存在连续性的基础。

文化的连续性,一般而言,表现在语言文字、宗教信仰、文学艺术、风俗习惯等多个方面。在文化的连续性因素中,语言文字最具有代表性,"如果我们检验一下一个当代人写下或说出的一句句子或一个段落,我们会发现,这些句子和段落的词汇有着持续时间长短不一的历史,这些词汇几乎都不是当代产物,即不是这位作者或说话人所属的那一代人的创造,它们事实上也完全不是这位作者或说话人的创造。在过去不同的时期中,这些词汇就有了它们现在的意义、读音和拼写方法;许多词汇已有好几个世纪的历史。在它们获得现在的形式和意义之前,它们就早已存在于一个较为古老的语言之中"②。而一个民族的语言文字,是一个民族文化之根,决定了这个民族的思维习惯和精神特质。哈洛·卜伦即认为,欧洲的哲学、文学等精神产品的特质,都与拉丁和希腊文字有关。中国也是如此,我们民族重实践理性的哲学、偏于抒情写意特征的文学艺术,也与象形会意的汉语言文字有着血肉的关联。而语言文字,尤其是文字,是相对比较稳定的。语言可以因时代而不断调整变化,淘汰一些旧的语词,增加一些新语词,而文字却变化较小。中国近现代之交,有文言变白话的重大转变,但是所变的是书面语

---

① 爱德华·希尔斯著,傅铿、吕乐译:《论传统》,(台北)桂冠图书有限公司1992年版,第181页。
② 同上书,第50—51页。

## 第二章 经典的传世性

而非口语。从明清的白话小说来考察,口语古今是基本相通的。1949年以后文字改革,变繁体为简体,但汉语言文字基本属性特征没有变。这种一脉相承的语言文字,承载了中华民族丰富的传统文化,比如现代汉语中包含的大量俗语、谚语和成语。如安邦定国、安身立命、哀鸿遍野、暗渡陈仓、背井离乡、镜花水月、山高水长、孺子牛,等等,随便举来,都有十分厚重的历史文化含量。所以,我们从小学学语言,就是在学历史,也是在学传统文化。比如安身立命,虽然出自禅宗《景德传灯录》,然而,此一成语已经成为中国人修身立命之道,所谓安身是谓在社会找到其应有的位置,对于古人来说就是建功立业。而立命则是指精神寄托,人之在世要有其一生坚守的理念和信仰。因此,安身立命已经成为一种人生理念,对中国古代士人影响至为深远。又如宗教信仰。在欧洲,宗教极为发达,影响亦大,如爱德华·希尔斯所说,基督教已有二千年的历史。对任何文化断裂说和流动说来说,这一现象都是不可逾越的挑战。中国宗教虽不发达,但是儒家思想却发挥了类宗教的作用。正因为如此,我国著名哲学家任继愈先生称儒家为儒教,此说虽然在学术界有不同反应,但是确实也反映出儒家思想在中国所具有的深远影响。"五四"时期,反封建、反传统,打倒孔家店,儒家思想受到很大冲击,此后似乎逐渐退出历史舞台。然而实际情况却是对国民思想的影响根深蒂固,其正面和负面影响都深潜于人们的各种社会生活之中。以致近些年来中国人道德出现严重问题,有些学者想要复兴以儒家为核心的国学,甚至出现新儒学,欲以儒学匡救时弊。姑且不论其实效如何,儒学是否能够救世,但是儒家思想影响之深,却由此可见一斑。

不仅一般文化如此,就是读书行为,也有其连续性。主要表现在写与读两个方面。写书自然需要创造,尤其是经典,更是戛戛独造之作。但是,作者所受的教育,不可能完全是当代的内容,必然有传统文化。起码按照中文学科现在的课程设置,凡是经过正规教育的,都少不了古代文学、古代汉语、古代文化以及现代文学,由此可见,作家的文化修养应该是古今兼容的,并不是只有现在而没有过去,有今无古。而作者在从事写作过程中,也离不开超越前人的意念,也就是说要有前人的影子在。艾略特说:"假如我们研究一个诗人,撇开了他的偏见,我们却常常会看出,他的作品中,不仅最好的部分,就是最个人的部分也是他前辈诗人最有力地表明他们不朽的地方。我并非指易接受影响的青年时期,乃指完全成熟的时期。"①即认为成熟的作家也不能摆脱前代作家的影响。英国著名文学批评家弗·雷·利维斯问世于1948年《伟大的传统》一书也认为:"一个具有独创性的艺术大家从天赋和问题都与其必然很不相同的另一个那里学到些什么,这是一种最难加以界定的'影响'。"②而这种影响即形成了英国小说一个伟大的传统,"正面地看,我们有的是自简·奥斯汀以降的一脉相传"③,"英国小说的这些伟大经典都从属其间"④。譬如简·奥斯汀,弗·雷·利维斯把她列为英国经典小说家之列,但是,利维斯强调,简·奥斯汀"自身亦是其他大作家身后背影里的要员"。因此,在《伟大的传统》一书中,利维斯是把奥斯汀作为英国文学传统之一环来讨论

---

① 托马斯·斯特尔那斯·艾略特撰,王恩衷编译:《艾略特诗学文集》,国际文化出版公司1989年版,第2页。
② 弗·雷·利维斯著,袁伟译:《伟大的传统》,生活·读书·新知三联书店2009年版,第13页。
③ 同上。
④ 同上书,第12页。

的:"就师承他人而言,简·奥斯汀提供了一个揭示原创性本质的极富启发意义的对象,而且她本身就是'个人才能'与传统关系的绝佳典范。假使她所师承的影响没有包含某种可以担当传统之名的东西,她便不可能发现自己,找到真正的方向;但她与传统的关系却是创造性的。她不单为后来者创立了传统,她的成就,对我们而言,还有一个追溯的效用:自她回追上溯,我们在先前过去里看见,且因为她才看见了,其间蕴藏着怎样的潜能和意味,历历昭彰,以至在我们眼里,正是她创立了我们看见传承至她的那个传统。她的作品,一如所有创作大家所为,让过去有了意义。"①简·奥斯汀不仅通过个人的独创性创造,创立了新的传统;而且,在她的作品中,亦可以看到旧的传统的延续。因此,在英国作家中,乔治·艾略特对简·奥斯汀的作品推崇备至,简·奥斯汀对她的影响是显而易见的;亨利·詹姆斯对简·奥斯汀亦倍加赞赏,其作品也明显受到其影响,其中还有艾略特的影响。当然,利维斯更强调的是"根本道德关怀"的承传关系:"这里便说到了最为深刻的一种影响——不是体现在相似相像上的影响。一个大作家可以从另一个那里得大恩受大惠,其中之一就是实现与之不似也不像(当然,若无对于基本人性问题的共同关怀——起码严肃的关怀,便谈不上什么大有深意的不似也不像)。"②我们无法论证哈洛·卜伦是否受到利维斯的影响,上个世纪七十年代,哈洛·卜伦提出了"影响的焦虑"这一命题。他研究过去作家和现在作家的关系,探寻作

---

① 弗·雷·利维斯著,袁伟译:《伟大的传统》,生活·读书·新知三联书店2009年版,第7—8页。
② 同上书,第14页。

家是如何"在苦苦压抑和克服那已经确立的经典传统及先驱者个人"①,即后来的作家如何接受并且试图摆脱经典的影响:"这个诗人,他困在对那个具有阉割性的'先驱'的一种俄狄浦斯式敌对情绪之中,他想要从内部进入'先驱',以修正、置换和彻底重铸先驱诗歌的方式来创作,以便清除(先驱的)力量;在此意义上,所有诗歌都可看作对其他诗歌的改写或'误读'或'有意误解',旨在抵制其他诗歌的强大压力,使诗人为他自己的想象创造力清理出一块地盘。"②哈洛·卜伦在《西方正典》中利用这一理论来重谈经典的焦虑:"没有文学影响此一恼人且难于理解的过程,有实力的正典作品便无由产生。""影响的焦虑非关父亲,不管是真实的父亲还是文学的父亲;它是一种由诗、小说、戏剧形式展现的焦虑。任何一部有实力的文学作品都会对先前的文本予以创造性的误读(misread)与误解(misinterpret)。真正的正典作家可能会、也可能不会将其作品中的焦虑予以内化,但这实在无关紧要:实力雄厚的作品本身就是那份焦虑。"③哈洛·卜伦所说的经典焦虑,实则就是经典的影响以及作家试图超越经典的努力。哈洛·卜伦之意当然是强调经典的价值在于它的独创性,然而却也说明了另外一个问题,那就是经典影响之长久,不是一代相传,而是代代相传的。所以,单从经典的影响角度来考察,正是影响与超越这一对矛盾的运动,促成了经典的生成。创作是如此,批评和阅读亦然。美国著

---

① 伦查:《影响》,Frank Lentricchia & Thomas McLaughlin 编,张京媛等译:《文学批评术语》,牛津大学出版社 1994 年版,第 267 页。
② 同上书,第 255 页。
③ 哈洛·卜伦著,高志仁译:《西方正典》,(台北)立绪文化事业有限公司 1998 年版,第 12 页。

## 第二章　经典的传世性

名诗人和批评家艾略特说:"诗人,任何艺术的艺术家,谁也不能单独的具有他完全的意义。他的重要性以及我们对他的鉴赏就是鉴赏对他和以往诗人以及艺术家的关系。你不能把他单独的评价;你得把他放在前人之间来对照,来比较。我认为这是一个不仅是历史的批评原则,也是美学的批评原则。"①其实考察中国古代文学,我们会发现,在中国文学史上,事实上存在着很多传统,比如著名的诗骚传统,讲的就是《诗经》和楚辞对后代文学形成的影响。如说李白的作品"并以庄屈为心",就是讲李白的诗是受了庄子和楚辞这一文学系列的影响。这一系列作品,既有庄子个性解放、超越现实的精神,以及庄屈想象大胆奇特、造语瑰奇的特点,同时又有楚辞的激情、深情和热烈。而《诗经》传统,则主要表现为诗对现实的关怀,即诗的比兴寄托传统。这种传统表现为汉末的建安风骨、魏晋之交的魏晋风度,表现为唐代杜甫诗的即事名篇以及白居易的新乐府。白居易《读张籍古乐府》"风雅比兴外,未尝著空文"②,说的就是《诗经》的传统。著书如此,读书亦如此,这首先基于读者与作者同样的受教育的原因。所以,读者作为一个文化塑造的人,不可能完全是当代的,应该是一个古今文化的混血儿。所以前面所说的读书的当下立场,特定的眼光,也只是相对而言的。而且如艾略特所言,我们阅读一个作家、一部作品,如果不遵循一种历史批评的原则,和其前代的作家和作品相比,就不会准确地确定其精神价值。

正因为文化既有阶段和流动性,又有延续和传承性,所以后现

---

① 托马斯·斯特尔那斯·艾略特撰,王恩衷编译:《艾略特诗学文集》,国际文化出版公司1989年版,第2页。
② 白居易:《白居易集》卷一,中华书局1979年版,第2页。

代仅据其流动和阶段性的一面而夸大为文化的断裂性,并进而否定具有相对长久价值的经典,显然是偏颇的。从文化的延续和传承性来看,经典之具有永久的价值,是符合文化发展实际的。承认这样一个事实,对于我们发挥经典的巨大精神潜力,创造新的文化具有重要意义。"事实上,重要的问题在于把时间距离看成是理解的一种积极的创造性的可能性。时间距离不是一个张着大口的鸿沟,而是由习俗和传统的连续性所填满,正是由于这种连续性,一切传承物才向我们呈现了出来。"①经过漫长的历史变迁,社会制度、政治体制和意识形态等变化,人类精神产品中总会有一些符合人类基本价值和情感、能够促进人类发展和进步的文化精品,会作为文化遗产保留下来,参与到不同时代和时期的文化建设中去,并以其作为人类基本价值和情感载体的精神文化持续发挥其作用。所以,中国古代儒家的经典《周易》《诗经》《论语》《孟子》和道家的经典《老子》《庄子》历经千年,流传至今。儒家经典在漫长的封建社会作为主流文化直接影响到社会的政治制度,也影响到士人的安身立命。道家经典,则作为与儒家思想并行的思想体系,作用于政治,成为儒家思想的补充。如道家无为而治的政治观,在不同时期与儒家的积极有为政治观互为消长,共同构成了封建社会的政治治理理念。而对于士人而言,道家的思想与儒家思想一样影响深刻,出则为儒,入则为道,几乎成为大部分封建士人的处世之道。1911年后,中国的社会制度发生了深刻变化,儒家和道家赖以存在的社会制度已经不在,但是儒家经典《十三经》,除《尚

---

① 汉斯-格奥尔格·伽达默尔著,洪汉鼎译:《诠释学Ⅰ 真理与方法——哲学诠释学的基本特征》,商务印书馆2010年版,第421页。

书》《周礼》《孝经》等逐渐变为只具有认识价值以外,以上所说的几部儒家经典和道家经典作为思想资源依然对中国社会发生着重要影响,而其经典的地位并未因社会变迁而发生根本性的动摇。其原因即在于这些传世经典凝聚了中华民族的智慧,里边保存着我们前面所说的超越了时代和意识形态的共识,并且已经深入到这个民族的血液。

## 四

以上讨论说明,经典之具有永久性价值,既符合人类文化发展有其延续性的规律,同时也与优秀精神产品传世的事实相吻合。解决了这些基本的理论问题,经典因何而传世的问题,赫然摆在我们的面前。

然而这是个极难回答、极难解决的问题。难点之一,任何精神产品的价值,都必然呈现于与接受者的价值关联中,即精神产品价值的隐显、大小,并非完全在精神产品文本自身。接受者的现实需要和问题关注,会在很大程度上影响接受者对精神产品价值的关注和激活程度,影响接受者对精神产品价值的评判。而不同时代、不同时期、不同地域、不同阶层的读者,一定有其各自的现实需要和问题关注,他们与经典的价值关联也自然有别,对经典的判断也会有差异。这是非典者拆解经典永久性价值根基的关键所在。因此,论述经典的永久性价值,必须处理好精神产品接受与判断的差异性与共识性的关系。

难点之二,任何经典之作,都是独创性的精神产品,都是个性化的存在。经典永远不会雷同,内容涉及大千世界的方方面面,思考的方式和思考的结果以及表达的途径、方法亦各自不同。若想从个别性中概括出普遍性,用几个方面说明经典的永恒性价值,无论理论概括多么周严,都不可能圆满解决这个问题。但这又是一个无法回避的问题,是需要直接面对并回答的问题。所幸有各国历代遗传下来的活色生香的经典,总结其内容取向,可以揭示经典之所以传世的原因,或曰精神产品之所以能够经得住时间检验而成为经典的理由。

传世经典的内容取向,首先表现为坚定的淑世情怀。如果就写作动机来考察,经典作家对世界多怀悲悯之心,欲以其作品拯世济人,就此而言,说经典多出自圣人之手,亦有其道理。"我相信,就我的力所能及,我总是渴望穷人从最好世界中的富人面前拯救出来,我希望在我有生之年穷人的生活有所改善,他们的生活可能幸福一些、明智一些。"①这是英国十九世纪伟大文学家狄更斯信中的话,这段自我表白颇能说明经典作家的心迹。这位清醒而严肃的现实主义者,一生同情下层人民,其作品也都表达出济穷救困的思想。历数中国古代的经典作家老、庄、孔、孟,也莫不如此。

儒家的经典作家孟子一生怀抱平治天下之志,且自负救治天下非其莫可:"夫天未欲平治天下也,如欲平治天下,当今之世,舍我其谁也。"②"王如用予,则岂徒齐民安?天下之民举安。"③"居天下之广居,立天下之正位,行天下之大道。得志,与民由之;不得

---

① 狄更斯1844年信件中语,高尔基世界文学研究所《世界文学史》第六卷上册,上海文艺出版社2013年版,第173页。
② 《孟子·公孙丑下》,朱熹:《四书集注》,中华书局1957年版。下引《孟子》同此书。
③ 同上。

志,独行其道。富贵不能淫,贫贱不能移,威武不能屈,此之谓大丈夫。"孟子的志向,不仅仅是一个诸侯小国,而是天下,是天下百姓的太平。① 因此,孟子学成于子思弟子后,即"游事齐宣王,宣王不能用,适梁"②,周游列国,推行他的政治主张。而"当是之时,秦用商君,富国强兵;楚、魏用吴起,战胜弱敌;齐威王、宣王用孙子、田忌之徒,而诸侯东面朝齐。天下方务于合从连衡,以攻伐为贤"③,诸侯主征战,法家和纵横术盛行,孟子却"述唐、虞、三代之德"④,"言必称尧舜"⑤,各国国君"以为迂远而阔于事情"⑥,不用孟子。孟子"退而与万章之徒序诗、书,述仲尼之意,作《孟子》七篇"⑦。既然在现实中无法推行自己平治天下的政治主张,就著书立说阐述之。

在《孟子》一书中,孟子着意描述的圣人贤者,都具有以救世济民为己任的品格。《孟子·万章上》说商时大臣伊尹,当其未仕时,种地于有莘国而乐尧舜之道。汤王数聘之,乃幡然改变态度曰:"与我处畎亩之中,由是以乐尧舜之道,吾岂若使是君为尧舜之君哉?吾岂若使是民为尧舜之民哉?吾岂若于吾身亲见之哉?"⑧欣然接受了汤王聘请。孟子为此感慨伊尹:"思天下之民匹夫匹妇有不被尧舜之泽者,若己推而纳之沟中,其自任以天下之重

---

① 《孟子·滕文公下》,朱熹:《四书集注》,中华书局1957年版。
② 司马迁:《史记·孟子荀卿列传》,中华书局1997年版,第2343页。
③ 同上。
④ 同上。
⑤ 《孟子·滕文公上》。
⑥ 司马迁:《史记·孟子荀卿列传》,中华书局1997年版,第2343页。
⑦ 同上。
⑧ 《孟子·万章上》。

如此。"①同样的言论亦见于《孟子·离娄下》："禹、稷当平世，三过其门而不入，孔子贤之。颜子当乱世，居于陋巷，一箪食，一瓢饮，人不堪其忧，颜子不改其乐，孔子贤之。孟子曰：禹、稷、颜回同道。禹思天下有溺者，由己溺之也；稷思天下有饥者，由己饥之也，是以如是其急也。禹、稷、颜子易地则皆然。"②在孟子看来，禹、稷出来辅佐尧帝治水，教民耕稼，并非为了食禄以养妻子的一己之利，完全是一种责任，一种使天下百姓皆得其所哉的责任，一种若天下不治、民不得其所而自己就有沉重负罪感的责任。其实这也正是孟子的夫子自道。很显然，孟子在描述先贤的事迹时都赋予了个人的色彩，写先贤，也是在写自己兼济天下、救民于水火的胸襟。

《孟子》就是这位经典作家的救世治平之书。如《史记》所言，孟子处于战国中期，各诸侯国轻儒尚法，互相攻伐，民陷水火之中。此书提出诸多救世救民的理论，其中最有代表性的是其王道、仁政与民本思想。而救民既是其著书的出发点，亦是其推行王道与仁政的落脚点。

同孔子一样，孟子周游列国，就是为了推行他的王道与仁政政治。孟子认为，天下得失成败，皆源于是否施行了仁政："三代之得天下也以仁，其失天下也以不仁。国之所以废兴存亡者亦然。天子不仁，不保四海；诸侯不仁，不保社稷；卿大夫不仁，不保宗庙；士庶人不仁，不保四体。"③不施仁政，天子不能保四海，诸侯不能保社稷，卿大夫不能保宗庙，士庶不能保一己之命。"尧舜之道，

---

① 《孟子·万章上》，朱熹：《四书集注》，中华书局1957年版。
② 《孟子·离娄下》。
③ 《孟子·离娄上》。

不以仁政,不能平治天下。"①尧舜治理天下,靠的就是仁政。因此,孟子认为,诸侯王欲得天下,就要施仁政:"今天下之君有好仁者,则诸侯皆为之驱矣,虽欲无王,不可得也。"②又《滕文公下》:"苟行王政,四海之内皆举首望之,欲以为君。"③孟子在与公孙丑讨论齐国政治时说:"今时则易然也:夏后、殷、周之盛,地未有过千亩者也,而齐有其地矣;鸡鸣狗吠相闻,而达乎四境,而齐有其民矣。地不改辟矣,民不改聚矣,行仁政而王,莫之能御也。且王者之不作,未有疏于此时者也;民之憔悴于虐政,未有甚于此时者也。饥者易为食,渴者易为饮。孔子曰:'德之流行,速于置邮而传命。'当今之时,万乘之国行仁政,民之悦之,犹解倒悬也。"④孟子为什么要急于推行仁政?这段话说得很清楚,就在于人民受暴政的统治已久,受折磨的程度亦前所未有,人民盼望仁政,犹盼解其倒悬。他急于向统治者推行仁政,就是为了使人民"被其泽",被仁政之泽。

孟子仁政的主要内涵是以民为本的思想。《孟子》书中,这一最有价值的思想,突出表现出孟子拯救人民于水火的悲悯情怀。

孟子认为,对于君主,只有上天与人民都接受了他的政治,方为把政权授予了他:"使之主祭而百神享之,是天受之;使之主事而事治,百姓安之,是民受之也。天与之,人与之,故曰,天子不能以天下与人。"⑤政权的合法性,不仅在于上天是否接受了它的祭

---

① 《孟子·离娄上》,朱熹:《四书集注》,中华书局1957年版。
② 同上。
③ 《孟子·滕文公下》。
④ 《孟子·公孙丑上》。
⑤ 《孟子·万章上》。

祀,还在于百姓是否接受了它的统治。"但是'天'不能直接表示是否接受这个推荐;这就要看老百姓是不是拥护他,归顺他。如果老百姓拥护他,这就意味着'天'接受了这个推荐。'天与'是以'人归'决定的。这实际上就是以'人归'代替了'天与',以民意代替了天意"①,这是对"君权神授"思想的重要反拨。由此,孟子得出结论,得民方能得天下:"桀纣之失天下也,失其民也;失其民者,失其心也。得天下有道:得其民,斯得天下矣;得其民有道:得其心,斯得其民矣;得其心有道:所欲与之聚之、所恶勿施尔也。"②获得百姓的支持,方能得到天下;而真正获得百姓的支持则在得民心,天下之得与失,系之民心向背。有此思想根基,孟子提出"民事不可缓"③,"民为贵,社稷次之,君为轻"④也就不足为奇。

为了使人民太平,孟子从经济制度到教育,提出一系列主张。"王如施仁政于民,省刑罚,薄税敛,深耕易耨;壮者以暇日修其孝悌忠信,入以事其父兄,出以事其长上,可使制梃以挞秦楚之坚甲利兵矣。彼夺其民时,使不得耕耨以养其父母。父母冻饿,兄弟妻子离散。彼陷溺其民,王往而征之,夫谁与王敌?故曰:'仁者无敌'。"⑤为了推行仁政,孟子不得不以国家政权谁来捍卫说服梁惠王,而其真正目的乃在于"施仁政于民"。而且在这段话里,孟子施仁政于民的各种制度都有体现。

---

① 冯友兰:《中国哲学史新编》,《三松堂全集》第八卷,河南人民出版社2001年版,第305页。
② 《孟子·离娄上》,朱熹:《四书集注》,中华书局1957年版。。
③ 《孟子·滕文公上》。
④ 《孟子·尽心下》。
⑤ 《孟子·梁惠王上》。

## 第二章 经典的传世性

在经济上，孟子主张减轻百姓的赋税①，并且要"取于民有制"②，征收百姓的税应该形成制度，如此才会使民有恒产③，得以养其父母妻子，不致于"使老稚转乎沟壑"④。孟子提出，施政尤其要关注四种穷而无告的人："老而无妻曰鳏，老而无夫曰寡，老而无子曰独，幼而无父曰孤。此四者，天下之穷民而无告者。文王发政施仁，必先斯四者。"⑤孟子认为，一个政权，如果当政者"庖有肥肉，厩有肥马"，而"民有饥色，野有饿莩"，那就等于当政者"率兽而食人"⑥。所以仁政制度的实施，就是在经济上使百姓富起来⑦，"黎民不饥不寒"，"养生丧死无憾"⑧，生与死都有保障。

仁政的另一内容是教育。"不教民而用之，谓之殃民。殃民者，不容于尧舜之世"⑨，这里所言虽是教会百姓打仗，却也反映了孟子的一贯思想。"仁言不如仁声之入人深也，善政不如善教之

---

① 战国时期各国赋税之重，孟子深有体察，故《孟子》书中多减税之论。《公孙丑上》："市，廛而不征，法而不廛，则天下之商皆悦，而愿藏于其市矣；关，讥而不征，则天下之旅皆悦，而愿出于其路矣；耕者，助而不税，则天下之农皆悦，而愿耕于其野矣；廛，无夫里之布，则天下之民皆悦，而愿为之氓矣。信能行此五者，则邻国之民，仰之若父母矣。率其子弟，攻其父母，自有生民以来，未有能济者也。如此，则无敌于天下。无敌于天下者，天吏也。然而不王者，未之有也。"《梁惠王下》："昔者文王之治岐也，耕者九一。"这是孟子明确提出的税率。又《尽心下》："孟子曰：有布缕之征、粟米之征、力役之征。君子用其一，缓其二，用其二而民有殍，用其三而父子离。"
② 《孟子·滕文公上》，朱熹：《四书集注》，中华书局1957年版。
③ 《孟子·滕文公上》："民之为道也，有恒产者有恒心，无恒产者无恒心。苟无恒心，放僻邪侈，无不为已。及陷乎罪，然后从而刑之，是罔民也。"
④ 《孟子·滕文公上》。
⑤ 《孟子·梁惠王下》。
⑥ 《孟子·梁惠王上》。这其实就是杜甫"朱门酒肉臭，路有冻死骨"所本。
⑦ 《孟子·尽心下》："易其田畴，薄其税敛，民可使富也。"
⑧ 《孟子·梁惠王上》。
⑨ 《孟子·告子下》。

得民也。善政，民畏之；善教，民爱之。善政得民财，善教得民心。"①他认为，从得民心的角度看，好的政治不如好的教育。因此百姓生活有了保证，就应开办教育："设为庠序学校以教之。庠者，养也；校者，教也；序者，射也。夏曰校，殷曰序，周曰庠；学则三代共之，皆所以明人伦也。人伦明于上，小民亲于下。"②"人之有道也，饱食、暖衣、逸居而无教，则近于禽兽。圣人有忧之，使契为司徒，教以人伦：父子有亲，君臣有义，夫妇有别，长幼有序，朋友有信。"③教育的主要目的，自然是要使百姓懂得君臣父子的伦常关系，促进社会的亲爱和睦："谨庠序之教，申之以孝悌之义，颁白者不负戴于道路矣"④，"出入相友，守望相助，疾病相扶持，则百姓亲睦"⑤。同时亦有使百姓免于刑罚的考虑，"及陷乎罪，然后从而刑之，是罔民也。焉有仁人在位罔民而可为也"⑥。

孟子仁政的思想基础是不忍人之心："先王有不忍人之心，斯有不忍人之政矣。以不忍人之心，行不忍人之政，治天下可运之掌上。"⑦"恻隐之心，仁之端也。"⑧"恻隐之心，仁也。"⑨不忍人之心，"就是不忍看见人困苦的心"⑩，就是对生活在暴政下百姓的同

---

① 《孟子·尽心上》，朱熹：《四书集注》，中华书局1957年版。
② 《孟子·滕文公上》。
③ 同上。
④ 《孟子·梁惠王上》。
⑤ 《孟子·滕文公上》。
⑥ 同上。
⑦ 《孟子·公孙丑上》。
⑧ 同上。
⑨ 《孟子·告子上》。
⑩ 冯友兰：《中国哲学史新编试稿》，《三松堂全集》第七卷，河南人民出版社2001年版，第220页。

## 第二章　经典的传世性

情心,就是对弱者的悲悯心,"孟子所谓'恻隐之心'也就是他所说的'不忍人之心',这是'仁'的根本"①,它既是仁政和民本理念的思想基础,也是其情感基础。由此,孟子对统治者提出了情感期待,不仅希望统治者在政策上以民为本,施以仁政,而且要其在感情上与民保持一致,忧民所忧,乐民所乐。《梁惠王下》:"为民上而不与民同乐者,亦非也。乐民之乐者,民亦乐其乐;忧民之忧者,民亦忧其忧。乐以天下,忧以天下,然而不王者,未之有也。"②"今王与百姓同乐,则王矣。"③这样的要求,不仅在当时是一种近似虚幻的希望,即使今天,也是过高的要求。

要之,《孟子》论政,反暴政、苛政,倡王道与仁政,仁政之核心归之民本④。其主张具有强烈的救民于水火的悲悯情怀和拯世济民的使命感,而这也正是所有经典具备的特征。

经典的内容取向,其次表现为其鲜明的探索精神,"路漫漫其修远兮,吾将上下而求索",屈原这句著名的诗句,可谓经典的传神写照。无论是对已知世界的解释,还是对未知事物的求索,经典都充满了强烈的探索气息。经典是一个民族、乃至人类思想的先行者,是小为民族、大及人类的文明奠基人。

在中国,儒道两家思想都极具探索性。即以道家所讲的"道"

---

① 冯友兰:《中国哲学史新编试稿》,《三松堂全集》第七卷,河南人民出版社2001年版,第224页。
② 《孟子·梁惠王下》,朱熹:《四书集注》,中华书局1957年版。
③ 同上。
④ 钱穆:"故为政者,当先注意发展国民之生计,次之以教育,则上下同乐,各得遂其所欲矣。否则国民以暴君苛政之故,不免于死亡,则陷于刑辟非其罪,背国叛君非其过。其君为匹夫,为其臣者可以去,可以易其位,可以诛其人,其论实较孔子'正名复礼'之主张为进步矣。"钱穆:《四书释义》,九州出版社2011年版,第184页。

而言,如果说儒家着重于"道"的社会性探索与建构的话,道家则重在"道"的自然内涵的探索与建构,包括用"自然"解释未知的决定宇宙万物的原因,用"自然"探究已知的人的精神世界,先秦道家哲学,因此被称为自然的哲学。人对宇宙万物的探索,难度最大的是人的精神世界,而人文学科的胜义及价值恰恰在于此处。

老子之所以被称为道家,就在于他首先论"道"。实际上道是统贯他哲学的名,而其哲学的实质则是自然。《老子》朱谦之注说得好:"黄、老宗自然,《论衡》引《击壤歌》:'日出而作,日入而息,凿井而饮,耕田而食,帝力何有于我哉。'此即自然之谓也,而老子宗之。二十五章:'人法地,地法天,天法道,道法自然。'五十一章:'夫莫之命而常自然。'二十三章:'希言自然。'六十四章:'以辅万物之自然而不敢为。'观此知老子之学,其最后之归宿乃自然也。故《论衡·寒温篇》曰:'夫天道自然,自然无为。'"[①]《老子》全书谈到"自然"的地方有五处,除上引到的三处外,还有第十七章:"成功事遂,百姓谓我自然。"[②]吴澄《道德真经注》:"然,如此也","百姓皆谓我自如此"[③]。又第二十三章:"希言自然。"[④]老子使用"自然"这个概念,主要用来解释"道"。他认为,自然是道的核心内涵,道的本质即是自然,这里所说的"自然",既不是指自然界、自然物,也不是指所谓的自然规律,而是指道的状态,一种非人力所为的自然而然的状态。"道生之,德畜之,物形之,势成之。是以万物莫不尊道而贵德。道之尊,德之贵,夫莫之命而常自然。

---

① 朱谦之:《老子校释》中华书局1984年版,第71页。
② 同上书,第38页。
③ 吴澄:《道德真经吴澄注》,华东师范大学出版社2010年版,第22页。
④ 任继愈:《老子绎读》,北京图书馆出版社2006年版,第50页。

## 第二章　经典的传世性

故道生之,德畜之;长之育之,亭之毒之,养之覆之,生而不有,为而不恃,长而不宰,是谓玄德。"①道的玄德即在于它任自然,听凭万物自然得其形状,自然生长与发展。道的本质即是自然无为,不自有,不自恃,不自主宰。故河上公注说:"道性自然,无所法也。"②吴澄《道德真经注》:"道之所以大,以其自然,故曰'法自然'。非道之外,别有自然也。自然者,无有无名是也。"③车载《论老子》说:"《老子》全书谈及'自然'一辞的文字,计有五处,……《老子》书提出'自然'一辞,在各方面加以运用,从来没有把它看着是客观存在的自然界,而是运用自然一语,说明莫知其然而然的不加人为任其自然的状态,仅为《老子》全书中心思想'无为'一语的写状而已。"④其说颇有道理。老子的哲学被称为"自然"的哲学。所谓"自然",就是不施以外力,事物按照自身的性质、状态存在和发展,尤其是不加以人为的干预。

很明显,老子的自然观,是从天地等大自然的运转中总结出来的,并把它概括为对待万事万物普遍的态度。按照老子自然哲学,人对待自然应持一种"玄德"的态度,不干预大自然,任其自由的存在与发展。表现为人事,合理的社会状态就是无为:"道常无为而无不为。侯王若能守之,万物将自化。化而欲作,吾将镇之以无名之朴。无名之朴,夫亦将不欲。不欲以静,天下将自定。"⑤"故圣人云:我无为而民自化,我好静而民自正,我无事而民自富,我无

---

① 任继愈:《老子绎读》,北京图书馆出版社2006年版,第111—112页。
② 王卡点校:《老子道德经河上公章句》,中华书局1993年版。
③ 吴澄:《道德真经吴澄注》,华东师范大学出版社2010年版,第35页。
④ 车载:《论老子》,上海人民出版社1962年版,第2—3页。
⑤ 任继愈:《老子绎读》,北京图书馆出版社2006年版,第82—83页。

欲而民自朴。"①主要是政令清净无为,不以苛政扰民,甚至连礼义等社会规范也不需要,使人民回到远古时代素朴的生活中去。

老子既然把"自然"上升到道的高度,就是要以"自然"统贯万事万物,包括人的精神世界。第十六章:"夫物芸芸,各复归其根,归根曰静,是谓复命。"②归根则是回到事物之始,即回归于道,而道的本质就是无为,无为曰静。由此可知合于道、即回归自然的心灵,应该是"静"的精神状态。老子在此章又云:"致虚极,守静笃。"吴澄注:"致,至之而至其极处也。虚,谓无物,外物不入乎内也。极,穷尽其处也。守,固内御外,如'守城'之'守'。静,谓不动,内心不出于外也。笃,力不倦也。"③不受外在的干扰,尤其是名利等欲望的诱惑,"见素抱朴,少私寡欲"④,如此才能保持内心的虚静,这就是老子的心灵解脱之道。

庄子的哲学是自然主义的哲学,自然是庄子思考问题的理论出发点,也是庄子思想的核心。《庄子》书中提到"自然"一词不过10条,如《德充符》中的"常因自然而不益生"⑤、《应帝王》中"顺物自然而无容私焉"⑥、《田子方》"无为而才自然矣"⑦。并不似《老子》一书对自然有专门的描述。但是《庄子》一书的核心理论就是建立在他的自然观基础之上的,所以,庄子对于老子的自然说

---

① 任继愈:《老子绎读》,北京图书馆出版社2006年版,第125页。
② 同上书,第35—36页。
③ 吴澄:《道德真经吴澄注》,华东师范大学出版社2010年版,第20页。
④ 任继愈:《老子绎读》,北京图书馆出版社2006年版,第41页。
⑤ 《庄子·德充符》,郭象注、成玄英疏:《庄子注疏》卷二,中华书局2011年版,第122页。
⑥ 《庄子·应帝王》,郭象注、成玄英疏:《庄子注疏》卷三,第161页。
⑦ 《庄子·田子方》,郭象注、成玄英疏:《庄子注疏》卷七,第381页。

## 第二章　经典的传世性

有了延展与深化。如果说老子的自然之说着眼于对道的一般属性的解说,并把重点放在对社会政治的考察上;那么庄子的自然之说则在此基础之上,对道的自然属性又给以深化,并且着重于用"自然"建构人的精神世界。

庄子论道,首先明确道的不可把握性,《庄子·知北游》说:"道不可闻,闻而非也;道不可见,见而非也;道不可言,言而非也。知形形之不形乎？道不当名。"①《天道》篇:"夫道于大不终,于小不遗,故万物备,广广乎其无不容也,渊渊乎其不可测也。"②正因为道不可道,所以庄子着力描述道的形态。总结这些关于道的形态的描述,其核心还在于揭示道本自然的属性。《齐物论》云:"道行之而成,物谓之而然。恶乎然？然于然;恶乎不然,不然于不然。物固有所然,物固有所可;无物不然,无物不可。故为是举莛与楹,厉与西施,恢恑憰怪,道通为一。其分也,成也;其成也,毁也。凡物无成与毁,复通为一。唯达者知通为一,为是不用而寓诸庸。庸也者,用也;用也者,通也;通也者,得也,适得而几矣。因是已,已而不知其然谓之道。"③物之可与不可,然与不然,皆其"自"也,即自然如此,从道的自然属性来看,物之分别,皆为自然。还有在《德充符》里说:"自其异者视之,肝胆楚越也;自其同者视之,万物皆一也。"④所谓"同"者,也是在讲从物的自然而然的属性而视之。在《大宗师》里,庄子重点揭示道的"自本自根"性:"夫道有情

---

① 《庄子·知北游》,郭象注、成玄英疏:《庄子注疏》卷七,中华书局2011年版,第403页。
② 《庄子·天道》,郭象注、成玄英疏:《庄子注疏》卷五,第264页。
③ 《庄子·齐物论》,郭象注、成玄英疏:《庄子注疏》卷一,第38—39页。
④ 《庄子·德充符》,郭象注、成玄英疏:《庄子注疏》卷二,第104—105页。

有信,无为无形;可传而不可受,可得而不可见;自本自根,未有天地,自古以固存;神鬼神帝,生天生地;在太极之先而不为高,在六极之下而不为深,先天地生而不为久,长于太古而不为老。"①这个"自本自根",就是自己如此,没有第二个力量或原因使然,并且是由来如此。诚如《知北游》所说:"天不得不高,地不得不广,日月不得不行,万物不得不昌,此其道与!"②而所谓的"不为",仍然强调的是道的自然属性,因为是自然如此,所以在高不自以为高,在低不自以为低,在久而不自以为久,在老而不自以为老。亦犹此篇前段所讲,"天地有大美而不言,四时有明法而不议,万物有成理而不说"③,之所以天地有大美而不言,就是因为它不自以为美,美是自美;四时有明法而不议,也是因为不自以为法,法是自然的存在;万物有成理而不说,其道理也是如此。而在人之视道,亦应如是观。实则就是不知其所以然,"已而不知其然谓之道"。在《知北游》一章,还有类似的表述:"今彼神明至精,与彼百化。物已死生方圆,莫知其根也。扁然而万物,自古以固存。六合为巨,未离其内;秋毫为小,待之成体。天下莫不沉浮,终身不故;阴阳四时运行,各得其序;惛然若亡而存,油然不形而神;万物畜而不知。此之谓本根,可以观于天矣。"④事物小大的由来,四时运行的秩序,皆不自知,皆本然如是,这就是本根。又《在宥》篇:"万物云云,各复其根,各复其根而不知。浑浑沌沌,终身不离。若彼知之,乃是离

---

① 《庄子·大宗师》,郭象注、成玄英疏:《庄子注疏》卷三,中华书局2011年版,第136—137页。
② 《庄子·知北游》,郭象注、成玄英疏:《庄子注疏》卷七,第395页。
③ 《庄子·知北游》,郭象注、成玄英疏:《庄子注疏》卷七,第392页。
④ 《庄子·知北游》,郭象注、成玄英疏:《庄子注疏》卷七,第392—393页。

## 第二章 经典的传世性

之。无问其名,无窥其情,物固自生。"①所谓"复其根",即是复其本然。回到"物固自生"的原初状态。老子谓之"复命":《老子》十六章:"夫物芸芸,各复归其根。归根曰静,是曰复命。复命曰常,知常曰明。"②王弼注认为,"归根"就是"各返其所始也"③,即回到它的原初,而所谓"复命",就是"得性命之常"④,也就是得其自然本性,即静而无为的本然状态。这个本然就是庄子说的"自生",所以不自知。由此观之,方可以知天道。可见本根近于自根,都是讲的物的自然之性。

庄子论道,自有其探寻事物存在运转根本原因之抱负,同时还有解释人的生存困扰的问题所在、从根本上解除人的精神困境的目的。围绕这一问题,庄子提出了"心斋"、"坐忘"等方法和途径。"回曰:'敢问心斋?'仲尼曰:'若一志,无听之以耳而听之以心,无听之以心而听之以气。听止于耳,心止于符。气也者,虚而待物者也,唯道集虚。'"⑤虚其心,才会使自然重回胸中。就是要排除所有外在的因素对人本应自然心境的干扰,使人的精神重新回到逍遥自放的状态。而庄子《逍遥游》篇集中探讨的就是人的精神如何才能达到至极的自由境界。庄子理想的精神境界,当然是逍遥游的境界,这是"乘天地之正而御六气之辩,以游无穷者"⑥的精神之旅。而要想心灵达到此种悠游自在的自由天地,则必须做到

---

① 《庄子·在宥》,郭象注、成玄英疏:《庄子注疏》卷四,中华书局2011年版,第212页。
② 任继愈:《老子绎读》,北京图书馆出版社2006年版,第35—36页。
③ 楼宇烈:《王弼集校释》,中华书局1980年版,第36页。
④ 同上书,第65页。
⑤ 《庄子·人间世》,郭象注、成玄英疏:《庄子注疏》卷二,第80—81页。
⑥ 《庄子·逍遥游》,郭象注、成玄英疏《庄子注疏》卷一,第11页。

"无功"、"无名",甚至"无己"①,这就是庄子为士人寻找到的精神解脱的路径。

老庄经典的意义在于,道家的经典作家,从外在自然的存在与运行中,发现了其自在自为性,无目的地合目的性,把其命名为"道"。如王弼所阐释的:"万物皆由道而生,既生而不知其所由,故天下常无欲之时,万物各得其所。"②又郭象《庄子·齐物论》注:"物各自然,不知所以然而然,则形虽弥异,其然弥同也。"③"夫天地万物,变化日新,与时俱往,何物萌之哉?自然而然耳。"④老庄经典作家把物的这一特性,延展到人世,建立起人世间合道的自然观。这种自然观,影响中国甚剧。其用于政治,表现为无为而治的政治观。但是,从历史的实际情况看,老庄的自然观,更多的是用于士人调适个体的精神世界,逐渐形成了适性逍遥的生活态度。而摆脱世俗的功名利禄的羁绊,回归自然,也就成为礼制社会中,士人寻找到的个人的精神空间。

正是在这个意义上,历代的作家中,如陶渊明那样用自然来建构个人心灵空间、用个人的生命体验探索摆落精神禁锢的作品,才会成为传世的经典。当代人撰写的中国文学史,评介陶渊明在中国文学史的地位时,一改钟嵘《诗品》"古今隐逸诗人之宗"⑤的评价,将其誉为田园诗的第一人。这应该说也没有什么问题,从诗歌写作的题材考察,陶渊明的诗,以其对田园生活的真切描写,的确

---

① 《庄子·逍遥游》:"故曰:至人无己,神人无功,圣人无名。"
② 王弼《老子》第三十四章注,楼宇烈:《王弼集校注》,中华书局1980年版,第86页。
③ 《庄子·齐物论》,郭象注、成玄英疏:《庄子注疏》卷一,第28页。
④ 《庄子·齐物论》,郭象注、成玄英疏:《庄子注疏》卷一,第29页。
⑤ 曹旭:《诗品集注》(增订本),上海古籍出版社2011年版,第337页。

## 第二章 经典的传世性

为中国古代诗歌增添了清新的题材内容,但这并不是历代士人所理解和接受的陶渊明。陶渊明之所以在沉寂了一个世纪之久,逐渐被士人认识,并在宋代达到极致,成为中国古代的经典诗人,其真正的原因不在于陶渊明描写了田园生活,而在于他的田园诗里蕴含着士人体道的真意,为士人在庙堂生活之外,于大自然中构筑了另一个可以诗意栖居的精神家园。苏轼《题渊明诗二首》云:"靖节以无事自适为得此生,则凡役于物者,非失此生耶?"[①]陶渊明的经典意义在于为士人找到了无事自适的生活态度。

中国的经典作家,从不单纯讨论自然,也不似欧洲思想者那样,把自然视为纯粹的认识和改造对象。中国古代的思想家和士人之所以称自然为"外物",就是因为人与自然是一种对待的关系。当其外观自然世界时,并未忘却、甚至放弃心的主体。中国古代的思想家和士人,观照自然,正是为了返照个人的心灵世界。庄子议论物性自然,意在求证自然之人性,回到无为淳朴的至德社会,如《天地》篇所云:"至德之世,不尚贤,不使能,上如标枝,民如野鹿,端正而不知以为义,相爱而不知以为仁,实而不知以为忠,当而不知以为信,蠢动而相使,不以为赐。"[②]所谓的"不知",不是无知,而是如合道的外物一样,摒弃了智性机心,纯任天理,率性自然。

陶渊明"性本自然"[③],"少学琴书,偶爱闲静。开卷有得,便欣然忘食。见树木交阴,时鸟变声,亦复欢然有喜。常言:五六月

---

① 张志烈等:《苏轼全集校注》,河北人民出版社2011年版,第7495页。
② 《庄子·天地》,郭象注、成玄英疏:《庄子注疏》卷五,中华书局2011年版,第240—241页。
③ 陶渊明:《归去来辞》,袁行霈:《陶渊明集笺注》卷五,中华书局2003年版,第460页。

中,北窗下卧,遇凉风暂至,自谓是羲皇上人。"①然而,"耕植不足以自给,幼稚盈室,缾无储粟,生生所资,未见其术"②。因为家境贫寒之故,被迫出仕,用为彭泽令。这固然解决了生计问题,但是口腹自役,束缚了陶渊明自然的天性,带来了精神的困窘。于是,这位伟大诗人,决计不为五斗米折腰,"以往之不谏,知来者之可追。实迷途其未远,觉今是而昨非"③,毅然挂冠而去,过上耕稼自给,心灵自适的生活。当然,仅仅如此,陶渊明仍属隐逸者的范围。而于此,已有许由、务光、伯夷、叔齐等贤人踵武于前,陶渊明无出其上者。但是陶渊明之所以成为经典诗人,就在于他用诗文表现出士人在其田园生活中所捕获到的人生真谛,所获得的心灵满足。

从陶渊明的诗文可以感受到,他不是田园生活的被动表现者,更非以客观描写田园生活为鹄的的诗人。如苏东坡所云:"陶渊明意不在诗,诗以寄其意耳。"④在中国古代诗人中,陶渊明是极少数的思想者、带有哲人气质的诗人,是魏晋真正通过自然体玄悟道者。他的《形影神》诗,探索人生意义和态度,创造了陈寅恪先生所说的"新自然说":"三皇大圣人,今复在何处?彭祖寿永年,欲留不得住。老少同一死,贤愚无复数。日醉或能忘,将非促龄具?立善常所欣,谁当为汝誉?甚念伤吾生,正宜委运去。纵浪大化中,不喜亦不惧。应尽便须尽,无复独多虑。"⑤陈寅恪释此诗云:"此诗结语意谓旧自然说与名教说之两非,而新自然说之要旨在

---

① 陶渊明:《与子俨等疏》,袁行霈:《陶渊明集笺注》卷七,中华书局2011年版,第529页。
② 陶渊明:《归去来辞》,袁行霈:《陶渊明集笺注》卷五,第460页。
③ 同上。
④ 晁补之:《鸡肋编》卷三三。
⑤ 袁行霈:《陶渊明集笺注》卷二,中华书局2003年版,第67页。

委运任化。夫运化亦自然也,既随顺自然,与自然混同,则认己身亦自然之一部,而不须更别求腾化之术,如主旧自然说者之所为也。"①对于陶渊明委运任化的思想,陈寅恪从思想史的角度,给予了很高评价:"此首之意谓形所代表之旧自然说与影所代表之名教说之两非,且互相冲突,不能合一,但已身别有发明之新自然说,实可以皈依,遂托于神之言,两破旧义,独申创解,所以结束二百年学术思想之主流,政治社会之变局,岂仅渊明一人安身立命之所在而已哉!"②

陶渊明的田园诗,就是探索其新自然说的作品。陶渊明通过田园生活,积极探索返璞归真的生活能否找到心灵的安适与宁静,并以诗表现出他思考的结论。陶渊明的结论是肯定的。《归园田居》云:"少无适俗愿,性本爱丘山。误落尘网中,一去三十年。羁鸟恋旧林,池鱼思故渊。开荒南野际,守拙归园田。方宅十余亩,草屋八九间。榆柳荫后檐,桃李罗堂前。暖暖远人村,依依墟里烟。狗吠深巷中,鸡鸣桑树颠。户庭无尘杂,虚室有余闲。久在樊笼里,复得返自然。"③他的诗文告诉士人,相对人的自然天性而言,官场就是樊笼,田园则是摆脱官场尘网、回归人的自然天性的理想的栖迟之地。

当然,人与自然的关系,是一种对待的关系。并非回到农村,就一定与自然相亲,感受到静寂的生活,体悟到自然之道,关键还在于心态。《饮酒二十首》其五云:"结庐在人境,而无车马喧。问

---

① 陈寅恪:《陶渊明之思想与清谈之关系》,《金明馆丛稿初编》,生活·读书·新知三联书店2009年版,第225页。
② 陈寅恪:《陶渊明之思想与清谈之关系》,《金明馆丛稿初编》,第223页。
③ 袁行霈:《陶渊明集笺注》卷二,中华书局2003年版,第76页。

君何能尔？心远地自偏。采菊东篱下，悠然见南山。山气日夕嘉，飞鸟相与还。此中有真意，欲辨已忘言。"①寻找"真意"，是陶渊明的本心，也是此诗的题旨所在。此诗通篇确实充满玄意，但是诗人得意忘言，却偏不说出。其实，此诗所写的乃是心与境之关系。世事的纷扰来自何处？非来自人境，而是来自个人的心灵。个人如能心境淡泊，即使住在喧嚣的所在，亦如远离尘世。而且也只有个人湛然心虚，"悠然忘情，趣闲而累远"②，方能"境与意会"③，与外物融为一体，悟得外物中所蕴涵的自然之道。苏轼说"采菊东篱下，悠然见南山"一句，"最有妙处"④，妙在何处？妙在一切皆在不经意间。东篱下采菊，是不经意的，无可无不可的；南山之入眼帘，亦是不经意的。而这些都是心闲的缘故。心闲而境自生，心闲而道自现。所以此句乃悟道之机。如果说《庄子》以其理论论述了个体如何获得和保持人的精神自由的话，陶渊明的诗文，则以其生活体验证悟了个体获得心灵自适的途径，为后代士人开启了心灵获得解脱的自由之门。

---

① 袁行霈：《陶渊明集笺注》卷三，中华书局2003年版，第147页。
② 晁补之：《鸡肋编》卷三三。
③ 苏轼：《题渊明饮酒诗后》，张志烈等：《苏轼集校注》，河北人民出版社2010年版，第7497页。
④ 同上。

# 第三章　经典的普适性

　　经典是能够经得住时间检验和历史检验的传世之作,讲的是从时间的维度来看,经典具有的永久价值。而从空间的维度看,经典同样具有超越地域、阶级、种族、族群的普适性价值和意义。"经"者,道也。经典,就是承载了对于读者具有普遍启示意义的典籍。

## 一

　　对于经典的普适价值,反对经典的学者、尤其是后现代的学者也是持否定态度的,甚至其激烈的程度超过了对于经典的时间维度的永久性价值的否定。不同阶级、不同民族、不同地区和不同性别的人群,是否具有相同或相近的价值观,长期以来就是争论不休的问题。这也充分反映到对经典的认识上来。后现代主义就是"以攻击普遍主义、本质主义、基础主义以及二分法思维模式为目标的"[①]。"利奥塔发现,康德的三种批判能力和判断类型与维特

---

[①] 道格拉斯·凯尔纳、斯蒂文·贝斯特著,张志斌译:《后现代理论　批判性的质疑》,中央编译出版社1999年版,第239页。

根斯坦的语言游戏有着某种结构上的对应关系,所有这些东西都受它们各自的规则和标准所支配。不过他比这些理论家要走得更远,在他看来,话语的异质性是必然的,永远存在着不可能被同化到普遍或者普适标准中去的差异。在《歧异》中,他还指出那种人与人互相团结、彼此具有共同性和普遍性的现代'我们'已经土崩瓦解。他认为,在奥斯威辛事件之后,我们不再有任何借口来宣称人类本是一个整体,宣称普遍性是人类的真实状况。相反,群体的碎裂化和利益的相互竞争才是后现代的真实情况。"[1]这里所说的利奥塔,即法国哲学家、后现代思潮理论家让·佛朗索瓦·利奥塔尔。他被视为关于多元性、异质性、差异性等问题的典型的后现代理论家,成为"猛力攻击总体化和普遍化的理论和方法,捍卫一切理论领域及话语中的差异性与多元性的一面旗帜"[2]。他的《后现代状态》的理论核心就是论述传统哲学和传统社会理论与后现代知识之间的差异。现代科学寻求普遍化、同质性,并且以其能够解除人们的愚昧,带来真理而获得合法性。而利奥塔尔恰恰置歧见和异议于共识之上,置异质性和不可同约性于普遍性之上,他指出:"把合法化问题的建构引向追求普遍的共识似乎是不可能的,甚至也是不谨慎的。"[3]后现代科学强调的是知识的不稳定性、非连续性和无序性。后现代理论"通过关注不可确定的现象、控制精度的极限、不完全信息的冲突、量子、'碎片'、灾变、语用学悖论

---

[1] 道格拉斯·凯尔纳、斯蒂文·贝斯特著,张志斌译:《后现代理论  批判性的质疑》,中央编译出版社1999年版,第196页。
[2] 同上书,第168页。
[3] 让·弗朗索瓦·利奥塔尔著,车槿山译:《后现代状态》,南京大学出版社2011年版,第223页。

## 第三章 经典的普适性

等,后现代科学将自身的发展变为一种关于不连续性、不可精确性、灾变和悖论的理论。它改变了知识一词的意义,它讲述了这一改变是怎样发生的。它生产的不是已知,而是未知。它暗示了一种合法化模式,这完全不是最佳性能的模式,而是被理解为误构的差异的模式"①。利奥塔尔的理论颇具代表性。后现代既不承认精神产品超越时间的永久性价值,更不承认精神产品超越环境的普遍性价值,即超越阶级、超越种族、超越地域、超越性别的普世价值。西方后现代各派别无一例外,都反对经典的普遍性。女性主义认为经典是男权主义的产物,有色人种则认为经典反映的是已死的欧洲白人的价值观,后殖民主义认为经典带有明显的欧洲中心主义的价值观,新历史主义认为权力才是构建经典的核心因素。

无疑,阶级、地域、民族和语言的不同,自然会影响到精神产品的创造与接受,影响到经典的评价。艾略特写过一篇《什么是经典》的文章,着重是从语言成熟与否角度来讨论经典的:"假如我们能找到这样一个词,它能最充分地表现我所说的'经典'的含义,那就是成熟。……经典作品只可能出现在文明成熟的时候;语言及文学成熟的时候;它一定是成熟心智的产物。赋予经典作品以普遍性的正是那个文明、那种语言的重要性,以及那个诗人自身的广博的心智。"②"当一位伟大的诗人同时也是一位伟大的经典诗人的时候,他所用竭的就不仅仅是一种形式了,而是他那个时代

---

① 让·弗朗索瓦·利奥塔尔著,车槿山译:《后现代状态》,南京大学出版社2011年版,第204页。
② 托马斯·斯特尔那斯·艾略特撰,王恩衷编译:《艾略特诗学文集》,国际文化出版公司1989年版,第190页。

的语言;在他的笔下,那个时代的语言将达到完美的程度。"①正因为艾略特强调语言对于经典的决定作用,因此他看到了语言圈给作品接受带来的深刻影响。在他看来,只有欧洲文学的源头拉丁和希腊文学语言才能找到接近欧洲经典的作品,而任何现代语言中无论如何也找不到接近经典的作品:"例如,根据歌德的诗在本国语言和文学中所占的位置,我们有足够的理由认为他的诗构成了一部经典作品。然而,由于他的诗的局部性,它在内容上的某些非永恒性,以及感受性上的德意志精神;又由于歌德在一个外国人看来,似乎受到他那个时代,那时的德国语言以及德国文化的局限,所以他不能代表整个欧洲的传统,并且和我们自己的十九世纪作家一样,带有地方气,因此我们不能把歌德称作一个普遍的经典作家。"②歌德之为世界范围的经典作家,自然是得到普遍认可的,不能因为他的诗带有"地方气",是用德国语言写的,就把它排除在经典之外。但是我们又不能不承认艾略特的观点,即语言对于经典传播范围的影响。中国经典之作在世界的传播情况也可以证明这一点。除《老子》《论语》《庄子》《红楼梦》等经典之作和屈原、李白、杜甫、鲁迅等经典作家的作品在世界有一定的影响之外,尚有很多经典还不为人所知,或者仅限于华文文化圈,如日本、韩国以及东南亚各国等。

不仅是语言,从历史上看,不同的阶级(我们现在已经很少谈阶级了,西方马克思主义反而还坚持阶级的观点)、不同的族群,其价值观也是有差异的。即使是不同的性别,由于受到教育的机会和程度有

---

① 托马斯·斯特尔那斯·艾略特撰,王恩衷编译:《艾略特诗学文集》,国际文化出版公司1989年版,第199页。
② 同上书,第203页。

别,也有认识上的区别,对待同一作品的评价定会有差异。如爱德华·希尔斯所说:"人文学传统依附于古老的民族共同体或文明;依附于特定的著作,这些著作构成了这一共同体或文明的一部分,因此,不易于传递给另一些民族社会和文明。"①这也使经典的形成和传播,在一定程度上不可避免地带有其区域性、族群类特征。

## 二

认识及评价文化,既要看到文化的差异性,同时也不能否认文化的共通性。而这种文化的共通性是既可以超越时间,也可以超越空间的。

文化的共通性,首先表现在人类的共同关注。我们不能不承认,即使是不同的意识形态,不同民族,不同地区,不同性别,不同语言族群,作为人,亦必然有其共同关心的人与自然、人与社会以及人作为个体自身的精神情感问题。杜卫·佛克马说:"如上文所言,文学经典是为了解决人们特定的需要而创作的,它们对我们个人生活和社会生活中所遇到的问题提供可能的解决方案。当然,不同的文化背景决定了我们有着不同的需要和问题,但在这个全球化的世界里,有一些需要和问题是跨越文化界限甚至是普遍存在的。人们需要食物和房屋,和平和没有战争,他们希望生活在自由和安全的环境中。"②杜卫·佛克马关注的是全球化下人类共

---

① 爱德华·希尔斯著,傅铿、吕乐译:《论传统》,上海人民出版社2009年版,第137页。
② 杜卫·佛克马著,李会芳译:《所有的经典都是平等的,但有一些比其他更平等》,童庆炳、陶东风主编:《文学经典的建构、解构和重构》,北京大学出版社2007年版,第23页。

同面对的普遍问题。实际上即使人类交流不是十分发达的社会,生活在不同国度和地区的人们同样有着共同关注的人类生存与生活的问题:如饥馑、灾荒、瘟疫、洪水、地震这些自然灾害,战争、动乱、宗教与意识形态之争等社会问题,还有个体的生老病死以及爱恨情仇等人生问题,等等。美国著名文学与文化批评家爱德华·W.萨义德在《知识分子论》一书讨论知识分子时亦注意到了知识分子的民族性,民族的集体认同。他在概括法国小说家和评论家班达名著《知识分子之背叛》的印象时说,班达认为"知识分子存在于一种普遍性的空间,既不受限于民族的疆域,也不受限于族裔的认同"①。然而萨义德指出,自从1927年以后,世事发生了很大变化,"首先,欧洲与西方为世界其他地方设定标准的这种角色已经遭到挑战";"其次,旅行与通讯不可思议的快速发展,创造出对于所谓'歧异'(difference)和'他性'(otherness)的新认知;用简单的话来说,这意味着如果谈起知识分子,就不能像以往那样泛泛而谈,因为法国知识分子在风格与历史上完全不同于中国的知识分子。换言之,今天谈论知识分子也就是谈论这个主题在特定国家、宗教甚至大洲的不同情况,其中似乎每个都需要分别考量。例如,非洲的知识分子或阿拉伯的知识分子各自处于很特殊的历史语境,具有各自的问题、病征、成就和特质"②。"民族或其他种类的社群(如欧洲、非洲、西方、亚洲)具有共同的语言和一整套暗示及共有的特色、偏见、固定的思考习惯,我们似乎无从逃脱民族或社群在我们周围所设定的边界和樊篱。在公众的言词中,找不到比

---

① 爱德华·W.萨义德著,单德兴译:《知识分子论》,生活·读书·新知三联书店2013年版,第28页。
② 同上。

## 第三章 经典的普适性

'英国人'、'阿拉伯人'、'美国人'、'非洲人'更普遍的用语了,其中每个用语暗示的不只是整个文化,而且是特定的心态"①。这种情况必然对知识分子的普遍性观念有所减损。萨义德并不反对知识分子的民族性。然而他认为:"除了这些极为重要的任务——代表自己民族的集体苦难,见证其艰辛,重新肯定其持久的存在,强化其记忆——之外,还得加上其他的,而我相信这些只有知识分子才有义务去完成。毕竟,许多小说家、画家、诗人,像曼佐尼(Alessandro Manzoni,1785—1873)、毕加索(Pablo picasso,1881—1973)、聂鲁达(Pablo Neruda,1904—1973),已经在美学作品中体现了他们人民的历史经验,而且这些美学作品也被认为是伟大的杰作。我相信,知识分子的重大责任在于明确地把危机普遍化,从更宽广的人类范围来理解特定的种族或民族所蒙受的苦难,把那个经验连接上其他人的苦难。"②经典的普适性价值即在于把一个民族、甚至个人的经验连接上人类经验,使经典不仅具有民族性和作者的个人性,同时又具有其超越民族性和个人性之上的普遍意义。

其次,表现在人类有其可以共同承认或接受的文化,有其共同的文化遗产。作为生活在这个地球上的唯一的具有文化的人类,如果我们没有建立在不同民族、不同语言甚至不同时代之上的对于人类社会的普适的价值观、共通的思想和文化,我们又何以能够相互理解、相互交流、生活在同一个地球上呢?让我们引用迈克尔·泰纳《时间的检验》中一段论述时间与经典的话来讨论这一

---

① 爱德华·W.萨义德著,单德兴译:《知识分子论》,生活·读书·新知三联书店2013年版,第31—32页。
② 同上书,第41页。

问题:"经典,经受时间的检验,有一种共同的感觉存在于爱好大致类似的人中间,这些观念是不可分的。假如没有一系列这种意义上得到公认的经典作品,一个有共同目标的批评界就无法存在。"①譬如,无论任何社会、任何国家的人民,对真善美的追求,对假恶丑的憎恶,对自由与民主的渴望,对专制与压迫的反抗,对真理与正义的坚持等等,都是相同的。洪水、地震、干旱、瘟疫等自然灾害给人类带来的灾难,战争、杀戮给人类带来的痛苦,专制、贪腐给社会造成的不公,等等,也都是不同地域和民族、不同性别和族群所共同关心而且是深恶痛绝的问题。尤其是人类所关心的自身的复杂人性问题,更是历代精神产品都在不断探索的问题。刘再复2012年发表的文章《〈红楼梦〉的存在论阅读》有这样的讨论:"文学固然可以见证时代,但是文学也常常反时代、超时代。它所见证的人性困境,常常不是一个时代的困境,而是永远难以磨灭的人类生存困境和人性困境。从人性的角度上说,文学并非时代的镜子,而是超时代的人性的镜子。马克思在解释《荷马史诗》所以具有永恒性价值时,提出的理由正是史诗呈现了人类童年时期的特点。这就是说,它见证的不是希腊时代的政治经济,而是超越希腊也超越希腊时代的人类早期的普遍性情和普遍困境。"②我们姑且不去讨论是否文学"并非时代的镜子,而是超时代的人性的镜子"的问题。但是,刘再复所说的经典表现的是人类不可磨灭的生存困境和人性困境,则从一个方面道出了经典的普适价值。

---

① 迈克尔·泰纳著,陆建德译:《时间的检验》,中国社会科学院外国文学研究所《世界文论》编辑委员会编:《重新解读伟大的传统》,社会科学文献出版社1993年版,第219页。
② 《读书》2012年第七期。

## 第三章　经典的普适性

"一个哲学家的伟大之处无疑在于他的思想观点的持久性,接受他的思想观点的区域范围,以及他提出的问题和提供的解决方式的普及性和渗透性。"①因此,作品反映了人类共同关注的问题和表现了人类普适价值的作家,如但丁、莎士比亚、雨果、歌德、托尔斯泰、萨特、卡夫卡等经典作家,既是西方的,也是东方的、世界的;孔子、庄子、李白、杜甫、曹雪芹、鲁迅既是中国的,东方的,也是西方的、世界的,并且是当代的。"这样的诗人无论他属于哪个国度都是我们的同胞,但又是他本民族最卓越的代表之一。这样的人能帮助他的同胞理解他们自己,同时又帮助别人理解并接受自己"②。因此,《论语》中"仁者,爱人"③思想,释典中普渡众生人世关怀,《老子》和《庄子》中反对过度社会化对人性的扭曲与异化,提倡自然的学说,越千年而活到现代,仍对社会产生重大影响。

艾略特在《哲人歌德》中谈"伟大欧洲人"的标准时说:"我们的标准是什么?毋庸置疑,其中两条肯定是永恒性与普遍性。欧洲诗人必须不仅仅在历史上占有一定位置:他的作品必须给后代以乐趣和裨益。他的影响不仅仅是一个历史记录问题;他对任何时代都含有一定的价值。而每个时代对他都会有不同的理解,而且不得不以新的眼光来评价他的作品。他必须不仅仅对本民族和语言显得重要,就是其他民族和语言也要一样显得重要:本民族和语言的人们将会感觉到他完全是他们当中的一员,而且也是他们

---

① 爱德华·希尔斯著,傅铿、吕乐译:《论传统》,上海人民出版社2009年版,第143页。
② 托马斯·斯特尔那斯·艾略特撰,王恩衷编译:《艾略特诗学论集》,国际文化出版公司1989年版,第272页。
③ 《论语·颜渊》:"樊迟问仁,子曰:爱人。"朱熹:《论语集注》卷六,北京图书馆出版社2013年据嘉庆刻、嘉熙及淳祐递修本影印本。下引《论语》同。

在国外的代表。对于不同国家、不同时代的读者来说,他的意义不会相同,但至于他的重要性,任何国家、任何时代都不会有任何怀疑。"①艾略特主要是从语言角度来评价"伟大的欧洲人"的,认为似但丁、莎士比亚和歌德那样的伟大作家,是"他们语言中最伟大的诗人"。但是他同时指出,他们之所以成为最伟大的欧洲人,是"他们作为欧洲人的伟大是比他们在他们语言中高于其他诗人这一点无论在复杂性还是涵容性上都更为巨大的东西"②。莎士比亚创造出的哈姆雷特和歌德创造出来的浮士德都具有本国特点,没有比哈姆雷特更英国化的了,也没有比浮士德更德国化的了,但是他们却又超出了本国的范围,"又像是我们自己国家的朋友"。陀思妥耶夫斯基在评价普希金时说:"他是一位古代世界的人,他既是德国人又是英国人,他深深意识到自己所具有的天资,自己追求中的苦恼,他也是一位东方的诗人。他向所有这些民族的人民说话并且宣称,俄国的天才人物知道他们,了解他们,如同亲人一样与他们接触,说他能够充分体现他们。"③艾略特讨论诗人的伟大,陀思妥耶夫斯基评价普希金的天才,都揭示了伟大作家的一个普遍特征,即他超越国度、民族和地域的重要影响。

而这种影响显然来自其作品所包蕴的具有普遍价值的内容。赛缪尔·约翰逊评价莎士比亚,同样指出了他的作品所表现出的普遍性的事物:"除了给具有普遍性的事物以正确的表现之外,没

---

① 托马斯·斯特尔那斯·艾略特撰,王恩衷编译:《艾略特诗学文集》,国际文化出版公司1989年版,第267页。
② 同上书,第268页。
③ 《作家日记(下)》,陈燊:《费·陀思妥耶夫斯基全集》第二十卷,河北教育出版社2010年版,第804页。

## 第三章 经典的普适性

有任何东西能够被许多人所喜爱,并且长期受人喜爱。特殊的风俗习惯只可能是少数人所熟悉的,因此只有少数人才能够判断它们模仿的逼真程度。幻想的虚构所产生的畸形结合可能由于新奇而暂时给人快感,我们大家共同感到生活的平淡乏味,这种感觉促使我们去追求新奇事物;但是突然的惊讶所供给我们的快感不久就枯竭了,因此我们的理智只能把真理的稳固性做为它自己的倚靠。莎士比亚超越所有作家之上,至少超越所有近代作家之上,是独一无二的自然诗人;他是一位向他的读者举起风俗习惯和生活的真实镜子的诗人。他的人物不受特殊地区的世界上别处没有的风俗习惯的限制;也不受学业和职业的特殊性的限制,这种特殊性只能在少数人身上发生作用;他的人物更不受一时风尚或暂时流行的意见所具有的偶然性所限制;他们是共同人性的真正儿女,是我们的世界永远会供给、我们的观察永远会发现的一些人物。他的剧中角色行动和说话都是受了那些具有普遍性的感情和原则影响的结果,这些感情和原则能够震动各式各样人们的心灵,并且使生活的整个有机体继续不停地运动。"① 也就是认为,莎士比亚的戏剧"一心想的只是人","忠于普遍的人性"②,表现了人类共同的人性和普遍的情感,"表现普遍人性的真实状态"以及"世事常规"③。在中国现代作家中,鲁迅无疑也是一位世界性的经典作家。2013年9月11日,《文艺报》第五版以整版的篇幅发表林非、朴宰雨和王锡荣的三篇文章,集中讨论了鲁迅的世界性影响。根

---

① 赛缪尔·约翰逊著,李赋宁、潘家洵译:《莎士比亚戏剧集序言》,《文艺理论译丛》,人民文学出版社1958年版,第四辑,第143—144页。
② 同上书,第146页。
③ 同上。

据这些文章介绍,早在上个世纪二十、三十年代,鲁迅在俄罗斯、法国、美国、英国、瑞典、日本等世界国家就有了很大影响。据林非文章《鲁迅——第一位走向世界的中国作家》介绍,1925年6月16日,《京报副刊·民众文艺》刊登的鲁迅作品第一位俄文翻译者王希礼写给曹靖华的信《一个俄国文学研究者对于〈呐喊〉的观察》,即指出,鲁迅是"中国的这一位很大的真诚的'国民作家'","他不只是一个中国的作家,他是一个世界的作家"。1926年3月2日,《京报副刊》发表柏生的文章《罗曼·罗兰评鲁迅》,其中讲到,罗曼·罗兰认为鲁迅的《阿Q正传》:"这是充满讽刺的一种写实的艺术。……阿Q的苦脸永远的留在记忆中。"又据王锡荣的文章《鲁迅的"世界人"概念和世界的"人"概念》:"1926年瑞典已有人建议提名鲁迅为诺贝尔奖候选人,为鲁迅所婉拒。同年他的《阿Q正传》被译成英文出版,到1931年,该书已经有了英、法、日、世界语等语种出版。……1937年由日本首先出版了7卷本《大鲁迅全集》。"因此真正的经典应该而且必然是对所有的人类说话,而非只对某一部分人说话,如法国文学批评家圣·佩甫所说:"真正的经典作者丰富了人类的心灵,扩充了心灵的宝藏,令心灵更往前迈进一步,发现了一些无可置疑的道德真理,或者在那似乎已经被彻底探测了解了的人心中,再度掌握住某些永恒的热情;他的思想、观察、发现,无论以什么形式出现,必然开阔、宽广、精致、通达、明断而优美;他诉诸属于全世界的个人独特风格,对所有的人类说话。那种风格不依赖新词汇而自然清爽,历久弥新,与时并进。"[①]后现代学者主张多元文化,其动机亦在反主流、反专制,其实质与

---

[①] 转引自徐鲁:《重返经典阅读之乡》,上海教育出版社2001年版,第18页。

## 第三章 经典的普适性

传统的追求自由与民主的价值观并无根本的区别。

面对这些在世界上得到普遍承认并且影响深远的经典作家和作品,必须承认不同族类、不同阶级和阶层以及不同性别之间,是存在着"共同的感觉"、"共同的目标"的。也就是说,人类对精神产品的判断与接受,既有其个别性,也有其共通性。如约翰逊所言:"一个作家永远有责任使世界变得更好。而正义这种美德并不受时间和地点的限制。"①伽达默尔从阐释学的角度谈"世界文学",也对我们讨论经典的普适性颇有启发意义。他说:"歌德用德语第一次提出了世界文学(Weltliteratur)这个概念,但是对于歌德来说,这一概念的规范性意义还是理所当然的。这一意义即使在今天也还没有消失,因为今天我们还对一部具有永恒意义的作品说它属于世界文学。属世界文学的作品,在所有人的意识中都具有其位置。它属于'世界'。这样一个把一部属世界文学的作品归于自身的世界可以通过最遥远的间距脱离生育这部作品的原始世界。毫无疑问,这不再是同一个'世界'。但是即使这样,世界文学这一概念所包含的规范意义仍然意味着:属于世界文学的作品,尽管它们所讲述的世界完全是另一个陌生的世界,它依然还是意味深长的。同样,一部文学译著的存在也证明,在这部作品里所表现的东西始终是而且对于一切人都有真理性和有效性。"②所谓世界文学的作品,都具有其永恒的意义,而且对一切人都有其真理和有效性,这实际上讲的就是

---

① 赛缪尔·约翰逊著,李赋宁、潘家洵译:《莎士比亚戏剧集序言》,《文艺理论译丛》,人民文学出版社1958年版,第四辑,第151页。
② 汉斯-格奥尔格·伽达默尔著,洪汉鼎译:《诠释学 I 真理与方法》商务印书馆2010年版,第237—238页。

经典价值的普适性。所以理论界不能为精神产品的个别性所遮蔽，看不到精神产品影响的普遍性；更不能以偏概全，有意强调精神产品接受的个别性，否定精神产品的普遍性，为已经成为人类文化经典的传播设置人为的障碍。

## 三

以激进的后现代主义为代表的解构经典者的主要理由，除了主张异质文化，反对文化的普遍性原因之外，还认为经典的形成带有太多的阶级、种族、性别和权力的色彩。他们站在西方马克思主义、女性主义、后殖民主义、新历史主义和结构主义的立场，重新审视和评价经典，对经典的合法性提出质疑。如本书第一章所引居罗利说的那样：现代的批评家在审视传统的经典作家名单时，发现了一个事实，即在传统的经典作家中，很少有女性的、非白人的和出身下层的作家。"我们一旦思考这个问题，就被迫考虑一些令人惊异的假说。尽管他们创作的作品可能一直是伟大的，但它们并没有受到保护而无法经典化……如果这是可能的，那么规范组成的历史就会作为一种阴谋，一个不言而喻的、审慎的企图出现，它试图压制那些并不属于社会的、政治的，但又是强有力的群体的创作，压制那些在一定程度上隐蔽或明显地表达了占统治地位的群体的'意识形态'的创作。"[①]斯坦福大学教授汤姆·莱恩达尔亦言："简而言之，传统经典反映白种人的、资产阶级男性的价值

---

① Frank Lentricchia & Thomas McLaughlin 编，张京媛等译：《文学批评术语》，牛津大学出版社 1994 年版，第 320 页。

观和偏见,忽视了非主流文化、非强势种族、弱势群体及女性的文学成就。"①

这里需要澄清两个问题。

首先是经典中为什么缺少女性和平民作家的问题。在欧美社会,传统的经典以男性的白人贵族作家为主,这是不争的事实。中国古代也是如此,经典作家多来自士大夫,很少平民。但是,造成以上问题的原因是否如居罗利所说,历史上存在一种阴谋,一些出身平民或女性作家所创造出的伟大作品,因为缺少发言的权力而被排除经典之外?我们知道研究历史的一个基本原则,就是历史不能假设,只能根据存世的文献说话。是否有一些平民、女性的伟大作品被排除在经典之外,甚至失传?因为缺少文献的可靠记载,因而无法讨论。然而有一个事实却可以说明这个问题,即经典缺乏平民和女性作家的作品,主要原因在于受教育的机会。平民及其女性,因为社会地位低下,缺少受教育的权利和机会,自然也不可能有创造文化产品的能力。这应该是经典少有平民和女性作家作品的主要原因。

其次,仅仅以性别、人种和阶级地位来判断经典作品的内容及其价值,是否合理呢?更具体说,是否人的身份就一定决定了作者的立场和作品价值观?分析传世的经典,可以得出结论:并非如此。十九世纪法国著名作家维克多·雨果的父亲是拿破仑麾下的一名将军,可知其出身并不是平民。但是这并不影响他写出了《巴黎圣母院》《悲惨世界》这样的经典。在《巴黎圣母院》中,雨

---

① 汤姆·莱恩达尔:《文学经典在美国大学课程中的衰落》,林精华、李冰梅、周以量编:《文学经典化问题研究》,人民文学出版社 2010 年版,第 116 页。

果极为同情地描写了善良的吉普赛少女爱斯梅拉尔达在封建专制下所受到的迫害。巴黎圣母院副主教克罗德道貌岸然,他先是喜爱爱斯梅拉尔达,而后又转为憎恨,对爱斯梅拉尔达实施迫害。而面目丑陋的撞钟人卡西莫多则心地善良,为了救爱斯梅拉尔达而丧生。小说歌颂了下层人民的善良友爱。《悲惨世界》的主人公冉·阿让是农民出身的工人。他心地善良,帮助姐姐养活七个孩子。因为饥饿难耐偷了块面包而被判苦役。出狱后,他改名换姓,经营工业,促进了小城的繁荣,因此赢得人们的信任,当上市长。但是,为了解救被误认的无辜者,冉·阿让毅然自首,再度入狱。不过,为了实践自己对被遗弃而死于贫困的女工芳蒂娜的诺言,他又逃离监狱,收养了芳蒂娜的女儿珂赛特,隐居巴黎。珂赛特长大后,与马里尤斯相爱。马里尤斯参加1832年6月5日的起义,起义失败时身负重伤,被冉·阿让冒着生命危险救出。长期追捕冉·阿让的警长雅韦尔面对冉·阿让多年舍己为人的人格力量,最终精神发生崩溃。《悲惨世界》整部小说主要表现了贫穷人民的悲惨的命运,揭示了社会制度的不公。可见雨果的出身并没有决定他的书写立场。十九世纪俄罗斯伟大作家列夫·托尔斯泰是出身贵族的男性作家,自幼接受的是典型的贵族教育。但是他的经典之作《安娜·卡列尼娜》表面看来写的是一个上流社会已婚妇女失足的故事,然而列夫·托尔斯泰却以极为复杂的心情塑造了一个贵族阶级家庭的已婚女性,表现了她们婚姻的不幸和无力战胜传统道德的悲剧。主人公安娜·卡列尼娜不能忍受丈夫的虚伪和冷漠,追求真正的爱情和幸福。但她既无力对抗上流社会的虚伪而冷酷的道德的压力,又不能完全脱离贵族社会,战胜自己身上贵族的传统观念,在极其矛盾的心境下卧轨自杀。其实,在中国,最有说服力的是曹雪芹的《红楼梦》。在对待女性的态度上,曹雪芹实现了两个突破。一是突破了中国古代社会固有的男权主义的立场。在这部经典中,作者把他反抗传统的理想寄予女性,借贾宝玉之口说出"女儿是水做的骨肉,男人皆是泥做的骨肉,见了女儿,我便清爽;见了男人,便觉浊臭逼人"的惊人之语,即认为男人都是世上的污秽浊臭之物,而女人才是钟天地之灵秀的美好生命。在此种观念之下,曹雪芹塑造出一大批或寄托了理想、或寄予同情的女性形象。尤其是大观园这个女儿国中的少女,无论是贾家的小姐黛玉、宝钗、史湘云、妙玉,还是作为奴婢的袭人、晴雯、紫鹃等等,都成为宝玉美好生命体验中的重要组成部分。曹雪芹倾注心血塑造的这些女性形象,既表现出作者对女性美好生命的赞美,同时亦表达出作者对这些女性人生悲剧的愤懑与同情。另外是突破了作者贵族的身份立场。从《红楼梦》所描写的女奴形象中,可以看出,曹雪芹不仅在男权社会中把女性作为人,甚至优于男人的人;而且在贵贱分明的阶级社会中,把奴婢也看做人。《红楼梦》既有"金陵十二钗"正册,全为贾府中的小姐太太们,如林黛玉、薛宝钗、元春、迎春、探春、惜春、王熙凤、史湘云、秦可卿、妙玉、巧姐和李纨,而在副册中,身为女奴的晴雯和袭人就厕身其中。这一安排说明,在曹雪芹的心中,晴雯和袭人等丫头们,也是水做的骨肉,也是天地间灵秀之气。在作者的笔下,这些奴婢虽然出身低贱,但是却有为人的尊严,如晴雯的任性使气,鸳鸯的誓死捍卫个人尊严。而从作品中贾宝玉对待丫鬟们的小伙伴儿态度,亦可解读作者对待奴婢的平等心理。因此曹雪芹对待贾府的丫头们,并不能完全理解为作者出于同情怜惜之心,还有对于这些出身卑贱者作为人、作为女人的尊重。王昆仑在《红楼梦人物论》中说:"作者从各方面表现出宝玉是一个反对自己出身的阶级、同情被迫害者、具有自己独特思想的人物典型。他对于丫鬟们、学戏的女孩们和其他受迫害的女子,不采取主子对奴才的态度,而且经常深切地给以同情、关切和支持。王夫人迫害晴雯致死,他写出悲愤的祭文,这是突出的表现之一。平常他和一般小厮们相处,也不意识到自己的主子地位。从这上面,反映出他对于人压迫人的等级观念是反对的。通过他和黛玉争取自由恋爱的斗争以及同情别人的自由恋爱的态度,通过他对于姐姐入宫、对迎春被丈夫虐待而死、对探春远嫁等所取的态度,表现出他反抗封建婚姻制度的思想。他衷心赞美少女的纯洁天真的品质,反对男权摧残妇女,表现出他男女平等的观念。"①在讨论晴雯时写道:"《红楼梦》作者对于凤姐、宝钗、探春、平儿、袭人是采取政治史的写法,而对于黛玉、晴雯、司棋、芳官、尤三姐,却是几首极哀艳的诗篇。一个作者对自己所偏爱的人物,往往禁抑不住主观情感之汹涌,不期然而流入吟咏式的抒写,使得读者也跟着他歌唱,跟着他歌哭,不能冷静旁观。""对于丫鬟晴雯优美的性格,强烈的反抗,惨痛的牺牲,作者的笔端,就随时充满了欣赏、抚爱、忿怒和痛惜之情。"②由上所述可以说明,身份是不能完全决定作家写作立场的,因此仅仅从经典作家的身份来判定其代表了何种人的立场,并进而分析其经典的合法性,是缺乏说服力的。

---

① 王昆仑:《红楼梦人物论》,北京出版社2004年版,第3页。
② 同上书,第17页。

第三章　经典的普适性

## 四

其实任何可以称之为经典的作品,都应该跨越时空,超越族群、阶级和性别的局限,得到读者的认同。"任何的经典话语及其指涉的对象,只要能够禁得起考验(也就是可以征得许多同时空或异时空的人的认同追随),它就有可能在历史上熠熠生辉"①。其原因即在于经典都有其反映人类普适性价值观的内涵。在这一点上,必须承认"规范的保守防卫最后都必须依赖于对规范性作品内在价值的信任"②。我国的著名小说《红楼梦》,从其诞生直到今日,二百余年间都有众多的读者,影响至为深远,其作为一部经典的价值和意义,已得到多方面的深刻揭示。即使抛开封建社会必然衰落的社会论,此书对于曹氏家族由簪缨鼎盛之家到树倒猢狲散之衰败的描写,已经超越了家族史的范畴,使之成为社会之形象的缩影。世上没有不散的宴席,盛极必衰,或曰盛而必衰,反映的是中国人对待事物发展的观念;而作品对青年男女爱情的描写,尤其是对宝黛爱情悲剧的表现,既可见人类对爱情与美好事物的珍惜,同时又揭示出创造珍惜美好事物是人之本性,而毁灭美好事物也是人之本性的悖论,而人就是生活在这样的悖论之中;所以当今社会,既有面包黄油,又有航母炸弹。这些应该是人类的本性,而非只有中国。当然,在

---

① 周庆华、王万象、董恕明:《阅读文学经典》,(台北)五南图书出版公司2004年版,第12页。
② Frank Lentricchia & Thomas McLaughlin 编,张京媛等译:《文学批评术语》,牛津大学出版社1994年版,第323页。

《红楼梦》中,给人最为深刻启示的还是它所表现出的人生哲学。家庭的盛衰也好,人生的聚散也好,都在诉说着人始终都在探索、都在迷茫的一个问题,即人事的无常与人生的空幻。人来自何方,又归于何处?这是古今中外都在探寻的问题,又是无解的问题。《红楼梦》则以中国人的智慧告诉人们,不仅来去为空,而且存在即空。看起来极为悲观,然而无论中国人还是外国人,我们都不能不服膺它的深刻。

在此,我们不妨讨论一下表现于经典之中的自由思想。在中国古代文化中,诚如诸多学者所认识的那样,缺乏民主的意识和实际内涵。同时,因为中国古代乃是专制社会,从其制度的本质上说亦是反自由的。皇帝是代天行命的上帝之子,他就是真理和法律的化身,因此只有他才有自由。至于臣民,无论是言论和行为都要受到严格的限制,违背者不仅会失去人身自由,甚至会失去生命。秦始皇时期的"焚书坑儒",东汉末年的两次党锢之祸以及宋代以后的文字狱,在在都证明了中国古代是没有行为和言论自由的制度土壤的。不仅不允许有言论和行为的自由,而且并思想的自由亦不允许。清代雍正皇帝胤禛在《朋党论》中的一段话颇有代表性:"为人臣者,义当惟知有君。惟知有君,则其情固结不可解,而能与君同好恶。夫是之谓一心一德而上下交。乃有心怀二三,不能与君同好恶,以至于上下情睽而尊卑之分逆,则皆朋党之习为之害也。"① 为臣者心中只能装着皇帝,只能与皇帝一心一意,而不能有二心。因此对于有违此一原则的人,不仅诛杀其人,还要诛其

---

① 《世宗宪皇帝御制文集》卷五,影印《文渊阁四库全书》,(台北)商务印书馆1986年版,第一千三百册,第60页。

心。正因为这样,黑格尔说:"中国人……没有任何自由,所以政府的形式必然是专制主义。"①但是我们还是应该看到,即使是在如此严厉的专制制度之下,中国古代的经典著作中仍表达出强烈的自由思想,完全可以作为世界各国经典中同样思想的补充。自由是人的天性,这是欧洲经典作家普遍的认识,诸多经典作家都有论述。早在古希腊时期,亚里士多德就提出:"人本自由。"②卢梭说:"人天生是自由的。"③"放弃自由就是放弃一个人的人性,就是放弃他作为人的权利,同样也是放弃了自己的义务。"④爱因斯坦在讨论到"自由与科学"时说:"内心的自由是大自然的馈赠,也是个人追求的一个目标,社会不该干涉它的发展。"⑤也就是认为自由是人与生俱来的天性。因此,人类要想物质生活和精神生活得到改进,就必须"外在的自由和内心的自由同时发展和完善"。科学的进步和发展,其"先决条件是知识分子拥有言论自由和教学自由";人的精神的发展,则需要内心的自由,"既不受权威和社会偏见的束缚,也不受世俗习俗的束缚"。因此爱因斯坦强调:"我们要杜绝学校通过权威影响青年人内心自由的发展;另一方面,学校应该鼓励学生独立思考。"⑥从以上经典作家的论述来看,自由是人的本性,崇尚并获得人的自由,是人的基本权利。因此在现代制度设计上,把保障公民自由作为法律保障的基本人权。中

---

① 黑格尔著,王造时译:《历史哲学》,生活·读书·新知三联书店1956年版,第168—169页。
② 亚里斯多德著,吴寿彭译:《形而上学》,商务印书馆2009年版,第6页。
③ 让·雅克·卢梭:《社会契约论》,中国社会科学出版社2009年版,第3页。
④ 同上书,第12页。
⑤ 阿尔伯特·爱因斯坦著,王强译:《爱因斯坦自述》,陕西师范大学出版所2010年版,第248页。
⑥ 同上书,第247—248页。

国古代没有保障民之自由的思想与制度,但是在经典之作中却大量表现了士人对于自由的崇尚和追求,由此而形成中国古代文学经典的一大传统。春秋战国时期,是中国古代思想的形成期,自由的思想亦在此一时期产生。儒家思想乃是中国古代封建社会制度的奠基思想。建立在血缘伦理价值观之上的以礼治国的思想,直接规范了封建等级制度的建立。但是,在儒家思想中也存在着尊重个体自由的内容。如孟子"三军可夺帅,匹夫不可夺志"的思想,就是对士人个体自由意志的尊崇。而在道家思想中,有着极为浓厚的自由观念。老庄尚自然思想的核心内涵中就包含了自由的思想。在《庄子》一书中,《逍遥游》是集中讨论什么才是人的自由以及人如何获得精神自由的篇章。在这里,庄子探讨了何为人的自由的问题。在庄子看来,人的绝对自由只能来自心灵,即精神的自由。舍此以外的自由都是有待的,即有条件的自由,因而不是真正自由。"若夫乘天地之正而御六气之辩,以游无穷者,彼且恶乎待哉"[①]!那么,如何才能达到真正的自由呢?庄子说:"至人无己,神人无功,圣人无名。"[②]即超越了现实的名利之争,也超越了有我之心,一切皆顺从自然,才可获得自由。儒道两家的自由观,是互补的自由观。儒家强调的是对于个人人格的尊重,而道家提倡的则是个人精神上对于社会现实和自我的超越。后代士人的自由观大致不出这两个范畴。晋代著名诗人陶渊明的思想是什么,由来争论甚大,然而其思想中极为重要的部分就是自由的精神。因此,他不为五斗米折腰,挂冠而归乡里,由此而有"久在樊笼中,

---

[①] 《庄子·逍遥游》,郭象注、成玄英疏:《庄子注疏》卷一,中华书局2011版,第11页。
[②] 同上书,第12页。

## 第三章 经典的普适性

复得返自然"①之乐,并且悟得"纵浪大化中,不喜亦不惧"②的"新自然主义"③人生哲理,追求的正是个人人格的尊严和超迈功利之上的精神自由。唐代伟大诗人李白亦是如此。"安能摧眉折腰事权贵,使我不得开心颜"④,既是为了个人人格的尊严,也是为了个人的精神自由。因为在李白看来,千金易得,自由难求。因此他极为欣赏战国时齐国的鲁仲连,《古风》其九云:"齐有倜傥生,鲁连特高妙。明月出海底,一朝开光曜。却秦振英声,后世仰末照。意轻千金赠,顾向平原笑。吾亦澹荡人,拂衣可同调。"⑤李白之所以认为鲁仲连"特高妙",不仅在于他以三寸不烂之舌,排难解纷;更在于功成无取,意轻千金,飘然而去,自由高于一切。在当代诗人中,李白对孟浩然特别尊崇,可谓高山仰止,《赠孟浩然》诗中写道:"吾爱孟夫子,风流天下闻。红颜弃轩冕,白首卧松云。醉月频中圣,迷花不事君。高山安可仰,从此揖清芬。"⑥其所崇敬者,即在于孟浩然的自由行径。在李白的山水诗、游仙诗和饮酒诗中多表现出一种心灵无拘无束、自由自在、陶然忘机的境界。《山中答俗人》写道:"问余何意栖碧山?笑而不答心自闲。桃花流水窅

---

① 陶渊明:《归园田居五首》其一,袁行霈:《陶渊明集笺注》卷二,中华书局2003年版,第76页。
② 陶渊明:《形影神·神释》,袁行霈:《陶渊明集笺注》卷二,第67页。
③ 此说创自陈寅恪《陶渊明之思想与清谈之关系》。文曰:"渊明之思想为承袭魏晋清谈演变之结果及依据其家世信仰道教之自然说而创改之新自然说。"详《陈寅恪集》之《金明馆丛书初编》,生活·读书·新知三联书店,2001年版,第228页。
④ 李白:《梦游天姥吟流别》,詹锳主编:《李白全集校注汇释集评》第十三卷,百花文艺出版社1996年版,第2109页。
⑤ 李白:《古风》其十,詹锳主编:《李白全集校注汇释集评》第二卷,第66—69页。
⑥ 李白:《赠孟浩然》,詹锳主编:《李白全集校注汇释集评》第八卷,第1254页。

然去,别有天地非人间。"①这正是庄子自由心境的真实写照。所论以上各例无非说明,自由思想不是欧洲的专利,对自由的爱好与追求,是世界各国人民普遍的价值观。而这些价值观,在不同民族、不同族群的经典之作中,都会有鲜明的表现。所不同的是,欧洲的思想家更注重理论的阐述和制度的建设,而中国古代则反映为追求自由情感的表现和表达。

还有关于复杂的人性问题,也是经典探讨的主要问题。英国著名文学批评家弗·雷·利维斯评价英国的经典作家,一再论及的是作家及其作品中的"意趣关怀",或曰"兴味关怀"。"所谓'兴味关怀'指的是种种深刻的关注——具有个人一己问题的迫切性又让人感觉是道德问题,超出了个人意义的范围"②。而这"意趣关怀"的核心是对人性的关注以及作品挖掘的深度。譬如评价菲尔丁说:"菲尔丁对文学史里赋予他的重要地位自是当之无愧,但他却并不具备人们也要我们赋予他的那种经典殊荣。"③其原因即在于他的小说缺少对人性的关怀。如他的小说《汤姆·琼斯》,被人们赞许为笔底包罗万象,但是弗·雷·利维斯指出:"诚然,那里有乡村,有城镇,有教堂墓地,也有小店客栈,还有通衢大道,还有卧室内景——一幕幕不一而足;然而,我们不必把《汤姆·琼斯》读上大半即可发现,小说所表现出来的根本意趣关怀实在有限得很。菲尔丁的见解,还有他对人性的关怀,可谓简简

---

① 李白:《山中答俗人》,詹锳主编:《李白全集校注汇释集评》第十六卷,百花文艺出版社1996年版,第2623页。
② 弗·雷·利维斯著,袁伟译:《伟大的传统》,生活·读书·新知三联书店2009年版,第166页。
③ 同上书,第4页。

单单。"①他认为,伟大的小说家,必然是对人性有着深刻揭示、促使人性觉醒的小说家。"所谓小说大家,乃是指那些堪与大诗人相埒的重要小说家——他们不仅为同行和读者改变了艺术的潜能,而且就其所促发的人性意识——对于生活潜能的意识而言,也具有重大的意义"②。正是从这个意义上,利维斯对简·奥斯汀、乔治·艾略特、亨利·詹姆斯、约瑟夫·康拉德以及 D. H. 劳伦斯等英国作家给予了高度的评价。他评价乔治·艾略特,把她和俄国的伟大作家托尔斯泰相比。托尔斯泰在抓住"生活本身的灵魂"方面造诣极高,乔治·艾略特当然不如托尔斯泰那般卓绝盖世,但是"她的确是伟大的,而且伟大之处与托尔斯泰的相同。《安娜·卡列尼娜》(我认为是托尔斯泰最重要的杰作)所具有的非凡真实性,来源于一种强烈的对于人性的道德关怀,这种关怀进而便为展开深刻的心理分析提供了角度和勇气。这样进行的分析是艺术化的(《安娜·卡列尼娜》,请马修·阿诺德原谅,乃是由妙笔精心绘出),其手法正与乔治·艾略特在《葛温德琳·哈雷斯》里所用相仿——这一观点是经得起拿到作品面前去反复掂量的。至于乔治·艾略特,我们可以反过来说,她最好的作品里有一种托尔斯泰的深刻和真实在。"③乔治·艾略特的伟大,与托尔斯泰一样,在于她的作品所表现出的强烈的对于人性的道德关怀,以及"她对人的道德本质的深刻洞见"④,对人性所展开的深刻的分析。

---

① 弗·雷·利维斯著,袁伟译:《伟大的传统》,生活·读书·新知三联书店 2009 年版,第 6 页。
② 同上书,第 3 页。
③ 同上书,第 163 页。
④ 同上书,第 161 页。

对于亨利·詹姆斯,利维斯认为,他有明显的缺陷,但是他仍在大家之列。其原因亦在于"他对于人性所抱有的强烈而细致的关怀"①,"他对复杂人性意识的表现是一项经典性的创作成就"。"他创造了一个理想的文明感受力,一种能够借助语调的抑扬和弦外之音的些许变化进行沟通交流的人性:微妙之处可以牵动整个复杂的道德体系,而洞察敏锐的回应则可显出一个重大的评价或抉择"②。

  法国十八世纪著名思想家卢梭的《社会契约论》、《论人类不平等的起源和基础》和《爱弥儿》之为经典已经无所争议了,而他的另一部重要著作《忏悔录》,虽然在西方的一些大学里已被列为经典,如美国斯坦福大学的"西方文化"课程,在"现代部分"即把卢梭的《忏悔录》列为"强烈推荐"书目③。但是也应看到,在历代读者中此书仍有很大争议。然而卢梭本人却对此书充满强烈的自信,其书开篇便声明:"我现在要做一项既无先例、将来也不会有人仿效的艰巨工作。我要把一个人的真实面目赤裸裸地揭露在世人面前:这个人就是我。"④在《忏悔录》的第一部第一章第三段说:"不管末日审判的号角什么时候吹响,我都敢拿着这本书走到至高无上的审判者面前,果敢地大声说:请看! 这就是我所做过的,这就是我所想过的,我当时就是那样的人。不论善和恶,我都同样坦率地写了出来。我既没有隐瞒丝毫坏事,也没有增添任何

---

① 弗·雷·利维斯著,袁伟译:《伟大的传统》,生活·读书·新知三联书店2009年版,第205页。
② 同上书,第22页。
③ 见约翰·杰洛瑞著,江宁康、高巍译:《文化资本——论文学经典的建构》,南京大学出版社2011年版,第28页。
④ 卢梭著,范希衡译:《忏悔录》,人民文学出版社2012年版,第3页。

## 第三章　经典的普适性

好事;假如在某些地方作了一些无关紧要的修饰,那也只是用来填补我记性不好而留下的空白。其中可能把自己以为是真的东西当真的说了,但决没有把明知是假的硬说成真的。当时我是什么样的人,我就写成什么样的人:当时我是卑鄙龌龊的,就写我的卑鄙龌龊;当时我是善良忠厚、道德高尚的,就写我的善良忠厚和道德高尚。万能的上帝啊!我的内心完全暴露出来了,和您亲自看到的完全一样,请您把那无数的众生叫到我跟前来!让他们听听我的忏悔,让他们为我的种种堕落而叹息,让他们为我的种种恶行而羞愧。然后,让他们每一个人在您的宝座前面,同样真诚地披露自己的心灵,看看有谁敢于对您说,我比这个人好!"①今人读《忏悔录》往往不解卢梭为什么要写一个真实的自我,为什么向世人公布自己不能见人的隐私,为什么要现"丑"?卢梭的真实意图是什么呢?在《忏悔录》这部书里,他坦诚地向读者交待了自己所产生过的一些卑劣念头,真实地描写了他的下流行径。他说谎,行骗,调戏妇女。还有叫他一生都感到不安的嫁祸于人。十六岁时,卢梭曾在维尔塞里斯夫人家当仆人,他偷了一条丝带,却把罪过转嫁到女仆玛丽永的头上,造成了仆人的不幸。他抛弃朋友,他偷东西,以致形成了偷窃的习惯。他为了混口饭吃而背叛了自己的新教信仰,改奉了天主教。虽然卢梭是以沉重的心情忏悔自己,并且十分坦率和真诚,但是一些读者还是不理解卢梭为什么要这样写,甚至因此而怀疑《忏悔录》的经典地位。那么卢梭为什么要写《忏悔录》呢?1762年6月,巴黎最高法院下令查禁卢梭的《爱弥儿》,并要逮捕作者,卢梭逃离法国,开始了长达八年的流亡生涯。《忏

---

① 卢梭著,范希衡译:《忏悔录》,人民文学出版社2012年版,第3—4页。

悔录》写于1766年流亡英国武通间,1770年完稿于巴黎。卢梭之遭到迫害,其势力来自三个方面,徐继曾的《迷醉与遐想》分析甚详。在迫害卢梭的势力中,政府自然是主力。"《论人类不平等的起源和基础》和《社会契约论》批判人类不平等和奴役,讴歌自由平等,并公开宣称以暴力推翻暴君为合法。这自然要被法国统治者所憎恨"①。其次是教会。还有就是百科全书派的一些哲学家。卢梭与伏尔泰、狄德罗本来都是启蒙运动的思想家,是朋友,但是因为无神论与有神论的分歧以及性格的不同,卢梭与这些人分道扬镳,在写《忏悔录》时,这些昔日的同道甚至成了卢梭的主要敌人。1764年,伏尔泰匿名写了《公民们的感想》,对卢梭的人格进行恶毒攻击。所以卢梭写《忏悔录》最直接的动机是要还社会一个真实的自我。但是我们都知道,此书的真正价值却在于在十八世纪人性解放的启蒙运动中,他以自己大胆的忏悔,揭示了人性的美与丑、善与恶。从卢梭的自白中,我们看到,他自信他在上帝面前所暴露的个人的"丑恶"既不是唯一的,更不是最坏的。"我承认,我做过的好事很少,但是做坏事,我一生中从没有这样的意愿,同时我还怀疑世上是否还有人干的坏事会比我还要少些"②。"是的,我现在以自豪的、高尚的心作出这样的宣告,并且也有这样的感觉:我在那部作品中已把诚实、真实、坦率实践到与任何前人相较也毫无逊色的地步,甚至更为出色(至少我这样认为);我感到我身上的善超过恶,把一切说出来于我有利,因此把一切都说出来

---

① 徐继曾:《迷醉与遐想》,卢梭著,徐继曾译:《漫步遐想录》,北京十月文艺出版社2005年版,第7页。
② 卢梭著,徐继曾译:《漫步遐思录》,第95页。

了"①。当然,卢梭的忏悔不仅仅是为了揭示人性的丑恶、人性的复杂,告诉我们"人就是这样"②,如许多现代牧师那样"确证人性是不完美的"③,更在于深究是谁造成了本为善良平民人性的变化,诚如柳鸣九分析的那样:"卢梭追求绝对的真实,把自己的缺点和过错完全暴露出来,最直接的动机和意图,显然是要阐述他那著名的哲理:人性本善,但罪恶的社会环境却使人变坏。他现身说法,讲述自己'本性善良'、家庭环境充满柔情,古代历史人物又给了他崇高的思想,'我本来可以听从自己的性格,在我的宗教、我的故乡、我的家庭、我的朋友间,在我所喜爱的工作中,在称心如意的交际中,平平静静、安安逸逸地度过自己的一生。我将会成为善良的基督教徒、善良的公民、善良的家长、善良的朋友、善良的劳动者。'但社会环境的恶浊,人与人之间关系的不平等,却使他也受到了沾染,以至在这写自传的晚年还有那么多揪心的悔恨。他特别指出了社会不平等的危害,在这里,他又一次表现了他在《论人类不平等的起源和基础》中的思想,把社会生活中的不平等视为正常人性的对立面,并力图通过他自己的经历,揭示出这种不平等对人性的摧残和歪曲。"④《忏悔录》就是这样一个激进的平民思想家与统治阶级激烈冲突的结果。它是一个平民知识分子在专制压迫面前维护自己不仅是作为一个人、更重要的是作为一个普通人的人权和尊严的作品,是对统治阶级迫害和污蔑的反击。它首

---

① 卢梭著,徐继曾译:《漫步遐思录》,北京十月文艺出版社2005年版,第60页。
② 朱利安·班达著,佘碧平译:《知识分子的背叛》,上海人民出版社2006年版,第116页。
③ 同上。
④ 柳鸣九:《坦诚面世的经典之作》,卢梭著,范希衡译:《忏悔录》,人民文学出版社2012年版,第682—683页。

先使我们感到可贵的是，其中充满了平民的自信、自重和骄傲，总之，一种高昂的平民精神。"①由此看来，《忏悔录》作为经典的意义，正在于它立足于人性，不仅揭示了人性中复杂的善恶美丑，而且批判了社会对人性的扭曲，诚如卢梭自己在《漫步遐思录》中说的那样："处在我这样的境遇中，什么样的本性又能不起变化？"②尤其是高扬起人权至上、人性尊严的大旗。

无独有偶，我国现代著名作家郁达夫也写了一篇带有明显的人性探索的《沉沦》。主人公热爱自然，热爱文学，多愁善感，颇有才华，性格忧郁而又柔弱。由于追求自由，反抗专制，而被学校开除，不得不留学日本。主人公这样的遭遇，使他患上了抑郁症，陷于自闭之中。于是他在十分孤独、十分痛苦的状况下，陷入性幻想，自慰，窥视女人，窥视做爱，甚至走进青楼，以致痛苦不能自拔，投海自尽。《沉沦》主人公的遭遇揭示了人性最为隐秘的一面，即人在青春时期对性的渴求。如郁达夫在小说自序中所言："第一篇《沉沦》是描写着一个病的青年的心理，也可以说是青年忧郁病的解剖，里边也带叙着现代人的苦闷，——便是性的要求与灵肉的冲突。"③写青年的性苦闷和渴望，这是合于人性的，因而也是合理的。"他的价值在于非意识的展览自己，艺术地写出升华的色情，这也就是直挚与普遍所在"④。但是，其意义不止于此。更重要的是揭示出现代青年生的意志与现实之冲突，如周作人所说："这集

---

① 柳鸣九：《坦诚面世的经典之作》，卢梭著，范希衡译：《忏悔录》，人民文学出版社2012年版，第675页。
② 卢梭著，徐继曾译：《漫步遐思录》，北京十月文艺出版社2005年版，第88页。
③ 吴秀明主编：《郁达夫全集》第十卷，浙江大学出版社，2007年版，第18页。
④ 周作人：《沉沦》，《晨报副镌》1922年3月26日。

## 第三章 经典的普适性

中所描写是青年的现代的苦闷,似乎更为确实。生的意志与现实之冲突,是这一切苦闷的基本;人不满足于现实,而复不肯遁于空虚,仍就这坚冷的现实之中,寻求其不可得的快乐与幸福,现代人的悲哀与传奇时代的不同者即在于此。"①社会的专制,民族的隔膜甚至歧视,亲人和同学的疏离,以及没有爱情、没有正常的性生活,使主人公流向自慰、窥视等性倒错,心理趋于阴暗、惶恐,终于不堪其负。"我怎么会走上那样的地方去的?我已经变了一个最下等的人了。悔也无及,悔也无及。我就在这里死了罢。我所求的爱情,大约是求不到的了。没有爱情的生涯,岂不同死灰一样么?唉,这干燥的生涯,这干燥的生涯,世上的人又都在那里仇视我,欺侮我,连我自家的亲兄弟,自家的手足,都在那里排挤我到这世界外去。我将何以为生,我又何必生存在这多苦的世界里呢!"②《沉沦》小说1921年10月由泰东书局出版后,在社会上引起很大反响,在青年中受到热烈欢迎,然而也招致守旧者的攻击。郁达夫的小说《沉沦》与卢梭的《忏悔录》,一个为西方的经典,一个为中国的经典,但是在揭示人性以及社会对人性扭曲方面,两部经典却有异曲同工之妙。卢梭的《忏悔录》之所以在欧洲取得典范的地位,而且在包括中国的世界范围内赢得广泛读者,正在于它深刻揭示了普遍的人性以及不合理的社会制度与人性的冲突。钱锺书1946年谈到他写《围城》时的初衷说:"在这本书中,我想写现代中国某一部分社会、某一类人物。写这类人,我没忘记他们是人类,只是人类,具有无毛两足动物的基本根性。"③也就是说《围

---

① 周作人:《沉沦》,《晨报副镌》1922年3月26日。
② 吴秀明主编:《郁达夫全集》第一卷,浙江大学出版社,2007年版,第74页。
③ 钱锺书:《围城·序》,人民文学出版社1991年版,第1页。

城》写的是中国某一部分社会中的某一类人物,但是他们又反映了人类的一般属性。曹文轩在讨论钱锺书的《围城》时,结合《围城》分析钱锺书的这段话说:"《围城》中人,至今还使人觉得依然游动于身旁,并且为外国人所理解,原因不外乎有二:一,写了人性;二,写的是人类的共同人性。我们有些小说家也写人,但却总抵达不到人性的层面,仅将人写成是一个社会时尚的行动实体(比如柳青笔下的梁生宝)。结果,人物仅有考证历史的意义(我曾称这些人物为'人物化石')。即使写了,又往往达不能抵达人类共同人性的层面,结果成为只有中国人能理解的人。这种人性,如果称作民族性格可能更为准确。《围城》妙就妙在这两个层面都占,并且又把民族特有的性格与人类的共同人性和谐地揉在了一快儿。中国读《围城》,觉得是中国的。世界读《围城》,又觉得《围城》是世界的。"① 曹文轩这里讨论《围城》所发表的观点,可与我们分析《忏悔录》和《沉沦》两部东西方经典所具有的跨越时空的普遍价值的观点相印证。从《忏悔录》和《沉沦》这两部经典的比较中,也进一步证明:经典必然是反映了人类普遍关注的社会人生问题,并且是承载了普适性价值和意义的著作,应该是人类思想的精华。这是经典所以能够跨越地域、超越族类而得以广泛传播的根本原因。由此又一次证明,真正的经典,必然是超越时代的,亦即属于全人类的精神文化产品。

---

① 曹文轩:《阅读是一种宗教》,安徽教育出版社2011年版,第21页。

第三章 经典的普适性

## 五

在西方当代学者中,著名文学评论家哈洛·卜伦是捍卫经典的急先锋。他的《西方正典》就是一部集中讨论经典、力推经典的著作。然而,对待经典的价值,哈洛·卜伦反对从政治的、道德的角度来判断。他说:"西方最伟大的作家颠覆一切价值,不管是我们的还是他/她们自己的。那些要我们在柏拉图或'以赛亚书'之中为我们的道德感与政治观寻根溯源的学者,实在是与我们身处的社会现实脱了节。如果阅读《西方正典》是为了要养成我们的社会、政治或私人的道德价值,我相信我们都会变成自私自利的恶魔。在我看来,阅读如果是为了某种意识形态,那根本不算是阅读。领受了美学的力量,我们便能学习怎么和自己说话、怎么承受自己。莎士比亚或塞万提斯、荷马或但丁、乔赛或哈伯来真正的功用是促使一个人内在自我的成长。厕身正典深入阅读不会让一个人更好或更坏,也不会让一个公民更有用或更有害。心灵与自己的对话本不是一桩社会现实。《西方正典》唯一的贡献是它适切地运用了个人自我的孤独,这份孤独终归是一个人与自身有限宿命的相遇。"[①]哈洛·卜伦对经典价值的认识,彻底否定了意识形态论和政治的伦理的经典价值观,强调个人与心灵的对话,即个人的心灵的成长,其理论应该说是一种偏激的深刻。阅读的确具有个人的属性,因此经典与读者的关系,"是一份唯两人可共有的孤

---

① 哈洛·卜伦著,高志仁译:《西方正典》,(台北)立绪文化事业有限公司1998年版,第41页。

独",也就是读者与经典这个"未曾谋面的人"①的对话,而这样的对话,究其实质是借助经典而进行的个人与个人心灵的交流和对话,并且使心灵在对话中冲突与碰撞,承认与否定,新生与死亡,毁灭与成长。但是,哈洛·卜伦的经典价值论具有明显的偏颇。因为经典无法离开和回避政治与道德而孤立地讨论审美价值,"从任何方面来说,审美价值都不比社会正义或社会平等的价值更为重要"②。譬如上面所说的民主和自由,高尚与卑鄙,等等。所以说经典的价值内涵既是社会的,又是个人的。因此荷兰学者杜卫·佛克马批评卜伦:"布卢姆指出我们不能用作品的道德价值来为经典辩护,因为在伟大的作品中这并不是一个一以贯之的元素。严格说来他是正确的,但他得出伟大作品的审美和道德效果之间没有任何联系的结论是错误的。伟大的作品为我们描绘了不同的人物,从杀人犯到情人,从人类学家到革命者。在阅读时,我们对这些不同形式的行为的知识就会增长。在这个增长的认知经验的基础上,我们就可以更明智地选择道德典范,发现自己的生活方式。如果说伟大的作品并没有劝服我们接受某一道德立场(它们也确实没有),它们确实增加了可以为我们提供选择的知识。"③其实也不能完全排除在经典作品中所含有的劝服读者接受某一道德立场的因素,无论是通过增长知识而使读者有了明智的道德选

---

① 哈洛·卜伦著,高志仁译:《西方正典》,(台北)立绪文化事业有限公司1998年版,第51页。
② 约翰·杰洛瑞著,江宁康、高巍译:《文化资本——论文学经典的建构》,南京大学出版社2011年版,第20页。
③ 杜卫·佛克马著,李会芳译:《所有的经典都是平等的,但有一些比其他更平等》,童庆炳、陶东风主编:《文学经典的建构、解构和重构》,北京大学出版社2007年版,第22—23页。

## 第三章 经典的普适性

择也好,还是直接说服了读者也好,都无法排除经典对读者的道德影响。人为地排除经典的政治、道德内涵及其影响毫无意义,关键在于是否能够产生于政治的、民族的、区域的环境中,而能超越政治的、民族的、区域的域囿,反映了人类普适性价值和意义。

当然,如果是作为文学经典,它首先应该具备审美的品性和价值,在语言的使用上,必须达到典范的地位,如艾略特所说,经典必须是把一种成熟的语言运用到极致的作品。约翰·杰洛瑞亦云:"在体制上得到保存和传播的经典文本构成了文学语言的典范,它在较低的教育阶段上保证了合乎语法的简单言说运用,而在较高的教育阶段上则为更广泛的精英语言使用标准提供了范例。"[①] 譬如中国的汉语言,其词汇和语法规范,就主要是来自经典使用的语言。其次,在艺术形象的创造方面,具有很高的艺术水准,极富艺术感染力和吸引力,这些都是文学作品之为经典的前提。对于此类作品而言,没有审美价值,也就谈不上其思想价值。卡尔维诺谈到博尔赫斯对其产生的影响时说:"解释一位作者在我们大家身上唤起的共鸣,也许我们不应从宏大的归类着手,而应从更准确的与写作艺术相关的诸多动机着手。在诸多动机之中,我愿意把表达的精炼放在首位:博尔赫斯是一位简洁大师。他能够把极其丰富的意念和诗歌魅力浓缩在通常只有几页长的篇幅里;叙述或仅仅暗示的事件、对无限的令人目眩的瞥视,还有理念、理念、理念。这种密度如何以他那玲珑剔透、不事雕琢和开放自由的句子传达出来且不让人感到拥挤;这种短小、可触摸的叙述如何造就他

---

[①] 约翰·杰洛瑞著,江宁康、高巍译:《文化资本——论文学经典的建构》,南京大学出版社2011年版,第62页。

的语言的精确和具体(他的语言的独创性反映于节奏的多样性、句法运动的多样性和总是出人意表和令人吃惊的形容词的多样性);所有这一切,都是一种风格上的奇迹,在西班牙语中无可匹敌,且只有博尔赫斯才知道其秘方。"[1]博尔赫斯作为经典作家的魅力首先来自他独特的艺术风格,即叙述的简洁精炼。一部文学经典,如果不具备给予读者充分艺术欣赏的审美价值,自然也就无法吸引和征服读者,也就谈不上其道德价值的产生。这是毫无疑义的。但是成功的艺术形式和审美表达不能离开其所要表现的思想内涵而独立。弗·雷·利维斯分析简·奥斯汀、乔治·艾略特等小说家的传统时,指出:"这个传统里的小说大家们都很关注'形式';他们把自己的天才用在开发适宜于自己的方法和手段上,因而从技巧上来说,他们都有很强的独创性。"[2]但是,利维斯特别强调指出,他们的小说技巧,只有从道德关怀的角度才能够领会之,才会对其形式之美做出"慧灵见智的交代"。他十分精辟地阐述了二者的关系:"我们要问,在哪一部优秀的,在哪一部有趣的小说里,人物形象和情境又是从一个'不带责任感的弹性角度'(这倒是对'审美'一词的诸多含义之一所下的一个有用的界定)来看的呢?有哪一位小说大家对于'形式'的专注不是取决于他对于丰富的人性关怀,或复杂多样的关怀,所抱有的一种责任感呢?——那被具体形象所深刻再现了的责任感?这种责任感,在本质上,就包含了富于想象力的同情、道德甄别力和对相关人性价

---

[1] 伊塔洛·卡尔维诺著,黄灿然、李桂蜜译:《为什么读经典》,译林出版社2006年版,第278页。
[2] 弗·雷·利维斯著,袁伟译:《伟大的传统》,生活·读书·新知三联书店2009年版,第11页。

值的判断——试问,有哪一位小说大家不是这样的呢?"①"简·奥斯汀的情节,以及一般而言,她的小说,才是被非常'精心刻意地'垒出来的(即便不是'像一幢建筑'那样)。然而,她对于'谋篇布局'的兴趣,却不是什么可以被掉转过来把她对于生活的兴趣加以抵消的东西;她也没有提出一种脱离了道德意味的'审美'价值。她对于生活所抱的独特道德关怀,构成了她作品里的结构原则和情节发展的原则,而这种关怀又首先是对于生活加在她身上的一些所谓个人性问题的专注。她努力要在自己的艺术中对感觉到的种种道德紧张关系有个更加充分的认识,努力要了解为了生活她该如何处置它们,在此过程中,聪颖而严肃的她便得以把一己的这些感觉非个人化了。假使缺了这一层强烈的道德关怀,她原是不可能成为小说大家的。"②简·奥斯汀的小说情节和结构,是精心设置出来的,而这种艺术上的审美追求,并没有消减她的作品中的道德关怀。恰恰相反,正是这种道德关怀成为她作品中精心设置情节结构等艺术追求的原则。所以,离开了强烈的道德关怀,简·奥斯汀是成不了经典作家的。利维斯还专门概括道,"其他英国小说大家的情况同样如此",即这一原则适用于所有的文学作品。弗·雷·利维斯《伟大的传统》发表于1948年,哈洛·卜伦强调审美而否认文学的道德关怀,未知是否为了纠正利维斯对道德关怀的过分重视,但是矫枉过正,又陷入了新的偏激。

---

① 弗·雷·利维斯著,袁伟译:《伟大的传统》,生活·读书·新知三联书店2009年版,第39—40页。
② 同上书,第10页。

# 第四章　经典的权威性

讨论经典的属性,尤其是其跨地域、跨族群以及代代相传的属性,不能不涉及经典是否具有权威性的问题。国内几部有影响的词典,在解释经典时,都把经典定义为权威性的著作。《辞海》解释"经典":"最重要的、有指导作用的权威著作。"①《汉语大辞典》"经典"词条:"具有权威性的著作。"②《现代汉语词典》关于"经典"的词条也说过:"指传统的具有权威性的著作。"③那么,应该如何看待经典的权威性定义呢？这是研究经典必须面对的问题。所谓"权威性"著作的定义,如果指自然科学著作,当然没有什么疑义,"在精密的自然科学中,规律是重要的、有价值的,因为那些科学是普遍有效的"④。因为自然科学是探索自然规律的科学,其合于自然规律的结论不仅具有客观性,而且具有唯一正确性,因此而为权威。但是我们这里讨论的则是人文社

---

① 《辞海》,上海辞书出版社1999年版,第3303页。
② 《汉语大辞典》,汉语大辞典出版社2000年版,第1392页。
③ 中国社会科学院语言研究所词典编辑室编:《现代汉语词典》第5版,商务印书馆2008年,第717页。
④ 马克斯·韦伯著,朱红文等译:《社会科学方法论》,中国人民大学出版社1992年版,第75—76页。

## 第四章　经典的权威性

会科学。就人文社会科学来说,所谓经典是权威性著作的定义的确很值得细细商量。

### 一

首先,是经典有无权威性的问题。对于经典的权威性,后现代自然也是抱否定态度的。后现代对抗现代,反对经典,就是为了反对文化的集权,反对现代理性。而启蒙运动的真正后果就是"把所有权威隶属于理性"[1]。因此后现代自然要颠覆权威。

后现代反对代表了学术权威的知识分子:"在当代世界的扩张之下,原来将'真理'和'意义'同思想教士地位的权力及其排他性机构(研究院、大学、学术刊物、学术出版)绑在一起的传统语义的链条正在断裂"。"在这种形势下,钱伯斯追随福柯的观点,赞同用必然置身于其所在时代的特定条件之中的'具体的'知识分子取代傲慢地代表人类发言的'普遍的'知识分子:'知识分子不再可能被视为法律和权威的执行者或浪漫主义的诗人——教士——先知,而是一名颇为卑微的侦探,像我们一样生活在权威和法律之下,生活在当代大都市里'"[2]。在传统的意义上,知识分子往往被视为人类真理的代言人,是权威的发布和执行者;但是在福柯那里,"'反映'(亦即代表其发言)所有被压迫群体的'普世知识分子'被降级为仅仅在某个具体的群体和斗

---

[1] 汉斯-格奥尔格·伽达默尔著,洪汉鼎译:《诠释学Ⅰ　真理与方法》,商务印书馆2010年版,第394页。
[2] 史蒂文·康纳著,严忠志译:《后现代主义文化——当代理论导引》,商务印书馆2002年版,第322—323页。

争形式中承担某种谦逊的顾问角色的'特定知识分子'"①。受其影响的后现代学者认为,当代知识分子已经不是思想的教士和先知,他们同普通人一样卑琐地生活在法律和权威之下。事实情况也是如此。在现代分工越来越细的社会机制下,与此相适应的教育体制越来越显示出其与传统的教育体制不同的特点。传统的教育体制,致力于精英的培养,教育机构生产出的产品,必须是人类的思想者、社会进步的承担者。而现代的教育,主要致力于具体的专业人才——有文化技能的劳动者的培养,因此如利奥塔尔所说:"在权威丧失的语境中,大学和高等学习机构奉命创造技艺,而不再创造理想——有如此多的医生,在一个特定的学科中有如此多的教师,如此多的工程师,如此多的管理者,等等。传播知识的目的不再是为了培养一批能够带领民族走向解放的精英,而是为了给体系提供能够在体系机构所要求的实际岗位上令人满意地履行职责的执行者。"②

与此一致,后现代当然更否定权威。比如后现代理论家福柯对现代理性持批判的态度,其原因即在于:"现代理性倾向于把知识和真理视为中立的、客观的、普遍的,认为它们是推动进步和解放的力量。而福柯却将它们视为权力和统治的基本成分"③。真理与权威都是权力的体现者。后现代还认为,权力体现在语言上,因此后现代话语理论从语言上消解其权威性,"强调的是每一话

---

① 道格拉斯·凯尔纳、斯蒂文·贝斯特著,张志斌译:《后现代理论 批判性的质疑》,中央编译出版社1999年版,第65页。
② 约翰·杰洛瑞著,江宁康、高巍译:《文化资本——论文学经典的建构》,南京大学出版社2011年版,第75页。
③ 道格拉斯·凯尔纳、斯蒂文·贝斯特著,张志斌译:《后现代理论 批判性的质疑》,中央编译出版社1999年版,第44页。

语在其具体社会语境中的嵌入性,而不是抽象规则和体系的权威性"①。而俄罗斯文艺理论家米哈伊尔·巴赫金"对话体"语言观因此而在后现代中产生了很大影响。巴赫金认为:"权力体现在集中或统一语言的要求之中,将语言向内挤压,使其成为排除异常或非正统声音的规范化的主导形式。针对这一点,巴赫金肯定了语言中多种声音的'对话体'交谈或'狂欢节式的'杂音颠覆性;在那种语言中,精心构成的语言社会等级结构和界限被颠倒或消除。"②对语言杂音的提倡,其实质就是消解语言的一元的权威性,进而抵抗和遏制权力。后现代反权威和反经典,都出于同样的理由,因为在后现代看来,经典也是权力的产物,在本质上是规范人的思想与行为的。

本文虽然认为,不是所有的经典都具有权威性,但是并不赞同后现代反经典和反权威的观点,理由很简单,即按照现代诠释学的理解,权威并不等同于权力;并且权威虽然不是衡量经典的唯一标准,然而却是经典之所以传世、并且受到历代读者重视的原因之一。所以研究经典,就不能不承认相当一部分经典所具有的权威性,不能不探讨经典的权威性问题。

## 二

如果说有的经典具有权威性,那么经典的权威应该怎样理解呢?

---

① 史蒂文·康纳著,严忠志译:《后现代主义文化——当代理论导引》,商务印书馆2002年版,第313页。
② 同上。

究竟什么是权威,学术界有不同的理解。一般认为,权威主要关系到权力与服从。恩格斯关于权威有过一段论述经常被引用:"一个哪怕只由两个人组成的社会,如果每个人都不放弃一些自治权,又怎么可能存在?"① 又:"这里所说的权威,是指把别人的意志强加于我们;另一方面,权威又是以服从为前提的。"②"一方面是一定的权威,不管它是怎样形成的,另一方面是一定的服从,这两者都是我们所必需的,而不管社会组织以及生产和产品流通赖以进行的物质条件是怎样的。"③恩格斯的这两段话,讲了两个问题:权威对于社会组织的必要性;权威的两方面属性:一种权力的确立和另一种权力的放弃,即服从。一般认为,权威是指社会对于权力的服从,应该就是从恩格斯的这一观点而来。美国学者杜威在《人的问题》一书的第一部分第八章《权威与社会改变的对抗》中,亦讨论过权威与自由的问题。杜威认为:"权威代表社会组织的稳定性,个人借此而获得方向与支持;而个人自由即代表有意识地促使产生变化的各种力量。"④而杜威所说的"社会组织",即此章开篇所说的"教会和国家的一些主要的制度"以及"科学和艺术、经济生活和内政生活的标准与理想方面"⑤。由此可见,杜威所说的权威,就是政治制度和其意识形态所体现出来的权力。当然,杜威为了解决这种权威与自由的对抗,寻找到"自由与权威统

---

① 恩格斯:《致泰·库诺》,《马克思恩格斯选集》第四卷,人民出版社1995年版,第608页。
② 恩格斯:《论权威》,《马克思恩格斯选集》第三卷,人民出版社1995年版,第224页。
③ 同上书,第226页。
④ 约翰·杜威著,傅统先、邱椿译:《人的问题》,上海人民出版社2006年版,第78页。
⑤ 同上书,第77页。

## 第四章 经典的权威性

一的可用模型",他又提出了"科学的权威"这一概念。科学的权威,是一种集体的权威,它的核心内涵是"在科学方法的成长与应用之中所表现出来的集体理智"①。"是从比较有合作组织的集体活动中产生出来的,并以它为根据"②。这样,权威就由权力演变为一种集体的理智,或曰"合作理智"。它是人们的一种"共识"和"信仰的统一"。由此权威也由对外在权力的服从变成了对共识内在的自觉遵守。杜威的这一理论,应该引起我们高度注意。把权威理解为集体的共同理智和共识,对于解释精神产品的权威性,是比较适用的。德国社会学家马克斯·韦伯关于权威的论述,亦强调权威之于社会组织的重要性,他认为任何组织的形成、管治和支配都应建构于某种特定的权利之上,权威能够带来秩序,消除混乱。就这一点而言,韦伯对权威重要性和必要性的认识与恩格斯的认识比较近似。不过韦伯在必要性之上,又讨论了权威的合法化依据。诚如 R. 马丁所言:"权威概念中,根本的要素是'合法性'(legitimacy)。'无论权威如何定义,但几乎所有的人都以某种方式将它同合法联系在一起。权威据说是预期和博得服从的权利。'(A. 福克斯)因此帕森斯将权威界说为一种'包括在社会系统中控制他人行为的合法化了的权利(和或义务)'在内的优越性。(帕森斯)合法化不必延伸到整体关系,但必须延伸到它的某些方面,无论这些是否已被明确指定,记住这一点是重要的。"③韦

---

① 约翰·杜威著,傅统先、邱椿译:《人的问题》,上海人民出版社 2006 年版,第 87 页。
② 同上书,第 88 页。
③ R. 马丁:《论权威——兼论 M 韦伯的"权威三类型说"》,《国外社会科学》1987 年,第二期。

伯把权威的形式分为三种：依赖于传统或习俗的传统权威，领导者以其使命和愿景形成其权力基础的魅力权威，以理性和法律规定为基础的理性法定权威。韦伯对于权威的论述，主要确立了权威的三种合法化了的权力：法理依据、传统依据和感召力依据，即权威依据法理、传统和感召力而合法化。而这三种合法化依据，明确了一方对于权力的放弃和对另一方权力的服从，乃是建立在自愿或契约基础之上的，因此，权威不仅有被迫的权力服从，也有非被迫的传统习俗服从、魅力服从和理性服从，而经典的权威即与此有关。

在关于权威的理论中，伽达默尔从诠释学角度对权威本质的论述，对于本文讨论经典的权威性问题，有着直接的启示意义。启蒙运动的普遍倾向就是不承认任何权威，并把一切传统都放到理性的审判台前来审视，依赖于理性而赋予其可信性，因此而排斥前见。但是在《真理与方法》一书中，伽达默尔却对于启蒙运动出于批判目的而提出的前见学说给予了积极的肯定："如果我们想正确地对待人类的有限的历史的存在方式，那么我们就必须为前见概念根本恢复名誉，并承认有合理的前见存在。"[1]因为在伽达默尔看来，启蒙运动对前见的批判本身就是一种前见，所以他提出要为权威和传统正名。根据启蒙运动赋予理性和自由概念的意义，权威概念是可以被视为与理性和自由概念相对立的盲从的。但是伽达默尔认为这不是权威的本质。伽达默尔试图纠正权威就是服从及反理性的认识，并把权威从社会组织扩展到精神产品，引进启

---

[1] 汉斯-格奥尔格·伽达默尔著，洪汉鼎译：《诠释学Ⅰ　真理与方法》，商务印书馆2010年版，第392页。

## 第四章 经典的权威性

蒙运动所批评的前见，提出了判断优先性和承认、认可的观点："权威性并不是一种要求盲目听从，禁止思考的权力优势。权威性真正的本质毋宁在于：它不是一种非理性的优势，甚至我们可以说，它可以是一种理性本身的要求，它乃是另外一种优势，以克服自己判断的观点作为前提。听从权威性就意味着领会到，他者——以及从传承物和历史中发出的其他声音——可能比自己看得更好。"[1]"的确，权威首先是人才有权威。但是，人的权威最终不是基于某种服从或抛弃理性的行动，而是基于某种承认和认可的行动——即承认和认可他人在判断和见解方面超出自己，因而他的判断领先，即他的判断对我们自己的判断具有优先性。与此相关联的是，权威不是现成被给予的，而是要我们去争取和必须去争取的，如果我们想要求权威的话。权威依赖于承认，因而依赖于一种理性本身的行动，理性知觉到它自己的局限性，因而承认他人具有更好的见解。权威的这种正确被理解的意义与盲目的服从命令毫无关联。而且权威根本就与服从毫无直接关系，而是与认可有关系。"[2]伽达默尔关于权威的定义，重新确定了权威的合法性，权威的合法性不是建立在权力的合法性之上，而是建立在判断的优先性之上。权威的本质不是服从，而是承认和认可。而这种认可和承认，又是建立在理性判断之上的，依赖于理性本身的行动。这种理论与杜威之说颇为接近。伽达默尔关于权威的理论，对于我们讨论经典的权威性启发颇具意义。

---

[1] 汉斯-格奥尔格·伽达默尔著，洪汉鼎译：《诠释学Ⅱ 真理与方法》，商务印书馆2010年版，第48页。
[2] 汉斯-格奥尔格·伽达默尔著，洪汉鼎译：《诠释学Ⅰ 真理与方法》，商务印书馆2010年版，第396页。

## 三

我们首先讨论的是经典权威性,是否来自经典所具有的真理性。

在欧洲,最早的经典都与基督教神学著作有关,并且普遍认为"《圣经》是真理的律法"[1],因此而具有绝对的权威性。启蒙主义因为权威与理性的理解对立而反对权威,而后现代又出于反理性,明确否定权威。二者反对权威,其实质都在于一般认为权威代表的是真理。在启蒙主义看来,真理亦需要经过理性的检验,才能确立它的可信性。而人们恰恰认为权威代表了真理,在其面前失去理性的判断,陷入盲目的服从甚至崇拜。而后现代则认为,启蒙运动因为强调理性唯一,使启蒙理性变成了极权,"它消灭了所有与其竞争的思维模式,使得唯独它才享有宣称真理与正确性之特权"[2]。在此情况下,失去控制的理性为精英统治的权力和权威提供了正当的理由。因此社会理性转变成非理性,启蒙转变成为欺骗,自由和进步模式转变成了统治和倒退。由此可见,围绕着如何对待真理,成为是否肯定权威的关键。经典是否具有权威性,也与这种判断相关。

以往关于经典权威性的认识,主要是建立在人文社会科学著作是科学的基本判断之上的。也就是认为经典所描述的客观现实

---

[1] 保罗·蒂利希著,尹大贻译:《基督教思想史》,东方出版社2008年版,第247页。
[2] 道格拉斯·凯尔纳、斯蒂文·贝斯特著,张志斌译:《后现代理论 批判性的质疑》,中央编译出版社1999年版,第252页。

## 第四章　经典的权威性

和揭示的客观规律,具有不可质疑的客观性和真理性:"如果要是科学的,就应该是一个寻求真理的地方"①。因此经典具有权力的正确性、权威的合法性。在一般人看来,经典既是一个寻求真理的地方,也是寻求权力的最好领地。在这样的认识之下,强调经典的权威性,就是强调对经典的服从。在中国古代,我们会常见这样的思维习惯和做法。比如在中国古代,经书就是"恒久之至道,不刊之鸿教"②,是圣人修身之道和治国之道的集中体现。因此无论君臣,都奉经典为圭臬,既从经书中寻找治国之道,理世之方,同时也从经书中寻找君臣互为制约权力的理据,经书既是皇帝寻求权力合法化的宝典,事实上亦成为士人约束皇帝的法典。赵翼《廿二史劄记·汉时以经义断事》即罗列了大量的此类史实:"汉初法制未备,每有大事,朝臣得援经以折衷是非。如张汤为廷尉,每决大狱,欲傅古义,乃请博士弟子治《尚书》《春秋》者补廷尉史,亭疑奏谳(《汤传》)。倪宽为廷尉掾,以古义决疑狱,奏辄报可(《宽传》)。张敞为京兆尹,每朝廷大议,敞引古今,处便宜,公卿皆服,是也(《敞传》)。今见于各传者,宣帝时有一男子诣阙,自称卫太子,举朝莫敢言。京兆尹隽不疑至,即令缚之。或以为是非莫可知,不疑曰:'昔蒯聩违命出奔,辄距而不纳,《春秋》是之。卫太子得罪先帝,已为罪人矣。'帝及霍光闻之,曰:'公卿当用经术明大义者。'(《不疑传》) 匈奴大乱,议者遂欲举兵灭之。萧望之曰:'《春秋》:士匄侵齐,闻齐侯卒,引师还。君子善其不伐丧。今宜遣使吊问,则四夷闻之,咸服中国之仁义。'宣帝从之,呼韩邪单于

---

① 马克斯·韦伯著,朱红文等译:《社会科学方法论》,中国人民大学出版社1992年版,第56页。
② 詹锳:《文心雕龙义证·宗经》,上海古籍出版社1989年版,第56页。

遂内属(《望之传》)。朱博、赵玄、傅晏等奏何武、傅喜虽已罢休,仍宜革爵。彭宣劾奏博、玄、晏等欲禁锢大臣,以专国权。诏下公卿议。龚胜引叔孙侨如欲专国,潜季孙行父于晋,晋人执囚行父,《春秋》重而书之。今傅晏等职为乱阶,宜治其罪。哀帝乃削晏封户,坐玄罪(《朱博传》)。哀帝宠董贤,以武库兵送其弟,毋将隆奏:'《春秋》之谊,家不藏甲,所以抑臣威也。孔子曰:奚取于三家之堂?臣请收还武库。'(《隆传》)贾捐之与杨兴迎合石显,上书荐显,为显所恶,下狱定谳,引《书》'谗说殄行',《王制》'顺非而泽',请论如法。捐之遂弃市,兴减死一等(《捐之传》)。"①援经义以断事,固然是因为汉代初年法制未建,但是却反映出经典在汉代政治生活中的权威地位。而这种情况一直得到延续。如汉武帝初即位,令郡国举孝廉,策贤良,董仲舒以贤良对策,凡三策,董仲舒皆引用《春秋》之说以为经典,所谓"《春秋》大一统者,天地之常经,古今之通谊也"②,阐发其天人合一思想,引导武帝的治国之道,大获成功。直接推动了"罢黜百家、独尊儒术"政策的出台。

而在今天,也正是出于同样的观念,一些权力部门就会以下发命令的形式,强制推行经典;而教育部门也会通过课程设置的形式来从制度上确立经典的合法性。因为在这些权力部门看来,推行经典就是推行真理,至少是读者接近真理的重要途径。而读者则被这种理论所误导,以为经典就是真理的化身,放弃了个人理性判断的权力,陷入对经典的盲目崇拜和信任。这种情况在宗教经典

---

① 赵翼:《廿二史劄记》,《赵翼全集》第一册,凤凰出版社2009年版,第37页。
② 班固:《汉书·董仲舒传》,中华书局1962年版,第2523页。

## 第四章 经典的权威性

和意识形态属性的经典的接受与传播中,体现得尤为突出。在宗教和某种意识形态信徒那里,经典带有不可怀疑的神圣性,"唯有正统的宗教——或者更准确地说:由教义约束的教派——能赋予文化价值的内容以绝对有效的道德律令的地位"①。因此对于信徒们来说,经典的真理光环解除了他们理性的武装,取代了他们知性的判断,陷于顶礼膜拜的狂热虔诚中。而这正是源自对于经典权威的偏颇理解和宣传。

然而事实的情况是,经典的权威性,并非完全决定于经典是否承载了某种真理。伽达默尔承认权威也是一种真理源泉的可能性,但也仅仅是可能性而已,并非是真理的唯一源泉。在传世的经典中,无可否认有些作品是承载了真理或具有真理性的内容,譬如卡尔·马克思《资本论》所揭示的资本价值规律。但是并非所有的经典都具有这样的认识价值。所以不是所有的经典都具有真理性,而有无真理性也不能决定经典是否权威,即真理性并不是衡量经典是否具有权威性的唯一标准。那些非带有真理性的经典并不因此而有损于它的价值,因为经典之所以传世,正在于它的内涵的无限丰富性,它提供给读者的不仅仅是认识世界的价值。尤其是文学艺术,它的主要功能不是理性地认识世界,揭示社会发展的某些规律,而是作者面对世界的心灵感受。如果它也有什么认识价值的话,这种认识也是作者对于社会人生的一种审美把握、审美判断。对于这样的经典,读者越是试图从里边寻找什么规律和真理,也就越容易失去对经典的丰富内容的理解,诚如马克斯·韦伯所

---

① 马克斯·韦伯著,朱红文等译:《社会科学方法论》,中国人民大学出版社1992年版,第53—54页。

说的那样:"对于认识具体的历史现象来说,最一般的规律,因为它们最缺乏内容,因而也是最没有价值的。"①例如,《红楼梦》中所表现出的人世极盛而衰思想,是中国古代士人关于历史和人事的一种比较普遍的看法,但是这种看法只是所有关于历史与人事看法中的一种而已,很难说是关于历史与人事的规律性的认识,不具有唯一正确性。然而我们看到,古人的这种见解却涵蕴着中国哲学关于事物两极转换的理念,因而它深刻地影响了中国人的历史观和人生观。仅就此而言,《红楼梦》权威性不是表现在它反映了关于历史与人事的真理,而是其关于历史与人事的一种见解所产生的甚深甚巨的影响——一种影响了中国人上千年的带有宿命论的历史与人事智慧。还有,《红楼梦》中关于宝玉和黛玉爱情悲剧的描写,作者的真实意图也不是如一般评论所说的那样,为了反对封建社会的腐朽,揭示其必然灭亡的命运。这样理解宝黛爱情悲剧,小说的思想意义确是被放大了,然而却过滤掉了《红楼梦》这一内容的丰富内涵和意义。曹雪芹在《红楼梦》中通过贾宝玉之口谈过他对女孩子的看法,即女孩子是水做的,本应是世界上最为清纯美丽之物,所以他设置的大观园,实则是钟天地之神秀的地方,是贾府里边的一块净土,尽储美丽于一园。而林黛玉又是这个美丽之园的班主。这个人物的毁灭,寄予了作者极大的无奈和失望,它既是对社会的,也是对人生的。读者从中可以感受到甚深的空幻感。而这些都非反封建所能涵盖的。就此而言,揭示封建社会必然灭亡命运的概括,套用马克斯·韦伯的话说,"因为它们最

---

① 马克斯·韦伯著,朱红文等译:《社会科学方法论》,中国人民大学出版社1992年版,第76页。

## 第四章 经典的权威性

缺乏内容,因而也是最没有意义的"。

在前面的章节中,我们曾经论述经典所具有的超越时间和地域、族群的普适性价值。而这种普适性价值也不是只含有真理性的。经典具有真理性,自然是其获得权威性的重要条件,但不是唯一条件。在经典所表现出的普适性价值中,有的属于认识论的范畴,有的则属于道德论的范畴。而道德虽然是对人的合理性规范,并且是个体的自我节制行为的规范,但它却是建立在个体伦理和情感的判断基础之上的,既不具有客观性,也不具有真理性,更不具有唯一正确性。对于这样的经典,如果按照传统的关于社会科学的标准来衡量,很难说其具有权威性。因为伦理和情感的判断,不是客观的判断,是带有很强的主观性的判断。中国的经典著作《论语》所具有的思想就多属于道德论的范畴。周作人《论语小记》说:"《论语》二十篇所说多是做人处世的道理,不谈鬼神,不谈灵魂,不言性与天道,所以是切实。但是这里有好思想也是属于持身接物的,可以供后人的取法,却不能定作天经地义的教条,更没有什么政治哲学的精义,可以治国平天下,假如从这边去看,那边正是空虚了。"[①]顾颉刚也说:"我们读《论语》,便可知道他修养的意味极重,政治的意味很少。"[②]譬如孔子关于"仁"的言说,是其思想体系中的核心部分。但是孔子所讨论的"仁",表达的都不是什么规律,而是孔子所提倡的伦理价值观。《论语·颜渊》:"樊迟

---

[①] 周作人:《苦茶随笔》,《周作人全集》第三册,(台北)蓝灯文化事业股份有限公司1992年版,第12页。
[②] 顾颉刚讲、尤伯熙记:《孔子何以成为圣人》,厦门大学编译委员会编《厦门大学演讲集》第一集,厦门大学印刷所1931年版。

问仁,子曰:爱人。"①这就是孔子著名的仁学思想的核心内涵。如果你要想成为一个有仁德的人,就应该具备爱人的仁慈情怀。这是孔子所提倡的仁者的品质,既是提倡,就不具有必然性,而是一种合理的选择。"夫仁者,己欲立而立人,己欲达而达人"②。这也是孔子所认为的仁者的伦理修养和情怀。仁者之心,就是把他人看成和自己一样的人,应该是推己及人的,自己欲立事,就要考虑别人也应该有这样的希望,以此而立人;自己想发达,就想到他人也会如此,由此而使人发达。这还是倡导,还是给人提出一个达到仁者的方向。所以出自伦理的规范,是建立在个人自愿选择的主体性心理和行为之上的。"仁远乎哉?我欲仁,斯仁至矣"③,是人们的主动选择,而非被动的服从。一为或然,一为必然,这就是道德性判断和真理性判断的区别。经典的普适性价值,不仅体现在后者,也包容了前者。由此可见,经典权威性来自经典所具有的真理性的认识,是片面的。

## 四

作为人文社会科学,仅仅就作品本身来讨论经典的权威性,而不考虑读者对于经典的接受,从现代社会科学方法论的角度来看,显然是不现实而且是没有意义的。人文社会科学是否是科学,学界尚有不同看法,即使与自然科学同属于科学,然而它与自然科学却有着很大的差异。其中很重要的方面,就在于人文社会科学研

---

① 《论语·颜渊》,朱熹:《论语集注》卷六。
② 《论语·雍也》,朱熹:《论语集注》卷三。
③ 《论语·述而》,朱熹:《论语集注》卷四。

## 第四章　经典的权威性

究的对象不是客观的自然现象,而是人和人的行为本身,因此离不开研究者的价值判断。社会现象只有同研究者的价值观联系起来,才对研究者有意义。马克斯·韦伯说:"我们称那些按现象的文化意义来分析生活现象的学科为'文化科学'。一种文化现象构型的意义以及这种意义的根据无论如何不能根据一种分析性规律(Gesetzesbegriffen)体系来指导并明白地表达,不管这种分析性规律体系是多么完善,因为文化事件的意义预先就含有一种对这些事件的价值取向。文化概念是一个价值概念。因为并且只有当我们把经验现实与价值观念联系起来时,它在我们看来才成为'文化'。它包括那些且只是包含那些因为这种价值关联而在我们看来变成有意义的那部分现实。只有一小部分现存的具体现实被我们受价值制约的兴趣改变颜色,并且也只有它才是对我们有意义的。它之所以有意义是因为它揭示了对我们来说很重要的一些联系,而它们之所以重要是因为与我们的价值有关联。"[①]马克斯·韦伯讨论的问题虽然不是阅读问题,而是社会科学的特殊性,他认为,文化科学的决定性特征在于具体的研究对象与研究者的价值关联。然而这个理论启示我们,经典的意义产生于经典的具体文本与读者的价值关联中。经典的价值不是自然显现出来,只有经过读者的接受才会产生意义;经典的意义,不在经典本身,而在于经典文本与读者阅读的关系中。就此而言,伽达默尔立足于诠释学对于权威的揭示,对于我们正确理解经典的权威性颇有启发意义。

---

① 马克斯·韦伯著,朱红文等译:《社会科学方法论》,中国人民大学出版社1992年版,第72页。

### 论 经 典

从读者接受的视角来审视经典,其权威性又当如何理解呢? 依照马克斯·韦伯关于社会科学的观点,无论经典含有多少关于世界的规律性认识,包含有多少真理,如果不与读者形成价值关联,也就不会产生影响和意义。在这里边,读者的价值观也是一种前见,只有这种前见和精神产品发生关系,才会产生阅读的意义。而在读者阅读中,经典权威性的确立,依照伽达默尔的判断优先性定义来看,主要体现在中国所说的"先见之明"。也就是经典中所表达的见解,是优先于读者的前见。或者是读者并未意识到的前见,或者是读者已经意识到、但是还未达到经典之深度的前见,或者是读者已经意识到、但是却无法用文字表达出来的前见。伊塔洛·卡尔维诺《为什么读经典》中说到这样一种阅读经典现象:"一部经典不一定要教导我们一些我们不知道的东西;有时候我们在一部作品中发现我们已知道或总以为我们已知道的东西,却没有料到我们所知道的东西是那个经典文本首先说出来的(或那个想法与那个文本有一种特殊的联系),这种发现同时也是非常令人满意的意外。例如当我们弄清楚一个想法的来源,或它与某个文本的联系,或谁先说了,我们总会有这种感觉。"[①]卡尔维诺所描述的阅读经典的感受,就是伽达默尔所说的判断性优先,或曰前见。这种前见,也可能是对事物规律的认识,也可能是对社会人生的一种情感反应,是否有真理性不仅无法涵盖其前见,而且也不能决定其是否权威。读者阅读时,经典权威产生的关键,首先在于经典的前见与读者的价值观接近或吻合,读者与经典在价值观上达

---

[①] 伊塔洛·卡尔维诺著,黄灿然、李桂蜜译:《为什么读经典》,译林出版社2006年版,第5页。

## 第四章 经典的权威性

成了杜威所说的"共识",或者是经典的前见与读者的价值观相左,但是经典说服了读者,认同了经典的价值观,这是读者承认经典的见解和判断超出自己的前提。没有价值观上的接近和吻合以及读者被经典说服这个前提,没有读者对于经典价值观的认同,就会产生读者对经典的拒斥,因而也就谈不上认可。然后才是判断优先的认可。即读者在阅读经典过程中,认识到自己见解的局限,承认经典的判断比自己先行一步,而且比自己的见解更加完善。总之,经典的权威性来自读者在阅读经典时对于合于自己价值观的前见的承认和认可。如果一部经典在历代读者的不断阅读和评价中,都得到了承认和认可,就形成了杜威所说的"集体理智",或曰"共识",因此而具有了权威性。

经典的权威,不仅如伽达默尔所说的表现为对经典的承认和认可,还表现为对经典的信任与信服。如果说承认和认可是读者阅读经典时对经典接受的理性判断的话,那么读者对于经典的信任和信服,则带有明显的情感成分,是理性判断和情感仰慕相统一的阅读接受。

读者对经典的信任和信服,最初很有可能受教育左右,而且也不能排除他人前见对读者接受的影响。中小学语文、历史教材所选入的传统文章,多为名篇,有的即是经典,这自然会给读者带来深刻的印痕。约翰·杰洛瑞说:"经典性并非作品本身具有的特性,而是作品的传播所具有的特性,是作品与学校课程大纲中其他作品分布关系的特性。"[①]杰洛瑞这里讲的主要是经典建构于学校

---

① 约翰·杰洛瑞著,江宁康、高巍译:《文化资本——论文学经典的建构》,南京大学出版社2011年版,第50页。

课程的观点,但是确实也反映出学校教学对于读者接受经典的影响。学校课程中选入的篇章,会一定程度上影响到读者,所以当他后来有机会再阅读经典时,中小学受教育时接触到的作者和作品,会成为其阅读的前见,形成对这些经典已然的信任。如果读者在大学接受的是人文社会科学教育,那么大学课程中讲授的作者和作品,会比其在中小学接触到的作者和作品更为深刻地影响到他以后阅读的选择,会更深地影响到其对经典的信任和信服。因此费迪曼说:"我们几乎每个人都觉得自己懂得莎士比亚,但其实懂的只不过是别人预先传达给我们的知识。因此,要欣赏莎士比亚,我们必须先从心中祛除高中或大学课堂上学得的公式性看法,当然,这是一件很难的事。"①由此可见,教育确实在经典的接受过程中发挥了重要的影响。其次是读者之间的交流。某人阅读了哪一部经典,推荐给另一位读者,他的建言也会成为读者阅读的前见,影响到他对被推荐经典的信任。此类情况尚有先在的评论,如反映在古代文学评价上的诗话、词话、序跋、评点、评论、笔记、选集等等,都会成为读者阅读的前见,使读者产生对经典的信任或信服。

然而真正的信任和信服,不是来自他人前见的影响,而是来自读者对于经典的个人阅读与理解,来自读者个人与经典之间的私密交流。本书在前二、三两章讨论过经典的超越时空的传世价值和普适性价值,而体现了经典的这些价值的内容,一般而言,都是与人类的生存与绵延以及个体的成长和完善密切相关的话题:人的生存状况,诸如是饥馑还是富足,是自由还是压迫,是平等还是不公,是民主还是专制?还有人与天地自然的关系,诸如是饥荒灾

---

① 费迪曼:《一生的读书计划》,花城出版社1981年版,第68页。

## 第四章 经典的权威性

异还是风调雨顺,是荒山恶水还是风光秀美?以及个体生活中的生与死、爱与恨,等等,都是任何人密切关注的话题,也是精神产品集中探讨和反映的问题。读者阅读经典,有的带有明确的求知目的,比如读者在学校阅读经典,无论从设置课程的学校和教师而言,还是学生自己而言,都带有明确的求知目的。譬如中文系培养的学生,主要是从事文学教学、研究以及写作、批评方面的人才,因此中文系的学生在学校的经典阅读,首先是为了获取与经典学科方向相同的知识。如阅读《古代文学作品选》中的《诗经》、楚辞、李白和杜甫作品等,主要是配合文学史教学,增进对文学发展及其规律的掌握;阅读《现代文学作品选》中的鲁迅、巴金等,同样也是服从于文学史。其次是为了学科训练,阅读经典就是从经典中获取文学写作与批评的标准和规范。经典进入大学教材和大学课程,其目的之一就是树立文学写作的样板和规范,通过学习经典使学生获得文学写作和批评的技能。但是社会普通读者阅读经典则不然,不能排除即使是普通读者阅读经典也有其明确的为了求知的目的,却也可以肯定未必所有人都一定怀着从经典作品中获益的初衷,有相当一部分人读书只是出于消遣。不过随着阅读的深入,经典的思想魅力连同其语言和审美魅力会同时逐渐展现,说服读者,征服读者,甚至会导致读者对经典的崇拜。在这样的交流过程中,读者不可能消除个人的前见而走向经典,但是随着阅读的展开,读者会自然地对照经典,"检查本身具有的前意见是否合法,亦即检验它的来源和作用"①。在阅读中,经典对于读者的前见会

---

① 汉斯-格奥尔格·伽达默尔著,洪汉鼎译:《诠释学Ⅱ 真理与方法》,商务印书馆2010年版,第74页。

产生两种不同的作用。其一,经典不仅仅是证实了读者的前见,并且超越了读者已有的认识,深化了读者的前见,由此而生成读者对于经典的敬佩。在《世说新语·文学》中讲了西晋时与郭象同好老庄的庾敳读书故事:"庾子嵩读《庄子》,开卷一尺许便放去,曰:'了不异人意'。"①仅从此处记载看,似乎是庾敳因为《庄子》的见解和自己的见解完全相同而失去阅读的兴趣。然而从刘孝标注引《晋阳秋》记载看,庾氏实际上是读了《庄子》,十分钦服:"自谓是老庄之徒。曰:'昔未读此书,意尝谓至理如此;今见之,正与人意暗同。'"②也就是说庾敳在未读《庄子》之前,就已经自己感悟到了与《庄子》相近的人生至理,及至读到了《庄子》,乃感叹竟然与自己的想法如此暗合。《晋书·庾峻传》附《庾敳传》记载:"敳字子嵩,长不满七尺,而腰带十围,雅有远韵。为陈留相,未尝以事婴心,从容酣畅,寄通而已。处众人中,居然独立。尝读《老》《庄》,曰:'正与人意暗同。'"③又记载庾敳:"迁吏部郎。是时天下多故,机变屡起,敳常静默无为。"从《晋书》记载可见,庾敳性格本来就有淡远之风,不以世事为怀,后来庾敳阅读《庄子》,印证了自己的人生观,因此而服膺了《庄子》,于是自称为庄子之徒。庾敳处于西晋后期的政治多事之秋,因此以老庄的无为之术作为自己处世之道,纵心事外而自保。据《晋书》本传:郭象善老庄,时人以为王弼之亚。庾敳就有些不服气,说:"郭子玄何必灭庾子嵩!"就是说对庄子的熟悉既有郭象,也有庾敳,应该是二者并驾齐驱的。但

---

① 余嘉锡:《世说新语笺疏·文学》,中华书局 2007 年版,第 241 页。
② 同上。
③ 房玄龄等:《晋书·庾峻传》,中华书局 1974 年版,第 1395 页。下引庾敳《意赋》出此。

是,后来郭象作了东海王、太傅司马越的主簿,任势专权,而庾敳则任司马越的军谘祭酒,此时的庾敳对郭象说:"卿自是当世大才,我畴昔之意都已尽矣。"摆出了低姿态。当时,刘舆也见任于司马越,许多士人都被其构陷,只有庾敳纵心事外,无迹可寻。刘舆了解到庾敳人俭家富,怂恿司马越向庾敳换钱千万。如果庾敳吝啬不肯,就可乘机构陷他。司马越在众人之中向庾敳提出换钱事,而此时的庾敳:"颓然已醉,帻堕机上,以头就穿取,徐答云:'下官家有二千万,随公所取矣。'舆于是乃服。"由这些记载来看,庾敳颇近正始时期的阮籍,遵从老庄的无为守弱之道,游处于险恶的政治环境中,以求全身远害。我们再来考察他留下的两篇文章,基本上表达的都是老庄的思想。《意赋》:"至理归于浑一兮,荣辱固亦同贯。存亡既已均齐兮,正尽死复何叹。物咸定于无初兮,俟时至而后验。若四节之素代兮,岂当今之得远。且安有寿之与夭兮,或者情横多恋。宗统竟初不别兮,大德亡其情愿。蠢动皆神之为兮,痴圣惟质所建。真人都遣秽累兮,性茫荡而无岸。纵驱于辽廓之庭兮,委体乎寂寥之馆。天地短于朝生兮,亿代促于始旦。顾瞻宇宙微细兮,眇若豪锋之半。飘飘玄旷之域兮,深漠畅而靡玩。兀与自然并体兮,融液忽而四散。"这篇赋很明显是受了庄子思想的影响。通篇演绎的是庄子齐物论的观点。《庄子》说:"天地与我并生,而万物与我为一。"①又说:"道通为一。"②这就是庾敳"至理归于浑一"所本。自其之初始而言,万物本就处于浑一不分的自然状态,这是合于道的。人事也是如此,不分贵贱,不分存亡、不分寿

---

① 《庄子·齐物论》,郭象注,成玄英疏:《庄子注疏》卷一,中华书局 2011 年版,第 44 页。
② 同上书,第 38 页。

夭。因此,人应识破人生的固执。比如人们无不追求长寿,但是,在庄子看来,一切皆是相对的:"天下莫大于秋毫之末,而太山为小;莫寿乎殇子,而彭祖为夭。"①庾敳则在此基础之上,进一步生发为宇宙天地皆极为短暂的认识:"天地短于朝生兮,亿代促于始旦。顾瞻宇宙微细兮,眇若豪锋之半。"天地在人看来似是天长地久,然而与其浑一之初相比,它不过是朝生之菌;亿代当然为人世之长者,但是与天地相比,亦不过短似一个早晨而已。如此说来,无尽无期的宇宙,也不过细如豪锋之半。因此人应节制情欲,排遣秽累,"纵驱于辽廓之庭兮,委体乎寂寥之馆"。即体无为之道。如果说《意赋》主要是演绎《庄子》齐物思想的话,而《幽人箴》则主要演绎的是《老子》守虚静的道。《幽人箴》:"有物混成,先天地生。乃剖乃判,二仪既分。高卑以陈,贵贱攸位。荣辱相换,乾道尚谦。人神同符,危由忽安。溢绿释虚,苟识妙膏,厌美有胰。韩信耽齐,殒首钟室。子房辞留,高迹卓逸。贵不足荣,利不足希。华繁则零,乐极则悲。归数明白,势岂容违。人徒知所以进,而忘所以退。穰侯安宠,襄公失爱。始乘夷道,终婴其类。羲和升而就翳,望舒满而就亏。盈抱之分,自然之规。悠悠庶人,如何弗疑。幽人守虚,仰钻玄远。敢草斯箴,敬咨欹冕。"②箴的首二句,直接取自《老子》第二十五章。而后表达了尊卑贵贱皆出于自然、荣辱危安处于转换之中的认识。老子认为:"祸兮,福之所倚;福兮,祸之所伏。"③人事常常是祸福转换

---

① 《庄子·齐物论》,郭象注,成玄英疏:《庄子注疏》卷一,中华书局2011年版,第44页。
② 严可均编:《全上古三代秦汉三国六朝文》第四册,《全晋文》卷三十六,河北教育出版社1997年版,第375页。
③ 《老子》第五十八章,任继愈:《老子绎读》,北京图书馆出版社2006年版,第127页。

的。庚敱亦讲:"荣辱相换,乾道尚谦。人神同符,危由忽安。"所以"贵不足荣,利不足希。华繁则零。乐极则悲"。富贵不足荣耀,荣华亦不足恃,迟早会乐极生悲。因此庚敱主张要遵守老子的守虚处静之道。《老子》第九章:"持而盈之,不如其已。揣而锐之,不可常保。金玉满堂,莫之能守。富贵而骄,自遗其咎。功成身退,天之道。"①七十七章:"天之道,其犹张弓欤?高者抑之,下者举之,有余者损之,不足者补之。天之道,损有余而补不足。人之道则不然,损不足以奉有余。孰能有余以奉天下?唯有道者。是以圣人为而不恃,功成而不处,其不欲见贤。"②老子认为,天之道就是处弱守虚,"曲则全,枉则直,洼则盈,敝则新,少则多,多则惑"③。因此要"知其雄,守其雌,为天下豁"④,甘于守弱,并且对待天下之事物不能追求圆满,追求圆满就会适得其反。因此提倡不自见,不自是,不自伐,不自矜,不与天下争,学会知足知止,功成身退。庚敱的《幽人箴》表达了同样的观点,就是守虚尚谦,知退知止。事实上庚敱也正是在现实中这样做的。庚敱阅读《庄子》的例子,是经典印证并且深化了读者前见并且深刻影响了读者的典型事例。其二,经典的见解由于比读者的前见更高明,修正或完全推翻了读者的前见。无论来自读者早年的教育或其他途径获得的成见,在阅读经典时,被经典部分或全部推翻,转而接受了经典的见解。刘小枫《这一代人的怕和爱》曾经讲到他阅读俄罗斯作家巴乌斯托夫斯基创作杂记《金蔷薇》的感受。他是在上个世纪

---

① 《老子》第九章,任继愈:《老子绎续》,北京图书馆出版社2006年版,第20—21页。
② 《老子》第七十七章,同上书,第169—170页。
③ 《老子》第二十二章,同上书,第47页。
④ 《老子》第二十八章,同上书,第62页。

七十年代初期那个特殊年代偶然间阅读到《金蔷薇》这本书的。他说:"每一代人大概都有自己青春与共的伴成的枕书。我们这一代曾疯狂地吞噬着《钢铁是怎样炼成的》和《牛虻》中的激情,吞噬着语录的教诲。谁也没有想到,这一切竟然会被《金蔷薇》这本薄薄的小册子给取代了!我们的心灵不再为保尔的遭遇而流泪,而是为维罗纳晚祷的钟声而流泪。这是两种截然不同的理想,可以说,理想主义的土壤已然重新耕耘,我们已经开始倾近怕和爱的生活。"① 那么《钢铁是怎样炼成的》和《牛虻》这样的小说究竟给了刘小枫什么样的先见呢?刘小枫的另一篇文章《牛虻和他的父亲、情人和她的情人》讨论过这个问题:"好长一段日子,我都以为丽莲的《牛虻》讲的是革命故事。"②"一九七一年冬天,我第一次读到《牛虻》……牛虻为革命事业悲壮牺牲的豪情像身体上分泌出来的液体,抑制了我心中的琼玛疼痛。牛虻的革命经历有何等勾魂摄魄的情感经历啊!我想有一番属于自己的革命经历,以便也能拥有可歌可泣的一生情爱!牛虻献身的是一场救国的革命——用官话说,是爱国主义的革命,用学究话说,是民族国家的独立革命:意大利要摆脱奥匈帝国的统治。不过,对我来说,牛虻的革命经历之所以勾魂摄魄,是因为他献身革命而拥有了自己饱满的生命和情爱。我产生出这样的想法:要拥有自己饱满的生命和情爱,就必须去革命。丽莲讲叙的牛虻,成为我心中的楷模。"③ 由此可见,刘小枫七十年代读《牛虻》所获得的前见,乃是革命的理想和革命的爱情。这正是那个年代知识青年所获得的特有的教

---

① 刘小枫:《这一代人的怕和爱》,华夏出版社2007年版,第14—15页。
② 刘小枫:《沉重的肉身》,华夏出版社2007年版,第34页。
③ 同上书,第36页。

## 第四章　经典的权威性

育,所一般拥有的理想。然而巴乌斯托夫斯基的《金蔷薇》改变了刘小枫的前见:"《金蔷薇》竟然会成为这一代人的灵魂再生之源,并且规定了这一代人终身无法摆脱理想主义的痕印,对于作者和译者来说,当然都是出乎意料的"①。改变了刘小枫革命理想的,是来自《金蔷薇》的宗教理想:"这无疑是历史的偶然,而我们则是有幸于这偶然。如此偶然使我们已然开始接近一种我们的民族文化根本缺乏的宗教品质;禀有这种品质,才会拒斥那种自恃与天同一的狂妄;禀有这种品质,才会理解俄罗斯文化中与被钉死在十字架上的耶稣一同受苦的精神;禀有这种品质,才会透过历史的随意性,从根本上来看待自己受折磨的遭遇"②。在这里我们姑且不去讨论一代人的理想是否很轻易地就被一部薄薄的小册子所改变,改变一个人的理想尚且不易,更何况一代人的理想。但是,从刘小枫的叙述来看,《金蔷薇》确实深刻地影响了刘小枫,改变了他的理想,也就是此文所说的阅读前见。综上所说可见,对经典的权威性起着决定性意义的不是诸如教育、权威机构的命令等外在的力量,还是来自经典自身的品质(思想与艺术)与读者阅读过程中对这种品质的接受。类似于人与人的晤谈中,一个人对另一个人的说服,辩论赛中甲方对乙方令其心悦诚服的征服。

## 五

现在,我们再回到关于权威与权力的讨论。按照恩格斯的观

---

① 刘小枫:《这一代人的怕和爱》,华夏出版社2007年版,第15页。
② 同上。

点,权威就是一部分人放弃权力,服从另一部分人的权力。那么在阅读经典时,经典是否也表现为一种权力?与之相连是否也存在读者与经典的服从关系呢?对此伽达默尔是持否定态度的,他明确指出,"权威根本就与服从毫无关系"。这是因为伽达默尔认为,服从是一种放弃理性和自由的行为。

然而事实情况是,在精神产品的传播过程中,确实存在着权力与服从的因素。不同时期的当权者把某些精神产品确定为经典,并以之作为权力的化身,强制推行。读者则不得不服从这些精神产品的权威。不过,这是来自精神产品之外的权力,是附加于精神产品之上而非来自精神产品本身的权力。是权力使其确认的经典的权威合法化,而不是精神产品自身权威的合法化。在此情况下,读者对权力者确认的经典权威的服从,是非自愿因而也是非认可而被动接受的。以伽达默尔对权威的理解来看,靠外力强加在精神产品身上的是权力而不是权威。通常情况下,当权者推行经典的目的,是靠经典来寻租权力,确认和巩固当权者利益集团的价值观。他们用权力来确立经典及其权威并使之合法化,试图控制读者的阅读行为,灌输和强推其价值观。但是由于这些所谓经典的权威来自威权,而不是来自精神产品内部,因此无法使读者从情感和理性上承认和信服。

经典的权威来自读者阅读行为本身,来自读者理性的自觉的行为。经典的权威的确立,与其说是读者自觉地放弃了个人的前见而主动地服膺经典,不如说是读者在经典中重新确认了自己前见的合法性。一方面,是经典说服了读者,使读者认可或服膺经典对于社会人生的见解比自己更加高明,从而重新确立了自己的前见;另一方面,读者又从经典中找到了自己的同谋,达到了某种共

第四章 经典的权威性

识,从而确认了自己见解的合理合情。因此,经典的权威性,不是使读者放弃思想的权力,丧失思考的信心,而是进一步坚定了读者的思考的信心,坚守思想的权力。

# 第五章　经典的耐读性

从阅读的角度来考察经典,经典具有不同于一般精神产品的耐读性。经典之所以能够超越历史在读者中得到长久的流传,并且还能跨越不同地域、不同民族而获得不同读者的认同,就其内在品质来看,乃是因为经典具有常读常新的永久的魅力。

## 一

经典的价值体现在它的永远的启示性,常读常新。伊塔洛·卡尔维诺《为什么读经典》列举的十四个定义中的前六项,讲的都是经典的这种特点:"经典是那些你经常听人家说'我正在重读……'而不是'我正在读……'的书"[1]、"一部经典作品是一本每次重读都像初读那样带来发现的书"[2]、"一部经典作品是一本永不会耗尽它要向读者说的一切东西的书"[3]。这仅仅是阅读经典的一个取向,而

---

[1] 伊塔洛·卡尔维诺著,黄灿然、李桂蜜译:《为什么读经典》,译林出版社2006年版,第1页。
[2] 同上书,第3页。
[3] 同上书,第4页。

## 第五章 经典的耐读性

另一个取向则是即使是初读经典也好像重温:"一部经典作品是一本即使我们初读也好像是在重温的书"①。由此可见,经典的永久的耐读性,来自文本的两个属性,既熟悉又陌生。

当然也有反对的意见。迈克尔·泰纳对所谓经典常读常新的说法就颇不以为然:"经典作品几乎总是因种种原因引起争议,我不认为这就是经典作品可贵的特点,虽然争议的现象完全可能无法避免,因为它们牵涉到一些难以说清的问题。我也不认为是那些作品的深奥使对它们的解释无穷无尽。现在解读的无限性常被视为伟大作品的特征,实际上我不知道它究竟意味着什么。如果是因为伟大的作品永远不会令人生厌,它们总是会有新的内容和涵义需要人们注意,那么,我认为这说法是不对的,就我所知,有的伟大作品的意义是十分明确的,至少对某一个个人而言。对它们的重新体验到了某种程度以后只是重复人们喜欢做的事而已,并不是要发现什么新的内容。任何有文化修养的人都可能碰到这样一些作品,他真诚地认为它们伟大,但宁可不再接触它们,因为他担心再读的话会感到失望。我不知道解读的不可穷尽性还会有什么意思,我想这方面必定已经有不少陈词滥调。"②迈克尔·泰纳所说的阅读经典现象,自然存在于他自身的阅读经验中,但是否就能说明每一个阅读个体阅读经典时的体验呢?而且还要追问这样的穷尽式阅读是否合乎一般的阅读规律呢?就阅读个体而言,的

---

① 伊塔洛·卡尔维诺著,黄灿然、李桂蜜译:《为什么读经典》,译林出版社2006年版,第4页。
② 迈克尔·泰纳著,陆建德译:《时间的检验》,中国社会科学院外国文学研究所《世界文论》编辑委员会编:《重新解读伟大的传统》,社会科学文献出版社1993年版,第218—219页。

确并非每一部经典都必定是内涵丰富、永远解读不尽的。不可否认这样的一种现象:对于一部经典,有的读者读后就以为理解了全义而不想再读;也不能排除一个成熟的读者,一次阅读经典就确定了对经典的认识,以后虽然不同年龄、不同时期又阅读过这部经典,而对其认识丝毫未改变的现象。但是,就大多数读者阅读经典的感受而言,确实存在常读常新的特点。尤其是文学作品,就更带有这种阅读特点。读者阅读经典常读常新,至少应该有这样两种可能:一种是渐进式的阅读。初读经典,读者或者只了解到经典的基本涵义或浅近涵义,随着不断阅读,形成了对经典更加精深的理解;尤其是读者阅历从浅到深的改变,这种阅读现象就越容易产生。比如阅读《红楼梦》,年轻时我们与《红楼梦》的对话,可能关注的是宝黛的爱情,一则此书确实是以宝黛爱情作为主线而展开,但是更重要的是读者当下所关注的热点问题直接影响到读者视域的打开。而同一读者到了一定的年龄并有了比较丰富的社会经历,也许就会扩大对这部经典涵义的观照,思考到更宽广的人生社会问题。即使是对宝黛爱情,也会有不同的认识和解释,洞悉这部经典隐藏在爱情之后的生命思考。费迪曼讲过他读笛福《鲁滨逊漂流记》的体会:"一般都认为《鲁滨逊漂流记》是给少年人看的书,这和《汤姆历险记》一样,就满足男人梦想的意义而言,的确是少年人的读物。这个梦,在每个男人少年时代就存在,一直延续到成年,即使临终时分,仍然隐隐残留着。男人都梦想着过鲁滨逊式的生活,也就是自给自足的生活,然后成为一国、一城之主,疼爱一个得力的奴隶,品味自己善良而孤独的身分。进而,梦想拥有无须竞争而又不俗气的财富与权力;享受无需运用知性,只简单使用筋骨与良心所获得的成就。更进一步,在远离日常平凡生活的遥远地方,住在自己构筑的乌托邦里,不必担负抚养妻子的麻烦责任。"因此,费迪曼认为,《鲁滨逊漂流记》这部小说对于读者而言,"孩童时期,这部书只是读来有趣,成人之后再去读,就会知道这是不朽的杰作"①。另外一种是从整体到局部或从局部到整体把握的阅读。读者最初的阅读,也许是获得了一部经典的整体印象,此时还仅仅是泛阅读,此后的阅读,则是在此整体印象基础之上,对经典的局部和细部有了更深入的感受和体会。当然也许与此相反,读者初次阅读并未获得整体印象,只关注到了他当下想(无意识的)关注的细节问题。此后才扩大到整体。无论哪种可能,都是建立在经典与读者当下阅读的基础之上。没有经典深厚的内容,是不可能激发出读者丰富的感受和想象的。

经典阅读的不可穷尽性,符合现代阅读的理论。伽达默尔在解释精神科学的特点时指出:"对传统的阐释从来就不是对它的单纯的重复,而总是例如理解的一个新的创造。"②所以,"在精神科学中我们不断地从传统中获得新的东西"③。"当某人理解他者所说的内容时,这并不仅仅是一种意指(Gementes),而是一种参与(Geteiltes)、一种共同的活动(Gemeinsames)。谁通过阅读把一个文本表达出来(即使在阅读时并非都发出声音),他就把该文本所具有的意义指向置于他自己开辟的意义宇宙之中"④。按照伽达默尔解释学的观点,读书是读者与书的谈话。既是谈话,就不应

---

① 费迪曼:《一生的读书计划》,花城出版社1981年版,第89—90页。
② 伽达默尔、杜特著,金惠敏译:《解释学 美学 实践哲学 伽达默尔与杜特对谈录》,商务印书馆2005年版,第25页。
③ 同上书,第27页。
④ 汉斯-格奥尔格·伽达默尔著,洪汉鼎译:《诠释学Ⅱ 真理与方法》,商务印书馆2010年版,第24—25页。

该是单向的,而是双向的;既是谈话,就要互相倾听、彼此听见,因此不能把书仅仅视为客体;并且也不是只读一次就万事大吉。阅读具有不可终止性,每一次与书相遇,所得都是不相同的,这是讲阅读的一般属性。但是我们不能不承认,由于作品的质量参差不齐,作品的意义的含量及耐读性亦有很大区别。伽达默尔所说的能够不断获得新的东西的作品,确切地说应该主要来自经典,而并非所有的作品都是如此。如伽达默尔所谈的"古典的"那样:"当我们说:'这是古典的',其意无非是说:'我们将总是能够听到它,总是能够看到它,总是能够阅读它,即它总是正确的'"①。古典的,就是我们所说的经典。当然,随着不同时间、不同阅读环境以及不同阅读需要,读者阅读经典是否永远感到它的正确,尚可讨论。因为从阅读实际情况看,对于经典的阅读,由于时间、环境和阅读需要的不同,读者会产生对过去阅读所获感受和认识(即前见)的不同程度的修正,并不是一成不变地接受。但是伽达默尔说的"总是能够阅读它",确是一种客观存在的实际阅读现象。而且也正是不同时期、不同环境和不同阅读需要下而产生的对于经典的不同感受和认识,即对于阅读经典前见的程度不同的修正,才增加了不断阅读经典的魅力。

## 二

所谓的陌生,首先来自经典的独创性。任何可以称之为经典

---

① 伽达默尔、杜特著,金惠敏译:《解释学 美学 实践哲学 伽达默尔与杜特对谈录》,商务印书馆 2005 年版,第 46 页。

的作品,其提供给读者的精神产品都应该是独一无二、与其前后的作品绝不雷同的。爱默生在其《代表人物》中盛赞莎士比亚:"莎士比亚超越了名作者的范畴,就像他超越了芸芸众生一样。他的聪明是难以想象的;别人的聪明则是可以想象的。一个优秀的读者还可以略略钻进柏拉图的头脑,从那里进行思考;可是却钻不进莎士比亚的头脑。我们仍然是一些门外汉。就实干的能力,就创造力而言,莎士比亚是独一无二的。"①哈洛·卜伦亦言到:"用最简单的话讲,正典就是柏拉图与莎士比亚:它是个别思考的意象,不管是苏格拉底垂死之思,抑或哈姆雷特对那未知国度的思忖。"②爱默生关于经典,还只是讲到了它的创造力,而哈洛·卜伦则明确指出了经典的原创力在于它的"个别思考的意象"。就文学经典而言,经典的独创性主要体现在它所塑造的不可重复的人物形象,费迪曼说:"论及狄更斯,如果要用节省的五十句来点明,那就是下面这些人名:狡猾的德夏、老混蛋费金、迪克·史威福勒、弗梦拉·芬廷、自甘堕落的塞利·强普、乐观的密考伯先生、聪明的山姆·威洛、无耻的尤利亚·希普、迪克先生、贝勒·威尔福、乔·嘉夏利、哈维森小姐、庞布尔却克、威密克、小官吏班布尔、伪善者匹克斯尼夫、尼克尔比夫人、格拉姆雷斯家、侏儒格威尔普、波德斯那普、托兹、罗莎、达托尔、自信过度的查得班、福莱特小姐、巴格特警佐、台特·巴那克尔家、德弗克夫人,以及威尼阿林家。"③

---

① R.W.爱默生:《代表人物》,生活·读书·新知三联书店,1998年版,第159页。
② 哈洛·卜伦著,高志仁译:《西方正典》,(台北)立绪文化事业有限公司1998年版,第49页。
③ 费迪曼:《一生的读书计划》,花城出版社1981年版,第105—106页。

中国的小说也是如此,《三国演义》中的曹操、诸葛亮、刘备,《水浒传》中的宋江、武松、鲁智深,《西游记》里的孙悟空、猪八戒、唐僧,《红楼梦》中林黛玉、贾宝玉、王熙凤,《阿Q正传》中的阿Q,《祝福》中的祥林嫂,都是作者塑造的独特形象。这些形象的意义自然主要在于它的审美价值,如哈洛·卜伦所说,即人物的呈现形式,语言的精致等。但是对读者来说,这些形象并不完全停留在形式的审美阶段,必然发生与形象的"对话",与他讨论人生,讨论社会,讨论哲学,讨论宗教,讨论艺术。如贾宝玉身上时时流露出的人生空幻感,林黛玉心灵中深潜的寄寓感;曹操作为乱世奸雄,他身上所具有的率性与渊深、奸诈与智慧的复杂人性;从阿Q反观自古以来表现在中国人身上的德性。在中国精神产品史上,阿Q是鲁迅的独特创造,亦是不朽的形象。"阿Q这人是中国一切的'谱'——新名词称作'传统'——的结晶,没有自己的意志而以社会的因袭的惯例为其意志的人,所以在实社会里是不存在而又到处存在的。沈雁冰先生在《小说月报》上说,'阿Q这人要在现社会中去实指出来,是办不到的;但是我读这篇小说的时候,总觉得阿Q这人很是面熟,是啊,他是中国人品性的结晶呀!'这话说得很对。……阿Q却是一个民族的类型。他像神话里的'众赐'(pandra)一样,承受了恶梦似的四千年来的经验所造成的一切'谱'上的规则,包含对于生命幸福名誉道德各种意见,提炼精粹,凝为个体,所以实在是一幅中国人品性的'混合照相',其中写中国人的缺乏求生意志,不知尊重生命,尤为痛切,因为我相信这是中国人的最大的病根"①。诚如周作人所分析的那样,在阿Q这

---

① 周作人:《阿Q正传》,《晨报副镌》1922年3月19日。

个形象里,鲁迅写进了他对中国人德性的认识。中国人的自大与无知;中国人的精神胜利法,国民的麻木以及在环境迫压下的精神逃避和自欺欺人;中国人软的欺硬的怕的两面性;中国人的造反所带有的流氓习气和投机性,等等。在这个人物身上,集中暴露出中国国民的劣根性。小说以人物形象与读者交流,而诗歌则以其个性化的情与读者进行情感的抚摸,思想的碰撞。屈原《离骚》《九章》等诗,表达了一个遭到贬斥的臣子,"路漫漫其修远兮,吾将上下而求索"的对祖国及个人命运不舍的求索和寻求,他对祖国和个人理想"虽九死其犹未悔"的坚贞,对我国封建时代的士人影响至为深远。屈原的这些诗思意象,也就成为封建时代士人被朝廷贬黜时忠君报国的一种独特的表达符号。今人当然再无法接受其忠君思想,但是屈原的诗对命运的求索,对理想的坚守,却会常常引发读者的共鸣。凡经典都有其独特的贡献。李白和杜甫各称诗仙、诗圣,不同的称谓反映出他们的诗歌为中国文学与文化所做出的不同贡献。一般理解,李白之成为诗仙,乃在于他诗风飘逸,其实这仅看到了李白诗的风格。而李白之被称为诗仙,既源自他的诗风,亦因自他的人格。入世,从政,建永世之功,立不朽业,这是中国古代士人所追求的人生之梦,在此一方面,李白与一般士人的人生之梦没有什么区别。但是李白与一般士人所不同的是,他甚为自负:"君看我才能,何似鲁仲尼"①、"才力犹可倚,不惭世上雄"②、"尧舜之事不足惊,自余嚣嚣直可轻"③额,自诩为当代的

---

① 李白:《书怀赠南陵常赞府》,詹锳主编:《李白全集校注汇释集评》第十一卷,百花文艺出版社1996年版,第1787页。
② 李白:《东武吟》,詹锳主编:《李白全集校注汇释集评》第五卷,第794页。
③ 李白:《怀仙歌》,詹锳主编:《李白全集校注汇释集评》第七卷,第1216页。

吕尚、管仲、张良、诸葛亮、谢安,可申管晏之谈,可谋帝王之术,有大济天下,"使寰区大定,海县清一"①的不世之才。因此李白自我期许甚高,不屑于走一般士人所走的科举之路,而是纵横百家,出文入武,锤炼其经济之才;浪游天下,广交异士名流,蓄其声名,坚信总有一天,会名达于天,风云际会,实现个人的人生功业理想。所以李白很自傲,是一种出于对个人人格及才华都十分自信,都底气十足的骄傲;是浮云富贵,粪土王侯的高傲。原因很简单,李白追求的是个人抱负和理想的实现,而这一抱负和理想,并非金钱与富贵,而是大济天下的功业。他的人生路线就是辅佐明主,使天下清平,然后功成身退,归于山林,如《留别王司马嵩》所说:"愿一佐明主,功成还旧林。"②因此,李白一生坚守独立自由的人格,坚守他的布衣之傲,除了以王者师的心态称臣于唐玄宗和永王璘外,从不肯俯首王侯,当然更不屑于当荣华富贵的奴隶。作为诗中的自我形象,李白的作品生动地显示出他强大的人格力量。李白《古风五十九首》中的第九首是写战国时著名的策士鲁仲连的,诗云:"齐有倜傥生,鲁连特高妙。明月出海底,一朝开光曜。却秦振英声,后世仰末照。意轻千金赠,顾向平原笑。吾亦澹荡人,拂衣可同调。"李白一生欣赏鲁仲连,以其为榜样,这首诗实则就是李白理想人格的自画像。他要解世之纷,济世之困,却功成不受任何封赏,平交王侯,潇洒而退。这就是李白的人格理想。从李白的人格中,既可以看到孔孟"三军可以夺帅,匹夫不可夺志"的气骨,亦融

---

① 李白:《代寿山答孟少府移文书》,詹锳主编:《李白全集校注汇释集评》第二十六卷,百花文艺出版社1996年版,第3982页。
② 李白:《留别王司马嵩》,詹锳主编:《李白全集校注汇释集评》第十三卷,第2131页。

## 第五章 经典的耐读性

入了纵横策士不事一主、纵横捭阖的气性。当然更重要的是李白极大地张扬了道家纵情任性的尚自然思想,改变了自汉代以来士人"白发死章句"的腐儒形象。而李白这种特出的诗仙人格,最受历代文人的欣赏,它集中反映出士人面对权力与金钱所表现出的士人风骨节操。他的超逸洒脱,是中国古代士文化里边最有意义的一个部分。近来有的学者对李白颇有微词,对他的大言和自我很是不屑,这只能说明两个问题:或者不了解中国古代文化,尤其是不了解古代的士文化,不了解古代文学;或者就是个人人格的平庸,还没有与李白对话的资格。

在读者的阅读中,经典的陌生性带给读者的是创造性的快意与欢乐。对于人类而言,无论庸才还是天才,都有创造的潜在心理,因此而具备创造的渴望。然而由于各方面条件的限制,并非每个人都会有创造并享受创造的快乐。而经典阅读则是满足人创造渴望与欢乐的重要活动。读者在经典中所获得的创造性快意,即来自经典的独创性。上一章已经论述过读者阅读的前见,并指出读者在阅读经典时,是带着个人的前见而走向经典的。而在与经典的交流中,经典或者证明了读者前见的合法性,其实就是证明了读者前见的创造性,从而获得创造被证实的快感;当然更多的时候则是经典突破了读者的前见,打破读者的成见,使读者在阅读中收获发现的快乐。伽达默尔讲到何谓研究者的发现时指出:"对于研究者来说,在科学中具有决定意义的就是发现问题。但发现问题则意味着能够打破一直统治我们整个思考和认识的封闭的、不可穿透的、遗留下来的前见。具有这种打破能力,并以这种方式发现新问题,使新回答成为可能,这些就是研究者的任务。"[①] 其实这

---

[①] 汉斯-格奥尔格·伽达默尔著,洪汉鼎译:《诠释学Ⅱ 真理与方法》,商务印书馆2010年版,第65页。

段话完全可以挪用来论述经典的陌生性给读者带来的创造性心理快乐。经典阅读的关键亦是发现,而这种发现即来自阅读时对前见的证明,更是对前见的打破,为新的前见的建立打开了更深邃、更广阔的视野。

## 三

经典的陌生性,还指经典之作内涵丰富厚重,不断地打破个人业经阅读同一部经典所形成的前见,可以不断地激发读者的想象,给人以多方面的启示,因此,每一次读者的捧读,都会给读者带来新鲜感,如同第一次阅读。

费迪曼说:"千万别忘记,这些著作不能只读一次;应该一读再读。它和畅销小说不同,它是无穷尽的宝藏。二十五岁时读柏拉图,跟四十五岁读柏拉图,感受是不相同的。伟大的艺术作品无疑是物美价廉的东西,这绝非过言。你花钱买一本书、一张唱片或一幅绘画,但买得的绝非是单纯的一本书、一张唱片或一张绘画。莎士比亚不是由三十七篇戏剧构成;是由三百七十篇戏剧组成,因为《哈姆雷特》会随你的年纪的增长,人生体验的深刻丰富,而变成另外一个《哈姆雷特》。"[①]我国现代著名作家林语堂也认为:"一个人在不同的时候读同一部书,可以得到不同的滋味。……一个人在四十岁时读《易经》所得的滋味,必和在五十岁人生阅历更丰富时读它所得的滋味不同。所以将一本书重读一遍,也是有

---

① 费迪曼:《一生的读书计划》,花城出版社1981年版,第10—11页。

益的,并也可以从而得到新的乐趣。"①林语堂这里所言是站在了读者的角度来讨论重读的必要性,但是,亦与经典自身所具备的丰富内涵密切关联。

还是以《红楼梦》为例,这部小说对于中国人,无论男女老少都有很强的吸引力,以致使许多读者数次读《红楼梦》,更有甚者有的一生都以《红楼梦》为伴。究其原因,王蒙《王蒙活说红楼梦》说的理由是很有代表性的,他说:"我喜欢一次又一次地阅读《红楼梦》。我喜欢一次又一次地琢磨《红楼梦》,每读一次都有新发现,每读一次都有新体会新解读。"②之所以一生都在受用,即在于《红楼梦》是一个带有百科全书性质的经典巨著:"一部书中,翰墨则诗词歌赋、制艺尺牍、爱书戏曲,以及对联匾额、酒令灯谜、说书笑话,无不精善;技艺则琴棋书画、医卜星象,及匠作构造、栽种花果、畜养禽鱼、针黹烹调,巨细无遗;人物则方正阴邪、贞淫顽善、节烈豪侠、刚强懦弱,及前代女将、外洋诗女、仙佛鬼怪、尼僧女道、娼妓优伶、黠奴豪仆、盗贼邪魔、醉汉无赖,色色俱有;事迹则繁华筵宴、奢纵宣淫、操守贪廉、宫闱仪制、庆吊盛衰、判狱靖寇,以及讽经设坛、贸易钻营,事事皆全;甚至寿终夭折、暴病亡故、丹戕药误,及自刎被杀、投河跳井、悬梁受逼、吞金服毒、撞阶脱精等事,亦件件俱有。可谓包罗万象,囊括无遗,岂别部小说所能望见项背。"③正因为此书内容如此之丰富,所以,不同的读者可以从中读出不同的内涵,如清代道光元年诸联《红楼评梦》所云:"《石头记》一书,脍炙人口,而阅者各有所得:或爱其繁华富丽,或爱其缠绵悱恻,或爱

---

① 林语堂:《生活的艺术》,群言出版社2010年版,第319页。
② 王蒙:《王蒙活说红楼梦》,作家出版社2005年版,第1页。
③ 王希廉:《红楼梦总评》,曹雪芹:《红楼梦》卷首,上海文明书局1929年版。

其描写口吻一一逼肖,或爱随时随地各有景象;或谓其一肚牢骚,或谓其盛衰循环提矇觉聩,或谓因色悟空回头见道,或谓章法句法本谓盲左腐迁。亦见浅见深,随人所近耳。"①不同的人领会到不同的意味。鲁迅《〈绛花洞主〉小引》云:"经学家看见《易》,道学家看见淫,才子看见缠绵,革命家看见排满,流言家看见宫闱秘事。"②王蒙亦说:"你对什么有兴趣?社会政治?三教九流?宫廷豪门?佛道巫神?男女私情?同性异性?风俗文化?吃喝玩乐?诗词歌赋?蝇营狗苟?孝悌忠信?虚无飘渺?来,谈《红楼梦》吧。"③因此,历来就此部小说的主题思想,众说纷纭,有谓"政治历史小说"者,这自然是从社会、历史的角度进入的;有谓"爱情主题"者,显然是扭结在宝玉和黛玉的爱情上;有谓"人生主题"者,是体悟到了书中浓郁的色空观念,如此等等,不一而足。不仅不同读者有不同的领悟,即使是同一读者,在不同时期、不同年龄、不同情境下读《红楼梦》,也会有不同的感受,不同的收获,这就是阅读中不断打破个人前见的过程。"我常常从《红楼梦》中发现了人生,发现了爱情、政治、人际关系、天理人欲……的诸多秘密。读《红楼梦》,日有所得月有所得年有所得,十年二十年三十年各有所得"④。《红楼梦》这部经典成了读者取之不尽的人生富矿。

中国的另一部经典小说《西游记》也是如此,关于它的主题思想亦众说不一,胡适《西游记考证》说:"《西游记》被这三四百

---

① 一粟编:《古典文学研究资料汇编·红楼梦卷》,中华书局1963年版,第117页。
② 鲁迅:《集外集拾遗补编》,《鲁迅全集》第八卷,人民文学出版社2005年版,第179页。
③ 王蒙:《王蒙活说红楼梦》,作家出版社2005年版,第2页。
④ 同上。

## 第五章　经典的耐读性

年来的无数道士、和尚、秀才弄坏了。道士说这部书是一部金丹妙诀,和尚说这部书是禅门心法,秀才说这部书是一部正心诚意的理学书。"①鲁迅《中国小说的历史变迁》也说到同样的情况:"至于说到这书的宗旨,则有人说是劝学,有人说是谈禅,有人说是讲道,议论很纷纷。"而鲁迅则认为,此书"实不过出于作者之游戏"②。胡适也认为"这部《西游记》至多不过是一部很有趣味的滑稽小说,神话小说"。到了1949年以后,关于《西游记》的主题就越发多起来,阶级斗争说、反抗主题说、情缘悟空说、求放心说,等等。这说明什么呢?说明经典的价值及其魅力在于它永远挖掘不尽的内涵,因此才会有多元的解说,因此也才会常读常新。

哈洛·卜伦以莎士比亚为西方经典的核心,认为任何作品都无法取代莎士比亚的作品,其中很重要的理由,就在于莎士比亚的戏剧创造的人物形象丰富而多样,"哈姆雷特、孚斯塔夫、罗萨兰、克利欧佩特拉、依阿高与李尔的创造者在程度上和性质上,都和其他作者有所差别",莎士比亚戏剧"所呈现的人物是读不完、看不尽的"③。是读者不竭的审美源泉。爱默生也说:"莎士比亚远远不是鲜为人知的,他在整个近代史上是唯一的一个我们熟悉的人物。道德问题,风俗问题,经济问题,哲学问题,宗教问题,趣味问题,生活方式问题,有哪一个他没有解决呢?有

---

① 胡适:《中国小说考证》,上海书店1979年版,第366—367页。
② 鲁迅:《中国小说的历史变迁》,《鲁迅全集》第九卷,人民文学出版社2005年版,第336页。
③ 哈洛·卜伦著,高志仁译《西方正典》,(台北)立绪文化事业有限公司1998年版,第73页。

什么秘密他不知道呢?"①"如果我们打算见到此人并跟他打交道的话,我们就知道它关系至为重大。有些问题在扣击着每一个心扉,在找寻答案,我们有他关于这些问题的确凿不移的信念——关于生死,关于爱情,关于贫富,关于人生的目的,以及我们达到它们的手段;关于人的性格,关于影响人们命运的隐秘的和公开的势力;关于那些蔑视我们的科学的神秘的和恶魔般的力量,那些力量又把它们的恶意和才华在我们最光辉的时刻交织在一起。"②"他替我们所有的近代音乐作曲,他写出了近代生活的教科书、风俗教科书;他画出了英国和欧洲的人;画出了美洲人的祖先;他画出了人类,他描绘了那个时代和那个时代的作为;他洞察男男女女的心,了解他们的诚实、他们进一步的考虑和诡计;天真无邪的诡计,以及善和恶赖以潜入它们的对立面的转变;他能把孩子脸上父母双方的特征分开,或者能划清自由和命运的界限;他知道造就自然警察的制约法则;人类命运的所有甜蜜和一切恐怖在他心灵里就像风景在眼睛里一样真切、轻柔。"③出于对莎士比亚的崇拜,爱默生的评论不无盛赞过誉之嫌,但是确实反映出了经典的丰富性特征。

四

经典的陌生性不仅源自其内涵丰富,还来自它的深刻。经

---

① R.W.爱默生:《代表人物》,生活·读书·新知三联书店,1998年版,第157页。
② 同上。
③ 同上书,第158—159页。

## 第五章　经典的耐读性

典之不同于一般的精神产品,甚至不同于一些比较优秀的精神产品,其原因之一就在于它思想内涵之深刻,它之于社会人生的认识精辟入微,入木三分,深入事物的核心,直达本质。所以经典常常成为人类思想的策源地,人的灵魂的栖息地。有些经典甚至在人类的精神成长史上占有十分重要的地位。

在中国,《论语》《孟子》是儒家思想创造者之一,《老子》《庄子》创造了道家思想,《韩非子》创造了法家思想,《墨子》创造了墨家思想,几部经典创造了影响中国数千年的传统思想。尤其是儒道两家思想,更成为中国传统思想文化的主干。而在欧洲,十八世纪法国启蒙运动中所产生的一批经典,如卢梭《社会契约论》《论人类不平等的起源和基础》提出的社会契约论和人民主权论,直接影响到现代资本主义制度的建立。正因为经典对社会现象的洞见,它对人性的发掘,超过了一般读者的识见,甚至在一定程度上超越了经典作家乃至读者所处的那个时代,因此,就会给读者以不曾想到、不曾料到的超越前见的错愕,可以帮助读者度越对社会与人生的个人庸常之见,更深入地认识社会,认识人,包括认识自己。

在哈洛·卜伦的《西方正典》中,二十世纪的卡夫卡也名列其中了:"如果你想挑出一个最能代表我们这个世纪的作家,你可能会发现自己正陷于孤寡茕独的人群中无助地摸索。如果没有意外的话,二十一世纪就要来临,届时读者——假使还有我们所说的读者的话——将会选出我们这时代的但丁(卡夫卡?)和蒙田(弗洛伊德?)。我在这本书里选了九个现代作家:弗洛伊德,普鲁斯特,乔哀思,卡夫卡,吴尔芙,聂鲁达,贝克特,波赫士,裴索。我并不是在列举本世纪最优秀的作家,他们在此是要作

149

为其他所有足以跻身正典作家的代表。"①卡夫卡不仅名列九名现代经典作家之一,而且卜伦把他放置在二十世纪正典的核心地位。卜伦认为,卡夫卡"是属于我们这个时代的独特精神体",是"我们这个时代的正典文学天才"。美国诗人、剧作家奥登1941年也说卡夫卡:"就作家与其所处时代的关系而论,卡夫卡完全可与但丁、莎士比亚和歌德等相提并论。"②显然奥登和卜伦的认识是一致的,都认为就其影响而言,卡夫卡应该被视为当代的但丁和莎士比亚。然而卡夫卡的作品作为当代经典的意义何在呢?哈洛·卜伦在分析卡夫卡时指出:"卡夫卡已成为本世纪最具正典性的作家,因为在我们每个人身上,都可以找到存在与意识之间的罅隙,而此一罅隙就是他真正关心的主题,他将这主题与身为犹太人,或至少是身为漂泊的犹太人联结在一起。"③哈洛·卜伦的分析对于我们评价卡夫卡的经典意义是颇有启发意义的。的确,人生尴尬是卡夫卡的小说表现的重点,而这种人生的尴尬和困境,就来自意识与存在之间的矛盾。人不可能有任何预设的目的,因为人的任何目的都是非真实的。然而人却永远希望这种目的的存在。于是就产生了人"预期——他们的和我们的——为实际上的、现实的世界所阻扰"④。人们或者在宗教上相信上帝,试图接近上帝;人们或者在信仰上相信真理,试图达到真理;人们期许亲情、爱情,试图拥有亲情和爱

---

① 哈洛·卜伦著,高志仁译:《西方正典》,(台北)立绪文化事业有限公司1998年版,第629页。
② 见乔伊斯·卡罗尔·奥茨著,俞其歆译:《卡夫卡的天堂》,《外国文艺》1980年第二期。
③ 哈洛·卜伦著,高志仁译:《西方正典》,第642页。
④ 同上书,第644页。

## 第五章 经典的耐读性

情;人们试图了解他人或者是他人了解自己,然而一切皆是徒然。而人就生活在这样的充满悖论的世界,人生如同不可理喻的荒诞的故事。

长篇小说《城堡》是卡夫卡很有代表性的经典之作。小说讲了一个颇为荒唐的故事:据说是土地测量员的 K 接受了伯爵的请求到城堡工作,然而他却受阻于城堡之外。虽然 K 千方百计要进入城堡,并且城堡就在 K 眼前的山上,他却总是无法接近。"卡夫卡的作品从本质上说都是寓言故事"①。城堡和 K 的故事显然是卡夫卡设置的一个隐喻,然而隐喻了什么,却神秘莫测。学术界关于《城堡》的寓意竟有十余家之说,高更年在其翻译《城堡》的"前言"中总结了各家之说:"城堡是神和神的恩典的象征。K 寻求进入城堡之路,以求得灵魂的拯救,但他的努力是徒劳的,因为神的恩典是不可能强行取得的,最后 K 离开人世时才得到补偿。因此,《城堡》是一则宗教寓言;城堡是权力象征、国家统治机器的缩影。这个高高在上的衙门近在咫尺,但对广大人民来说却可望而不可即。《城堡》是为官僚制度描绘的滑稽讽刺画,是极权主义的预示;卡夫卡生活的时代,欧洲盛行排犹主义,《城堡》是犹太人无家可归的写照;K 的奋斗是为了寻求真理。人们所追求的真理,不管是自由、公正还是法律,都是存在的,但这个荒诞的世界给人们设置了种种障碍,无论你怎样努力,总是追求不到,最后只能以失败告终;K 是被社会排斥在外的'局外人',不仅得不到上面的许可,也得不到下面的认可。他

---

① 瓦尔特·本雅明:《论卡夫卡》,汉娜·阿伦特编,张旭东、王斑译:《启迪:本雅明文选》,生活·读书·新知三联书店 2012 年版,第 154 页。

自始至终是一个'陌生人'。K 的这种处境是现代人命运的象征。人不能不生活在社会之中,但社会不允许、也不承认他是社会的真正成员;《城堡》反映了卡夫卡和他父亲之间极其紧张的关系。城堡是父亲形象的象征。K 想进入城堡,而城堡将其拒之门外,这反映了父子对立和冲突……凡此种种,不一而足。"①这种种解说,可以更充分的补充说明上面刚刚谈到的问题——经典内涵的丰富。关于神的恩典的寓意,是卡夫卡的生前友人马克斯·布洛德在《城堡》"第一版后记"中提出的:"这个'城堡'及其奇怪的档案、玄妙莫测的官吏等级制度、变化无常和阴险狡诈、要求别人对它绝对尊重、绝对服从的权力(而且是完全正当的权利)究竟意味着什么呢?我们不排除作更加专门解释的可能,这些解释可能完全正确,但却全部包含在这个最全面的解释之中,犹如一件中国雕塑品的层层内壳包在其最外面的那一层壳之中——这座 K 不得其门而入、不可思议地甚至不能真正接近的'城堡',正是神学家们称之为'圣恩'的东西,是上帝对人的(即村庄的)命运的安排,是偶然事件、玄妙的决定、天赋与损害的效果,是不该得到和不可得到的东西,是超越所有人的生命之上的'事态不明'。神的这两种表现形式(按照犹太教的神秘教义)——法庭和恩典——在《审判》和《城堡》中看来就是这样表现的。"②然而对于这种诠释,哈洛·卜伦是持不同意见的,他在《西方正典》中说:"但是就像许许多多强行为卡夫卡的作品涂抹神圣油膏的评论一样,这又是卡夫卡的讥讽底下的牺

---

① 卡夫卡著,高年生译:《城堡》,人民文学出版社1998年版,第5页。
② 同上书,第280页。

## 第五章　经典的耐读性

牲品。我们可以说,卡夫卡的故事和小说里并没有任何暗喻神祇甚至呈现神祇的企图。确实有很多天使和神仙脸孔的恶魔,也有谜样的动物(和动物似的构造体),但上帝总在别的地方,在千里之外的深渊里,或是在睡大头觉,或是已经死了。卡夫卡是才情出众的幻想家,他是传奇故事作者,而绝非宗教作家。"①这样的认识是符合卡夫卡作品实际的。从《城堡》小说设置的情节来判断,这部小说直接反映的应该是官僚机构的昏庸及其权力的腐败:"卡夫卡将社会结构视为命运。不仅在《审判》和《城堡》中卡夫卡在庞大的官僚等级制中面对这命运,而且在更具体的、艰巨得无法估量的建筑工程中也瞥见命运"②。尤其是自小说的第十五章开始,卡夫卡集中描写了官僚机构内部的运作机制,档案的投放、积压和处理的随意,文件办理的拖拉和无序:"可是城堡在这一方面办事拖拖拉拉,而且最糟的是你永远不知道拖拉的原因是什么;可能这件事正在办理之中,但也可能根本还没有着手办理,这就是说,例如他们一直还在想试用巴纳巴斯,但是最后也有可能事情已处理完毕,由于某种原因,他们撤消了原来的承诺,巴纳巴斯永远不会得到那一套衣服"③。其实,K 的悲哀的命运就来自这个官僚机构的腐朽昏庸。一个伯爵几年前聘用 K 为土地测量员的决定,数年后才下达 K;而村长反对聘用土地测量员的文件,却又不知流落到哪个部门,因此才

---

① 哈洛・卜伦著,高志仁译:《西方正典》,(台北)立绪文化事业有限公司 1998 年版,第 635 页。
② 瓦尔特・本雅明:《弗兰茨・卡夫卡》,汉娜・阿伦特编,张旭东、王斑译:《启迪:本雅明文选》,生活・读书・新知三联书店 2012 年版,第 131 页。
③ 卡夫卡著,高年生译:《城堡》,人民文学出版社 1998 年版,第 136 页。

导致 K 千里迢迢从外地跑到城堡来,却不得其门而入,悬置于城堡外面的村中。小说对这个官僚机构的组成之一——信差、跟班的(见《奥尔加的计划》)和秘书(见第十七章),也都有细致的描写。小说在描写官府运作时,多采用近乎荒诞的手法,而这种荒诞恰恰来自官府本身。小说在表现官员的腐败方面,也是入木三分的。在小说中,阿玛丽亚因为拒绝了城堡官员索提尼的卑鄙要求所导致的全家人的灾难,深刻地反映出权力腐败给百姓带来的痛苦。而且权力施加给百姓的痛苦是摸不着、看不见的,它既无形,又无所不在,并且力大无比。以致当阿玛丽亚一家想要摆脱痛苦时,遭到申诉无门、告饶无处、连请求宽恕都无路的困境。小说借阿玛丽亚的姐姐奥尔加的叙述说:"他(阿玛丽亚的父亲)究竟想要什么?他出了什么事?他想请求宽恕什么?城堡里什么时候有谁哪怕对他动过一个指头?不错,他变穷了,主顾跑了,等等,但这些都是日常生活中常有的事,是手艺人和市场的事情,难道城堡什么事情都得管吗?事实上城堡什么都管,但是它不能单单为了一个人的利益而去粗暴地干预事态的发展。难道要城堡比方说派出官员去把父亲的主顾都追回来,强令他们再去照顾他的生意?""可是究竟要宽恕他什么呢?人家答复他,至今并没有人告他。至少在记录簿上还没有记载,起码在律师能看到的记录簿上没有这样的记录;因此,就调查的结果而言,也没有人对他采取什么行动或准备采取什么行动。也许他能指出官方发布过什么针对他的指令?父亲指不出来。或者是否有某个官方机构进行过干预?对此父亲也一无所知。那么好吧,既然他什么都不知道,又没有发生过什么事情,那他想要什么呢?有什么可以宽恕他的呢?最多是他毫无目的地纠缠官府，这倒是一条不可宽恕的罪状。"①这是目前为止所能看到的对于权力施害百姓最为深刻的揭示。"人们大概永远不会知道权力是什么。可能马克思和弗洛伊德还不足以帮助我们认识这个神秘的、被称作权力的、被到处授予人的东西。它既是有形的，又是无形的；既是显现的，又是隐蔽的"②。因此这种权力的影响，可能来自某一个官员，又不完全来自某一个人，它是一种制度，一个系统，一个无形的网络，如同细密的蜘蛛网布下天罗地网，却又不动声色，不露痕迹，吃人不吐骨头。

当然，卡夫卡的深刻不仅仅在于他对现实的反映，更在于他的作品所具有的格言式的深刻的暗示性。而我们对卡夫卡作品的阅读，也应该既有"历史化"（具体的历史语境中）的策略，又有"讽喻化"（更为抽象更具普遍意义的层面）的策略。《城堡》小说在表现人的存在与意识之间的"罅隙"的任何方面所达到的程度都是十分深刻的。卡夫卡曾经讲过一句颇有影响的话："目标只有一个，道路却无一条，我们谓之路者，不过是彷徨而已。"③又说："这世界是我们的迷误。"④这对于我们理解卡夫卡《城堡》的人生暗喻是颇有启示的。《城堡》中K的命运如同人的一生，我们每一个人进入这个世界都是偶然的，都是一个唐突的外来者。他想融入这个世界，他想实现个人或具体或抽象或切近或长远的目的，如同K一心想进入城堡（后来变为一心想见到

---

① 卡夫卡著，高年生译：《城堡》，人民文学出版社1998年版，第166页。
② 米歇尔·福柯著，杜小真编选：《福柯集》，上海远东出版社2003年版，第210页。
③ 叶廷芳：《现代艺术的探险者》引卡夫卡1920年9月17日日记，花城出版社1987年版，第103页。
④ 叶廷芳：《现代艺术的探险者》引卡夫卡1918年2月5日札记，第80页。

克拉姆)。然而在这个世界之上,人与人之间的关系是如此之疏远,如此之互不相关,如同 K 与他周边人的关系。且不说 K 与城堡官员的关系,那自然是极为疏远、毫不相干的。即使是他与关系较为密切的人们,如与两个助手是窥视与被窥视的关系,助手非但不帮忙,反倒随处添乱。连 K 与他未婚妻弗丽达的关系也是若即若离的,其实是一种互相利用的关系。K 要利用弗丽达见到城堡官员克拉姆,而弗丽达则是利用与 K 这个外来的毫无地位的人的婚事,再一次引起前情人克拉姆和村中人对她的关注。在这样的冷漠的人世关系中,"一个人会因为陌生而透不过气来,可是在这种陌生的荒谬的诱惑下却又只能继续向前走,越陷越深"①。因此不仅希望渺茫,如同 K 进入城堡无门;而且就是个人的身份也是模糊不清的,如同 K 的土地测量员的身份问题。而人就是如此,永远生活在陌生的人世间,而且永远生活在希望的破灭之中,没有终点,如同瓦尔特·本雅明所说:"没有一个创造物有自己固定的位置,有明确的和不可变换的轮廓;没有一个创造物不是处于盛衰沉浮之中;没有一个创造物不可以同自己的敌人或邻居易位;没有一个创造物不是筋疲力竭的,然而仍然处于一个漫长过程的开端。"②又如赫伯特·马尔库塞所说:"而现在,主体本身就变得荒谬,他所处身的世界也失去任何目的和希望。"③这恰足以表现出人的孤独无助,人生的荒谬。

这样讲卡夫卡的作品的意义,并非是望文生义。在卡夫卡的

---

① 卡夫卡著,高年生译:《城堡》,人民文学出版社 1998 年版,第 33 页。
② 瓦尔特·本雅明:《弗兰茨·卡夫卡》,汉娜·阿伦特编,张旭东、王斑译:《启迪:本雅明文选》,生活·读书·新知三联书店 2012 年版,第 127 页。
③ 赫伯特·马尔库塞著,李小兵等译:《现代文明与人的困境——马尔库塞文集》,上海三联书店 1989 年版,第 2 页。

作品中的确具有这样的涵义。《在法的门前》这篇短篇小说,描写一个乡下人试图进入法门,"照理说,法应该永远为所有的人敞开着大门"①,但是乡下人却被一个守门员阻拦住,告诉他现在不允许他进入,而以后却是有可能的。为此,乡下人等了一天又一天,一年又一年,磨来磨去,甚至把自己带来的东西全都拿出来试图买通守门人,但都不得其门而入。乡下人一直等到他生命的尽头,才知道这扇大门只是为他而开着的。这其实就是《城堡》的翻版,乡下人同K一样都试图进入自己的希望之门,而且,从道理上来讲,这个门应该是向他们敞开着的。但是,他们却遇到了不可逾越的障碍,碰到了永远也冲不破的无形而又强大的力量,等待他们的只有希望破灭的痛苦。这显然具有隐喻人生困境的深刻内涵。在这样一个荒谬的现实中,任何人都无法逃脱他的人生痛苦,即使像医生那样救人的人,也会陷入既不能救人、也不能自救的悲惨境地。卡夫卡通过乡村医生,呼出"我永远回不了家","驾着尘世的车,非尘世的马,我赤身裸体,遭受着这最不幸时代的冰雪肆虐,我这老头子四处飘荡"②的悲鸣。

卡夫卡的《城堡》等小说写于一百余年前,然而对于当代人的生存处境而言,卡夫卡的小说颇具预言色彩。随着现代科学技术的发达,尤其是以计算机技术和网络技术为核心的信息技术的快速发展,人与人的交流似乎更加便利、更加快捷无碍,因此才有了地球村之说。然而实际情况如何呢?人的心灵的距离不是被缩小,而是扩大了。首先是失去了旧时交通和信息都不发达条件下

---

① 韩瑞祥、全保民选编:《卡夫卡中短篇小说选》,人民文学出版社2003年版,第112页。
② 同上书,第110页。

人与人之间"但愿人长久,千里共婵娟"的那种冲破距离的情感的眷恋;再者是在网络情况之下,产生了人的情感的虚拟性以及假面交往和交流,使人变得更加多面,人与人的关系更加不可靠。更何况在现代的无所不在的市场经济之下,利益成为国与国、民族与民族、家与家、人与人关系之间起着决定性作用的杠杆,利益可以撬动一切。在此现代环境之下,集体或团队实际上遭到解构(在这一点上确实被利奥塔尔说对了),个人变得更加自我,当然也变得更加孤独、更加无助。如卡夫卡所说,人"从根本上还是在孑然独行"①的,"我感到的自己的孤立无援,像个局外人似的"②。世界还是尘世的马车,而人与人的关系却非尘世的马,它拉着个体的人裸奔于冰雪肆虐的路上,飘荡不定,可怜、可悲亦可憎。

## 五

以上所言皆为经典的陌生性。但是经典除了其陌生性之外,还有与陌生性看起来相矛盾实则统一的熟识感。李泽厚在谈到他读《红楼梦》的感受时说,《红楼梦》可以使人感受到越读越有味,遍数越多味道更浓的趣味:"让你体会到人生的细微和丰富,又熟悉又新鲜,真是百看不厌。"③伊塔洛·卡尔维诺说,"一部经典作品是一本即使我们初读也好像是在重温的书"。初见却如似曾相

---

① 韩瑞祥、全保民选编:《卡夫卡中短篇小说选》,人民文学出版社2003年版,第115页。
② 卡夫卡1913年11月27日日记,卡夫卡著,孙龙生译:《卡夫卡全集》第五卷,河北教育出版社2000年版,第277页。
③ 李泽厚、刘绪源:《该中国哲学登场了?》,上海译文出版社2011年版,第95页。

## 第五章　经典的耐读性

识,初读似乎已经读过,这就是经典给读者的熟识感。

这种熟识感如何来的呢？来自作品和读者的密切关联。经典之所以吸引人,使人百读不厌,在于它与读者的切近,就是说经典为读者提供了他所关心的内容。经典的独创性所造成的陌生感自然可以引起读者的好奇,激发读者的好奇心,从一开始就吸引读者;而经典的深刻内涵又会持续不断地激发读者的求知欲,维持读者的阅读兴致。但是,这些都是建立在精神产品与读者的关注密切相关的基础之上。抛开经典的表现形式不论,只谈其内容,如果作品离开读者的关注甚远,或与其关注毫不相干,也就不会引起读者的注意。经典所以在读者初次阅读就感到很熟识,就在于经典所写的事物是读者曾经经历、思考过的问题,或者是读者试图认识、试图解决的问题,用伽达默尔阐释学的理论而言,这些都属于读者的前见。而读者阅读经典时所产生的熟悉感,就来自经典的内容与读者前见的连接。

那么,就一般而言,读者的关注都是哪些呢？概括地说就是与人、人生和人性相关的事物。人既然有思维有情感,就自然渴望了解自己,弄清人从哪里来,又到哪里去。弄清人生的意义、人生的价值、人生的复杂生活。因此希望了解人自身,希望解开人生之谜,应该是人最大的好奇心,是读者阅读经典最为深厚的前见,同时也是读者初读经典却如重温这种似曾相识感的潜在心理原因。经典是不同种族、不同国家、不同阶层、不同社会、不同时代的无数作者撰写的。经典的内容种类也可分为无数类,自然、历史、哲学、宗教、文学、艺术、物理、数学、生物、天文、地理,等等,广及人类社会生活的方方面面。但是经典无论内容多么丰富,都与人密切相关,都是为了解决人(人生、人性)、人与其周围环境的问题。经典,记载了人类自己跋涉的足迹,记载了人类留下的博大精深文化,记载了人的心灵的密码。总之,个体人自身已经或不能亲自体验的生活,都可以通过经典来观察到。读者已经解决的问题,在经典中得到印证;存疑的问题,可以在经典中得到答案;甚至更多,读者没有想到的人生、人性问题,也意外地从经典中收获。正因为如此,经典事实上已经成为人类在生活实践之外,渴望了解自己的重要通道。比如关于人生的意义与价值,以及人如何对待生活,在中国历史上就有数家,通过儒家的经典《论语》,我们可以了解到儒家对待人的生命的态度。儒家是现世主义者,孔子说"未知生,焉知死"①,只谈人的生前,不谈人的死后的生命问题。所以儒家重视生命的社会意义,主张生要有意义,建功立业,死后留名千古。而通过《庄子》,我们又会了解到与儒家完全不同的生命态度,庄子认为,人的生命是气的聚散,气聚为人,散则回归于气,一切都是自然的聚合过程。所以不要为死而悲伤,因为人本来就是气之所聚。正如此,庄子的妻子死了,他鼓盆而歌。可以看出儒道两家都关注人之生,都重视人的生命,而不在乎死。但是人应该如何生呢?儒道就有了两种不同的生活态度。以上讲儒家重视人对于社会的意义,而庄子认为个体人的生命本身就是意义所在,人应顺应自然,而不是改变他的天性,主张自由自在的生存。而在儒道之外,中国国产的思想中,还有接近于道家而又不同于道家的列子的享乐主义生命观。他认为,好人坏人在死的面前是平等的,不因为尧舜是圣人就可以不死,桀纣是坏人就一定要死。既然死后都是一抔黄土,没什么区别,为何不像桀纣那样享尽生前的快乐?到了

---

① 《论语·先进》,朱熹:《论语集注》卷六。

## 第五章 经典的耐读性

东汉以后,佛教传入中国,又有了精深的佛教的生命观。其实,儒家也好,道家也好,列子也好,佛教也好,都是从人的生命大限,即以死作为思考的起点的,但是所走的路线却有很大的不同,结论也不同。儒道列子都是由死回到生,而佛教却再往后走,设定了轮回三世,认为除了灵魂不死,可以轮回,肉体以及与之相关的感知的世界和生活本身,都是空幻不居的,所以不应执著于现世的一切,而应修来世。正因为以上几家经典所探讨的都是人的生死问题,是每一个个体人都必然经历因此也甚为关注的问题,所以它们无论多么深奥,都会令读者感到不远不隔,有兴趣追随经典的脚步,深入问题的内部,同经典一起求其究竟。

由经典的熟识感也可看出,经典的题材可以上天入地,无所局限,但是,只有不离开与人、人生及人性相关的主题,才会拥有广大的读者。我国的经典小说《西游记》写的是神魔故事,似乎远离人类,然而姑且不说其西天取经所过之地,总不离人间,即使是远离人间的天庭、西天佛地以及大小妖魔所居之地,无论多么奇幻,亦总是人间的幻影。尤其是小说中人物的思想和行事,完完全全与人类行为无二,表现的多是人之常情常理,而且有的地方挖掘人性之深刻,反而超过了对于常人的描写。正因为这样,读者读起来,似唐僧那样的善良宽厚,孙悟空那样的乖灵促狭,猪八戒那样的好吃懒做,都似身边之人,身边之事,读之既熟悉又陌生,方觉得趣味无穷。我国的另一部经典小说《聊斋志异》也是如此。"《聊斋志异》近五百篇作品中,冥界和鬼魂占据主要或重要位置的有百余篇。耐人寻味的是,那些带有明显'鬼气'的如《尸变》《喷水》《鬼津》,作家仅是作为琐闻掇拾之。他下功夫、花力气营构的,却是些怪异性较差的鬼,别致、深刻、巧妙的鬼。他们非但不曾把我们带进传统的鬼魂世界,反而把我们置于更为集中、更为典型的人世间:官场鸟瞰特写,如《席方平》《续黄粱》《公孙夏》《潞令》《饿鬼》《三生》(三会本卷一)、《阎罗薨》《王十》《王大》《韩方》《梅女》《李伯言》《黄九郎》等;科场勾魂摄魄再现,如《考弊司》《司文郎》《于去恶》《叶生》《三生》(三会本卷十)等;抒发故国黍离之思,如《公孙九娘》《林四娘》《鬼哭》《野狗》《三朝元老》等;内含丰富的爱情,如《聂小倩》《连琐》《五秋月》《吕无病》《小谢》《鲁公女》《巧娘》等;诉人世悲欢和人生哲理,如《考城隍》《陆判》《王六郎》《祝翁》《陈锡九》《田子成》《刘全》等。……不管是冥界,还是梦境,写的都是人生。以最不现实的形式做最现实的文章,是《聊斋志异》的艺术魔杖"[1]。小说描写的是冥界鬼的故事,可谓奇幻之至,但是这些故事所表现的却是人世关怀。从鬼与人的交往中既可见人生事态,亦可感受到人世所感受不到的人生温情和温暖,是深入人生主题的书生白日梦,因此,从其面世,就受到士人、尤其是底层士人的喜爱。

---

[1] 马瑞芳:《从〈聊斋志异〉到〈红楼梦〉》,山东教育出版社2004年版,第19—20页。

# 第六章 经典的累积性

## 一

作为人类的文化遗产,经典经历的往往不是一个时期、一个年代,或传之百年、或传之千年万年,多有其漫长的传播与阅读史。在传播过程中,历代读者对经典发表了各种各样的评价,并同经典文本一同流传。因此,经典在其原生的文本层之外,又累积成了经典的次生层。经典的次生层,就是由历代读者阅读经典的当下理解和解释经过时间沉淀而形成的阅读前见,或曰前理解。当然,每一个阅读个体在阅读时都必然会有其对经典的理解,必然会有一些形诸文字,但是这些前见,经过漫长时间的淘汰,同经典文本一样,只有少数有价值的流传下来,就是这些流传下来的前人对经典的理解文字构成了经典的次生层。

因此我们所接受的经典,并不是经典文本的个体——经典文本本身,而是一个历史的整体。如爱德华·希尔斯所言:"阅读过去的重要文学作品的人不但获得了作品的传统,而且获得了解释作品的所属传统。解释作品的传统渐渐地体现在作品本身中。"①即经典积淀了历代读者阅读经典所留下的文化痕迹,形成了厚厚的累积层,这些累积层也构成了一部经典的实体,因此经典具有了历史文化的累积性。韦勒克·沃伦说:"一件艺术品的全部意义,是不能仅仅以其作者和作者的同时代人的看法来界定的,它是一个累积过程的结果,也即历代的无数读者对此作品批评过程的结果。"②阿尔维托·曼古埃尔说:"一本书将它自身的历史带给了读者。"③经典在流传的过程中,不同时代的不同人群,自然会站在当下的立场,对于经典作出不同的理解与解释,甚或修改、篡改。这些解释并非元典,但毋庸置疑,这些解释确实反映了某一时期人们对经典的理解,同时对后代的读者而言,这些解释又构成了经典的有机组成部分,如同地球的大气层,土星的光环。"即伟大的作品并不通过读者与作品同时代的单个'选票'而获得规范性,相反,一部规范的作品必定意味着代代相传,后来的读者不断地证实对作品伟大性的评判,好像几乎每一代都重新评判了这部作品的质量"④。所以后代读者接受一部经典,接受的不仅仅是经典元典的文本,同时也无法避免地接受经典在历史流传中带来的不同时代文化信息。而且经典传世越久,承载的历史文化信息也就越多,累积越厚,读者所接受的经典的内容也就越丰富而又复杂。正因为

---

① 爱德华·希尔斯著,傅铿、吕乐译:《论传统》,上海人民出版社 2009 年版,第 153 页。
② 韦勒克·沃伦著,刘象愚等译:《文学理论》,生活·读书·新知三联书店 1984 年版,第 35 页。
③ 阿尔维托·曼古埃尔著,吴昌杰译:《阅读史》,商务印书馆 2002 年版,第 17 页。
④ Frank Lentricchia & Thomas McLaughlin 编,张京媛等译:《文学批评术语》,牛津大学出版社 1994 年版,第 323 页。

## 第六章 经典的累积性

这样,"当我们阅读经典时,便不只在和一部作品进行交流,更同时是在和各个时代中每种独特的心灵相互应和"①。伊塔洛·卡尔维诺《为什么读经典》一书给经典下了十四条定义,第七条定义说:"经典作品是这样一些书,它们带着先前的气息走向我们,背后拖着它们经过文化或多种文化(或只是多种语言和风格)时留下的足迹。"②并解释说:"这同时适用于古代和现代经典。如果我读《奥德赛》,我是在读荷马的文本,但我也不能忘记奥德修斯的历险在多少个世纪以来所意味的一切,而我不能不怀疑这些意味究竟是隐含于原著文本中,还是后来逐渐增添、变形或扩充的。如果我读卡夫卡,我就会一边认可一边抗拒'卡夫卡式的'这个形容词的合法性,因为我们老是听见它被用于指谓可以说任何事情。如果我读屠格涅夫的《父与子》或陀思妥耶夫斯基的《恶魔》,我就不能不思索这些书中的人物是如何一路转世,一直走到我们这个时代。"③这是就经典的累积性的最为精彩的论述。如果我们把经典文本称为经典原生层的话,经典经过历史累积而形成的读者阅读的前见,就是经典的次生层。次生层因依经典的原生层而产生,并且随着时间不断增加,紧紧包裹在经典原生层周围,构成经典完整的生态圈。经典正是在这种不断的重新阐释中得以流传,并且生生不息。

---

① 周庆华、王万象、董恕明:《阅读文学经典》,(台北)五南图书出版公司2007年版,第139页。
② 伊塔洛·卡尔维诺著,黄灿然、李桂蜜译:《为什么读经典》,译林出版社2006年8月版,第4页。
③ 同上。

## 二

考察中国的经典,其次生层存有两种样态。

其一是经典的整理与注释层。经典作为优秀的文化遗产,由于年代久远,词语变迁以及文化环境的转换,往往会给后代的阅读带来困难。有的字词,时过境迁,成为难解之词;有的用典和故实带有时代性,也需要注释;有的文义也需要解释,由此而生成中国传统文化中专门的学问——注释学。这些注释不仅仅是解释词语和用典,还要对文义作出说明,所以也是重要的经典阐释形式。

胡适讲过,《诗经》本来不是经典,但是到了汉朝,经过汉儒的阐释,却变成了经典:"《诗经》到了汉朝,真变成了一部经典。《诗经》里面描写的那些男女恋爱的事体,在那班道学先生看起来,似乎不大雅观,于是对于这些自然的有生命的文学不得不另加种种附会的解释。所以汉朝的齐、鲁、韩三家对于《诗经》都加上许多的附会,讲得非常的神秘。明是一首男女的恋歌,他们故意说是歌颂谁,讽刺谁的。《诗经》到了这个时代,简直变成了神圣的经典了。"胡适进而推论到西方经典形成的相同现象:"这种事情,中外大概都是相同的,像那本《旧约全书》的里面,也含有许多的诗歌和男女恋爱的故事,但在欧洲中古时代也曾被教会的学者加上许多迂腐穿凿的解说,也变成了一部宗教的经典"[1]。

其实《诗经》的经典化,早在孔子时代就开始了。孔子整理《诗经》,删诗而存三百,就是化歌谣为经典的行为。而且孔子还

---

[1] 顾颉刚:《古史辨》第三册,海南出版社 2005 年版,第 384 页。

为《诗经》作了思想内容的划定:"诗三百,一言以蔽之曰,思无邪"①。这也影响到后人对《诗经》作一种思想纯正的解释。即使到了宋代,经学大家朱熹开始怀疑汉儒对《诗经》的诠释,看出《诗经》并非首首纯正,但是仍旧不敢突破孔子对《诗经》的定性,认为三百篇里的淫诗或写之者,或选之者,其目的仍在"归于正"。如《诗经》的第一篇《关雎》:"关关雎鸠,在河之洲。窈窕淑女,君子好逑。参差荇菜,左右流之,窈窕淑女,寤寐求之。求之不得,寤寐思服。优哉游哉,辗转反侧。参差荇菜,左右采之。窈窕淑女,琴瑟友之。参差荇菜,左右芼之。窈窕淑女,钟鼓乐之。"按照当代人的理解,这自然是一首青年男女的恋歌,开放点儿的,说是普通青年男女的恋歌;稍保守一些的称之为贵族青年男女的恋爱。如聂石樵的《先秦文学史》:"诗中之'君子',在封建社会初期君主政权下,是对各级君主子弟之通称。可见他是贵族。那末,此诗是写一个贵族青年对一个采荇菜女子之追求。诗之中心在表现他'求之不得'的心情,而'优哉游哉,辗转反侧'最能见其'求之不得'之精神。诗之末两章,是想象若能求得,便当'琴瑟友之','钟鼓乐之',反映了当时贵族婚嫁之习俗。"②然而此诗自《诗序》以来,就赋予它很深的教化之义。《诗序》云:"《关雎》,后妃之德也,风之始也。所以风天下而正夫妇也,故用之乡人焉,用之邦国焉"③。"是以《关雎》乐得淑女以配君子,忧在进贤,不淫其色。哀窈窕,

---

① 《论语·为政》,朱熹:《论语集注》卷一。
② 聂石樵:《先秦文学史》,中华书局2007年版,第77—78页。
③ 毛亨传,郑玄笺,孔颖达疏:《毛诗正义》,《十三经注疏》(整理本),北京大学出版社2000年版,第4—5页。

思贤才,而无伤善之心焉,是《关雎》之义也"①。唐代孔颖达疏:"此篇言后妃性行和谐,贞专化下,寤寐求贤,供奉职事,是后妃之德也。二南之风,实文王之化,而美后妃之德者,以夫妇之性,人伦之重,故夫妇正则父子亲,父子亲则君臣敬,是以诗者歌其性情。"②又:"是以《关雎》之篇,说后妃心之所乐,乐得此贤善之女,以配己之君子;心之所忧,忧在进举贤女,不自淫恣其色;又哀伤处窈窕幽闲之女未得升进,思得贤才之人与之共事。君子劳神苦思,而无伤害善道之心,此是《关雎》诗篇之义也。"③即从《毛诗序》开始,就认为《关雎》一诗是专写文王的后妃太姒之贤德的。她日夜忧思,想得到淑女以供内职。而《诗经》之所以以此诗为首篇,也是有其深意的,那就是认为夫妇之道,是父子之道和君臣之道之始。而后来的注释和解诗,自宋至清,虽然稍有变化,但是大都不离此旨。这样的累积,汉代以后一直没有停止过。如朱熹讲《关雎》:"如《关雎》形容后妃之德如此,又当知君子之德如此,又当知诗人形容得意味深长如此,必不是以下底人。又当知所以齐家,所以治国,所以平天下,人君必当如文王,后妃则必当如太姒,其原如此。"④也只是敷衍《诗序》和孔颖达《正义》之说,不过是明确指明后妃就是太姒,而君子就是文王。欧阳修自称他对《诗经》的解读是"据文求义",然而也不敢对《诗序》有根本性的突破,只是讲诗中的淑女非指别人,乃是太姒:"为《关雎》之说者,既差其时世,至

---

① 毛亨传,郑玄笺,孔颖达疏:《毛诗正义》,《十三经注疏》(整理本),北京大学出版社2000年版,第21页。
② 同上书,第5页。
③ 同上书,第21页。
④ 黎靖德编:《朱子语类》,中华书局1986年版,第2096页。

## 第六章 经典的累积性

于大义,亦已失之。盖《关雎》之作,本以雎鸠比后妃之德。故上言雎鸠在河洲之上,关关然雄雌和鸣;下言淑女以配君子,以述文王、太姒为好匹,如雎鸠雄雌之和谐尔。毛郑则不然,谓诗所斥淑女者,非太姒也。是太姒有不妒忌之行,而幽闺深宫之善女,皆得进御于文王。所谓淑女者,是三夫人九嫔御以下众宫人尔。然则上言雎鸠,方取物以为比兴;而下言淑女,自是三夫人九嫔御以下,则终篇更无一语以及太姒。且《关雎》本谓文王、太姒,而终篇无一语及之,此岂近于人情?"①所谓的"人情",也只是讲起来更通顺而已,不敢也不会想到彻底否定"后妃之德"的政治含义。而《诗经》也正是在这样的以教化为主旨方向的不断阐释下,确立并巩固其经典地位的。

到了上个世纪二十年代,古史辨派重新解释《诗经》,力图掀掉累积到《诗经》身上的层层瓦砾,尤其是剥离掉历代解诗者加在《诗经》身上的礼教内涵和教化意义,断然否认《诗经》承载着的"经夫妇,成孝敬,厚人伦,美教化,移风俗"的内容和作用,并努力恢复其来自民间的性质,试图还《诗经》本来面目。顾颉刚在《〈诗经〉在春秋战国间的地位》一文中形象地比喻说:"因为两千年来的《诗》学专家闹得太不成样子了,它的真相全给这一辈人弄糊涂了。譬如一座高碑,矗立在野里,日子久了,蔓草和葛藤盘满了。在蔓草和葛藤的感觉里,只知道它是一件可以附着蔓延的东西,决不知道是一座碑;我们从远处看见,就知道它是一座碑;走到近处,看着它的形式和周围的遗迹,猜测它的年

---

① 欧阳修:《诗本义》卷一,影印摛藻堂《四库全书荟要》(经部),第二十三册,诗类,世界书局1988年版,第17页。

代,又知道它是一座有价值的古碑。我们既知道它是一座有价值的古碑,自然就要走得更近,去看碑上的文字;不幸蔓草和葛藤满满的攀着,挡住了我们的视线,只在空隙里看见几个字,知道上面刻的是什么字体罢了。我们若是讲金石学的,一定求知的欲望更迫切了,想立刻把这些纠缠不清的蔓草斩除了去。但这些藤萝已经经过了很久的岁月,要斩除它,真是费事的很。等到斩除的工作做完了,这座碑的真面目就透露出来了。"①郑振铎《读毛诗序》亦言:"《诗经》也同别的中国的重要书籍一样,久已被重重叠叠的注疏的瓦砾把它的真相掩盖住了。……我们要研究《诗经》,便非先把这一切压盖在《诗经》上面的重重叠叠的注疏的瓦砾爬扫开来而另起炉灶不可。这种传袭的《诗经》注疏如不爬扫干净,《诗经》的真相便永不能显露。"②

其实古史辨派对《诗经》的新的阐释,也是在二十年代当下环境下,对《诗经》另一种形式的累积,带着二十世纪二十年代浓厚的崇尚科学和反传统的气息。顾颉刚在《古史辨》的《自序》中说:"我之所以有这种主张之故,原是由于我的时事,我的个性,我的境遇凑合而来。"③那么顾颉刚所说的时事,又是什么样子呢?顾颉刚解释说:"清代的学风和以前各时代不同的地方,就是:以前必要把学问归结于政治的应用,而清代学者则敢于脱离应用的束缚;以前总好规定崇奉的一尊,而清代学者为要回复古代的各家学派,无意中把一尊的束缚解除了。清末的古文家依然照了旧日的途径而进行;今文家便因时势的激荡而独标新义,提出了孔子托古

---

① 顾颉刚:《古史辨》第三册,海南出版社2005年版,第189页。
② 同上书,第241—242页。
③ 顾颉刚:《古史辨·自序》,第3页。

## 第六章 经典的累积性

改制的问题做自己的托古改制的护符。这两派冲突时,各各尽力揭破对方的弱点,使得观战的人消歇了信从家派的迷梦。同时,西洋的科学传了进来,中国学者受到它的影响,对于治学的方法有了根本的觉悟,要把古今的学术整理清楚,认识它们历史的价值。整理国故的呼声倡始于太炎先生,而上轨道的进行则发轫于适之先生的具体的计划。我生当其顷,亲炙他们的言论,又从学校的科学教育中略略认识科学的面目,又因性喜博览而对于学术有些知晓,所以能够自觉地承受。……到了现在,理性不受宗教的约束,批评之风大盛,昔时信守的藩篱都很不费力地撤除了,许多学问思想上的偶像都不攻自倒了。加以古物出土愈多,时常透露一点古代文化的真相,反映出书籍中所写的幻相,更使人对于古书增高不信任的意念。……我生当其顷,历历受到这三层教训,加上无意中得到的故事的暗示,再来看古史时便触处见出它的经历的痕迹。我固然说不上有什么学问,但我敢说我有了新方法了。在这新方法支配下的材料,陡然呈露了一种新样子,使我又欣快,又惊诧,终至放大了胆子而叫喊出来,成就了两年前的古史讨论。这个讨论何尝是我的力量呢,原是在现在的时势中所应有的产物。"[1] 从顾颉刚的自述中可以看到,二十年代古史辨派关于《诗经》的讨论,带有那个时代鲜明的特征,那就是今古文派的争戤触发了一些学者对旧学权威的怀疑,而现代西方科学方法的引进,更增加了学者揭示中国古代文化真相的意念,从而敢于推倒千年《诗经》的旧说,祛除各种附会,从民间的、文学的角度来揭示《诗经》的本相。对古史辨派的主将顾颉刚产生了很大影响的胡适,就讲过:"我觉得用

---

[1] 顾颉刚:《古史辨·自序》,海南出版社2005年版,第43—44页。

科学方法来研究古代的东西,确能得着很有趣味的效果。"①而他所说的科学的方法,就是要打破《诗经》是经典的旧观念,消解掉《诗经》作为经典的神圣,把诗看作"人的性情的自然表现",把它视为"一部古代歌谣的总集,可以做社会史的材料,可以做政治史的材料,可以做文化史的材料"。按照这样的方法来考察《诗经》,胡适得出了这样的结论:"这一部《诗经》已经被前人闹得乌烟瘴气,莫名其妙了。诗是人的性情的自然表现,心有所感,要怎样写就怎样写,所谓'诗言志'是。《诗经·国风》多是男女感情的描写,一般经学家多把这种普遍真挚的作品勉强拿来安到什么文王、武王的历史上去;一部活泼泼的文学因为他们这种牵强的解释,便把它的真意完全失掉,这是很可痛惜的!譬如《郑风》二十一篇,有四分之三是爱情诗,《毛诗》却认《郑风》与男女问题有关的诗只有五六篇,如《鸡鸣》《野有蔓草》等。说来倒是我的同乡朱子高明多了,他已认《郑风》多是男女相悦淫奔的诗,但他亦多荒谬。《关雎》明明是男性思恋女性不得的诗,他却胡说八道,在《诗集传》里说什么'文王生有圣德,又得圣女姒氏以为之配',把这首情感真挚的诗解得僵直不成样了。""很多人说《关雎》是新婚诗,亦不对。《关雎》完全是一首求爱诗,他求之不得,便寤寐思服,辗转反侧,这是描写他的相思苦情;他用了种种勾引女子的手段,友以琴瑟,乐以钟鼓,这完全是初民时代的社会风俗,并没有什么希奇。意大利西班牙有几个地方,至今男子在女子的窗下弹琴唱歌,取欢于女子。至今中国的苗民还保存这种风俗。"②在这些论述里可以看

---

① 胡适:《谈谈诗经》,顾颉刚:《古史辨》第三册,海南出版社2005年版,第383页。
② 同上书,第387页。

到，此一时期对《诗经》的解读，确实摆脱了《诗经》这部经典解读的旧的次生层，然而旧的次生层的剥离，就是新的次生层的生成。二十年代的学者，摆落经典的神圣光环，试图恢复的是《诗经》文本生成的原生态，也就是《诗经》作为民间歌谣反映初民真实性情的性质。所以，胡适从中国和外国现存的民俗来解释《关雎》中男子用各种手段取悦女子的行为，并把它视为初民时代的社会风俗。

对于胡适的解读，当然也有不以为然的。如周作人就批评胡适对《诗经》的解释"觉得有些地方太新了，正同太旧了一样的有点不自然，这是很可惜的"①。但是周作人批评的立场却同胡适没有二致，也是民间的立场，只是批评胡适的解读过于现代、过于穿凿而已。如《野有死麕》中"野有死麕，白茅包之"一句，胡适解释为"写出男子打死麕，包以献女子的情形"，周作人则以为这样讲未免太可笑。在他看来"这两章的上半只是想象林野，以及鹿与白茅，顺便借了白茅的洁与美说出女子来"。又如《葛覃》，胡适说这首诗是"描写女工人放假急忙要归的情景"（这句话在《古史辨》所收胡适《谈谈诗经》文章中未见），周作人说："我猜想这里胡先生是在讲笑话，不然恐怕这与'初民社会'有点不合。"②因为在二千四百年前，还没有工厂，当然更不会有女工了。针对胡适解诗过于现代和穿凿，周作人指出："胡先生很明白的说，《国风》中多数可以说'是男女情爱中流出来的结晶'，这就很好了；其余有些诗意不妨由读者自己去领会，只要有一本很精确的《诗经》注释出

---

① 周作人：《谈〈谈谈诗经〉》，顾颉刚：《古史辨》第三册，海南出版社2005年版，第389页。
② 同上。

世,给他们做帮助。'不求甚解'四字,在读文学作品有时倒还很适用的,因为甚解多不免是穿凿呵。"①周作人对解诗的要求,不是回到过去,附会以伦理大义,当然也不主张为了求新而附会以现代的生活,还是强调解诗既不要凿实,也不能随意附会。这样的主张,很明显是来自他对文学的基本认识和从事研究的科学的态度。由此可见,二十年代的《诗经》解读的基本特征,或曰此一时期《诗经》的次生层,就是解读者的民间立场,以及由此而生成的视《诗经》为歌谣、从中考察民之真性情的解读特点。而这种民间的观点,显然是受了胡适《白话文学史》的影响。在《白话文学史》中,胡适提出一个十分重要的观点:"一切新文学的来源都在民间。"②而古史辨派对《诗经》的重新揭示,就是秉持了这种观点,而且这种特点一直影响到今天。

中国的另一部经典《庄子》对后代读者的影响,同样也带有累积的特征。

庄子是战国中期与梁惠王同时的人,其书自然当晚于庄子去世之后。然而在魏晋之前,《庄子》虽然存世,影响却不显著。司马迁《史记·老子韩非列传》有庄子生平的记载,但文字甚少,其中关于《庄子》的评价为:"其学无所不窥,然其要本归于老子之言。故其著书十余万言,大抵率寓言也。作《渔父》《盗跖》《胠箧》,以诋訾孔子之徒,以明老子之术。"③《汉书·艺文志》著录了《庄子》五十二篇。刘安和其门人编撰的《淮南子》明显受到了《老

---

① 周作人:《〈谈谈诗经〉》,顾颉刚:《古史辨》第三册,海南出版社2005年版,第390页。
② 胡适:《白话文学史》,新月书店1928年版,第14页。
③ 司马迁:《史记·老子韩非列传》,中华书局2013年版,第2594—2595页。

子》和《庄子》的影响。而真正治《庄子》的只有严君平"依老子、严周之指著书十余万言"①。到了魏晋时期,《庄子》成为显学,名士阮籍写有《达庄论》,嵇康亦明言:"老子、庄周,吾之师也。"②而真正影响后代甚巨的则是郭象在向秀注《庄》基础上完成的《庄子注》。此书删去了"一曲之士""妄窜奇说"③的篇章,厘定为《庄子》三十三篇,此本被后世作为《庄子》定本。然而也就是这个注本,出于魏晋士人安身立命的需要,对《庄子》的重要思想作了有意识的"误读",改造了庄子的思想。汤一介先生说:"庄周是一位对现实社会采取激烈批判态度的思想家,郭象则是为现实社会的合理性作论证的思想家。一种哲学思想在一个时期可以用来否定现实社会,而在另一时期又可以用来肯定现实社会,庄周的《庄子》和郭象的《庄子注》大概就起着这样不同的作用。"④说得很有道理。魏晋时期的士人,处于极为恶劣的政治环境之中,曹魏和司马两个政治集团的权力之争惨烈至极。因为这场斗争而殒命的名士几近大半,如《晋书·阮籍传》所说:"属魏晋之际,天下多故,名士少有全者。"⑤在这个时期,士人如何自全,是摆在他们面前的重大问题。投入这场厮杀的士人,如以何晏为代表的名士,自然少有全者;而似嵇康那样与权力绝交、过着民间的隐居生活的人,也因不与政权合作而被杀身。所以就有人走上了第三条道路,既进入司马政权做官,又逍遥浮世,如阮籍和向秀。适应士人的这种特定

---

① 班固:《汉书·王贡两龚鲍传》,中华书局1962年版,第3056页。
② 房玄龄等:《晋书·嵇康传》,中华书局1974年版,第1371页。
③ 日本镰仓时代高山寺藏《庄子》残钞本《天下》篇后跋语。
④ 汤一介:《郭象》,(台北)东大图书公司1999年版,第46页。
⑤ 房玄龄等:《晋书·阮籍传》,第1360页。

时期的特殊思想需要,郭象的《庄子注》应运而生。

郭象对《庄子》的改造,首先是从物性开始。"性者,生之质也"①,性是生命的本根。因此,庄子重视物性,主张保住物之本性。《庄子·马蹄》说:"马,蹄可以践霜雪,毛可以御风寒,龁草饮水,翘足而陆,此马之真性也。"②又《秋水》:"牛马四足,是谓天。"③庄子说的真性,乃指事物的自然之性,它决定了事物之所以是此事物而非它事物,是天生的物性。但是,郭象却对此作了根本性的改变,把自然物性变为物性自然。《山木注》:"凡所谓天,皆明不为而自然。""言自然则自然矣,人安能故有此自然哉?自然耳,故曰性。"④他认为物性就是自然而然,即自然如此。"大鹏之能高,斥鴳之能下,椿木之能长,朝菌之能短,凡此皆自然之所能,非为之所能也"⑤。但是,郭象把自然物性,阐释成物性自然如此,大物必然生于大处,理固自然。而且认为:"天下之物,未必皆自成也。自然之理,亦有须冶锻而为器者耳。"⑥也就是说物性并非完全是先天的,也要有后天的冶炼。因此他的《马蹄注》说:"马之真性,非辞鞍而恶乘,但无羡于荣华。"⑦又《秋水注》:"人之生也,可不服牛乘马乎?服牛乘马,可不穿落之乎?牛马不辞穿落者,天命之固当也。苟当乎天命,则虽寄之人事而本在乎天也。"⑧与庄

---

① 《庄子·庚桑楚》,郭象注、成玄英疏:《庄子注疏》卷八,中华书局2011年版,第429页。
② 《庄子·马蹄》,郭象注、成玄英疏:《庄子注疏》卷四,第182页。
③ 《庄子·秋水》,郭象注、成玄英疏:《庄子注疏》卷六,第321页。
④ 《庄子·山木》,郭象注、成玄英疏:《庄子注疏》卷七,第371页。
⑤ 《庄子·逍遥游》,郭象注、成玄英疏:《庄子注疏》卷一,第11页。
⑥ 《庄子·大宗师》,郭象注、成玄英疏:《庄子注疏》卷三,第154页。
⑦ 《庄子·马蹄》,郭象注、成玄英疏:《庄子注疏》卷四,第182页。
⑧ 《庄子·秋水》,郭象注、成玄英疏:《庄子注疏》卷六,第321页。

## 第六章　经典的累积性

子不同,郭象认为,"天命之中"亦寄之"人事",因此马的真性不仅仅在于它的自然条件,如马生来四条腿,生来带着皮毛,生来就吃草等,还有可以让人骑乘的天性。庄子反对"落马首,穿牛鼻"①,认为这是人为,违背了牛马的天性。而郭象却把人强加给牛马的服乘也视为它们的真性,而且认为这是天命,虽然有了人为的成分,是它的性分所在,仍然合于天。这实际上是从环境给予牛马的后天之性,往前反推其合理性,即物性自然。

郭象谈论物性,目的乃在于人的本性。庄子重视人的本性的保护,讲"安其性命之情"②,反对"易性"和"伤性"。那么,什么是庄子所说的人之本性呢?《庄子·马蹄》说:"夫至德之世,同与禽兽居,族与万物并,恶乎知君子小人哉?同乎无知,其德不离;同乎无欲,是谓素朴。素朴而民性得矣。"③素朴之性,就是自然人性,即人的天性。在庄子看来,自然人性是无知无欲的。只有无知无欲,人才能形体保神,各有仪则。若非如此,人求知有欲,就会失去人之本性,《天地》篇说得很清楚:"且夫失性有五:一曰五色乱目,使目不明;二曰五声乱耳,使耳不聪;三曰五臭薰鼻,困惾中颡;四曰五味浊口,使口厉爽;五曰趣舍滑心,使性飞扬。此五者,皆生之害也。"④庄子并不是要人们不视不听,这里所说的五色、五声、五味等等,并非有些人所理解的自然声色,而是指经过人加工过的声色。也就是"人文化"的声色,在这里用来指代会改变人的素朴本

---

① 《庄子·秋水》,郭象注、成玄英疏:《庄子注疏》卷六,中华书局2011年版,第321页。
② 《庄子·在宥》,郭象注、成玄英疏:《庄子注疏》卷四,第201页。
③ 《庄子·马蹄》,郭象注、成玄英疏:《庄子注疏》卷四,第184—185页。
④ 《庄子·天地》,郭象注、成玄英疏:《庄子注疏》卷五,第245页。

性的文化。庄子主张,对于这样的声色,要"目无所见,耳无所闻,心无所知"①,如此才能神形相守,保住本性。无知无欲,再抽象,就是虚静无为。居无思,行无虑,不藏是非美恶,不以身殉名利以及天下,"堕尔形体,黜尔聪明,伦与物忘,大同乎涬溟。解心释神,莫然无魂"②,万物不足以扰其心,进而达到外天地,遗万物。但是郭象所阐释的人性,已经不是庄子所说的不分君子和小人、甚至与野兽及万物不分的无知无欲的素朴本性。郭象既主张"先顺乎天",又强调"应乎人"③,因此把后天的人的一切都纳入人性之中:"夫我之生也,非我之所生也。则一生之内,百年之中,其坐起行止,动静趣舍,情性知能,凡所有者,凡所无者,凡所为者,凡所遇者,皆非我也,理自尔耳。"④郭象认为,人的一生中所有的行为,所有的情性知能,都是理当如此的。这实际上就是在讲"存在即是合理",存在的人性即是自然。而此人性之中,既有先天的,亦有后天的,即在社会中所形成的人性。郭象甚至认为,人性中包含有君臣等级和贤愚之别:"性各有分,故知者守知以待终,而愚者抱愚以至死,岂有能中易其性者也"⑤、"夫仁义者,人之性也"⑥、"夫仁义自是人之情性,但当任之"、"恐仁义非人情而忧之者,真可谓多忧也"⑦。而且认为这都是"天性所受,各有本分,不可逃,亦不

---

① 《庄子·在宥》,郭象注、成玄英疏:《庄子注疏》卷五,中华书局2011年版,第208页。
② 《庄子·在宥》,郭象注、成玄英疏:《庄子注疏》卷五,第212页。
③ 《庄子·天运》,郭象注、成玄英疏:《庄子注疏》卷五,第272页。
④ 《庄子·德充符》,郭象注、成玄英疏:《庄子注疏》卷二,第110页。
⑤ 《庄子·齐物论》,郭象注、成玄英疏:《庄子注疏》卷一,第31页。
⑥ 《庄子·天运》,郭象注、成玄英疏:《庄子注疏》卷五,第281页。
⑦ 《庄子·骈拇》,郭象注、成玄英疏:《庄子注疏》卷四,第174页。

可加"①的。在郭象那里,不仅人的后天的身份也成了本性;还有,即使是人伤害本性,只要能改正,也是不违自然的,《大宗师注》就传达了这样的观点:"夫率性直往者,自然也;往而伤性,性伤而能改者,亦自然也。"②在这样的阐释下,人性已经远离了庄子所说的自然性,大大融入了社会性。

与物性密切相关的还有"无为"和"有为"的认识。庄子主张无为:"夫恬淡、寂漠、虚无、无为,此天地之平而道德之质也。"③无为是道的自然本质的体现。"故君子不得已而莅临天下,莫若无为。无为也,而后安其性命之情"④。而对于物性而言,所谓无为,就是不人为地改变它,任性而动。如《骈拇》所言:"彼正正者,不失其性命之情。故合者不为骈,而枝者不为跂,长者不为有余,短者不为不足。"⑤"且夫待钩绳规矩而正者,是削其性者也;待绳约胶漆而固者,是侵其德者也;屈折礼乐,呴俞仁义,以慰天下之心者,此失其常然也。天下有常然。常然者,曲者不以钩,直者不以绳,圆者不以规,方者不以矩,附离不以胶漆,约束不以纆索。故天下诱然皆生,而不知其所以生;同焉皆得,而不知其所以得。"⑥方圆曲直,皆循物性,不人为地改变它。而对于个人之人性而言,无为就是保持人无知无欲的自然人性。所以庄子推崇的圣人,都是无凭无待、逍遥浮世、不为世累的人。

---

① 《庄子·养生主》,郭象注、成玄英疏:《庄子注疏》卷二,中华书局2011年版,第69页。
② 《庄子·大宗师》,郭象注、成玄英疏:《庄子注疏》卷三,第154页。
③ 《庄子·刻意》,郭象注、成玄英疏:《庄子注疏》卷六,第291页。
④ 《庄子·在宥》,郭象注、成玄英疏:《庄子注疏》卷四,第203页。
⑤ 《庄子·骈拇》,郭象注、成玄英疏:《庄子注疏》卷四,第173—174页。
⑥ 同上书,第175—176页。

郭象注《庄子》，从表面上看接受了《庄子》无为的思想，主张任物之性。一是物自任其性："物任其性，事称其能，各当其分，逍遥一也。"①大鹏有负天之力，一飞半岁，放九万里之遥，这是达到了它的本性之极；而燕雀"一飞半朝，抢榆枋而止"，也同样达到了它的性分之极。燕雀如果羡慕大鹏，那就是有为，不羡慕大鹏，只是尽己之能，就是无为。二是任物之性，把对物的施为限制在物性的范围内，以得性为至："夫善御者，将以尽其能也。尽能在于自任，而乃走作驰步，求其过能之用，故有不堪而多死焉。若乃任驽骥之力，适迟疾之分，虽则足迹接乎八荒之表，而众马之性全矣。而惑者闻任马之性乃谓放而不乘，闻无为之风遂云行不如卧，何其往而不返哉。斯失乎庄生之旨远矣。"②这段话明显偷换了《庄子》关于马的天性的内涵。

郭象这样讲任物之性，落脚点乃在于统治之术。郭象认为，无为之治的根本在于任民之性、用人之能，而不是亲力亲为，甚至越职而为："夫民之德，小异而大同。故性之不可去者，衣食也；事之不可废者，耕织也，此天下之所同而为本者也。守斯道者，无为之至也"③、"故善用人者，使能方者为方，能圆者为圆，各任其所能，人安其性"④。所谓无为，就是各任其能，而且各司其职，君臣都不越职，如《天道注》："主上无为于亲事，而有为于用臣。臣能亲事，主能用臣；斧能刻木，而工能用斧。各当其能，则天理自然，非有为

---

① 《庄子·逍遥游》，郭象注、成玄英疏：《庄子注疏》卷一，中华书局2011年版，第2页。
② 《庄子·马蹄》，郭象注、成玄英疏：《庄子注疏》卷四，第183页。
③ 同上书，第183—184页。
④ 《庄子·胠箧》，郭象注、成玄英疏：《庄子注疏》卷四，第195页。

## 第六章　经典的累积性

也。若乃主代臣事,则非主矣;臣秉主用,则非臣矣。故各司其任,则上下咸得,而无为之理至矣。"①又如《天道注》:"夫无为之体大矣,天下何所不无为哉!故主上不为冢宰之任,则伊吕静而司尹矣;冢宰不为百官之所执,则百官静而御事矣;百官不为万民之所务,则万民静而安其业矣;万民不易彼我之所能,则天下之彼我静而自得矣。故自天子以下至于庶人,下及昆虫,孰能有为而成哉?是故弥无为而弥尊也。"②所以郭象总结道:"夫无为也,则群才万品,各任其事,而自当其责矣。故曰'巍巍乎舜禹之有天下而不与焉',此之谓也。"③舜和禹虽然坐了天下,贵为天子,但是因为他们能够使大臣百姓各任其事,所以虽有天下却不与其中,逍遥无为。基于这种认识,郭象对于庄子以拱默于山林为无为的观点,明确提出:"若谓拱默乎山林之中而后得称无为者,此庄老之谈所以见弃乎当涂。"④是不会被当途者所采纳的。所以郭象提出的理想圣人,应是既居统治高位,又游心江海的人:"夫圣人虽在庙堂之上,然其心无异于山林之中,世岂识之哉!徒见其戴黄屋,佩玉玺,便谓足以缨绂其心矣;见其历山川,同民事,便谓足以憔悴其神矣,岂知至至者之不亏哉。"⑤君主既然不干预臣子的事,什么事情不必亲力亲为,所以,他才能够身在庙堂之上,而心游山林之间,达到逍遥的境界。

要之,郭象对《庄子》的改造,适应了魏晋士人的需要,通过改

---

① 《庄子·天道》,郭象注、成玄英疏:《庄子注疏》卷四,中华书局 2011 年版,第 252 页。
② 同上书,第 249 页。
③ 同上书,第 248 页。
④ 《庄子·逍遥游》,郭象注、成玄英疏:《庄子注疏》卷一,第 13 页。
⑤ 同上书,第 15 页。

造《庄子》，为士人徘徊于入世与出世之间，创造了折衷于儒道两端的理论。经过郭象的改造，《庄子》不再远离人间，远离士人，成为既能够维护君主权力，同时又不损害士人利益；既能给予士人享受荣华的理由，又能给士人的精神以回旋空间。正因为如此，此后《庄子》才会被士人广泛接受。而晋代以后士人所接受的《庄子》，已经不完全是庄周的原始的《庄子》，即那个反仁义，反人文化，尚原始自然、追求绝对自由的《庄子》，而是加入了郭象阐释而改造过的《庄子》。这个《庄子》打着自然的幌子，却承认社会差别，承认名教，认为此差别与名教亦是自然。在此之上，建立起士人的自由，即在差别和名教之内的自由。"物物而不物于物"，既生活在世间，又不萦心禄位，超遥于行迹之外。郭象的《庄子注》，具有鲜明的经典累积特征，它是在原来文本的文意基础之上，做了增量和部分变性的发挥。

后来的读者在接受了庄周《庄子》的同时，也接受了郭象的《庄子》。刘宋时期的著名士人谢灵运，一生过着半官半隐的生活，比较典型地反映出士人既留恋禄位又心游山林以求逍遥的精神特点。对于谢灵运的这种生活态度，一般多从他与佛教的密切关系来找原因。但是读谢灵运的诗作就会发现，他的人生态度深受《庄子》的影响，而这个《庄子》应该就是郭象的《庄子》。他的诗中多见郭象《庄子注》的影子。如《道路忆山中》："得性非外求，自已为谁纂？"①所谓的"得性非外求"，明显来自郭象的"自性"说。又如《于南山往北山经湖中瞻眺》："抚化心无厌，览物眷弥

---

① 李运富编注：《谢灵运集》，岳麓书社1999年版，第103页。

## 第六章 经典的累积性

重"①的"抚化",来自《大宗师注》的"夫圣人游于万化之涂,放于日新之流。万物万化,亦与之万化;化者无极,亦与之无极"②。《从斤竹涧越岭溪行》:"观此遗物虑,一悟得所遣。"③来自《齐物论注》:"然则将大不类,莫若无心。既遣是非,又遣其遣,遣之又遣,以至于无遣,然后无遣无不遣,而是非自去矣。"④所以,可以说谢灵运半官半隐的人生态度,亦与他接受了郭象的《庄子注》思想有关。在中国文学史上,另一位伟大诗人李白也深受庄子影响,史称李白的诗歌"并以庄屈为心"⑤。然而李白所接受的又是哪一家《庄子》的影响呢?关于这个问题,很少有人深究。如果他接受的是战国时庄周的《庄子》影响,那么考察他的人生之路,这一观点就很难令人信服。李白一生都没有放弃对功名的追求,同时他一生也未曾离开山林之思和山林之游。如果按照庄子的人生理想,李白最好的选择就是隐居山林,如《庄子·知北游》篇所说:"山林与,皋壤与,使我欣欣然而乐与。"⑥宁可曳尾于泥途,也不愿做没有自由的庙堂之人。但是李白没有也不愿这样生活,一生摇摆于出世和入世之间。一般研究都把这样的现象归之于儒家和道家的双重影响。但是很少有人考虑到郭象已经从理论上解决了士人出世和入世的矛盾,而后代的士人也欣然接受了这一理论,李白

---

① 李运富编注:《谢灵运集》,岳麓书社1999年版,第76页。
② 《庄子·大宗师》,郭象注、成玄英疏《庄子注疏》卷三,中华书局2011年版,第136页。
③ 李运富编注:《谢灵运集》,第77页。
④ 《庄子·齐物论》,郭象注、成玄英疏:《庄子注疏》卷一,第43页。
⑤ 龚自珍:《最录李白集》:"庄屈实二,不可以并,并之以为心,自白始。"《龚自珍全集》第三辑,上海人民出版社1975年版,第255页。
⑥ 《庄子·知北游》,郭象注、成玄英疏:《庄子注疏》卷七,第408页。

就是如此。明人王昌会《诗话类编》卷二十一《品评中》发现李白诗中有化用郭象《庄子注》的现象："郭象《庄子注》多俊语，如云：'暖焉若春阳之自和，故泽荣者不谢；凄乎如秋霜之自降，故凋落者不怨。'李白用其语为：'草不谢荣于春风，木不怨落于秋天。'又云：'寄去不乐者，寄来则荒矣。'苏东坡用其意为诗曰：'君看厌事人，无事乃更悲。'晋人语自拔俗，况子玄之韵致乎。宜为李苏两公之欣赏也。"① 其实李白之受到的《庄子》影响，不仅仅在于其诗中化用了郭象注中语，更重要的是接受了郭象的《庄子注》思想的影响。林语堂曾经讲过："世上常有古今异代相距千百年的学者，因思想和感觉的相同，竟会在书页上会面时完全融洽和谐，如面对着自己的肖像一般。在中国语文中，我们称这种精神的融洽为'灵魂的转世'。例如苏东坡乃是庄周或陶渊明转世，袁中郎（宏道）乃是苏轼转世之类。初次读庄子时，他觉得他幼时的思想和见地正和这书中所论者完全相同。"② 转世之说自然是借喻，讲的乃是庄子对陶渊明、陶渊明对苏轼、苏轼对袁宏道的影响。刘熙载《艺概》云："诗以出于《骚》者为正，以出于《庄》者为变。少陵纯乎《骚》，太白在《庄》《骚》之间，东坡则出于《庄》者十之八九。"③ 而从王昌会的《诗话类编》来看，苏轼所受的《庄子》影响，不排除是受了庄周的《庄子》和郭象《庄子注》的双重影响。

---

① 王昌会：《诗话类编》卷二十一《品评中》，《中国诗话珍本丛书》第七册，北京图书馆出版社2004年版，第354页。
② 林语堂：《生活的艺术》，群言出版社2010年版，第320页。
③ 刘熙载：《艺概》，上海古籍出版社1978年版，第67页。

## 三

其二是经典的评点与批评层。弗兰克·科尔穆德认为:"阐释是经典形成过程中整合性的一部分。文本能否被保存下来取决于一个不变的文本和不断变化着的评论之间的结合。阐释学是一项规范化的事业,其志趣在于保存文化价值并使之适应不同的历史环境。"①经典在其流传过程中,经过历代读者的阅读和接受,因此留下了诸多对经典的评点与批评。这些评点和批评,或揭示经典的内涵并对其开展评论,或围绕经典展开与经典相关问题的讨论,如经典生成的背景、经典作者的考证与介绍,等等,紧紧环绕在经典文本周围。有的独立于文本之外,如诗话、词话,有的则直接进入文本,如小说评点,构成了厚厚的经典次生层。

如今人读杜甫诗会遇到几个绕不过的先见,一是诗圣说,一是诗史说,一是忠君爱国说,一是沉郁顿挫说。而这些说法,即来自历代读者阅读杜甫诗时所生成的对杜甫的评价,形成了今人阅读的前见,并且包裹着杜甫诗歌文本,同时进入今人对杜甫的阅读与理解。比如诗史说,最早出现于晚唐孟棨《本事诗》卷三:"杜逢禄山之难,流离陇蜀,毕陈于诗,推见至隐,殆无遗事,故当时号为诗史。"②即认为杜甫遭逢"安史之乱",以自己的诗详实地描写了战乱及个人的遭遇,因此被当时人称为"诗史"。此说到了宋代,显然成为读者比较普遍的认识。因此欧阳修和

---

① 转引自 D.佛克马、E.蚁布思著,俞国强译:《文学研究与文化参与》,北京大学出版社1996年版,第22页。
② 丁福保辑:《历代诗话续编》上册,中华书局1983年版,第15页。

宋祁著《新唐书·杜甫传》说杜甫"善陈时事,律切精深,至千言不少衰,世号'诗史'"①。此处所说的"世"当指从晚唐到北宋这一时期。同为北宋时期而晚于欧阳修的胡宗愈《成都草堂诗碑序》亦言:"先生以诗鸣于唐,凡出处去就,动息劳佚,悲欢忧乐,忠愤感激,好贤恶恶,一见于诗,读之可以知其世,学士大夫谓之诗史。"②很显然,《新唐书》的"善陈时事"是接受了《本事诗》的前见,但是胡宗愈则更多的是从杜甫个人身世遭际以及个人对社会的感受来解释诗史,虽然接受了诗史这一前见,却不再固执于陈时事。

宋代以后,杜甫诗史的评价基本得到读者的认同,而其对诗史内涵的理解却沿着晚唐到宋代诗史说的解释路子分开两条。

一条是讲杜诗写时事的特点。李复《与侯谟秀才》:"杜诗谓之诗史,以班班可见当时事。至于诗之叙事,亦若史传矣。"③这里是讲了两个意思,"班班可见当时事"很明显是从《新唐书》搬来,但是他又加入了诗的表现,认为杜诗叙事,用的也是史传表现方法。这对以后杜诗的评价也有一定影响。《苕溪渔隐丛话前集·韩吏部下》引《蔡宽夫诗话》:"子美诗善叙事,故号诗史。"④善于叙事,就是从表现说起。单复《读杜诗愚得自序》:"杜子之诗,皆

---

① 欧阳修、宋祁:《新唐书·杜甫传》,中华书局1975年版,第5738页。
② 蔡梦弼:《杜工部草堂诗笺·一》,《丛书集成初编》,中华书局1983年版,第二千二百二十册,第18页。
③ 李复:《潏水集》卷五,《文津阁四库全书》(集部),别集类,商务印书馆影印,2005年版,第三百七十四册,第563页。
④ 胡仔:《苕溪渔隐丛话前集》,《丛书集成初编》,中华书局1983年版,第二千五百六十册,第118页。

## 第六章　经典的累积性

发于爱君忧国之诚心,且善陈时事,度越今古,世号诗史。"①许宗鲁《刻杜工部诗序》:"夫谓杜诗为史者,岂不信哉。是故开元治平之迹,天宝丧乱之因,至德中兴之由,上元、宝应迄乎大历,纷攘小康之故,靡不综述,夫其补稗史氏之遗略,备一代之典籍,盖深有征焉者,故谓之为史者。"②许宗鲁的意见是对"善陈时事"一说最为详细的展开,而且认为可补历史记载的遗略。郭正域《批点杜工部七言诗序》:"有直写世变,兼之谕言,如传如记,世谓诗史者,《诸将》、《恨别》诸什是也。"③施闰章《江雁草序》:"古未有以诗为史者,有之自杜工部始。史重褒讥,其言真而核;诗兼比兴,其风婉以长。故诗人连类托物之篇,不及记言记事之备。"④吴瞻泰《杜诗提要·评杜诗略例》:"诗史二字,非徒谓其笔之严正如《春秋》笔法也,如《北征》《留花门》《前后〈出塞〉》《哀王孙》《悲陈陶》《哀江头》《洗兵马》《冬狩行》《收京有感》《洞房》《秋兴》《诸将》等诗,能括全史所不逮,足使唐之君臣闻之不寒而栗,谓非史乎?"⑤吴炯《读杜随笔跋》:"少陵为一代诗史,处有唐兵乱之际,凡朝纲国是,群臣忠佞,以及宫掖边机,四海生民之利害得失,区区忠爱不能自已,每发为诗歌以见志。然而温厚和平,大含细入,有直书,有寓言,有明规,有隐讽,有回环反覆,以动其感悟。"⑥虽然各家之说

---

① 单复:《读杜诗愚得》,《四库全书存目丛书》(集部)第四册,别集类,齐鲁书社1997年版,第4页。
② 邵勋辑:《唐李杜诗集》,黄永武主编:《杜诗丛刊》第三辑,(台北)大通书局1974年版,第6页。
③ 萧涤非主编:《杜甫全集校注》第十二册,人民文学出版社2014年版,第6630页。
④ 同上书,第6922—6923页。
⑤ 吴瞻泰:《杜诗提要》,黄永武主编:《杜诗丛刊》第四辑,第19—20页。
⑥ 吴炯:《读杜随笔跋》,陈鹗《读杜随笔》,清雍正十年刻本。

小有出入,但都是在阐发同一个主题,即杜诗反映时事如史书的特点。

另外一条路则是结合了个人的身世并且加入了杜甫对待时事的写实态度。何梦桂《永嘉林霁山诗序》:"古今以杜少陵诗为诗史,至其长篇短章,横骛逸出者,多在流离奔走失意中得之。"①吴乔的《围炉诗话》卷四:"杜诗是非不谬于圣人,故曰诗史,非直指纪事之谓也。纪事如'清渭东流剑阁深',与不纪事之'花娇迎杂佩',皆诗史也。诗可经,何不可史?同其'无邪'而已。"②吴乔强调的不是纪事,而是思想的纯正,对是非的判断又如经书。仇兆鳌《杜诗详注序》:"孔子论诗曰:温柔敦厚,诗之教也。又曰:可以兴观群怨,迩事父而远事君。诗有关于性情伦纪,非作诗之本乎。故宋人之论诗者,称杜为诗史,谓得其可以论世知人也。"③也是把诗人主体的性情是否温柔敦厚,作为诗史的条件。这里边都可以见到后人对前见的接受与修正。

到了二十世纪,受现实主义文学思潮的影响,读者阅读杜甫,更容易接受诗史的前见,而且有了更积极地激扬与发挥。郑振铎说:"杜甫便在这个兵连祸结,天下鼎沸的时代,将自己所感受的,所观察到的,一一捉入他的苦吟的诗篇里去。这使他的诗,被称为伟大的'诗史'。差不多整个痛苦的时代,都表现在他的诗里了。"④郑振铎写中国文学史,是有感于中国文学史的阵地都被那

---

① 何梦桂:《潜斋集》卷五,《文津阁四库全书》(集部),别集类,商务印书馆影印,2005年版,第三百九十七册,第161页。
② 吴乔:《围炉诗话》,《丛书集成初编》,中华书局1983年版,第二千六百一十册,第92页。
③ 仇兆鳌:《杜诗详注》,中华书局1979年版,第1页。
④ 郑振铎:《插图本中国文学史》,上海人民出版社2005年版,第348页

## 第六章 经典的累积性

些奴性的士大夫占领了,却缺少打动平民的真实的名著的位置,"发愿要写一部比较的足以表现出中国文学整个真实的面目与进展的历史"①。因此,他的文学史中始终关注写实的真实的作品,并且激赏作家回到现实的作品:"但在后者的一个时代里,却完全不对了!渔阳鼙鼓,惊醒了四十年来的繁华梦。开、天的黄金时代的诗人们个个都饱受了刺激。他们不得不把迷糊的醉眼,回顾到人世间来。他们不得不放弃了个人的富贵利达的观念,而去挂念到另一个痛苦的广大的社会。他们不得不把无聊的歌唱停止了下来,而执笔去写另一种的更远为伟大的诗篇。他们不得不把吟风弄月的清兴遏止住了,而去东奔西跑,以求自己的安全与衣食。于是全般的诗坛的作风,也都变更了过来。由天际的空想,变到人间的写实。由只有个人的观念,变到知道顾及社会的苦难。由写山水的清音,变到人民的流离痛苦的描状。这岂止是一个小小的改革而已。杜甫便是全般代表了这个伟大的改革运动的。他是运动的先锋,也是这个运动的主将。"②这是郑振铎对于杜甫在唐代文学变革关节中地位的充满了激情的论述。而从这段论述可以看出,郑振铎之所以称颂杜甫诗史为"伟大"的原因,乃在于他阅读杜甫时的当下性,即郑振铎的现实关注的当下文学观。所以,他接受了诗史这个前见,但是却又突破了古人关于诗史的意见,强调时代对于一个时期诗风的改变。"安史之乱"改变了诗人的生活,同时也使诗人由空幻的天上,回到了人间,而这正是杜甫写实诗风形成的时代原因。

---

① 郑振铎:《插图本中国文学史·自序》,上海人民出版社2005年版,第2页。
② 郑振铎:《插图本中国文学史》,第348—349页。

郑振铎之所以能够强烈地感受到杜甫的时代性特征,并且充满感性地描写"安史之乱"给时代和诗人带来的深刻变化,乃在于他的阅读的当下性给他带来的影响。郑振铎的《插图本中国文学史》出版于1932年,如他此书的《例言》所说,中国正处于"多难的年代"。这一年,日本军加紧进攻中国,一月初,东北三省全部沦陷。一月底,日军大举进攻上海,"一·二八"抗战爆发。这一残酷的现实如唐代安史之乱,打破了文人的出世梦,使其如杜甫直面现实,并催生了其写实的文学观。因此对杜甫的诗史说又做了新的阐释。

1962年,冯至在《文学评论》第四期发表《诗史浅论》文章,对杜甫诗史又做了新的阐释:"杜甫生在唐代封建社会发生巨大变化的时代。他青年时期经历的'开天之治'和他中年以后——也就是安史之乱爆发以后社会秩序的混乱相比,俨然是两个截然不同的世界。国家的危机和人民的痛苦通过种种难以想象的、悚人听闻的事实呈现在他的面前。他面对许多残酷的事实,既不惶惑,也不逃避,而给以严肃的正视。他既有热情的关怀,也能作冷静的观察,洞悉时代的症结和问题的核心所在。例如统治阶级对人民无止境的剥削、户口的流亡和农业生产的衰落、中央势力的衰微和地方藩镇的跋扈,以及如何分别对待性质不同的战争,这些在那动乱时代里暴露出来的重大问题,都成为杜甫大部分的诗里的主要内容。他观察的范围之广,认识之深,并能以高度的艺术手腕把他观察、认识的所得在诗歌里卓越地表达出来,大大超过了在他以前的任何一个诗人。所以我们说,杜甫是中国诗歌优良传统伟大的继承者和发扬者。也就是这个缘故,杜诗才获得了千百年来被人所公认的诗史的称号。"冯至论杜甫诗史,很明显不仅仅局限于反映时事,因为诗史"不能理解为用诗体写成的历史",冯至进而强调:"诚然,杜甫的诗反映了玄宗、肃宗、代宗三朝的事迹和人民的生活",但杜甫的诗很少只是客观描述,"同时也浸透了作者的思想感情",他把个人的遭际和命运和国家、人民的苦难融到一起,"抒情和时事与社会生活相结合",使其诗篇充满个人和时代的血泪,这才是杜诗不同于一般历史的地方。可见冯至论述杜诗的诗史是把重点放在了诗人如何认识现实,即诗人对待现实的态度以及如何反映现实上。冯至的诗史论述,既接受了胡宗愈"出处去就,动息劳佚,悲欢忧乐,忠愤感激,好贤恶恶"的观点,着眼于诗人主观的情感感受;同时又反映出冯至受了当时反映论的影响,更加关注作者对事件描写的能动性,尤其是深受毛泽东文艺思想中作家与人民血肉联系思想的影响。

我们今天阅读杜诗,所要看到的可能未必是完整的围绕杜诗形成的次生层,但是也不能完全排除这些次生层所形成的阅读前见。尤其是受过中学和大学中文教育的读者就更是如此。如果读者不是普通的读者,而是一个杜诗研究者,他就更加不可能避开这些前理解所构成的杜诗次生层。他要对经典的次生层作出评估和判断,然后再剥开次生层,深入经典文本,作出自己的判断。

## 四

经典的累积性,扩大了经典的内涵,使其更加丰厚,同时也增加了沉甸甸的历史感。所以我们读经典,常常读的不仅是一本特定的书、简单的文本,同时也是在读历史,读文化,"阅读过去的重要文学作品的人不但获得了作品的传统,而且获得了解释作品的附属传统,解释作品的传统渐渐地体现在作品本身中"①。这在一定意义上也增加了经典的价值和魅力之所在。

但是,经典的累积性所造成的阅读前见,也会影响读者对经典文本的阅读和接受,因此就有一个如何对待经典的累积性前见问题。或者剥离外在的前见,回归文本;或者阅读经典文本,同时也接受前见;不仅如此,对前见的剥离、接受也总是有所选择。而读者在阅读经典时剥离什么前见,保留或认同甚至强化哪些前见,都取决于读者阅读时的当下性所形成的与经典次生层的价值关联。我们在前面的章节中讲过,同样一部经典,不同的人阅读时的关注点亦不相同。鲁迅《〈绛花洞主〉小引》说,一部《红楼梦》"经学家看见《易》,道学家看见淫,才子看见缠绵,革命家看见排满,流言家看见宫闱秘事"②。鲁迅又在《中国小说的历史变迁》中说到《西游记》所遇到的同样情况:"至于说到这书的宗旨,则有人说是劝学,有人说是谈禅,有人说是讲道,议论很纷纷。"③这实际上来自读者阅读经典时的当下性所形成的与经典的价值关联。对待经典的次生层也是如此。读者阅读经典次生层时的当下性与次生层的价值关联,影响了读者对次生层的取舍,即接受与否。郑振铎撰写《插图本中国文学史》时,正处于中国充满危机的多难时期,对

---

① 爱德华·希尔斯著,傅铿、吕乐译:《论传统》,上海人民出版社2009年版,第153页。
② 鲁迅:《集外集拾遗补编》,《鲁迅全集》第八卷,人民文学出版社2005年版,第179页。
③ 鲁迅:《中国小说的历史变迁》,《鲁迅全集》第九卷,第336页。

## 第六章 经典的累积性

国家和社会的忧虑形成了冯至阅读杜甫诗歌及其批评的当下性，因此他接受杜甫诗史说时，对"安史之乱"给社会造成的兵连祸结、天下鼎沸的灾难，以及战乱给人民带来的流离痛苦，给予了更多关注，并因此而激赏杜诗差不多把整个痛苦的时代都表现在诗里的写实性。接受了古人杜诗善于写时事的诗史观。同时扬弃了古人诗史说中忠君爱国、朝纲国是、温厚和平的内容。而冯至发表《诗史浅论》时，已经进入二十世纪六十年代，此时的社会已经牢固树立了阶级观念，唯物主义认识论也已经成为学术研究的指导方法。而毛泽东《在延安文艺座谈会上的讲话》作为文艺工作者的指导思想，更是深入到文学创作和学术研究等各个领域。这些都构成了冯至阅读杜诗时的当下性。这种当下性与杜诗的次生层形成了价值关联，所以，他接受了前人的诗史说，除了重新阐述了郑振铎所说的杜诗关注国家危机和人民苦痛的诗史内涵，还特别提出了统治阶级对人民永无止境的剥削等"重大问题"。并且强调，杜甫的诗在深刻反映现实的同时，还体现出作者的形象："杜甫个人不幸的遭遇与种种感触和国家的危机与人民的痛苦永远是胶漆般地密切结合，难以分割，这使他大部分的诗篇充溢着个人的和时代的血泪，产生巨大的感人力量。"这样的论述，很明显是来自《在延安文艺座谈会上的讲话》关于文艺工作者要密切与人民血肉联系，把个人的命运同人民命运联系在一起的思想。由以上所论述的郑振铎和冯至接受诗史说的不同可见，读者阅读时的当下性关注与次生层的价值关联，决定了他对经典次生层所形成的阅读前见的态度，决定了读者对其内容的取舍。

当然，读者阅读经典，最理想的是首先剥离经典的次生层，直接进入到文本的阅读，虽然这样做实际上很困难。尤其是古代的文化遗产,因为语言的障碍,必须借助注释才能读懂。但是必须看到,读者阅读时所遇到的先入之见,往往会干扰读者对经典文本的本然的理解。而不受外来干扰的阅读所获得的对文本的接受,是经典的原生层与读者当下性的对话,是两个人的对话,没有第三者的插话,所获得的乃是近似于原始的文本涵义。它既是本然的,又是新鲜的,同时又是个体独家的。英国著名作家弗吉尼亚·伍尔夫谈到她阅读的经验时说:"关于读书,一个人可以对别人提出的唯一的指导就是不必听什么指导,你只要凭自己的天性,凭自己的头脑得出自己的结论就可以了。我觉得,只有你和我在这一点上意见一致,我才有权提出我的看法或者建议,而且你也不必受我的看法的束缚,以免影响你的独立性。因为,作为一个读者,独立性是最重要的品质。因为,对于书,谁又能制定出什么规律来呢?滑铁卢战役是哪一天打起来的——这种事当然会有肯定的回答;但是要说《哈姆雷特》是不是比《李尔王》更好,那就谁也说不准了——对这样的问题,我们每个人都只能自己拿主意。如果把那些衣冠楚楚的权威学者请进图书馆,让他们来告诉我们该读什么书,或者我们所读的书究竟有何价值,那就等于在摧毁自由精神,而自由精神恰恰是书之圣殿里的生命所在。"①把自由精神作为书之生命,特别强调阅读时的独立性,对我们阅读经典时排除次生层的障碍,直接进入经典文本,直接获得个人的阅读体会很有启发。而伍尔夫个人阅读也正是这样做的。她对于经典,也是直接进入文本阅读,或排除前见而获得个人的真知灼见的。因此,她对经典

---

① 弗吉尼亚·伍尔夫著,刘文荣译:《伍尔夫读书随笔》,文汇出版社2012年版,第3页。

的理解与感受或不同于他人,或比他人更为细腻。比如阅读经典,她就比较倾向于从人的灵魂切入。"我们所关注的,只是我们自己的灵魂,那充满情欲、变幻莫测的灵魂漩涡"①。如阅读《蒙田随笔》,她认为对于作家而言,困难的是保持个人灵魂的独立性,因为"我们的灵魂,或者说我们的内在生命,常常是和我们的外在生活格格不入的。假如我们有勇气问问自己的灵魂究竟在想什么,我们得到的回答肯定和人们所说截然不同"②。问题在于,作为作家敢不敢于说出自己的真实想法,敢不敢讲真话,而且是与现实里人们的意见相左的看法。伍尔夫讲到,说到政治,一般政治家都认为要使自己的国家强大,然后再去帮助落后民族摆脱野蛮生活。而蒙田却愤怒地斥责这一文明输出的理论"多少城镇被夷为平地,多少民族被灭绝","这倒是真正的野蛮"。蒙田所批评的实则就是我们今天所说的帝国主义。又如,蒙田书中写道,有的农民对他说,他们看见有人受伤并且快死了,却不敢去救人,怕法院把罪名加到自己的头上,不得不掉头走开。蒙田愤激的灵魂说:"对这些人,我有什么可说呢?他们的好心肠确实会给他们带来麻烦,……法律往往是不公正的,常常颠倒黑白。"③他没有去指责那些见死不救的农民,而是批评法律的不公。在我国,现在也面临着同样的见死不救的问题。而我们的舆论大多集中在道德的层面来批评见死不救者,很少有人似蒙田那样进一步追究法律的不合理。且不要说蒙田所在的当时社会,即使是在今天的中国,说出此话,

---

① 弗吉尼亚·伍尔夫著,刘文荣译:《伍尔夫读书随笔》,文汇出版社2012年版,第97页。
② 同上书,第93页。
③ 同上书,第94页。

需要的是作家以自己的灵魂直面政治和法律威权并与之发生对抗的胆量;还有就是灵魂与传统的对抗。人们传统上认为,人年老后,有德之人就应该居家简出,夫妻厮守。"但蒙田的灵魂却对蒙田说:一个人正因为到了晚年,就更应该出去走走,至于夫妻,本来就很少有什么爱情,到了晚年就更是徒有其表了,所以即使拆散也不妨"①。这更是对传统观念的大胆挑战,需要作家有足够的勇气。因此,伍尔夫肯定蒙田:"他写这些随笔,只是一种尝试,只是想把一个人的灵魂显露出来。他至少在这一点上已经把自己的想法说清楚了。"②这样的阅读显然是伍尔夫个人与蒙田的对话,是剥离了围绕在蒙田周围的次生层的直接理解。

剥离次生层,接受经典的原生层,获取对经典的直接感受,固然是理想的经典阅读方式,但在实际阅读中并不容易实现。这是因为作为传统的精神产品,即我们常说的文化遗产,经典在流传过程中,自然沾染并携带了历代读者的阅读前见,与经典文本本身形成一个整体。例如阅读《三国演义》时花脸奸臣曹操的前见;阅读《水浒传》时鲁莽的李逵的前见;阅读《西游记》时好吃懒做猪八戒的前见,是很难与经典文本本身剥离的。尤其是那些注释类的次生层,更是后代读者必须凭借才能获得正确理解的辅助文本。因此,我们说剥离前见是理想的阅读,而实际上很难做到。所以实际的阅读操作是,如无阅读的文字障碍,应尽量剥离前见,直接进入文本;而后为了获取更多的关于正在阅读的某一经典文化信息,再复合上有关经典的次生层,以作为个人直接阅读文本所获得的感

---

① 弗吉尼亚·伍尔夫著,刘文荣译:《伍尔夫读书随笔》,文汇出版社2012年版,第93页。
② 同上书,第99页。

受的参照,形成经典阅读的二次感受与判断。如鲁迅那样,在曹操的奸诈之外,看到曹操的机智,在刘备的忠厚之外,看出刘备的狡猾。又如一些读者,在猪八戒的好吃懒做之外,发现猪八戒的吃苦耐劳的可爱。

# 第七章　经典与政治

## 一

　　以上章节讨论的都是经典的内在属性和品质。作为传世的优秀文化遗产,从其文本自身说,它必须具备这些属性和品质,才有可能被读者接受,在历代甚至世界范围内拥有读者,受到重视,并对人类文化的建构和传播发生重要影响,做出贡献。

　　然而,人类创造的精神产品如汗牛充栋,不可胜计,毕竟不可能全部流传下来,失传于世的亦不可胜计。即使流传下来,但是真正对历代不同地域和族群的读者形成重要影响、对人类精神文明发生重大作用的更是少之又少。精神产品具备了以上章节所说的属性和品质,还只是具备了进入经典的文本条件,而能否成为影响读者和人类精神文明的经典,则缘于来自社会多方面因素的因缘凑合。俗语说:是金子总要发光。但是对于精神产品来说却未必完全如此。陶渊明死后一百年才被发现,一直到宋代才确定了他经典作家的地位。这一百年间,就是陶渊明这块金子被埋没的时期。因此,研究经典,我们不能不研究经典是如何被确定以及传播

## 第七章 经典与政治

的。在这方面,经典建构派确实做了很多极有启发意义的工作。旧有的时间检验说和跨地域跨族群说,确实有一种自然主义倾向,即把经典视为在历史的长河中自然形成的。而建构派认为:时间检验说是虚构主义的,是研究者想象出来的。而跨地域和跨族群说,则是理想主义的,也就是脱离现实的。这些理论都有其匡谬纠偏的贡献。我们承认经典有其普适价值,而且认为这是使经典得以超越时代和地域、族群而流传的基本品质。但是,经典的普适价值不是自然被读者接受的,如前所说,是经过不同时代和地域、族群的读者阅读、选择而最终被确认和接受的。阅读和选择的过程,就是建构的过程。因此我们效法迈克尔·泰纳一再追问,在漫长的时间里发生了什么使时间发挥作用的事情,就是要考察在时间之旅中读者的阅读行为、阅读选择。按照建构理论的观点,经典不是自然形成的,而是建构起来的。这种说法是有道理的。但是既然是建构,就应该是各方面因素合力的结果,其中也应该包括精神产品文本自身的条件。然而一般来说,建构派是不承认文本自身作用的。建构派更多关注的是社会权力的竞争,这就有陷入到另一个极端的可能。影响经典的确定与传播的因素,用权力是不能完全包括的。而且,有些并不表现为权力,不能完全用政治的眼光来讨论经典的确定与传播。

我们丝毫不怀疑权力对经典形成和传播的影响,尤其是政治对经典的影响。但是诚如诸多研究者所看到的那样,对经典的形成和传播有影响的,不仅仅是政治,还有来自教育和文化部门(不是指文化部那样的权力部门,而是指中国特有的文化事业单位,如媒体、图书馆等。文联和作家协会虽然也是文化事业单位,但是实际上所起的则是权力部门的作用,也应该是权力部门)、尤其是媒体对经典的影响。学校和文化部门对经典的影响,并不全部或直接表现为和政治相同的权力干涉,但是在一定意义上又确实带有权力的因素和色彩,我们姑且称之为亚权力。最后,还有普通读者的阅读选择在经典确定和传播中的作用。普通读者,在经典的确定与传播中发挥的是最终决定作用,但是很遗憾却被研究者忽视了。总之影响经典的建构与传播的因素有三个方面:第一,政治权力的直接干预;第二,亚权力的介入;第三,读者的选择。

本章首先探讨政治权力对经典的确立与传播的干预和影响。

在此方面,经典建构的理论已经有了大量的论著。而现有的研究成果一般所关注的是一个时期政治、思想的变化所带来的经典的变化。如佛克马和蚁布思《文学研究与文化参与》就是如此。他们认为,经典的变化可能是由政治形势的变化所促成的:"在文艺复兴时期,教会在思想方面的权威性受到了人文主义和宗教改革运动的挑战,随后的漫长的世俗化进程为一类更具多样性的经典创造了空间。由古典主义向浪漫主义的转变在法国恰好与旧王朝的覆灭相吻合,它表明了世俗化进程的一种延续性和对传袭下来的政权形式的一种侵蚀。十九世纪带来了首批面向民主政治发展的战战兢兢的尝试,这时,经典的进一步多样化和扩充以及一种较不严格的关于经典化的概念具有了可能。"[①]"现在必须要探讨的问题是:当前在欧美所产生的经典的构成方面的危机是否与对现有的教会和政权的进一步侵蚀有关。我们可能会愿意给予这个问题一个肯定的回答,并且大胆地提出下述假设:世俗化进程的完

---

① D. 佛克马、E. 蚁布思著,俞国强译:《文学克研究与文化参与》,北京大学出版社 1996 年版,第 47 页。

成(或近于完成)和民主协商对君权的取代使得文学经典有可能成为一种遗物——对信仰它的人们来说这是一个象征之物,而对怀疑主义者来说它是一种无足轻重的古怪玩意儿。"① 除了作者关于经典未来的预测尚待探讨之外,总体上看,以上的描述是基本符合欧洲经典发展历史的。也就是说,在一个新的历史时期,总会有新的经典的诞生和加入,也会有一些旧的经典的淡出。但是这样的考察还仅仅是大体的描述,对政治与经典的关系,还应有更具体的考察。

无论古今中外,历来的统治者都十分重视经典,试图利用权力对经典的形成和传播形成影响。所以考察经典与政治的关系,当然首要特别关注权力对经典地位形成及传播的干扰和影响。然而,政治对经典究竟有多大的影响?怎样影响经典?还需要有更加实事求是的考察与评估。从政治的视角来考察经典与权力的关系,可以发现,经典其实并非如建构派所描述的那样,总是与主流意识形态保持一种紧密的同流关系。经典与主流意识形态应该是两种关系。同流的关系:经典符合主流意识形态,并服务于主流意识形态,如中国古代的五经;异质的关系:经典与主流意识形态不符,甚至形成对抗。正因为如此,一般而言,权力对经典地位的形成和传播形成的影响表现为三个方面:禁毁经典、重新阐释甚至篡改经典,制造并神圣化经典。

---

① D. 佛克马、E. 蚁布思著,俞国强译:《文学研究与文化参与》,北京大学出版社1996年版,第48页。

## 二

政治权力对经典的干预和影响,首先表现为权力对经典的禁毁。"阅读是一种力量,不消几个字就可以造成风吹草偃之效"[1]。阅读的力量,来自书本的力量。尤其是经典,凝聚了人类思想的精华,甚至蕴含着真理,自然会有对抗专制和压迫、驱除蒙昧、启迪民智的作用。面对这样的精神产品,报刊检查制度就是"一种阻挠变革和维护官方经典的方法"[2],"因此,各种花样的检查制度就是施展控制力的必然结果;而阅读的历史就被检察官一连串似乎无止尽的烟火所照亮,从最早的莎草纸卷到这个时代的书籍"。"斯坦贝克、马克思、左拉、海明威、爱因斯坦、普鲁斯特、威尔斯、海因里希·曼、杰克·伦敦、布莱希特与数百位其他作家,都受到类似墓志铭文般的致敬"[3]。即使在号称自由的美国,"我们的许多极富文学价值的著作——例如《哈克贝利·费恩历险记》《愤怒的葡萄》《汤姆大叔的小屋》以及《第二十二条军规》等,都在这个或那个时期遭受过查禁"[4]。纵观西方书史,可以毫不夸张地说,一部经典的传世史,就是一部经典的焚书、禁书史。

---

[1] 阿尔维托·曼古埃尔著,吴昌杰译:《阅读史》,商务印书馆 2002 年版,第 345 页。

[2] D. 佛克马、E. 蚁布思著,俞国强译:《文学研究与文化参与》,北京大学出版社 1996 年版,第 49 页。

[3] 阿尔维托·曼古埃尔著,吴昌杰译:《阅读史》,商务印书馆 2002 年版,第 346 页。

[4] 尼古拉斯·J.卡罗里德斯、玛格丽特·鲍尔德、唐·B.索瓦著,张秀琴、音正权译:《西方历史上的 100 部禁书——世界文学史上的书报审查制度·导言》,中信出版社 2006 年 6 月版。

## 第七章 经典与政治

而在中国,似秦始皇那样完全出于政治统治的"焚书坑儒"暴行,自然是个例外。不过此后的汉朝虽然由惠帝废除了秦代延续下来的"挟书律",但是武帝的"罢黜百家、独尊儒术",却开了整个封建社会以儒家学说为主流意识形态、违逆者常遭封杀的先河。康熙皇帝的一段话可为代表:"朕惟治天下以人心风俗为本,欲正人心、厚风俗,必崇尚经学而严绝非圣之书,此不易之理也。"①所谓的"非圣之书",不仅是指直接批评经书的著作,当然涵盖了所有内容与经书不符的书,因此似李贽那样具有离经叛道思想的《焚书》,自然逃不掉被焚书的命运,作者亦因书"惑乱人心"被捕死在牢中;《水浒传》那样描写官逼民反的小说,更是以其"教诱犯法"而被严禁;即使是《西厢记》和《红楼梦》这样的小说和戏曲,也因在表现男女情爱问题上突破了传统,"秽恶"、"蛊心"而被禁毁。当然,如历史所载并为读者所熟知,清朝之查禁图书,还有一个更为严厉的目的,即严禁反清复明的书籍。而在乾隆朝,借《四库全书》的编纂,企图彻底肃清"字义触碍"者,达到了全国性查禁图书的高峰。此与经典之禁关系稍远,不在论列。当然,这里不能不说,乾隆皇帝对《四库全书》自吹自擂,在《文渊阁记》标榜:"余搜四库之书,非徒博古右文之名,盖如张子所云,为天地立心,为生民立道,为往圣继绝学,为万世开太平。胥于是乎。"②而当代的一些学者或所谓的文化人,对《四库全书》亦吹捧备至,甚至号为"文化长城"。殊不知,在所谓的"文化长城"之下,毁掉的是再也无法复

---

① 《大清圣祖仁(康熙)皇帝实录》卷二五八,(台北)新文丰出版公司1978年版,第3447页。
② 张书才主编:《纂修四库全书档案》,上海古籍出版社1997年版,第2720—2721页。

原的另外的文化长城。编纂《四库全书》中禁毁书籍高达三千一百种,十五万部以上,占《四库全书总目》收录书目的三分之一,"则清人纂修《四库全书》而古书亡"①,鲁迅在《且介亭杂文》之《病后杂谈之余》一文中一针见血地说。

民国期间,禁书更为严重。1918 年,袁世凯政权颁布的《出版法》中,并未规定出版的图书向图书馆缴送,却要求"出版之文书图画,应于发行或散布前,禀报该管警察官署,并将出版物以一份送该官署,以一份经由该官署送内务部备案"②。看起来颇为荒唐,但是也可以看到专制政权对图书出版的文化统治。而到了国民党时期,政府对图书的审查禁毁,有过之而无不及,禁书将近五千种,鲁迅、郭沫若、冯雪峰、丁玲、蒋光慈、胡也频、郁达夫、张资平、田汉、张天翼等等,都在查禁之列。关于政府查禁的情况,在鲁迅的作品中,多有抗争性的反映。如他在 1933 年写《伪自由书》的《前记》时说到自己为《申报》的"自由谈"投稿遭禁的情况:"我的投稿,平均每月八九篇,但到五月初,竟接连的不能发表了,我想,这是因为其时讳言时事而我的文字却常不免涉及时事的缘故。这禁止的是官方检查员,还是报馆总编辑呢,我不知道,也无须知道。"③在此书《后记》中又言:"到五月初,对于《自由谈》的压迫,逐日严紧起来了,我的投稿,后来就接连的不能发表。但我以为这并非因了《社会新闻》之类的告

---

① 鲁迅:《且介亭杂文》,《鲁迅全集》第六卷,人民文学出版社 2005 年版,第 191 页。
② 《北洋政府出版法》第四条,宋原放主编:《中国出版史料·现代部分》第一卷,山东教育出版社 2001 年版,第 545—548 页。
③ 鲁迅:《伪自由书》,《鲁迅全集》第五卷,第 5 页。

## 第七章　经典与政治

状,倒是因为这时正值禁谈时事,而我的短评却时有对于时局的愤言;也并非仅在压迫《自由谈》,这时的压迫,凡非官办的刊物,所受之度大概是一样的。"①

1949年,国民党撤退到了台湾,更强化了书籍审查,凡涉及共产主义、社会主义、马克思和恩格斯的书籍以及大陆学者书,都在查禁之列,到了八十年代末期才解禁。为了查禁马、恩著作,甚至马克·吐温和马克斯·韦伯的书都遭了殃,因为检查者怀疑他们与马克思有关:"传说陈映真被逮捕的时候,侦讯人员就问他:你家里为什么有马克·吐温的书?啊?被问者茫然了。'那马克·吐温不是马克思的弟弟,不然是什么?都是马克什么的。'"②这样的笑话只有专制加无知才会发生,但是看了这则故事,相信任何人也笑不起来。此真实故事再次告诉我们,一个政权一旦失去其合法性,自然会对经典所产生的恐怖。

禁书对经典的形成和传播的影响应当有一定的影响,尤其在一个时期内会对经典的传播起到遏制作用。比如秦始皇焚书,"史官非秦记皆烧之。非博士官所职,天下敢有藏《诗》《书》、百家语者,悉诣守、尉杂烧之","所不去者,医药、卜筮、种树之书,若欲有学法令,以吏为师"③。这次全国性的焚书事件,确实造成了部分先秦典籍的失传,给先秦历史及其文献的准确把握带来难度。又据《阅读史》,古希腊诡辩派哲学家普罗泰戈拉,因判以不信神罪,著作被焚毁,人被驱逐出雅典,其名著《论真理》已失传,《论神

---

① 鲁迅:《伪自由书》,《鲁迅全集》第五卷,人民文学出版社2005年版,第168—169页。
② 杨渡:《我与禁书的故事》,《南方周末》2006年3月9日。
③ 司马迁:《史记·秦始皇本纪》,中华书局2013年版,第321—322页。

祇》仅存片段①。

但是从更长的历史时期来考察,禁书不会对经典的传播产生根本性的改变。以上面曾经讲过的约翰·斯坦贝克《愤怒的葡萄》为例,据《西方历史上100部禁书》记载:"该书在这5个州中的被查禁数分别是:1966年——5次、1973年——4次,1977年——8次,1982年——6次,1988年——2次。"②但是"就在各地争议不绝时,《愤怒的葡萄》已经成为一本最畅销的书籍,印数已经达到360000册,其中还有50000本新印册。就在东圣路易斯于1939年颁布焚书令不到一周,小说就卖出11340册,创下迄今为止最高的单周销售量。到1939年底共卖出430000册"③。又如自然神论者托马斯·潘恩1705年出版的《理性时代》,因其批评基督教教义是一种"虚伪的欺骗",反对宗教专制,而被英国政府禁止,不仅如此,出版者也遭到了英国政府"渎神罪"的指控而被监禁。然而指控和监禁并未阻止《理性时代》的传播,"在下层民众中,《理性时代》非常受欢迎,一个人买了,常常是几个人争相传阅;据估计,至少有10万人阅读过这本著作,并且这部著作在他们的头脑中留下了深刻的印象"④。这种情况在中国也是如此,《红楼梦》《水浒传》等等都是屡禁不止,而且越禁越传播广。这足以说明经典的生命力之强大。

---

① 阿尔维托·曼古埃尔著,吴昌杰译:《阅读史》,商务印书馆2002年版,第354页。
② 尼古拉斯·J.卡罗里德斯、玛格丽特·鲍尔德、唐·B.索瓦著,张秀琴、音正权译:《西方历史上的100部禁书——世界文学史上的书报审查制度》,中信出版社2006年6月版,第190页。
③ 同上书,第191页。
④ 同上书,第313页。

## 第七章 经典与政治

### 三

权力对经典干涉的另一种类型是篡改和重新阐释。一把火焚毁,或者把作者抓进监狱,看起来似乎省事又彻底,然而如上所讲,却是禁而不止,甚至越禁越受欢迎,书的传布越多。因此权力干涉经典的另一个手段就是篡改经典或通过注解讲说,重新打造经典的内涵。阿尔维托·曼古埃尔的《阅读史》说:"那些欲阻止他人学习阅读的威权读者,那些决定何者可读何者不可读的狂热读者,那些拒绝为乐趣而阅读、要求只重述他们坚持为真之事实的禁欲读者:所有这一切都企图限制读者巨大且多样的能量。但是检察官也可能以不同的方式来运作,不需要焚火或法庭。他们可以重新诠释书本,让书本只遂自己的目的,以合理化他们的独裁权力。""因此,并非所有读者的力量都有启发性。同样一种动作既能够促成文本诞生、从中获得启示、衍生其意义、在其中反映过去、现在与未来可能性,也可能摧毁或企图摧毁充满生命力的书页。每个读者都编造阅读,这和说谎并不相同;但是读者也可能会说谎,蓄意声称正文是为某一种教义、为一则专横的法律、为一种私人的利益、为奴隶主的权利或暴君的权威而服务。"① 关于重新阐释经典之例,从《诗经》可见一斑,不再赘言。而篡改经典的最为普遍的方式是删改。翻阅中外禁书史,这样的例子甚多。著名诗人沃尔特·惠特曼的《草叶集》,1855年刚一出版,就遭到批评,视

---

① 阿尔维托·曼古埃尔著,吴昌杰译:《阅读史》,商务印书馆2002年5月版,第353页。

为淫秽之作,十九世纪七十和八十年代,此书在美国的一些地区遭到查禁。在英国,此书1868年甫一出版,就被删节,有近一半的诗被删掉,而且对惠特曼的序言也做了大量改动①。删节的原因在于《草叶集》中的一些诗句直接描写了人的感官,而作者写这样诗歌的动机即在于写出灵与肉结合的人,从而表现一切生命平等的精神。无独有偶,福楼拜的著名小说《包法利夫人》在《巴黎杂志》连载时,就被编辑要求删节了小说的第六部分和最后一小部分。而且书在英国出版时,维兹特利出版社也做了删节。原因在于"小说中向我们展现的是赤裸裸和原始自然的包法利夫人"②。米歇尔德·蒙田的《蒙田随笔》亦遭到同样待遇,梵蒂冈神圣教廷告诉蒙田,《蒙田随笔》再版时,必须更改和删除一些段落。1595年,西蒙·古拉特出版社即出版了删节版的《蒙田随笔》③。翻检《西方历史上的100部禁书》,名著被删节的情况有很多,马克·吐温《哈克贝利·费恩历险记》、安妮·弗兰克《安妮日记》、杰弗里·乔叟《坎特伯雷日记》《天方夜谭》、薄伽丘《十日谈》、托马斯·哈代《无名的裘德》、D.H.劳伦斯《查泰莱夫人的情人》、詹姆斯·乔伊斯《尤利西斯》、查尔斯·狄更斯《雾都孤儿》等等。

在中国,删改经典之例亦多。前面已言乾隆修《四库全书》时禁毁书的情况,而在《四库全书》中亦存在大量删改作品现象。鲁迅在《买〈小学大全〉记》一文中说:"清的康熙、雍正和乾隆三个,

---

① 详见尼古拉斯·J.卡罗里德斯、玛格丽特·鲍尔德、唐·B.索瓦著,张秀琴、音正权译:《西方历史上的100部禁书——世界文学史上的书报审查制度》,中信出版社2006年6月版,第56—57页。
② 同上书,第116—117页。
③ 同上书,338页。

## 第七章 经典与政治

尤其是后两个皇帝,对于'文艺政策'或说得较大一点的'文化统制',却真尽了很大的努力的。文字狱不过是消极的一方面,积极的一面,则如钦定四库全书,于汉人的著作,无不加以取舍,所取的书,凡有涉及金元之处者,又大抵加以修改,作为定本。"①又在《病后杂谈之余》一文中说:"现在不说别的,单看雍正乾隆两朝的对于中国人著作的手段,就足够令人惊心动魄。全毁、抽毁、剜去之类也且不说,最阴险的是删改了古书的内容。乾隆朝纂修《四库全书》,是许多人颂为一代之盛业的,但他们却不但捣乱了古书的格式,还修改了古人的文章;不但藏之内廷,还颁之文风较盛之处,使天下士子阅读,永不会觉得我们中国的作者里面,也曾经有过很有些骨气的人。"②在鲁迅的文章中,还例举了《四部丛刊续编》里收录的影旧抄本宋晁补之《嵩山文集》卷末《负薪对》和四库本对照。

旧抄本:

金贼以我疆场之臣无状,斥堠不明,遂豕突河北,蛇结河东。

犯孔子春秋之大禁,

以百骑却虏枭将,

彼金贼虽非人类,而犬豕亦有掉瓦怖恐之号,顾弗之惧哉!

我取而歼焉可也。

---

① 鲁迅:《且介亭杂文》,《鲁迅全集》第六卷,人民文学出版社 2005 年版,第 59 页。
② 同上书,第 188 页。

太宗时，女真困于契丹之三栅，控告乞援，亦卑恭甚矣。不谓敢眦睨中国之地于今日也。

忍弃上皇之子于胡虏乎？

何则：夷狄喜相吞并斗争，是其犬羊狺吠咋啮之性也。唯其富者最先亡。古今夷狄族帐，大小见于史册者百十，今其存者一二，皆以其财富而自底灭亡者也。今此小丑不指日而灭亡，是无天道也。

褫中国之衣冠，复夷狄之态度。

取故相家孙女姊妹，缚马上而去，执侍帐中，远近胆落，不暇寒心。

四库本：

金人扰我疆场之地，边城斥堠不明，遂长驱河北，盘结河东。

为上下臣民之大耻，

以百骑却辽枭将，

彼金人虽甚强盛，而赫然示之以威令之森严，顾弗之惧哉！

我因而取之可也。

太宗时，女真困于契丹之三栅，控告乞援，亦和好甚矣。不谓竟酿患滋祸一至于今日也。

忍弃上皇之子于异地乎？

（无）

遂其报复之心，肆其凌侮之意。

故相家皆携老襁幼，弃其籍而去，焚掠之余，远近胆落，不暇寒心。

## 第七章 经典与政治

鲁迅言:"即此数条,已可见'贼''虏''犬羊'是讳的;说金人的淫掠是讳的;'夷狄'当然要讳,但也不许看见'中国'两个字,因为这是和'夷狄'对立的字眼,很容易引起种族思想来的。但是,这《嵩山文集》的抄者不自改,读者不自改,尚存旧文,使我们至今能够看见晁氏的真面目,在现在说起来,也可以算是令人大'舒愤懑'的了。"①篡改之例很多,以李白的《胡无人》为例,巴蜀书社影印宋蜀本《李太白文集》卷三:"严风吹霜海草凋,筋干精坚胡马骄。汉家战士三十万,将军兼领霍嫖姚。流星白羽腰间插,剑花秋莲光出匣。天兵照雪下玉关,虏箭如沙射金甲。云龙风虎尽交回,太白入月敌可摧。敌可摧,旄头灭,履胡之肠,涉胡血,悬胡青天上,埋胡紫塞旁。胡无人,汉道昌。陛下之寿三千霜,但歌大风云飞扬,安用猛士兮守四方。"②而在《四库全书》所收《李太白文集》,此诗做了很大删改,《胡无人》改为《塞上曲》,内文中删掉了"履胡之肠,涉胡血,悬胡青天上,埋胡紫塞旁。胡无人,汉道昌"数句,改为"壮士投戈同歃血。策名丹霄上,扬威紫塞傍。武功成,汉道昌"。另外,"胡马"改为"边马","虏箭"改为"羽箭"③。鲁迅批评《四库全书》删改古书,实际上是在借《四库全书》之例讽刺三十年代国民党政府书报检查制度。他在《准风月谈·前记》中就曾给予尖锐的揭露:"还有一点和先前的编法不同的,是将刊登时被删改的文字大概补上去了,而且旁加黑点,以清眉目。这删

---

① 鲁迅:《且介亭杂文》,《鲁迅全集》第六卷,人民文学出版社2005年版,第190—191页。
② 宋敏求、曾巩等编:《李太白文集》卷三,巴蜀书社1985年版,第16页。
③ 《文渊阁四库全书》(集部)六,别集类,(台北)商务印书馆1986年影印本,第一千零六十七册,第84页。

改,是出于编辑或总编辑,还是出于官派的检察员的呢,现在已经无从辨别,但推想起来,改点句子,去些讳忌,文章却还能连接的处所,大约是出于编辑的,而胡乱删削,不管文气的接不接,语意的完不完的,便是钦定的文章。日本的刊物,也有禁忌,但被删之处,是留着空白,或加虚线,使读者能够知道的。中国的检察官却不许留空白,必须接起来,于是读者就看不见检查删削的痕迹,一切含糊和恍忽之点,都归到作者身上了。这一种办法,是比日本大有进步的,我现在提出来,以存中国文网史上极有价值的故实。"①

删改经典,删改者自有很多冠冕堂皇的理由,或曰因为淫秽,有伤风化,如对《草叶集》的删改理由就是认为该书"太肉欲","极其淫秽","败坏道德";或曰带有偏见,危害社会,如要求狄更斯删改《雾都孤儿》的理由,就是因为此书带有反犹太人的宗教偏见。其实真正的原因在于这些经典既有其巨大的社会影响,同时又在某些方面不符合权力部门所代表的一部分社会团体的社会标准,危害了他们的利益。如《四库全书》对《胡无人》的删改,就有两个明显的目的,其一,是因为清政府为关外少数民族入主中原,删改"胡"字,就是去除对关外少数民族的歧视用词。其二,是增加的几句诗,改变了此诗的性质,由对赞扬战士的一般乐府,改变成对皇帝的颂歌。所以,删改者不但要人们改变对清政府的敌意,承认清政府的合法性,同时还要进而拥戴清朝皇帝。

---

① 鲁迅:《准风月谈》,《鲁迅全集》第五卷,人民文学出版社2005年版,第200页。

## 第七章 经典与政治

### 四

权力影响经典的另外一种手段,是试图制造经典和神圣化经典。

直接制造经典的例子不是很多。在中国,最典型的莫过于上个世纪六十到七十年代的"文化大革命"期间,由权力机构所推出的八个样板戏。"文化大革命使得一场几乎没有经典的生存实验成为一种需要。毛泽东诗词、江青选定的'样板戏'以及极为重要的鲁迅的作品,成为例外"①。1966年11月28日,在中央"文革"召开、万人参加的"首都文艺界无产阶级文化革命大会"上,中央文革领导小组顾问康生宣布,京剧《智取威虎山》《红灯记》《海港》《沙家浜》《奇袭白虎团》,芭蕾舞剧《白毛女》《红色娘子军》,交响乐《沙家浜》等八部文艺作品为"革命样板戏"。1967年5月,八个样板戏齐聚北京会演,直到6月中旬,演出达二百一十八场,观众达到三十三万人。《人民日报》1967年5月31日社论《革命文艺的优秀样板》,正式把康生所说的八部作品确定为样板戏。这八个样板戏是在当时的中央"文革"领导小组直接领导下而推出的所谓经典。这八个样板戏成为"文革"期间执行阶级斗争为纲路线、改造文艺的典范。在百花凋敝、万马齐喑的"十年动乱"期间,横扫文坛,独占文坛,形成了八亿人口八个样板戏的特殊局面。

---

① D.佛克马、E.蚁布思著,俞国强译:《文学研究与文化参与》,北京大学出版社1996年版,第46页。

论 经 典

  时间过去了四十余年,当年红极一时的样板戏,今天又被命名为"红色经典",继续在舞台上演出。其原因分析起来极为复杂。这里既有一代人经过"文化大革命"中八个样板戏的"洗礼"所造成的耳熟能详的审美习惯和惯性,也有意识形态上的一贯性的原因。上个世纪七十年代的青少年,即所谓的"红卫兵"和"红小兵",经历了比较特殊的精神成长史。在他们正处于汲取知识的最好时期,所遭遇的是严重的知识缺损,无书可读,或少有书可读。而八个样板戏则在此时轮番轰炸,强力灌输,在这一代青少年近乎空白的精神视野里刻下极为深刻的印痕,八个样板戏甚至成为他们一生极为贫乏甚至可能是唯一的艺术教育。因此虽然"文化大革命"已经过去几十年,而"文化大革命"所创造的文艺"经典",却仍然作为艺术教育记忆存活在人们中间。还有,就是意识形态的原因。中国社会主义的意识形态,是以马克思主义、毛泽东思想为指导思想的意识形态。阶级以及建立在此基础上的阶级斗争、无产阶级革命,是此意识形态的重要组成部分。反思"文化大革命",无产阶级和资产阶级的划分以及二者的阶级斗争是"文化大革命"的基本指导思想。与此前一个时期不同的是,"文化大革命"把阶级斗争的理论和实践推向了极端。1978年结束了"文化大革命"的十年动乱,治国方略由以阶级斗争为纲,改为以经济建设为中心,主流意识形态与时俱进,加进了改革开放的内容,但是马克思主义和毛泽东思想仍是必须坚持的指导思想,从而保持主流意识形态的系统性和一贯性。这是1978年否定了"文化大革命",而八个样板戏今天仍被作为"红色经典"的重要原因之一。而从读者接受的角度来考察八个样板戏今天的存在,也有读者接受时的当下性选择与时

## 第七章 经典与政治

间性遗忘。读者对于过去已经接受的精神产品，经过时间的冲刷，会形成有选择性的内容遗忘或加强，这也是阅读常见的一种现象。而对已经接受的内容的忘却与加强，决定于读者记忆内容与读者的当下性选择的对接而形成的价值关联。读者今天还在欣赏样板戏，无可否认，还会有些人坚持以阶级斗争为内涵的样板戏，即从阶级内容到戏曲、音乐形式的完全存留；但是相信大多数读者记忆的已经不是原来的样板戏，即阶级斗争的样板戏，而是与读者当下的怀旧情结相关的个体青春记忆的样板戏，或者是与读者当下的消遣娱乐需求相关的仅有戏曲或音乐曲调形式的样板戏。时间过滤掉了读者记忆中阶级的内容。当然，类似八个样板戏这样的在非常时期所推出的所谓"红色经典"，今后是否可能成为可以流传于世的真正的经典，前面的章节已经论述得十分清楚，那要看它是否能够经得过时间的检验，是否具有普适的价值，等等。

一个时代或一个时期，政治权力部门最常见的手段是对那些合于主流意识形态、有助于统治的经典予以强化，确立其正统地位，并使之神圣化。"经典的变化可能是由政治形势的变化促成的，但另一方面，经典也可以成为一种政治工具，就像德国1859年欲利用席勒的百年诞辰之机来达到国家主义目的这一企图中所体现出来的那样。对席勒和歌德的经典化已具有了一种向心力，人们确信它是为一个德意志民族国家的形成而服务的。在二战——俄语中叫做'伟大的卫国战争'——前夕和二战期间的苏联也发生了类似的情况——当时，斯大林鼓励他的公民们去阅读俄罗斯那些伟大的古典文学作品。革命以前的俄罗斯的经典重新恢复了地位，在文学批评中得到了褒扬，而且被大量地印刷，以唤起知识分子的爱国热情,驱散他们的不满情绪"①。

中国传统上的"四书五经",也无不如此。六经,即《诗》《书》《礼》《乐》《易》《春秋》,均为春秋之前的典籍,据《庄子》外篇,至迟在战国时期这六部典籍即称为"经"。《庄子·天运》:"孔子谓老聃曰:丘治《诗》《书》《礼》《乐》《易》《春秋》六经,自以为久矣。"②又据司马迁《史记·孔子世家》,孔子年四十三,而季氏僭于公室,其臣阳虎作乱专政,"故孔子不仕,退而修《诗》《书》《礼》《乐》"③,并且整理了这些典籍以之教授生徒。故司马迁《史记·孔子世家》说:"中国言六艺者折中于夫子。"④又云:"孔子以《诗》《书》《礼》《乐》教,弟子盖三千焉,身通六艺者七十有二人。"⑤孔子整理六部典籍,主要目的是保存这些典籍并使之规范化,所以他说:"吾自卫反鲁,然后乐正,雅颂各得其所。"⑥孔子教学,以这些典籍为教材,无可否认,也是为了恢复他理想中的周代典章制度。而他对六部典籍重要性的强调,也时常见于教学中。如说《诗经》:"诗三百,一言以蔽之,曰:思无邪。"⑦又《论语·季氏》:"不学《诗》,无以言";"不学《礼》,无以立。"⑧《论语·泰伯》:"子曰:兴于《诗》,立于《礼》,成于《乐》。"⑨重视归重视,尚未推崇到神圣

---

① D.佛克马、E.蚁布思著,俞国强译:《文学研究与文化参与》,北京大学出版社1996年版,第44—45页。
② 《庄子·天运》,郭象注、成玄英疏:《庄子注疏》卷五,中华书局2011年版,第288页。
③ 司马迁:《史记·孔子世家》,中华书局2013年版,第2307页。
④ 同上书,第2344页。
⑤ 同上书,第2335页。
⑥ 《论语·子罕》,朱熹:《论语集注》卷五。
⑦ 《论语·为政》,朱熹:《论语集注》卷二。
⑧ 同上书,卷八。
⑨ 同上书,卷四。

化的程度。但是到了汉代,尤其是汉武帝之后,六经不仅牢固地确立了其经典的地位,并且逐渐神圣化。《春秋》本来是一部史书,自《孟子》即称为孔子所作:"世道衰微,邪说暴行有作,臣弑其君者有之,子弑其父者有之,孔子惧,作《春秋》。《春秋》,天子之事也。是故孔子曰:知我者其惟《春秋》乎,罪我者其惟《春秋》乎。"①《史记·孔子世家》亦称为孔子所著:"乃因史记作《春秋》,上至隐公,下迄哀公十四年,十二公。据鲁,亲周,故殷,运之三代。约其文辞而指博。故吴楚之君自称王,而《春秋》贬之曰'子';践土之会实召周天子,而《春秋》讳之曰'天子狩于河阳':推此类以绳当世。贬损之义,后有王者举而开之。《春秋》之义行,则天下乱臣贼子惧焉。"②然此说尚无定论,但是此书经过孔子的修订,当无问题。正是这部史书,到了汉代,尤其是武帝时期董仲舒援《春秋》以献天人三策之后,被推上经典的地位,并逐渐神圣化,成为理国甚至立法的重要依据。

不仅是《春秋》,六经也一同被确定为一尊的治国之术。《汉书·董仲舒传》记载了董仲舒所献之言:"《春秋》大一统者,天地之常经,古今之通谊也。今师异道,人异论,百家殊方,指意不同;是以上亡以持一统,法制数变,下不知所守。臣愚以为:诸不在六艺之科、孔子之术者,皆绝其道,勿使并进。邪辟之说灭息,然后统纪可一而法度可明,民知所从矣。"③在董仲舒的建议中,《春秋》成为可以统一汉代意识形态、能够贯穿古今的常道。而六经也一

---

① 《孟子·滕文公下》,赵岐注,孙奭疏:《孟子注疏》,李学勤主编:《十三经注疏》(标点本),北京大学出版社1999年版,第178页。
② 司马迁:《史记·孔子世家》,中华书局2013年版,第2340页。
③ 班固:《汉书·董仲舒传》,中华书局1962年版,第2523页。

同被推荐为国家独尊的意识形态。汉武帝接受了董仲舒的建议,罢黜百家,定儒学为一尊。置五经博士,儒家经书从此取得独霸意识形态的地位。

这里需要进一步阐明的是,中国古代的博士制度,是独具特色的重要教育和学术制度。《汉书·百官公卿表》:"博士,秦官,掌通古今,秩比六百石,员多至数十人。"①但是沈约《宋书·百官志》却认为战国时即有之:"博士,班固云,秦官。史臣案:六国时往往有博士,掌通古今。"②又《文献通考·职官考九》:"博士,魏官也,魏文帝初置,晋因之。"③是博士之置当始于战国。到了秦朝,置博士官七十余人。《史记·秦始皇本纪》:"始皇置酒咸阳宫,博士七十人前为寿。"④刘向《说苑·至公》:"秦始皇帝既吞天下,召群臣而议曰:古者五帝禅贤,三五世继,孰是?将为之。博士七十人未对。"⑤然而,这些博士的学术渊源却不主儒术一家。到了汉朝仍承秦朝制度,置博士官,但是所立博士之学术背景,却不尽主于儒,刘歆说:"汉兴,去圣帝明王遐远,仲尼之道又绝,法度无所因袭。时独有一叔孙通略定礼仪,天下唯有《易》卜,未有它书。至孝惠之世,乃除挟书之律,然公卿大臣绛、灌之属咸介胄武夫,莫以为意。至孝文皇帝,始使掌故朝错,从伏生受《尚书》。《尚书》初出于屋壁,朽折散绝,今其书见在,时师傅侍读而已。《诗》始萌牙。天下众书往往颇出,皆诸子传说,犹广立于学官,为

---

① 班固:《汉书·百官公卿表》,中华书局,1962年版,第726页。
② 沈约:《宋书·百官志》,中华书局1974年版,第1228页。
③ 马端临:《文献通考·职官考九》,中华书局1986年版,第498页。
④ 司马迁:《史记·秦始皇本纪》,中华书局2013年版,第321页。
⑤ 刘向:《说苑·至公》,《四部丛刊正编》,(台北)商务印书馆2011年版,第17册,第848页。

置博士。"①从这段话可知,在汉文帝之前,书籍甚少,包括经书也只有《易经》。文帝时废掉除书律,书籍才渐渐多起来,《尚书》《诗经》陆续出现。但是此时立于学官并置博士之职的,除经书之外,还有诸子之学。并不只限于儒家的经书。到了汉武帝时,为了政治的需要,武帝开始贬抑以道家为首的诸子之学,推重儒家学说。建元元年(前140),武帝诏令:"丞相、御史、列侯、中二千石、二千石、诸侯相举贤良方正直言极谏之士。"丞相卫绾奏:"所举贤良,或治申、商、韩非、苏秦、张仪之言,乱国政,请皆罢。"②武帝允奏。把包括法家、纵横家在内的诸子之学排除在贤良之士以外。而儒学却得以快速发展:"汉兴,言《易》自菑川田生;言《书》自济南伏生;言《诗》,于鲁则申培公,于齐则辕固生,燕则韩太傅;言《礼》,则鲁高堂生;言《春秋》,于齐则胡毋生,于赵则董仲舒。"③这应该是罢黜百家、独尊儒术的先奏。到了建元五年(前136),"置五经博士"。元光元年(前134),武帝接受了董仲舒的建议,罢黜百家,表章六经,从此"孔教以定于一尊矣"④。

前面已经论述过,《诗经》《尚书》《易经》《周礼》《乐经》和《春秋》等典籍,在孔子那里受到重视,而且至晚到战国时期已被称为"经",从中可以看到这些典籍的经典化过程。但是,六经虽然被孔子重视,并经过他的整理以教授学生,然而孔子的教育还仅仅是私人教育,其对后代影响之大是大家都知道的,但是在其当代的影响如何,尚不得而知,对其估计似乎不应过高。至于在庄子后

---

① 班固:《汉书·楚元王传》,中华书局1962年版,第1968—1969页。
② 班固:《汉书·武帝纪》,第156页。
③ 班固:《汉书·儒林传》,第3593页。
④ 皮锡瑞:《经学历史》,中华书局1959年版,第103页。

学那里,把此六部典籍称为"经",乃是假借孔子之语,而且也不是作为称许之语而出现的。到了汉代,文帝时只置一经博士,"考之汉史,文帝时,申公、韩婴以《诗》为博士,五经列于学官者,唯《诗》而已。"①"景帝以辕固生为博士,而余经未立"②。只有到了汉武帝,确立了五经(《乐经》除外)的国学地位,这五部典籍才完成了其经典化过程,并且同时确立了其神圣的地位。

与此相伴随,孔子的地位,也在此一时期之后,得到了圣化。尤其是汉代的纬书,不仅仅是圣化孔子,而且是神化了孔子,如《春秋纬·演孔图》就说孔子是孔母梦与黑帝交而生:"孔子母颜氏微在游大泽之陂,睡,梦黑帝使请己。往,梦交。语曰:'女乳必于空桑之中。'觉则若感,生丘于空桑,故曰玄圣。"③又云:"孔子长十尺,大九围,坐如蹲龙,立如牵牛,就之如昂,望之如斗。""孔子之胸有文,曰:'制作定世符。'"④神话孔子,目的还是为了神话经书。把孔子描绘成一个生来不凡的人,会进一步巩固经书的至高无上地位。

五经的确立及其神圣化,是经书和汉代封建制度两个成熟的结果。一方面,西汉王朝经过了高祖、汉惠帝、汉文帝和汉景帝六十余年的统治,尤其是历史上所称道的文景之治,政治制度已经成熟,进入了汉帝国的全盛时期。国家的大一统呼唤着意识形态的大一统。而另一方面,五经遭遇秦始皇的焚书之祸,经过汉代学者

---

① 皮锡瑞:《经学历史》,中华书局1959年版,第73页。
② 同上。
③ 《春秋纬·春秋演孔图》,安居香山等辑:《纬书集成》,上海古籍出版社1994年版,第1444页。
④ 同上。

的记忆、发掘和整理,已经逐渐恢复并且定型。作为记载了封建制度定型时期典章制度和历史事迹的典籍,其对汉代社会制度建设的典范意义,统一人们思想的意识形态意义,日益凸显。"臣闻六经者,圣人所以统天地之心,著善恶之归,明吉凶之分,通人道之正,使不悖于其本性者也。故审六艺之指,则人天之理可得而和,草木昆虫可得而育,此永永不易之道也"①。在汉代人的认识中,经书是圣人打通天地之心,明善恶,分吉凶,归于人之正道的宝典。按照经书的大道行事,就可以和天人之理,化育万物,使之生生不息。正是这两个成熟的条件,迎来了五经经典地位的确立。而五经经典地位的确立及其神圣化,对于封建制度数千年的统治而言,其意义则是在于确立了与高度集权制度相适应的高度统一的意识形态,因此也可以说经典的神圣化,乃是出于统治者强化统治的需要。

## 五

考察政治权力与经典的关系,我们还必须看到,经典与政治权力的关系,不是单方面的影响与被影响关系,而是相互影响的关系,因此我们既要看到政治权力会影响到经典的建构和传播,同时还要看到经典对政治权力的影响甚至对抗。从实际情况来看,经典与政治权力经常处于同流与不同流甚至对抗的调整之中,个中关系极为复杂,其原因亦颇不简单。

经典在其建构和传播过程中,有时会与政治权力形成同流,成

---

① 班固:《汉书·匡衡传》,中华书局1962年版,第3343页。

为与政治权力在精神特质上基本同质的文化存在。以五经和汉代政治的关系而论,五经逐渐被确立为经典,意味着五经与汉代政治权力的同流。这种同流并非偶然,实则是缘于儒家的经典与当时的政治形态在精神特质上有了一致性,儒家经典适应了时代政权的需要。从历史的情况看,中国社会发展到周代,才逐渐确立了其以家庭伦理为基石的封建宗法等级制度。这一制度与此前商代的制度相比,自有其明显的进步意义。然而,周代后期,诸侯并起,严重破坏了礼制,使社会陷入混乱之中。正是基于这种社会现实,孔子提出了克己复礼的政治主张,即恢复周代为理想的礼制社会。这在当时来说,不是一种落后的政治主张。到了汉代,虽然经过了秦代政治,封建政治秩序基本确定,但是楚汉之争,又使社会陷入无秩序的状态。所以汉代取得政权,并逐渐恢复有秩序的政治统治,与儒家的伦理政治学说取得一致,并由此而确定了儒家思想的一统地位。这在当时来说,无论对社会的发展,和人民的安定来说,都不能说是一件坏事。就封建社会处于上升时期的汉代社会而言,建立起以儒家经典为主的意识形态,正是这一社会形态日趋成熟的表现,而且这一意识形态无论与当时的自然经济和社会组织结构都很好地吻合在一起。因此在这一历史阶段,儒家经典与社会政治权力的同流,应该是社会进步与发展的必然结果。所以汉代儒家经典与政治权力的同流,既反映了封建政权在其上升时期对人类文明的渴求,同时也反映出儒家经典在建构封建制度初期所发挥的文明引领作用。

当然,我们必须看到,从中国历史的发展进程来考察,儒家学说的一统天下,结束了春秋战国时期诸子并起、思想极为活跃、精神产品的创造极为发达的局面,限制了多元文化的发展,对中华民

## 第七章 经典与政治

族文化的丰富性起到了遏制作用。尤其是到了宋代之后，儒家学说逐渐陷入僵化，"存天理而灭人欲"，造成了人性的扭曲，其弊端益发显现，因此才有了"五四"打倒孔家店的运动。所以，到了封建社会的后期，儒家经典与政治权力的持续同流，一方面说明儒家经典的精神特质是属于封建意识形态的，其文化阶段性局限日益凸显；同时也表明与儒家经典同流的政权日渐僵化，所以很难吸收具有新的精神特质的产品进入主流意识形态。由此可见，儒家经典与封建政权虽然前后期都是同流关系，但是发挥的作用却又有很大不同。

我们还必须看到，即使是经典与政治权力整体上处于同流的关系中，亦有同中有异的现象。在漫长的封建社会中，儒家的经典与中国封建政权的关系，实际上就是合中有分、同中有异的关系。就本质而言，儒家经典与封建制度是同质的，儒家经典是与封建制度相适应的意识形态。然而在儒家经典中也有超越了那个时代的社会制度和意识形态特征的精神内涵，即我们在此书第二、三章所论述的普适价值。这部分内容既可称之为与封建社会同质的内容，亦可称之为与封建制度异质的内容。儒家经典作为道的载体和体现，还发挥着批评政治权力、制衡权力、抑制不合理权力（如昏庸专制的皇权、宦官专制、外戚专权等）的作用。而每当此时，经典的正义性和普适价值就得到了充分发挥。东汉时期，两次党锢之祸期间，士人清流与外戚宦官专政展开殊死的斗争，士人所秉持的理念就是儒家道的理念，而其批判的武器也就是儒家经典。譬如体现在《论语》中的孔子思想，提倡恢复周代的礼乐制度，无疑是其思想体系的重要组成部分。礼的重要特征就是建立起父父、子子、君君、臣臣，尊卑贵贱的等级制度，以此来维护社会秩序。

"齐景公问政于孔子,孔子对曰:君君,臣臣,父父,子子"①。如朱熹所解释的:"此人道之大经,政事之根本也。"②冯友兰亦解释说:"以为苟欲'拨乱世而反之正',则莫如使天子仍为天子,诸侯仍为诸侯,大夫仍为大夫,陪臣仍为陪臣,庶人仍为庶人,使实皆如其名,此即所谓正名主义也。"③因此孔子礼的思想明显是适于封建等级制度并服务于这个制度的。而孔子的另外重要思想则是其仁学思想。这一思想"则有甚新的见解,自成一系统,为后来儒家学说之基础"④,又因为此一学说,带有对人的普世关怀,因此而有传世的普世价值。关于孔子的仁学,本书的第四章已经有所涉及。孔子仁学思想的核心是学会爱人,要像对待自己一样对待他人,"即本同情心以己及人者也"⑤,这是一个有修养的人应该具备的基本品质。孔子提倡仁,不仅仅是强调君子的修养,更重视的民之需要:"民之于仁也,甚于水火。水火,吾见蹈而死者矣,未见蹈仁而死者也"⑥。说明孔子看到了平民对仁爱的渴求。由此可见孔子的仁学思想充满了人道主义的社会关怀。而对这种人道主义的思想,孔子又从人性自身揭示出其自觉性。关于这一点,李泽厚先生有极为精彩的论述。李泽厚先生认为,孔子一生的主要活动就是维护和恢复周礼,也就是周代的礼乐传统。但更为重要的是:"孔子对这种传统的承继、保存和传授,是建立在他为礼乐所找到的自我意识的新解释的基础之上的。这个自我意识或解释基础,

---

① 《论语·颜渊》,朱熹:《论语集注》卷六。
② 同上。
③ 冯友兰:《中国哲学小史》,中国人民大学出版社2005年版,第5页。
④ 同上书,第6页。
⑤ 同上。
⑥ 《论语·卫灵公》,朱熹:《论语集注》卷八。

便是'仁'。这才是孔子的主要贡献。""在《孔子再评价》中,我将'仁'分为四个方面或层次,其中,氏族血缘是孔子仁学的现实社会渊源,孝悌是这种渊源的直接表现:'孝悌也者,其为人之本欤?'(《论语·学而》)'君子笃于亲,则民兴于仁。'(《论语·泰伯》)而'孝'的可能性和必要性却在于心理情感,'子曰,予之不仁也!子生三年,然后免于父母之怀……予也有三年之爱于父母乎?'(《论语·阳货》)不诉诸神而诉于人,不诉诸外在规约而诉之于内在情感,即把'仁'的最后根基归结为亲子之爱为核心的人类学心理情感,这是一项虽朴素却重要的发现。因为,从根本上说,它是对根基于动物(亲子)而又区别于动物(孝)的人性的自觉。它是把这种人性情感本身当作最后的实在和人道的本性。这正是孔子仁学以及整个儒家人道主义和仁学论的始源基地。"[①] 如果说孔子礼的思想强调的是社会等级的话,而孔子的仁学思想则是建立在人人平等相爱的基础之上。这种思想,显然超越了他的时代的社会制度和意识形态,具有普遍的社会价值和意义。因此,在孔子所处的等级制的社会形态中,孔子仁学思想应该是一种异质的思想。然而也正是这种思想,却在整个封建社会中发挥了重要的思想的力量,由此而生成的"仁政"、"仁君"思想,都成为士人反对暴君专制、抑制皇权、反对非人道战争的思想武器;也成为士人所追求的理想的政治治理思想。

经典与政治权力,有时处于同流,有时则处于不同流,甚至与政权形成精神上的对立与对抗。经典有时产生于社会黑暗或动荡

---

① 李泽厚:《哲学纲要》,北京大学出版社2011年版,第318页。

时期,其形成之初往往就是权力的对抗物。抨击现实中的权力统治,批评权力的不合理,批评已经合法化的制度及其精神形态,经典因此而确立了它在当代的价值,成为黑夜中的一盏灯塔,照亮人间。

在中国古代,既有五经那样被统治者列为主流意识形态的经典,也有《庄子》那样虽然不能称为主流意识形态,但在整个封建社会与儒家经书一样影响甚大的经典。《庄子》所有思想都基于"道"。庄子认为:道,先天地而存在,并且存在于万事万物之中,决定了事物的性质。《庄子·大宗师》云:"夫道,有情有信,无为无形;可传而不可受,可得而不可见;自本自根,未有天地,自古以固存;神鬼神帝,生天生地;在太极之先而不为高,在六极之下而不为深,先天地生而不为久,长于上古而不为老。"①又《庄子·知北游》:"东郭子问于庄子曰:所谓道,恶乎在?庄子曰:无所不在。东郭子曰:期而后可?庄子:在蝼蚁。曰:何其下邪?曰:在稊稗。曰:何其愈下邪?曰:在瓦甓。曰:何其愈甚邪?曰:在屎溺。东郭子不应。"②而庄子之"道"的核心内涵是自然,自然就是本然,"夫恬淡、寂寞、虚无、无为,此天地之平而道德之质也"③。对于人而言,对道的追求和坚守,就是对人的本然的未被仁义等道德所教化的"性命之情"的坚守,就是追求一种不受任何外在约束的绝对的自由。

这样的思想,使庄子的理论甫一产生,就处于与人类现行制度

---

① 《庄子·大宗师》,郭象注,成玄英疏:《庄子注疏》卷三,中华书局2011年版,第136页。
② 《庄子·知北游》,郭象注,成玄英疏:《庄子注疏》卷七,第399页。
③ 《庄子·刻意》,郭象注,成玄英疏:《庄子注疏》卷六,第291页。

## 第七章 经典与政治

相对立的位置,尤其是建立在儒家伦理思想基础之上的封建等级制度,更是庄子的天敌。"以道观之,物无贵贱"①。因此,庄子坚决否定君王统治:"肩吾见狂接舆,狂接舆曰:'日中始何以语汝?'肩吾曰:'告我:君人者以己出经式义度,人孰敢不听而化诸!'狂接舆曰:'是欺德也。其于治天下也,犹涉海凿河而使蚊负山也。夫圣人之治也,治外乎?正而后行,确乎能其事者而已矣。且鸟高飞以避矰弋之害,鼷鼠深穴乎神丘之下以避熏凿之患,而曾二虫之无知?'"②从人和物的本性来看,社会根本无需君王"经式仪度"的统治,君王的统治既费力而又徒劳。庄子还对儒家的仁义学说开展了极为激烈的批判,对儒家所提倡仁义道德,从根本上给予否定。《庄子·骈拇》篇说:"彼正正者,不失其性命之情。故合者不为骈,而枝者不为跂;长者不为有余,短者不为不足。是故凫胫虽短,续之则忧;鹤胫虽长,断之则悲。故性长非所断,性短非所续,无所去忧也。噫!仁义其非人情乎?彼仁人何其多忧也。且夫骈于拇者,决之则泣;枝于手者,龁之则啼。二者或有余于数,或不足于数,其于忧一也。今世之仁人,蒿目而忧世之患;不仁之人,决性命之情而饕富贵。故意仁义其非人情乎。自三代以下者,天下何其嚣嚣也。且夫待钩绳规矩而正者,是削其性者也;待绳约胶漆而固者,是侵其德者也。屈折礼义,呴俞仁义,以慰天下之心者,此失其常然也。天下有常然。常然者,曲者不以钩,直者不以绳,圆者不以规,方者不以矩,附离不以胶漆,约束不以缠索。故天下诱然皆生而不知其所以生,同焉皆得而不知其所以得。故古今不二,不

---

① 《庄子·秋水》,郭象注,成玄英疏:《庄子注疏》卷六,中华书局2011年版,第313页。
② 《庄子·应帝王》,郭象注,成玄英疏:《庄子注疏》,第159—160页。

可亏也。则仁义又奚连连如胶漆缠索而游乎道德之间为哉。使天下惑也。夫小惑易方,大惑易性。何以知其然邪?有虞氏招仁义以挠天下也,天下莫不奔命于仁义,是非以仁义易其性与?故尝试论之:自三代以下者,天下莫不以物易其性矣。小人则以身殉利,士则以身殉名,大夫则以身殉家,圣人则以身殉天下。故此数子者,事业不同,名声异号,其于伤性以身为殉,一也。"①常然,就是物生来如此,此是合于道的。而仁义则不是人生来所有的,是圣人强加给人的。从这段话可知,庄子反对仁义,不在于仁义是何涵义,不在于其是善是恶,而在于圣人提倡仁义这一事件本身违背了道的无为的属性,在人的本质属性之外又多余地加上了仁义,"黄帝始以仁义撄人之心"②,"而且说明邪,是淫于色也;说聪邪,是淫于声也;说仁邪,是乱于德也;说义邪,是悖于理也;说礼邪,是相于技也;说乐邪,是相于淫也;说圣邪,是相于艺也;说知邪,是相于疵也"③。明、聪、仁、义、礼、乐、圣、知这八个方面,都是以"智"来扰乱人的本性,"于是乎喜怒相疑,愚知相欺,善否相非,诞信相讥"④,因此而乱了天下。所以,理想的政治,就是无为:"夫虚静、恬淡、寂漠、无为者,万物之本也。明此以南乡,尧之为君也;明此而北面,舜之为臣也。以此处上,帝王天子之德也;以此处下,玄圣素王之道也。以此退居而闲游,则江海山林之士服;以此进为而抚世,则功大名显而天下一也。静而圣,动而王,无为也而尊,朴素而

---

① 《庄子·骈拇》,郭象注、成玄英疏:《庄子注疏》卷四,中华书局2011年版,第173—178页。
② 《庄子·在宥》,郭象注、成玄英疏:《庄子注疏》卷四,第204页。
③ 同上书,第202页。
④ 同上书,第205页。

天下莫能与之争美"①。"故曰,古之畜天下者,无欲而天下足,无为而万物化,渊静而百姓定"②。无为,就是各循其性,各安其事。因此,若要天下大治,就应该"绝圣弃知",剥离外加给人的仁义道德和礼乐制度。这是从道与人性的角度,对封建等级制度的理论基础——儒家学说——提出的最彻底的否定。

儒家认为,个人修养最高的境界是圣人的境界,而治理国家最高的境界也是圣人的境界。圣人是儒家理想的人格标杆,也是儒家治理天下的榜样。而庄子则认为,圣人推行仁义,破除了民之质朴本性,启发了民之心智和趋利之争,乃是天下大乱之源。《庄子·马蹄》说:"夫赫胥氏之时,民居不知所为,行不知所之。含哺而熙,鼓腹而游,民能以此矣。及至圣人,屈折礼乐以匡天下之形,县跂仁义以慰天下之心,而民乃始踶跂好知,争归于利,不可止也。此亦圣人之过也。"③因此庄子激烈地认为:"圣人生而大盗起。""圣人不死,大盗不止。虽重圣人而治天下,则是重利盗跖也。为之斗斛以量之,则并与斗斛而窃之;为之权衡以称之,则并与权衡而窃之;为之符玺以信之,则并与符玺而窃之;为之仁义以矫之,则并与仁义而窃之。何以知其然邪?彼窃钩者诛,窃国者为诸侯,诸侯之门而仁义存焉。则是非窃仁义圣知邪?故逐于大盗,揭诸侯,窃仁义并斗斛权衡符玺之利者,虽有轩冕之赏弗能劝,斧钺之威弗能禁。"④所以,重利盗跖而使不可禁者,是乃圣人之过也。正因为

---

① 《庄子·天道》,郭象注、成玄英疏:《庄子注疏》卷五,中华书局2011年版,第249—250页。
② 《庄子·天地》,郭象注、成玄英疏《庄子注疏》卷五,第220页。
③ 《庄子·马蹄》,郭象注、成玄英疏:《庄子注疏》卷四,第186—187页。
④ 《庄子·胠箧》,郭象注、成玄英疏:《庄子注疏》卷四,第192—193页。

仁义不是人的本性,是圣人外加给人的,所以仁义就带有工具性,圣人可以使用,大盗也可以窃取而居之。由此而可知儒家以仁义治天下,是不可行的。尤其是庄子所说的"彼窃钩者诛,窃国者为诸侯,诸侯之门而仁义存焉",更是尖锐地揭露了统治政权的本质,颇具批判性。窃取了权力,同时也就拥有了道德的话语权,成为仁义的化身和仁义的裁判者。正是从这个意义上,庄子说圣人提倡仁义,助长了盗贼的行为。因此庄子提出要"掊击圣人","而天下始治矣"①,"圣人已死,则大盗不起,天下平而无故矣"②。

当然,《庄子》学说并不仅仅局限于政治,其内容极为丰富,涉及到对于宇宙、人生等各方面的认识。其所提倡的自然人性,其所追求的"独与天地精神往来"的自由的精神境界,都对中国古代士人人格产生了重要影响,深深地浸入士人的灵魂,并且在不同时期不同士人那里,成为抗拒群体的等级压迫、调整人生方向、张扬个性的精神源泉。譬如唐代诗人李白,一生粪土王侯、弊履富贵,以"安能垂眉折腰事权贵,使我不得开心颜"作为出处的原则,其精神之源即来自《庄子》。所以,从总体上说,庄子的思想亦是中国古代封建社会精神产品的组成部分;但是从本质上说,庄子的思想应属于中国古代封建社会中不同于主流意识形态的异质文化。

其实,即使是儒家的五经,其产生之初,也并不完全是作为统治者的主流意识形态而出现的,如列入五经的《诗经》,经过孔子的整理,尤其是汉代经师的阐释,确实是与封建社会的主流思想合拍并构成了主流意识形态。然而这些诗歌形成之初并非如此,作

---

① 《庄子·胠箧》,郭象注、成玄英疏:《庄子注疏》卷四,中华书局2011年版,第192页。
② 同上。

## 第七章 经典与政治

为原生态的诗歌,《诗经》中有《雅》诗和《颂》诗中一些合于周代制度尤其是礼制的诗篇,如《生民》《公刘》《绵》《皇矣》《大明》,是歌颂西周开国历史,颂赞后稷、公刘、太王、王季、文王和武王业绩的史诗;又如大雅中的《江汉》《常武》,小雅中的《六月》《采芑》颂赞的是宣王时期的武功①。但是在三百篇中却存在着变风、变雅等大量批评周代黑暗政治制度的篇什。"如大雅中的《民劳》《板》《荡》《桑柔》《瞻卬》,小雅中的《节南山》《正月》《十月之交》《雨无正》《小旻》《巧言》《巷伯》等等,反映了厉王、幽王时赋税苛重,政治黑暗腐朽,社会弊端丛生,民不聊生的现实。国风中的《魏风·伐檀》《魏风·硕鼠》《邶风·新台》《鄘风·墙有茨》《鄘风·相鼠》《齐风·南山》《陈风·株林》,或讽刺不劳而获、贪得无厌者,或揭露统治者的无耻和丑恶,辛辣的讽刺中寓有强烈的怨愤和不平"②。这些诗都是批评现行制度和统治者的产物。

后来,随着社会演变,五经或者逐渐与权力合拍,或者是权力利用了五经,例如汉代重新传注《诗经》,阐释其教化意义,形成经典与权力同流的现状,经典被纳入或参与建构了主流意识形态。但是如前所述,即使在已经作为封建社会主流意识形态的儒家经典中,仍然存在着主流意识形态精神特质不能完全兼容的精神异质存在。这种精神异质,不仅成为中国古代封建社会中代表着道义与天理,批评现实的黑暗不合理、匡正制度的不公、改变世风浇薄的思想文化,而且也成为具有普适价值、可以超越时代而传世的人类文化精华。不仅如此,无论统治者愿意与否,历代都会有体现

---

① 袁行霈主编:《中国文学史》第一卷,高等教育出版社2005年版,第55、57页。
② 同上书,第56页。

了更新精神特质并形成对权力的批评甚至对抗的经典诞生,譬如唐代李白诗歌对抑制人才的不合理制度的批评,对自由人格的坚守;杜甫诗歌对"朱门酒肉臭,路有冻死骨"社会不公的揭露,对统治者穷兵黩武的批评;曹雪芹《红楼梦》对整个封建制度的叛逆,对封建文化的深刻否定;吴敬梓《儒林外史》对科举制度的大胆讽刺鞭挞,等等,都构成了与封建制度相异质的精神文化。尤其是进入二十世纪,受西方文化思潮的启蒙和影响,真正产生了代表着新的时代精神的新文化,出现了一批批评封建专制和现行制度的经典作家和作品,中国现代文学中所说的鲁迅、郭沫若、茅盾、巴金、老舍和曹禺等经典作家和其作品,其最为明显的特征就是追求自由与平等,对不合理的政治制度和权力的展开尖锐的批判。由此可见,经典与权力的正常关系,就是对抗与同流的关系,并且这种同流与对抗处在不断地调整之中。不管是规律也好,还是轨迹也好,同流与对抗客观地存在于经典与政治权力前行历史中,说明着经典与政治权力交互关系。

总之,经典与政治权力的关系,极为复杂。其一,经典的建构与传播,无疑要受到政治权力的干预与影响。然而,这种影响并非对所有的经典都有效。尤其是从超越意识形态和文化阶段的历史眼光来看,政治权力对经典的建构和传播,并不发生决定性的作用。譬如,儒家典籍经典地位的确立,政治起了决定性作用;而道家典籍《老子》和《庄子》经典地位的确立,却未必决定于政治权力。至于似《红楼梦》《西游记》《三国演义》和《水浒传》等之所以成为经典名著,更非得到政治权力确认的产物。如果硬说有关系的话,像《红楼梦》和《水浒传》,则是越禁越火,是读者的阅读选择与政治权力相抗衡的产物。其二,从政治发展之历史流程和经典的建构与传播之历史流程来考察经典与政治的关系,经典与政治处于同流和不同流的不断调整之中。所谓同流,即经典在某一时期构成了主流意识形态,如在汉代乃至整个封建社会中的儒家典籍;非同流,则指经典游离于主流意识形态之外,如在宋代之后的道家典籍以及《三国演义》等四大名著。其三,经典与政治权力虽然同流,亦有经典与政治同质之中存在异质之细微区分,由儒家的经典与政治权力的关系可见一斑。

# 第八章 媒体之于经典的传播与建构

以上所论均为政治权力与经典的关系。在经典的传播与建构历程中,对传播与建构的影响在相当程度上超过了政治权力的,应该是今天所说的传媒、教育以及精神产品的评审和评价机构。媒体对经典的影响,虽然并非表现为强制性的干预,如同政治权力那样,但是却发挥着比政治权力更直接、更强大的影响。经典无论多么优秀,都必须依赖于媒体才会传播久远,产生广泛的影响,从而确立它的经典地位。可以说经典的建构是在经典文本的传播过程中完成的,经典的传播过程就是经典接受时间检验的过程,也就是经典的建构过程。

一

在古代,经典的传播途径除了口耳相传之外,其主要的物质手段就是雕版印刷。而现在的传媒,除了传统的书籍、报刊等印刷品外,还包括了广播、电视、网络等新兴媒体。至于教育则范围较为明确,包括了小学、中学、大学以及社会教育。当然对经典传播与建构影响最为重要的还是大学教育。至于精神产品的评审和评价机构则比较庞杂,

第八章　媒体之于经典的传播与建构

包括了各种各样的评审和评价机构。如在中国,就有国家哲学社会科学基金、教育部社科基金、国家出版基金、各省市自治区及其教育部门的各类社科基金、教育部哲学社会科学优秀成果奖、鲁迅文学奖、茅盾文学奖、"五个一"工程奖、中国图书奖、国家图书奖、各省市自治区哲学社会科学成果奖,等等。近些年来,一些教育部门和文化机构还设立了各种半官方、半民间的奖励项目,如中国人民大学设立的吴玉章奖、国家图书馆设立的文津图书奖,等等。经典与政治权力的关系,如果说可以用影响与被影响及反影响、同流和非同流来概括的话,考察经典与教育和传媒及精神产品评审、评价机构的关系则远非那么简单,其复杂性在此后的行文中还有专门讨论。教育和传媒以及精神产品评审、评价机构对经典的评价、传播的影响比政治更直接,在某种意义上甚于政治权力的干预,这一点是十分明确的。"要成为文学传统的一部分,一部文学作品必须有读者,这意味着,传统必须通过将作品介绍给读者的机构而成为人们的注意对象"①。将作品介绍给读者的机构,就是我们所说的媒体、教育以及文化部门。一部作品的存在,要靠这些机构;一部作品不仅存在,而且成为有生命力的阅读活体,即引起读者的注意,更需要这些机构。教育与传媒以及精神产品评审、评价机构对经典的影响,虽然并非表现为强制性的干预,如同政治权力那样,但是却发挥着比政治权力更直接、更强大的影响,因此在本文中称其为亚权力。对于亚权力与经典的建构、传播的关系,自本章后将依次考察,本章主要论述传媒与经典建构与传播的关系。

从经典流传的历程考察,经典无论多么优秀,都必须依赖于传

---

① 爱德华·希尔斯著,傅铿、吕乐译:《论传统》,上海人民出版社2009年版,第153页。

媒才会传播久远,产生广泛的影响,从而确立它的经典地位。如果我们接受经典是建构起来的理论的话,那么经典的建构则是在经典文本的传播过程中得以完成的。也就是说,建构理论只有用于经典的传播才适用,才有意义。因为我们此前已经讲过,文化遗产是经典的基本属性,它必须经过时间的检验和淘洗,才得以确立。所以经典传播的过程就是经典接受时间检验的过程,也就是经典的建构过程。换句话说,经典的建构不是当下性完成的,而是历时性完成的。从经典的本质属性方面来看,也就是从理论界常说的本质主义立场来看,经典之作正因其为优秀的文化遗产,才得以被历代读者不断重视,因而付诸版刻,所以可以说经典因为其优秀而得以流传。但这仅仅是考察经典传播的一个方面。从另外一个重要方面即理论界所说的建构主义立场来考察经典,经典之作必须依赖传媒而得以传播,也因传播而被确立为经典。如现在热议的诺贝尔文学奖获得者莫言。人们可以说,对莫言小说不同语种的大量翻译、电影改编和诺贝尔奖的获得,证明了莫言小说优秀,说明了他的作品的广泛影响。但是,反过来看,如果没有诸多对莫言作品的不同国家语种的翻译,更重要的是瑞典语言的翻译,才使莫言的小说引起诺贝尔文学奖评委的注意,就很难说莫言的优秀小说能有机会获得诺贝尔文学奖。莫言2012年12月11日在诺贝尔晚宴演讲时说得好:"我还要感谢那些把我的作品翻译成了世界很多语言的翻译家们,没有他们创造性的劳动,文学只是各种语言的文学,正是因为有了他们的劳动,文学才可以变为世界的文学。"[1]甚至再往前推,如果

---

[1] 参见《文艺报》2012年12月12日"本报综合消息";《莫言领取2012年诺贝尔文学奖》。

没有根据莫言小说改变的电影《红高粱》在世界电影界所产生的影响,也就不会有诸多的外语翻译。因此可以说是传媒帮了莫言的大忙,换句话说是传播媒体影响了经典的确定。从此可以看到媒体所发挥的类似于权力的作用。媒体之于经典传播的重要从上所述可见一斑。

## 二

的确,经典就是在历代读者传播过程中得以确立的。"如若没有物质媒介作为载体,复杂的哲学思想就不可能在好几个世纪的时间跨度中被详尽地阐释和发挥,也不可能被广泛传播。"①如果没有出版印刷,中国古代诸多文献包括经典文本就难以保存下来,当然经典地位的确立也就无从谈起。当然,保存下来还仅仅是精神产品的留存,只能说是经典确立的前提,但是一部作品能否如爱德华·希尔斯所说的,由"无生命力的积存"②,变为读者关注的精神活体,传媒所发挥的则是更为重要的作用。所以,在古代,经典显然要依赖出版而得以流传,也因出版而得以传播广远。如金圣叹《读第六才子书西厢记法》所说:"圣叹深恨前此万千年,无限妙文已是觑见,却捉不住,遂成泥牛入海,永无消息。今刻此《西厢记》遍行天下,大家一齐学得捉住。仆实遥计一二百年后,世间必得平添无限妙文,真乃一大快事。"③

---

① 爱德华·希尔斯著,傅铿、吕乐译:《论传统》,上海人民出版社2009年版,第98页。
② 爱德华·希尔斯认为,积存的传统,有的会被沿袭下来,有的则变为没有生命力的积存,处于无法发展的状态。详见《论传统》,第27页。
③ 金圣叹著、陆林辑校整理:《金圣叹全集》第二册,凤凰出版社2008年版,第858页。

论 经 典

在中国古代,诗文为正宗,被冠以"经国之大业,不朽之盛事"的地位。所以,历代官刻(包括宫廷刻本、藩府刻本、书院刻本等)都以诗文为主。这自然影响到中国古代的文学经典以诗文为主。然而,自唐代书坊的出现,尤其是宋代以后书坊的大量涌现,出版的内容逐渐有了变化。书坊的出现,主要是缘于社会对精神产品大量阅读的需求。如果说唐代之前书籍的阅读以士大夫为主的话,宋代之后,由于市民阶层的兴起,书籍的阅读,开始向有一定文化的市民阶层延展。阅读群体的变化,带来了阅读取向的多元化。以科举和获取知识为目的的阅读,分化为既有为了以上目的的诗文阅读,也有了市民以及士人中以消遣娱乐为主要目的的阅读。

正是迎合了阅读群体阅读需求的变化,以盈利为主要目的的书坊,除了印制满足举业需要的图书以及医学、宗教书籍外,开始大量刻印小说、戏曲等不登大雅之堂的通俗文作品。据张秀民《中国印刷史》:"杭州在北宋时已有书坊,南渡后私人书铺更多,纷纷设立,称为经铺、经坊或称经籍铺、经书铺、书籍铺,又叫文字铺。"①可考的有二十家。又据张秀民《中国印刷史》,南宋时期,福建建阳与建宁府附郭的建安县,作为南宋出版业的中心之一,可考书坊有三十七家之多②。这些书铺,从称谓即可看出,所谓"上自六经,下及训传",仍以刊印经史及诗文为主。但是,这些书坊,也开始注意刻印笔记小说、异闻杂录。据张秀民《中国印刷史》,临安府陈道人书籍铺,除了刊有《释名》《画继》《图画见闻志》外,所刻《湘山野录》《灯下闲谈》《剧谈录》《续世说》《挥麈录》,多是

---

① 张秀民:《中国印刷史》,浙江古籍出版社2006年版,第53页。
② 同上书,第66—68页。

## 第八章　媒体之于经典的传播与建构

笔记小说。而临安太庙前尹家书籍铺,所刻书籍十种,除了《箧中集》外,《述异录》《续幽怪录》《北户录》《康骈剧谈录》《钓矶立谈》《渑水燕谈录》《茅亭客话》《曲洧旧闻》《却扫编》,都是小说异闻类。

到了明清两代,书坊极度发达,明代南京可考者九十四家,杭州可考者有二十五家,苏州三十七家,建阳八十四家;清代北京一百一十四家,苏州五十七家①。"明代两京国子监及各省布政司衙门刻了不少制书、官书及一般所谓正经书,远不能满足社会上的需要,于是这个任务便落在南京、北京、苏州、杭州、徽州、建阳的书坊上,尤以后者能迎合顾客心理,书坊主人自己或请人编写了很多举业切要的八股文试策、字书、韵书、杂书、类书、小说、戏曲及带图书"。"文学类有诗文总集及汉、晋、唐、宋、元、明各家文集六七十种,同时又出版了大批通俗文学书籍,如《三国志演义》《水浒传》《列国志》《西厢记》《全像牛郎织女传》《唐三藏西游释厄传》《琵琶记》等。万历甲午双峰堂余文台梓《水浒传》云:'《水浒》一书,坊间梓者纷纷;偏像十余部,全像仅一家。'《三国志演义》就有余象斗、刘龙田、熊冲宇、杨起元、杨美生、黄正甫、郑少垣等家版本,多为上图下文连环画式,成为畅销书"②。又据黄仕忠为《国家图书馆藏西厢记善本丛刊》所作序言,现在尚存的《西厢记》明代刊本,就有六十余种③。其中多为坊刻。如起凤馆刻本《元本出相北

---

① 以上数据均据张秀民:《中国印刷史》,浙江古籍出版社 2006 年版,第 246 页、258 页、262 页、269 页、393 页、394 页。
② 同上书,第 272 页。
③ 黄仕忠:《国家图书馆藏西厢记善本丛刊·序》,北京图书馆出版社 2011 年版,第 2 页。

西厢记》、容与堂刻本《李卓吾先生批评北西厢记》、玩虎轩元刻崇祯间补刻本《元本出相北西厢记》、文秀堂原刻金阊十乘楼印本《新刊全像评释北西厢记》、明末笔峒山房刻本《新刻笔峒先生批点西厢记》等。另有陈旭东、涂秀红《明代建阳书坊刊刻戏曲知见录》一文考证,仅明代福建建阳坊刻《西厢记》就有:黄裔我存诚堂刻本《新刻魏仲雪先生批点西厢记》、刘氏日新堂刻本《崔莺莺待月西厢记》、刘龙田乔山堂刻本《重刊元本题评音释西厢记》、刘应袭刻本《李卓吾先生批评西厢记》、潭邑书林岁寒友刻本《新刻徐文长公订西厢记》、王敬乔三槐堂刻本《重校北西厢记》、萧氏师俭堂刻本《鼎镌西厢记》《鼎镌陈眉公先生批评西厢记》、《汤海若先生批评西厢记》(案,萧腾鸿师俭堂,俞为民发表于《艺术百家》1997年第四期文章《明代南京书坊刊刻戏曲考述》以为南京刻坊,并列入《鼎镌陈眉公先生批评西厢记》《汤海若先生批评西厢记》两种。而陈旭东文章据方彦寿著、中国社会科学出版社2003年版《建阳刻书史》,认为"确为建阳书坊")、熊龙峰中正堂刻本《重刻元本题评音释西厢记》、游敬泉刻本《李卓吾批评合像北西厢记》[①]。又据郑振铎《劫中得书记》,明末又有孙月峰评点、明末诸臣刻本《硃订西厢记》[②]。现在人人尽知的《三国演义》《水浒传》《西游记》和《红楼梦》四大经典名著以及《西厢记》《琵琶记》等戏曲经典,如果没有明清以来极其发达的版刻,尤其是民间书坊对小说和戏曲的大量印制,就不会在社会有广泛的传播和影响。因为它们不似儒家经典"四书五经"那样,依靠官方的力量成为国学和

---

① 陈旭东、涂秀红:《明代建阳书坊刊刻戏曲知见录》,《中华戏曲》,第四十三辑。
② 郑振铎:《西谛书话》,生活·读书·新知三联书店2005年版,第214页。

## 第八章　媒体之于经典的传播与建构

地方官府乃至书院的教材，因此得以大量印刷传播；它的传播主要是由于书坊出于盈利目的、迎合了读者的需要而大量出书实现的。所以，在古代，由于传播途径的单一，出版印刷对经典的传播与确立，发挥的是十分重要的作用。

书坊的出现，固然带有浓厚的商业色彩，但是它却打破了印刷出版的官方垄断，使出版的内容冲开了传统的以诗文为正宗的观念，带来小说和戏曲的繁荣。书坊对小说和戏曲的大量印制，扩大了包括四大名著等经典在内的小说和戏曲在读者中的影响，巩固了经典在读者中的根基，为经典的确立提供了契机。

当然我们必须看到，明清两代版刻的小说和戏曲品种很多，但是被确定为经典的却为数不多。比如坊刻历史演义小说，除了《三国演义》外，尚有《隋唐演义》《东周列国志》《说唐》《西汉演义》等等，但是真正可称经典的却只有《三国演义》一部书。这是因为精神产品在某一时期的传播多寡，固然是我们考察经典的重要视角，然而这些作品能否得到长久的流传，却决定于作品自身的质量，决定于其是否具有永久而又普遍的价值。小说四大名著以及《西厢记》《琵琶记》等戏曲之所以成为经典，除了传播原因之外，亦有这些作品自身的品质在。坊刻使小说戏曲这一类本来不登大雅之堂的精神产品，不仅进入寻常百姓之家，同时也引起士人的关注，并积极投身于小说戏曲的创作和改编。这在一定程度上提高了作品的内容含量、思想深度和艺术水平，为作品成为经典奠定了文本基础。

《三国演义》，其故事在宋代就已流传，金元杂剧也多用之，但却经文人罗贯中而闻名。鲁迅在《中国小说史略》云："说《三国志》者，在宋已甚盛，盖当时多英雄，勇武智术，瑰伟动人，而事状无楚汉之简,又无春秋列国之繁,故尤宜于讲说。东坡(《志林》六)谓:'王彭尝云,途巷中小儿薄劣,其家所厌苦,辄与钱,令聚坐听说古话,至说三国事,闻刘玄德败,频蹙眉,有出涕者,闻曹操败,即喜唱快。以是知君子小人之泽,百世不斩。'在瓦舍,'说三分'为说话之一专科,与'说五代史'并列(《东京梦华录》五)。金元杂剧亦常用三国时事,如《赤壁鏖兵》《诸葛亮秋风五丈原》《隔江斗智》《连环计》《复夺受禅台》等,而今日搬演为戏文者尤多,则为世之所乐道可知也。其在小说,乃因罗贯中本而名益彰。"①

《水浒传》一书,也是先有民间的口头和书本创作,尔后经过施耐庵和罗贯中等文人加工而成。鲁迅《中国小说史略》说:"《水浒》故事亦为南宋以来流行之传说,宋江亦实有其人。……然宋江等啸聚梁山泺时,其势实甚盛,《宋史》(三百五十三)亦云'转略十郡,官军莫敢撄其锋'。于是自有奇闻异说,生于民间,辗转繁变,已成故事,复经好事者掇拾粉饰,而文籍以出。……意者此种故事,当时载在人口者必甚多,虽或已有种种书本,而失之简略,或多舛迕,于是又复有人起而荟萃取舍之,缀为巨袟,使较有条理,可观览,是为后来之大部《水浒传》。其缀集者,或曰罗贯中(王圻、田汝成、郎瑛说),或曰施耐庵(胡应麟说),或曰施作罗编(李贽说),或曰施作罗续(金人瑞说)。"②《西游记》也是如此,在其成书过程中,文人发挥了重要作用。郑振铎《西游记的演化》言:"所以,吴承恩之为罗贯中、冯梦龙一流的人物,殆无可疑。吴氏的

---

① 鲁迅:《中国小说史略》,《鲁迅全集》第九卷,人民文学出版社2005年版,第134—135页。
② 同上书,第145—146页。

《西游记》,其非《红楼梦》《金瓶梅》,只不过是《三国志演义》和《新列国志》,也是无可疑的事实。惟那么古拙的《西游记》,被吴承恩改造得那么神骏丰腴,逸趣横生,几乎另成了一部新作,其功力的壮健,文采的秀丽,言谈的幽默,却远在罗氏改作《三国志演义》,冯氏改作《列国志》以上。只要把《永乐大典》本的那条残文和吴氏改本第九回一对读,我们便知道吴氏的润饰的功力是如何的艰巨。"①郑振铎先生的意见就是说,《西游记》同《三国演义》一样都不是文人的原创,乃是文人改编润饰之作,但是,却对小说整体艺术水平的提高,发挥了十分重要的作用。这些小说皆因文人的参与创作,而得以成书,并扩大影响的。

## 三

在传统的纸本传播媒介中,古代的诗文选本和现代的期刊扮演着极为重要的经典化角色。

中国古代的书籍,按照传统的分类方法,分为经、史、子、集四部。其中集部的总集类,既有"网罗放佚,使零章残什并有所归"的搜罗殆尽的文章汇编类,亦有"删汰繁芜,使莠稗咸除,菁华毕出"②的作品选编类。而作品选编类总集,比起全编类总集,流传量大;而且因为选编者来自不同时代、不同阶层,个人修养以及对精神产品的兴趣不同,选编目的和所选作品自然也有很大差异。如鲁迅在《选本》一文所言:"凡选本,往往能比所选各家的全集或

---

① 郑振铎:《西谛书话》,生活·读书·新知三联书店2005年版,第47页。
② 《四库全书总目》卷一八六《总集类序》,中华书局1965年版。

选家自己的文集更流行，更有作用。册数不多，而包罗诸作，固然也是一种原因，但还在近则由选者的名位，远则凭古人之威灵，读者想从一个有名的选家，窥见许多有名作家的作品。所以自汉至梁的作家的文集，并残本也仅存十余家，《昭明太子集》只剩一点辑本了，而《文选》却在的。读《古文辞类纂》者多，读《惜抱轩全集》的却少。凡是对于文术，自有主张的作家，他所赖以发表和流布自己主张的手段，倒不在作文心、文则、诗品、诗话，而在出选本。"①虽然不同选本对作家作品有个人不同的好恶评价，但是，依据第二章所说的"趋同"和"共识"的规律，历代众多的选本，自然会呈现出判断趋同的倾向，而这种趋同倾向，是我们考察经典的重要视角。所以，历代作品选本是我们考察经典如何得以确立的重要因素。

譬如宋代的著名词人苏轼、辛弃疾、周邦彦、姜夔、秦观、柳永、欧阳修、吴文英等，根据刘尊明和王兆鹏二位先生所著《唐宋词的定量分析》统计，其存词数量、版本种数和词选篇数都可以反映出其经典作家的地位。下面是他们的统计情况：辛弃疾存词六百二十九篇，在综合名次排行榜前三十名中，存词数量第一；版本三十四种，排名第二；古代词选选词二百三十五篇，排名第四；历代品评篇数四百七十八篇，排名第四；当代词选二百零七篇，排名第一。苏轼存词三百六十二首，存词排名第二；版本二十三种，排名第六；古代词选选词一百九十七篇，排名第六；历代品评篇数八百六十一篇，排名第一；当代词选一百六十三篇，排名第三。周邦彦存词一百八十六首，排名第二十一；版本二十八种，排名第四；古代词选选

---

① 鲁迅:《集外集》,《鲁迅全集》第七卷，人民文学出版社 2005 年版，第 138 页。

## 第八章　媒体之于经典的传播与建构

词三百二十篇,排名第一;历代品评五百二十三篇,排名第三;当代词选一百八十六篇,排名第二。姜夔存词八十七篇,排名第五十四;版本四十一种,排名第一;古代词选选词一百五十三篇,排名第十二;历代品评五百四十七篇,排名第二;当代词选一百一十六篇,排名第五。秦观存词九十篇,排名第五十二;版本三十三种,排名第三;古代词选选词一百八十六篇,排名第八;历代品评四百五十二篇,排名第五;当代词选一百篇,排名第八。柳永存词二百一十三篇,排名第十四;版本十四种,排名十四;古代词选选词二百四十六篇,排名第二;历代品评四百零九篇,排名第七;当代词选七十一篇,排名第十一。欧阳修存词二百四十二篇,排名第十二;版本十八种,排名第十一;古代词选选词二百三十六篇,排名第三;历代品评二百五十八篇,排名第十;当代词选九十二篇,排名第九。吴文英存词三百四十一篇,排名第四;版本十八种,排名第十一;古代词选选词一百六十五篇,排名第十一;历代品评三百二十五篇,排名第九;当代词选一百一十六篇,排名第五。① 分析以上统计数字,可以得到以下印象:词人存世的数量固然是衡量词家重要与否的参照之一,但是和别集的版本种数、历代词的选本选词数量以及历代评论条数相比,其影响的分子显然位居其次。这是因为词人的词存世多少,有多方面原因:既有词的质量的原因,也有词人写的多少的因素,其次才是传播。所以从存世作品多少无法判断词人优秀与否,当然仅凭此项数据也不能判断词人是否为经典作家。但是综合版本种数、词选篇数和词评篇数这些传播情况,应该可以

---

① 刘尊明、王兆鹏:《唐宋词的定量分析》,北京大学出版社 2012 年版,第 140—141 页。

论 经 典

初步判断出词人及其作品在历代的优秀与否,并从而确定其是否为经典词人。所以做此项工作的刘尊明和王兆鹏二位先生说:"词人的文学影响和历史地位,主要是由历代词评家和词选家予以认定和确立的。词评家通过理论性的阐释、批评和品赏等形式,来判断和评估词人词作的价值、意义、影响和地位;词选家则是通过选择、介绍和刻印等手段,来传播和宣传词人的作品,并动态地显示其文学影响、凝定其历史地位。"①"可以看出,词评家和词选家在对待以上词人的态度和评价上,绝大多数都是相同、接近的,有些还具有相当的一致性。这就是说,词评家和词选家在对待宋代这些著名词人及其词作时,其价值取向和评判标准是大体相近的。这也表明,我们所作的'宋代著名词人综合名次排行榜'对词人历史地位的排名,乃是历代大多数词评家、词选家的共识。"②

近现代以来,期刊成为传播的一种重要手段。据刘增人统计,仅文学期刊,从上个世纪初到四十年代末,就有三千五百零四种之多③。由于期刊发行量大、传播迅速和连续性传播等特点,拥有众多的读者群,因此对于经典的传播与建构而言,其重要作用既类于古代的选本,又比古代的选本影响更大。尤其是中国现代精神产品中经典的形成,与期刊的传播有极为密切的关系。这是因为,在现代,期刊不简单是作品的发表之地,同时也是精神产品的组织生产之地和精神产品评价之地,从组织生产到期刊发表,再到产品出书和推介,形成了一个完整的生产营销线。因此,期刊不仅成为作

---

① 刘尊明、王兆鹏:《唐宋词的定量分析》,北京大学出版社2012年版,第149页。
② 同上。
③ 刘增人等著:《中国现代文学期刊史论》,新华出版社2005年版,第3页。

## 第八章 媒体之于经典的传播与建构

家、人文社会科学专家的摇篮,也成为经典潜在的建构者。

由于期刊办刊的目的及方向的不同以及编者的趣尚的差异,编者对作家和作品的选择更带有鲜明的主观性。例如在现代文学史上,文学研究会、创造社、新月派、七月派、左联、文协等等,都有自己的期刊。这些期刊都贯彻了不同文学流派的文学主张,所以一些作家被激赏,其作品得以不断刊出;另外一些作家不被欣赏,作品遭到拒绝甚至批评和封杀,这些都对于精神产品的传播,带来一定的影响。当然刊物都有其特定的读者群,对精神产品传播的影响也多在其特定的读者群内。地方刊物和专业刊物以及同人类期刊,其传播有一定的范围。但是,有的期刊属于全国乃至世界性的,具有全国甚至世界性的影响,而且期刊存在时间较长,它的影响范围和程度就会很大。如在中国现代文学史上颇有影响的文学流派文学研究会所办《小说月报》,就是一本办刊时间长、发行量广的刊物。据刘增人等著《中国现代文学期刊史论》称:"改革后的《小说月报》从 1921 年 1 月算起,一直坚持到 1931 年 1 月日本侵略者炸毁出版该刊的商务印书馆为止,刊行时间在 10 年以上。"[1]而且发行广及全国各地,包括港澳地区,拥有"数万的老读者和无数的新读者","具有全国的影响,乃至海外的影响"[2]。《小说月报》不仅推出鲁迅和周作人等知名作家的作品,还注意发表当时还不甚知名的作家作品,培养出了一批在中国现代文学史上很有影响的作家。"以《小说月报》为背景而成长起来的知名作家,有冰心、许地山、叶绍钧、王统照、朱自清、李金发、徐志摩、丁

---

[1] 刘增人等著:《中国现代文学期刊史论》,新华出版社 2005 年版,第 3 页。
[2] 同上书,第 76 页。

玲、巴金、老舍等等,这些属于不同流派的作家,大都是首先在商务印书馆的知名期刊露面,然后才一举成名的"①。"粗略统计,在商务版的'小说月报丛刊'和'文学研究会丛书'中出现的著名作家除冰心、许地山、叶绍钧之外,还有徐志摩、周作人、朱自清、王统照、鲁迅、黄庐隐、孙伏园、沈雁冰、郑振铎、老舍、李金发、朱湘、刘大白、顾一樵、敬隐渔、瞿秋白、王以仁、徐玉诺、张闻天、梁宗岱、许杰、张天翼、萧乾、蹇先艾、巴金、卞之琳、艾芜、李健吾、李广田、王任叔、沈从文、靳以、熊佛西等等。另外还有许多著名译者、理论家。这些作家的成名,大部分都是经过商务的文学期刊——主要是《小说月报》的一番策划,由期刊走向了丛书"②。从文学研究会的《小说月报》与现代著名作家的关系,可以发现,在期刊传媒十分发达的现代,作家与读者交流的渠道,由古代发行甚慢而且数额有限的单本书籍,变为以期刊为主。不仅如此,期刊同时还扮演着读者阅读的指导者的角色,它评价作品的优劣,扩大或减损作家及其作品的声誉和影响,因此,作家的成名越来越依仗期刊,正因为如此,期刊也成为潜在经典的孕育者。从《小说月报》来看,在其旗下不仅汇集了鲁迅、周作人等经典作家,同时还培养和推出了冰心、巴金、朱自清、老舍、沈从文等经典作家。

## 四

到了当代,由于信息技术的快速发展,尤其是互联网技术和计

---

① 刘增人等著:《中国现代文学期刊史论》,新华出版社2005年版,第76页。
② 同上书,第79页。

算机技术在传媒上的广泛应用,精神产品传播的媒介和途径异常发达,精神产品已经不再是少数作家、学者的专利,也不再单靠书籍而传播,这给大众参与精神产品的生产以及精神产品迅速而广泛传播带来了便利,由此而产生了网络文化。

有一些学者认为,网络文化是与经典相对立的文化,大众在网络上的文化狂欢,就是对经典的消解。孟繁华在《新世纪:文学经典的终结》文章中的一段话颇有代表性:"科学技术主义霸权的建立,是带着它的意识形态一起走进现代社会的。虽然我们可以批判包括网络在内的现代电子传媒是虚拟的'电子幻觉世界',以'天涯若比邻'的虚假方式遮蔽了人与人之间更加冷漠的关系。但在亚文化群那里,电子虚幻世界提供的自我满足和幻觉实现,是传统的平面传媒难以抗衡的。它在通过'开放、平等、自由、匿名'的写作空间的同时,也在无意中结束了经典文学的观念和历史。"①

其实网络文化与经典既非完全对立,亦非没有矛盾。网络文化的基础是大众,大众写作,大众传播,大众评价,是其主要特征。经典自然是文化产品中的少数精品,但是作者之众,传播之广,乃是建构经典的雄厚物质基础。因此可以预测,流传于未来的当代经典,有的可能就产生于当代的网络作品;而经典作家,有的可能就来自网络的无名写手。不仅如此,现代传媒的高度发达,从理论上说,经典和当代优秀精神产品也因此而应该具有了快速拥有广大读者的条件。但是我们要看到,实际情况是,传播手段的现代

---

① 童庆炳、陶东风主编:《文学经典的建构、结构和重构》,北京大学出版社2007年版,第113页。

化,也给经典的生产、传播和确定,带来了诸多变化和不确定性。就网络写作而言,互联网自由的发表空间,确实给大众的精神产品写作与发表提供了广阔天地;相对宽松的检查以及由此带来的较少禁忌,也激发了创作者的自由想象。这些自然都是网络传播手段给精神产品生产带来的解放。但是,以互联网为发展趋势的现代传播手段,传播快,更新亦极快。快速更新带动了精神产品生产的快速度。然而经典恰恰是经典作家沉潜经年甚至数年之久思考与打磨的产物。如果作者没有定力,被网络的更新速度所左右;更有甚者,被媒体或利益所牵绊,其精神产品的质量就会大打折扣,影响到优秀精神产品的产生。

从传媒手段来看,中国现代社会的传播媒体,分化为传统的传媒和现代大众传媒两种类型。而这两种类型的传播媒体,对于精神产品的传播,发挥着不同的作用。传统的传播媒体,如书刊等,有一部分已经向着大众化方向发展,向电视、网络等现代媒体的大众化方向靠近;但是也有相当一部分媒体还在坚守着传统,以发表纯文学作品和学术性作品为主,并以阐释和创造当代文化精品,作为自己的责任,是当代传承经典精神、传播经典的重要阵地。而现代大众传媒,则表现出明显地疏离或颠覆经典的倾向。现代大众传媒的特点,不仅表现在其传播手段的迅速快捷,同时还体现在其受众范围的极其广泛。所以追求传播的受众范围之广,收视率之高,收益的最大化,既是其属性所决定的,也是其利益所决定的。如王一川主编《大众文化导论》所言:"作为感性愉悦型的文化形态,大众文化背后的商业机制显然起着极为重要的塑造作用。保持大量受众、充分占有市场、通过审美娱乐的提供获取巨额的商业利润,这是电视产业作为大众文化在生产过程中始终存在的制约性机制。"①就客观原因而言，经典作为人类文化遗产中的精华产品，其思想的高度、内涵的深度以及语言表现上的阳春白雪，对以视觉影像及短平快传播手段为主的大众传媒来说，自然成为其传播的一个短板。而就主观方面来说，投合普通受众的文化水平和趣味，以追求受众范围之广以及与此密切相关的利益的最大化，亦是现代大众传媒疏离经典的主要原因。当然，经典作为文化遗产，亦是现代大众传媒无法回避的重要文化现象。对于这样的文化现象，现代大众传媒既不能轻易绕过，就要设法把它转化为可以传播并且能为受众接受的文化资源。因此经典也成为现代大众传媒传播的内容之一。

考察经典与现代大众传媒的关系，重要的不是要看大众传媒是否传播了经典，而是看其如何传播经典。那么，现代大众传媒是如何对待经典的呢？从形式上看，目前的现代大众传媒传播经典，主要是改编和讲授两种。改编经典，无论中外由来已久，发端于电影，延展到电视。而利用现代传媒讲授经典，如中国中央电视台的"百家讲坛"，则是中国近些年的新事物。无论改编，还是讲授，对待经典一般都有两种态度：一种是真实地想要传播经典、力图忠实于原典的态度，如1987年版的《红楼梦》、1986版的《西游记》、1995版《三国演义》等。一种则是非严肃地对待经典，或解构经典，或利用经典，把其作为材料，另搞一套的态度，如1995年在中国港台和内地放映、并且在高校热极一时的《大话西游》。但是无论是严肃对待、还是非严肃对待，现代传媒下的经典传播，都带有明显的削平经典思想的高度，减损经典内容的深度，以投合大众接

---

① 王一川主编：《大众文化导论》，高等教育出版社2004年版，第69页。

受水平的倾向。譬如,中国中央电视台的"百家讲坛",其讲《史记》讲《汉书》,讲中国古代名著"三言两拍"等等,都带有古代勾栏瓦舍讲史的特点,一讲之中,十之七八是在讲故事。当然也有讲儒家经典和先秦诸子的,如于丹讲《论语》和《庄子》。然而,无论是出于普及的局限,或者是受制于编导以及主讲者的思想和专业水平,所讲内容,多比较肤浅。如在"百家讲坛"讲过的《于丹〈庄子〉心得》就颇具典型性。

本来,在中国古代先秦诸子中,《庄子》最难讲,其原因不仅仅来自其"谬悠之说,荒唐之言,无端崖之辞,时恣纵而不傥","以天下为沉浊,不可与庄语,以卮言为曼衍,以重言为真,以寓言为广"①的表现形式,更在于《庄子》思想内涵"独与天地精神往来"②的深刻。对于这样一部经典,主讲人能够以轻松之语,讲述其内容,自有其普及经典之功在。但是,主讲者不把《庄子》作为经典来对待,却给讲述定了认识水平不高的调子:"《庄子》这本书,历代被奉为经典。"③这自然不错,反映的是《庄子》这部书的实际。但是又说:"在所有的先秦经典中,它也许是最不带有经典意味的,它带给我们的是一种无边无际的奇思异想。"④这就颇叫人无法理解。显然,奇思异想并不是主讲者企图把《庄子》排除在经典之外的原因,如果这样看,就把主讲者的水平看得太低了。主讲者之所以说《庄子》不像经典,恐怕并未认识到《庄子》的奇思异想,

---

① 《庄子·天下》,郭象注、成玄英疏:《庄子注疏》卷十,中华书局2011年版,第569页。
② 同上。
③ 于丹:《于丹〈庄子〉心得》,中国民主法制出版社2007年版,第2页。
④ 同上。

## 第八章　媒体之于经典的传播与建构

并不是思想的片段,而是有其思想体系的,并且都是出于庄子对于社会人生深刻的思考。然而于丹讲《庄子》,为了使《庄子》的思想嫁接到当代人的生活实用,则把庄子的类似于《逍遥游》中的大鹏之思,降低为枋榆间的蜩与学鸠之飞。

《庄子·逍遥游》篇,是庄子思想的重要组成部分,表达的是庄子面对个体人的生存困境所展开的极为深刻的思考,逍遥游就是他思考的结果。这一思想的本质,就是摆脱所有对人的精神的束缚和约制,追求个体人精神的自由境界。这一境界的基本特征表面看起来描述得很神秘,所谓"乘云气,御飞龙","游于六极之外",逍遥于无何有之乡,而其实质就是追求精神的绝对自由,既要外物——超越现实,同时也要外生——超越自我,与道为一,达到一种合于道的自然状态。于丹说:"我们知道,庄子是大智之人。大智慧者,永远不教我们小技巧。他教我们的是境界和眼光。"[①]这段话讲得很好。但是,于丹讲的境界和眼光是什么呢?因此书是心得,没有严格的逻辑,亦缺乏明晰的表达,因此非耐心寻绎,很难得其要领。但是认真阅读于丹的心得,还是可以看出,于丹实际上已经把庄子的自由境界降格为人调整自己心态的三个方面。首先,此书认为,调整人的视野宽窄和人的识见的短浅与长远,才能看到事物的真正价值,由此而带给人不同的效果和人生。如同此书给读者介绍《隐藏的财富》里故事一样,哥哥目光短浅,只能在金矿上种菜;而弟弟换了一种眼光,则在菜底下发现了一座金矿。因此,于丹告诉读者,不要安于现状,要跳出自己现有的经验系统,换一种方式生活,让自己目前所拥有的技能,发挥更大的

---

① 于丹:《于丹〈庄子〉心得》,中国民主法制出版社2007年版,第21页。

作用①。其次,只要打破人的常规的思维,用一种完整的眼光看待事物,可以使人实现有用和无用的转换,人们就能够抓住从眼前走过的每一个机遇。由此,于丹提醒读者,永远不要去羡慕他人,要问问自己的核心竞争力是什么,自己有哪一点是不可替代的②。其三,在现代社会,不要急功近利,要有一种大境界,这个大境界就是人生的觉悟,"庄子的人生哲学,就是教我们要以大境界来看人生,所有的荣华富贵,是非纷争都是毫无意义的,最重要的是你能不能有一个快乐的人生"③。

其实稍微懂得一点《庄子》的读者都会知道,于丹关于《庄子》逍遥游的前两点解释似是而非,根本与庄子无关,或者说违背了庄子的精神。因为庄子逍遥游的实质就是要超越现实与自我,而于丹之所讲落脚点恰恰正是在现实与人的自我。抛弃眼前的遮目一叶,不过是为了谋取更大实利而已。所以于丹教给读者的不是超越,而是讨巧,是谋求更大利益的机心。而这岂不与庄子的精神超越和由超越而获得的自由精神南辕北辙!第三点解释表面看来似乎与庄子的超越现实和自我比较接近,至少提倡勘破名利一点还是符合庄子精神的,但是再深究一下,于丹所说的觉悟又偏离了庄子的原义。在于丹看来,勘破荣华富贵、是非纷争,目的是有一个快乐人生。然而庄子逍遥游之意,不仅要做到无物,即外在的生死功利的束缚,还要做到无我,摒弃人内在的欲求乃至情感的负累。《庄子·庚桑楚》云:"贵富显严名利六者,勃志也;容动色理气意六者,缪心也;恶欲喜怒哀乐六者,累德也;去就取与知能六者,塞

---

① 于丹:《于丹〈庄子〉心得》,中国民主法制出版社2007年版,16—18页。
② 同上书,19—24页。
③ 同上书,第26页。

## 第八章 媒体之于经典的传播与建构

道也。此四六者不荡胸中则正,正则静,静则明,明则虚,虚则无为而无不为也。"①庄子所说的四个方面各六种使人胸中不正的因素中,除第一方面的六种属于外在的物累之外,其余三个方面的十八种都是属于人的主观的范畴,其中就包括于丹所提倡的快乐情感。庄子认为,人的精神若想获得充分的自由,首先就要解除所有来自个体人自我心灵的枷锁。就人的情感而言,不仅恶怒哀等负面的情感要解除,喜乐等正面的情感同时也要解除,由此才能进入无心无情的状态,保持内心纯然的宁静。而于丹所谈至多只浅涉到了庄子逍遥游的无物中的名利部分,然而逍遥游的关键恰恰在于无我。从逻辑上说,只有做到无我,才可能做到无物。因为执着于个人的快乐,必然无法实现无物,最终仍旧深陷于物我的负累之中,精神不得自由。当然,在本书的第八部分,作者对庄子逍遥游有了更集中的解说,而且与前相比,也开始接近庄子,讲"解心释神",即"解放自己的心灵,释放自己的魂灵"。如说:"天地万物纷纭,应该各回归各自本性,浑然不用心机,其本性才会终身不离。如果使用心机,就会失去本性。"②"人的本性是无羁无绊的,只有释放了人的本性,才能达到逍遥游的境界。"③但是,一旦离开对庄子原话的串讲,谈起作者自己的心得,文章马上就从九天回到了榆枋之间。如说:"庄子一向不崇尚人的刻意,一向不崇尚人的矫情。"④把庄子的提倡回归人的自然本性,理解为不刻意,不矫情,就是对

---

① 《庄子·庚桑楚》,郭象注、成玄英疏《庄子注疏》卷八,中华书局2011年版,第428页。
② 于丹:《于丹〈庄子〉心得》,中国民主法制出版社2007年版,第107页。
③ 同上书,第103页。
④ 同上书,第111页。

庄子原意的浅解或曰半解。因为庄子所说的自然本性,是从根本上反对人为和有情的,不仅仅是反对人的用心专心而为和违背常情而已。因此,庄子反对所有的对幸福与快乐的追求,包括刻意的和非刻意的追求。当然这还仅仅是望庄子门墙而不得其入的问题。于丹又说:"人生的幸福快乐,其本身也是人生的一部分,刻意追求,往往得不到,但如果认真地生活,幸福快乐就永远跟随着你。"①这就与庄子渐行渐远了。因为在庄子那里,既然坚持要回归自然人性,就必然反对所有的用心,反对所有的人为,而认真生活恰恰是用心之深者,人为之至者。

在《于丹〈庄子〉心得》一书中,这种似是而非的解说比比多在,如把"道"解释为规则,把"道法自然"理解为自然之中皆是道理;把"以天合天",解释为不违背规律;把"心养"解释为修养心灵,看清自己;把"心斋"理解为回归心里,确认自我真正的愿望,等等。这既有作者理解的原因,亦有在大众传媒条件下,编导和讲解者投合观众的原因。虽然,作者和编导都没明言受众是哪些群体,但是,从作者的讲述中,还是可以看出他们面向的是职场的青年,并且把抚慰这些受众的职场失意和工作所带来的压力作为讲述的目的。他们既要贴近这些读者的关切,同时还要照顾到其接受能力,因此,尽量做到通俗易懂,尽量用穿插的小故事来调节气氛,如同戏曲中的插科打诨,都是为了吸引人的眼球,争取有更好的收视率。而其付出的代价,就是减损经典的内涵,降低思想的高度,甚至曲为之解,把庄子这只薄天而飞的大鹏变成抢树数仞的麻雀。在本文中,无意过多涉及此中问题,仅举个例以见大众传媒传

---

① 于丹:《于丹〈庄子〉心得》,中国民主法制出版社2007年版,第111页。

## 第八章 媒体之于经典的传播与建构

播经典降格以媚众之一斑。

在现代传播媒体下,不仅媒体本身面对经典出现了分化;而且也给经典的评价造成了极为复杂的局面,其表现如下:

其一,媒体的传播程度与精神产品质量的不对称性。

在前面的章节,我们已经论述过这样的一个观点,经典必然是传播久远、拥有广大读者的精神产品。但是这里所说的拥有广大读者,是从漫长的阅读历程角度来说的,而不是就某一个时期设论。具体说,有的经典可不止在某一时期颇受欢迎,而且不同时代、不同时期都是阅读的宠儿。譬如中国古代伟大诗人李白,如前面章节所言,在唐代就有广泛影响,虽然宋代对他的评价有所贬低,与另一位唐代伟大诗人杜甫的评价相比,影响有所降低,但是在元明清三代之后,又恢复了他的盛名。但也有经典在某个时代或时期相对比较冷寂,读者较少,如陶渊明沉寂于当代,初知于百年后的梁代,终负盛名于宋代之后。但是,凡经典都会传播久远,从总体看,经典拥有的读者无疑是众多的。故而,以读者多少来衡量经典,历时性有效,共时性未必有效。现代的传媒,因为技术手段先进,打破了传统传播方式先在一个地区的少数人群中传播,然后逐渐扩散到更广大人群的局限,具有了迅速扩散、无有界域的特征。因此会常常见到一部作品迅速窜红、作者一夜成名的现象。然而,迅速拥有众多的读者,是否就意味着作品有着很高的水平,具备了经典的品质呢?这个问题无法用简单的是与否来回答。但是有一点确实可以肯定,即从历时性有效和共时性未必有效的证验来看,在发达的现代传媒条件下,精神产品仅凭其一段时间内拥有读者之众,还无法判定它的水平之高,当然也不能预测、更不能确定其是否可以成为经典。也就是说,精神产品在短时间内拥有众多的读者,有的可以和作品水平之高成正比,有的却不能。个中原因比较复杂。

　　现代传媒的出现,带来了精神产品传播途径的革命,这仅仅是其意义的一个方面,而且是比较次要的方面;更为重要的是对精神产品的解放。在以传抄和印刷等传统介质为手段的传播阶段,精神产品控制在少数人手中,少数拥有文化的贵族和知识人(即中国古代的士人、士大夫),既是精神产品的创作者,又是占有者。而现代传媒则打破了这种局面,使大众也成为精神产品的创作和拥有者,这是一场真正的文化革命和文化解放运动。但是,精神产品普及之后,马上面临的则是精神产品质量以及精神产品占有者欣赏品味的提高问题。而现代传媒恰恰居功于精神产品的普及,掣肘于精神产品质量和精神产品占有者品位的提升。之所以如此,从中国与国外的实际情况看,问题即出在传媒对集团利益的追逐,使其故意忽略了精神提升的责任,结果就是迎合大众现有的精神品位,表现为削平思想高度,追逐时尚。而大众的时尚,就精神产品阅读而言,更多地表现为快餐式的消遣文化和娱乐文化。因此我们既应看到现代传媒造就了传媒大众,也应看到大众文化也造就了大众传媒。基于以上所分析的情况,我们必须清醒地看到,在现代传媒环境下,一个作品利用传媒迅速而广泛地占有读者,达到一夜成名,是作者、传媒与时尚的合谋,而非常规所理解的精神产品质量发挥作用所产生的效果。如果说在媒体不发达的古代,基于传播的数量,能够从一个比较重要的方面考察其是否够经典的话;而在发达的现代传媒下,仅据精神产品一时传播的多寡,已经很难判定精神产品的质量,所以也不能以之作为判定经典的依据。有句话说得好:时尚未必经典,经典未必时尚,此其然也。所以，在现代传媒高度发达的条件下，时间在经典确立中克服时尚的作用，就更为凸显。

其二，评价信息的多元和虚假性。

现代传媒条件下，对精神产品评价的信息日益多元化。旧有的官方评价机构自然还是评价的主体，如中国的宣传部门、教育部门、文化部门，欧美的教育和文化机构等等。但是，网络时代的到来，伴随着博客、微博、微信等新兴传播形式的快速发展，个体对精神产品的评价，打破了官方和少数人文学者的垄断，通过网络传播而得以实现，体现了不同层次人群价值判断的评价信息，呈网状弥漫式特征迅速扩散开来，对来自少数评价机构的评价信息形成挤压之势，或顺势趁风扇火，或壁垒分明，形成对峙。由一元而多元，众声喧哗，这自然是值得庆贺和欢迎的对精神产品评价机制的进步。但是，这种大众的网络声音，是一种纷纭无序、泥沙俱下的评价信息，也造成了对一部作品判断的困难。如在中国，一部作品，会有官方、学院派学者和大众都公推说好的情况，但是也有学院派学者评价甚高，而网络大众却一片嘘声的现象；或者相反，网络大众一致推许，却遭致学者的坚决否定；或者官方评价机构评为优秀作品，却遭到普通读者的冷落。譬如，刘心武在中央电视台"百家讲坛"讲《红楼梦》和于丹讲《论语》的节目，在一般观众中颇受欢迎，《于丹〈论语〉心得》一书也创下很高的发行记录；而在高校和科研院所的学者中却多评价不高或很少给予关注。既有无数的拥趸者、无数的粉丝，也会有无数的批评声和反对声，成为现代传媒下对待精神产品常有的现象。这给读者的阅读选择与判断，带来不小的麻烦。过去，在精神产品旧的评价机制下，少数学者是精神产品评价主体，对精神产品的评价颇具权威性，因此也成为读者阅读的引导者与辅导者。现在则不然。学者的意见,或淹没在嘈杂的众声之中,或失去了导师的光环,成为众声之一。此种情况,对习惯于精神产品旧的评价机制的社会而言,实在是一种挑战。谁来评定其优劣?似乎已经成为问题,更何况对经典的确认。事实情况是,学者仍然还是精神产品评价的主体,但是大众对精神产品的声音不能不影响到学者的评价,甚至在一定程度上左右学者对精神产品的评价,从而形成学者与大众评价整合的新的精神产品评价机制。而读者对精神产品的选择与判断,也必然适应这种新的评价机制做出调整。

不仅如此,对精神产品的评价,在现代传媒条件下,往往伴随着虚假性。在网络环境下,由于评价主体的非真实性、身份的虚拟性,造成精神产品评价主体与评价意见本体不对接,精神产品评价主体或托名,或遁身,或置换,因此评价主体完全可以对自己的意见不负任何责任。在此情况下,受利益的驱动,恶意炒作的事件层出不穷,评价道德缺失。以作品的点击率为例,有真实自然的点击率,也有受雇佣的所谓"水军"的点击率。因此,从点击率无法真实地判断作品受欢迎与否的程度。还有,是否点击就是阅读了呢?也不尽然。既有点击而且完全阅读了网络传播作品的情况,也有虽然点击了此作品,却没有阅读或者读之半途而弃之的情况。由此可见,网络评价带有一定的虚假性和不确定性。在这种情况下,对精神产品的判断,尤其是经典的确定,就更需要经过时间的沉淀,克服现代传媒下对精神产品判断的不确定性给经典的确定所带来的困难。

# 第九章　教育之于经典的传播与建构

　　教育对经典传播与确立的重要性似乎业经诸多论著论定,但究竟发挥的是什么样的作用?怎样发挥作用?仍然是一个值得继续讨论的问题。七十年代以来的经典之争自然是由教育而引起的。无论中国,还是欧美,经典传播的主要形态之一,是学校的教育。从教育入手考察经典的传播与建构,具体讲,通过教材来考察经典的传播与建构,是一重要通道。在中国古代,传统经典"四书五经"的传播,其经典地位的确立,主要是通过教育来完成的。然而到了现代以来,教育功能发生了根本性改变。教材仍有传输某种价值观的作用,但其主要作用已经改变为培养某些专门人才的基本知识和技能,因此选取哪些作家作品进入教材,动机目的比较复杂。有的是为了传播、建构经典,有的却并非为此。即使是以传播、建构经典为目的,也因编选者主观原因及条件的限制,对经典的认识也会有程度不同的出入。

一

　　一种比较普遍且很有影响的观点认为,经典是为了教育的需要而提出并且是经过教育机构认定的,经典的战争也是因为教学而引起的。在欧洲中世纪,文学经典主要用于拉丁语和拉丁文化教学。"文学经典在中世纪的重要性来源于它统治着整个的教育这样一个事实"①。其后,文学经典的书目虽然因为时代不同而有变化,或增多,或减少,但主要还是为了教学的需要。上个世纪七十年代以后,经典的合法性受到了来自后现代学术界的非难和质疑,以致兴起一股非典和废典的风潮,其源头也是来自学校。如刘象愚所介绍的那样:希拉·狄兰妮为大学一年级编选了一本题为"反传统"的文集,要以完全另类的文字与文体来对抗乃至取代以"官方经典"为代表的"官方文化"。第二年,路易·坎普和保罗·洛特合作,编选了《文学的政治》一书,对传统的文学研究与教学以及男性白人作家大张鞭挞。这两本书的问世,对当时美国大学英文系中暗暗涌动的那股反传统潮流起了推波助澜的作用。这个风潮到二十世纪八十年代终于达到高峰,关于经典问题的论争正式进入了美国和西方学术界的主题,而且规模不断扩大以至于变成了一种"学术事业"。

这场论争的实质在于大学文学教育的民主化。否定传统教育中文学经典的后现代激进学者,受到西方马克思主义、结构主义、女权主义、后殖民主义和新历史主义思潮的影响,向以白人、男性和欧洲为中心的传统经典发起挑战,力求在大学文学教育中,重新评价经典,开放大学文学课程设置,拓宽经典的范围,建立起"面向女性、黑人、少数族裔、性别弱势群体以及工人阶级作家的作品

---

① D.佛克马、E.蚁布思:《文学研究与文化参与》,北京大学出版社1996年版,第39—40页。

## 第九章 教育之于经典的传播与建构

'开放经典',以此推动这些弱势群体在社会和政治方面获取平等"①。因此哈洛·卜伦一针见血地指出,经典原本就是指"教学机构的选书"②。美国文化学者约翰·杰洛瑞亦指出这一点:"当老师们觉得他们以某种方式质疑或推翻了经典及其评估原则时,他们实际做的通常是设计或修订一个特定的大纲,因为只有通过大纲他们才可以获得这一想象中的经典目录。尽管这一局限在很多方面显而易见,它还是有效地揭露了用修订大纲来反对经典原则的谬误。大纲受制于经典作品的遴选与经典简单地决定大纲完全是两回事,因此,认为大纲证实了作为想象中的全体经典的存在是更具历史准确性的。想象中的目录从多个不同的教学机构中使用的大纲中经过一个相对较长时期的筹划而成。在任何历史语境中,改变大纲都不可能不意味着颠覆经典,因为每一次对大纲的建构就是再次开始经典建构的过程。"③约翰·杰洛瑞《文化资本》一书引入了皮埃尔·布尔迪厄文化资本的理论来分析经典的建构,认为经典的具体内容与不同群体间的政治均势和社会平等,已经不再相关:"学校可以把有关当代非裔美国作家主要作品的知识分配给富有的白人学生,也可以把它分配给贫穷的非裔美国学生,并使他们从中受益,就如同他们从大英帝国古典名著的知识中受益一样。从持有多种社会身分或者不同意识形态观点的作者所创作的作品中进行遴选,这种做法并不能促进文化民主化。人们

---

① 詹姆斯·英格里什:《文化资本·中文版序》,南京大学出版社 2011 年版,第 1 页。
② 哈洛·卜伦著,高志仁译:《西方正典》,(台北)立绪文化事业有限公司 1998 年版,第 21 页。
③ 约翰·杰洛瑞著,江宁康、高巍译:《文化资本——论文学经典的建构》,南京大学出版社 2011 年版,第 27 页。

要赢得民主化就必须更为平等地获得教育资源,更为平等地分配文化资本"①。可见经典的提出和用途来自学校所规定的教学书目。在中国也是这样。五经的确立,在汉代也主要是为了太学教学的需要。其后,在唐代扩大到九经,又增加到十三经,都与官方的教育直接相关。即使是中国当代关于经典的讨论,也是因为大学重编文学史而引起的。关于这一点,在本书的绪论部分已有详细的说明。

经典之所以受到教育的高度重视,以至于经典的提出、传播和建构都与教育有着密切的关系,其原因即在于在一定的教育制度下,经典是教育机构从培养某种人才出发,灌输某种价值观、确立某种人才规格的重要途径。在中国古代长达两千年的封建制度社会中,教育的主要功能是培养和遴选官吏,因此在中国古代的正史中,教育的内容都放在选举志中,学校的教育紧紧围绕并服务于官吏选举这一功能。汉代以察举制度选拔官员,选拔的条件是经明和行修。后者是以道德品行作为选拔官员的条件之一,而前者主要是考察五经掌握的程度。因为自孔子到汉代,社会上普遍形成了这样的认识:五经不仅记载了古圣先王的典章制度,同时也记载了他们治理天下的事迹,集中体现了理想的政治观和伦理价值观,如《荀子·荣辱》篇所言:"况夫先王之道,仁义之统,《诗》《书》《礼》《乐》之分乎!彼固天下之大虑也,将为天下生民之属长虑顾后而保万世也。"②学习经书,不仅可以令习经者掌握圣人治理天

---

① 詹姆斯·英格里什:《文化资本·中文版序》,南京大学出版社 2011 版,第 3 页。
② 王先谦:《荀子集解·荣辱篇》,《诸子集成》第二册,中华书局 2006 年版,第 43 页。

## 第九章 教育之于经典的传播与建构

下之至道,而且培养出理想的人格:"其为人也,温柔敦厚而不愚,则深于《诗》者也;疏通知远而不诬,则深于《书》者也;广博易良而不奢,则深于《乐》者也;洁净精微而不贼,则深于《易》者也;恭俭庄敬而不烦,则深于《礼》者也;属辞比事而不乱,则深于《春秋》者也。"①因此"先人有训焉,学必由圣,所以致其材也","故夫子之教,必始于《诗》《书》,而终于《礼》《乐》"②,五经成为培养官员的核心教材,也是铨选官员的重要条件。汉代的教育无论是以太学为主,地方学、校、庠、序为辅的官学,乃至书馆、学馆的私学也好,都把五经作为教学的主要内容。到了唐代,实行科举制度,以设科取士代替推荐和选拔。这对士人产生了极大的影响,如五代人王定保所言:"殊不知三百年来,科第之设,草泽望之起家,簪绂望之继世;孤寒失之,其族馁矣;世禄失之,其族绝矣。"③唐代科举有秀才、进士、俊士、明经、明法、明字、明算等科,其中最为重要的是进士和明经二科:"其实若秀才则为尤异之科,不常举。若俊士与进士,实同名异。若道举,仅玄宗一朝行之,旋废。若律书、算学,虽常行,不见贵。其余各科不待言。大约终唐世为常选之最盛者,不过明经、进士两科而已。"④因此教育部门仍把学习经书作为教学的重要内容。只是考试的内容由五经拓展到了九经,即《诗》《书》《易》、"三礼"和"春秋三传"。自宋以下,又发展到了开科取士以"四书"作为核心文本。关于这个问题,余英时《试说科举在中国

---

① 郑玄注、孔颖达疏:《礼记正义》卷五十《经解》,李学勤主编:《十三经注疏》(标点本),北京大学出版社1999年版,第1368页。
② 《子思子全书·外篇·无忧》,上海古籍出版社1990年版,第8页。
③ 王定保:《唐摭言》卷九,上海古籍出版社2012年版,第64页。
④ 王鸣盛:《十七史商榷》卷八十一《取士大要有三》,《丛书集成初编》,中华书局1985年版,第865页。

史上的功能与意义》说得很为清楚:"宋代科举仍沿唐制,以'经'为重,但更重视'经义',王安石《三经新义》(《诗》《书》《周礼》)便是特别为进士而编写的。《孟子》在北宋也上升为'经',王安石又特重孟子,所以自熙宁时期(1068—1078)始,《论语》和《孟子》在'进士'试中与'五经'并重,各占一道试题,此后便成为定制。《大学》与《中庸》原为《礼记》中的两篇,早已具有'经'的身份了。但在北宋初期这两篇则受到朝廷的特别重视,因而单独印布,赐给新及第进士。天圣五年(1027)仁宗首次赐进士《中庸》篇,进士唱名时并命宰相张知白当场进读与讲陈。三年之后(1030)仁宗则改赐《大学》篇,以后与《中庸》轮流'间赐',著为定例。这是《大学》与《中庸》在科举中一次突破性的发展。事实上,早在真宗大中祥符八年(1015)范仲淹考进士'省试'(指礼部试,因放榜在尚书省,故称'省试'),题目即出自《中庸》,11世纪初年已然。康定元年(1040)范仲淹劝张载读《中庸》,即本于自己的考试经验而现身说法。一般理解以为定《大学》《中庸》《论语》《孟子》为'四书'是'道学家'二程兄弟的特殊贡献。现在我们看到,'四书'取士早已先在科举中实现了。宋代是考试重点从'五经'移向'四书'的过渡时代。"① 宋代之前,以"五经"取士。到了宋代,考试科目增加了"四书",由是"四书"取得了同"五经"同等的地位。

经典之所以受到教育的高度重视,同时也是作为模范,从内容到形式规范某一个知识领域的重要手段。"很久以来文学史家就知道,我们所谓的规范形成的进程是在古代学校里第一次出现,而

---

① 余英时:《中国文化史通释》,生活·读书·新知三联书店2012年版,第229—230页。

## 第九章　教育之于经典的传播与建构

这种学校又与传播怎样读写的知识的社会功能相联系。文本的选择是这种目的的手段而不是目的的本身。因此学者教授总是对发现和保护这些最好的作品感兴趣,而不管这些作品可能来自哪里,并确切地履行传播我们称之为文学的那种知识的体制化功能"①。文学经典之在古代欧洲学校里出现,是作为读写的知识而传播的,在古希腊和罗马时代,学习经典是为了教会学生如何阅读、如何写作。因为文学作品,尤其经典作品的语言,在语言的使用上,比我们日常的口语往往更为纯洁,更为标准,更为正确,因此在古代欧洲的学校,设置经典文学作品,就是"试图从他们所保护的文本中,抽出那些经典的、有水准的用法——句法、词汇、正字法,简言之,用语法来净化他们当代的语言"。"学习阅读,在古希腊和罗马时代(以后也这样)也开始意味着学习一种更为正确更为高雅的语言,一种符合语法规范的语言"②。到了十八世纪,"英语文学作品第一次收入包括各种文学流派的最好的精品的选集中;这些选集看起来很像我们今天的《诺顿选集》或《牛津选集》(Norton or Oxford anthologies),在学校里作为一种教学和传播标准英语的手段而被使用。它甚至不是当时的教师以今天我们这方式'诠释'这些文本的做法;更确切地说,文学文本被提供作为符合英语语法规范的说和写的范式"③。而在两千年后的今天,文学课程的这种功能仍在欧洲以许多同样的方式在发挥作用。如果是文学专业,学习经典既是为了学习规范的语言,同时也是为了掌握各种文体

---

① 居罗利:《规范》,Frank Lentricchia & Thomas McLaughlin 编,张京媛等译:《文学批评术语》,牛津大学出版社1994年版,第328页。
② 同上书,第329页。
③ 同上书,第330—331页。

和各种写作方法。

中国古代也比较相似,官员的培养,不仅需要有其合乎规范的政治理想和品德,还需要有其他专门才具和本领,因此唐代科举除了明经之外,还有进士、明字、明算、明法等其他科目。以进士科而言,当然也要考经书的内容,但是重要的还是考"时务策"。"凡进士,试时务策五道"①。到了唐高宗永隆二年,诏进士科除了考"时务策"之外,还要"试杂文"二篇②,就是要试诗赋,诗赋由此而成为进士科举考试内容。"及永淳之后,太后君临天下二十余年,当时公卿百辟无不以文章达,因循遐久,浸以成风……故太平君子唯门调户选,征文射策,以取禄位,此行己立身之美者也。父教其子,兄教其弟,无所易业,大者登台阁,小者仕郡县,资身奉家,各得其足,五尺童子,耻不言文墨焉。是以进士为士林华选,四方观听,希其风采,每岁得第之人,不浃辰而周闻天下。"③以此而"天下文章道盛"④。以诗赋取士的制度,直接刺激了文学教育的开展,因此似《文选》这样的汇集了梁代前诗文的总集也就成为学校授业重要内容,影响甚大,到了宋代甚至还有"文选烂,秀才半"⑤之说。据段成式《酉阳杂俎》,李白曾三拟《文选》,而杜甫亦教导他的儿子宗武:"诗是吾家事,人传世上情。熟精《文选》理,休觅彩衣轻。"⑥在这里,《文选》所

---

① 欧阳修、宋祁:《新唐书·选举志》,中华书局1975年版,第1162页。
② 同上书,第1163页。
③ 杜佑著,王文锦等校点:《通典》卷十五《选举三》,中华书局1988年版,第357—358页。
④ 同上。
⑤ 陆游:《老学庵笔记》卷八,上海古籍出版社2012年版,第128页。
⑥ 杜甫:《宗武生日》,萧涤非主编:《杜甫全集校注》卷九,人民文学出版社2013年版,第2647页。

## 第九章 教育之于经典的传播与建构

选文章实则发挥了诗赋范本的作用,当然这也无疑直接影响到诗文作品的经典化。即使是学习经书,也并非仅仅为了价值观的确立,亦有学习古代的典章制度,学习古代历史以及学习语言文字的目的。钱穆先生说得好:"故中国人传统观念,学尤在政之上。政当尊学,而学必通政。可则进,不可则退。合则留,不合则去。学者可不仕,但不当学不通政,故必以经史为学。《诗》《书》《春秋》,亦经亦史。《易》言商周之际,亦仍史也。政尚礼治,礼随时变,则礼通于政适于时,礼亦史也。故曰六经皆史。"①学习经书乃是为了了解历史,通晓为政之道。

以上所言皆为古代的教育。现代教育制度建立之后,教育摆脱了传统的为官府培养官吏的单一目的,转变为培养各方面的专门人才,进而把知识的获取、人的自我完善作为教育的最终目标。在此种教育目的下,把经典引进教学,自然仍有其灌输某种价值观的目的。但是以培养某种专业能力为出发点,引进或确立经典作为模范的规范意义则逐渐显出。譬如在中文专业课程设置中讲授《诗经》、楚辞、李白、杜甫以及现代的鲁迅、老舍等作品,在历史专业讲授《史记》《汉书》,在哲学专业讲授《老子》《庄子》、程朱理学,这些经典出现在讲堂上,既有传授某一专业历史知识的目的,同时也是作为某一专业的范本而讲授的。

---

① 钱穆:《晚学盲言》,广西师范大学出版社2004年版,第156—157页。

## 二

教育与经典的关系既然如此密切,那么它在经典的传播与建构中究竟发挥的是什么作用,是决定性的作用?还是重要的作用之一?而且是怎样施加影响与经典的?教育对经典的影响,实则应该从两个方面来考察。

首先是学校的教学内容。教育对经典的传播与建构最直接的影响,当然是经典进入学校的教材,成为学校教师讲授的内容,使经典在历代不同时期都得到传播,因而不断得到历代读者的确认,不断扩大其影响。我们来看一看中国古代文学史的情况。中国古代文学史的编撰,自上个世纪初开始,就始终是为了教学需要而开展的。1897年,窦警凡编《历朝文学史》,还是其私塾课徒的教本。而以后的中国文学史,则是在现代大学教育理念下,在中文系所开设的一门课程。1902年《钦定京师大学堂章程》所定学科门类共有政治、文学、格致、农业、工艺、商务、医术七科。文学之下列经学、史学、理学、诸子学、掌故学、词章学和外国语言文字学七目[①]。文学实则就是大的人文学科。1902年《钦定高等学堂章程》,定省会所设学堂为高等学堂,其大学分科亦为政治、文学、格致、农业、工艺、商务、医术七门。到了1904年,《奏定大学堂章程》,分学科为八门,经学不再列入文学之中,独立为一个学科,理学合并为经学之一门;文学科基本独立。文学科中的"中国文学门"主课包括

---

① 详见璩鑫圭、唐良炎编:《中国近代教育史资料汇编·学制演变》,上海教育出版社2007年版,第245页。

"文学研究法"、"说文学"、"音韵学"、"历代文章流别"、"古人论文要言"、"周秦至今文章名家"、"周秦传记杂史周秦诸子"等课程①。《章程》云:"周秦至今文章名家之文集浩如烟海,古来最著名者大约一百余家,有专集者览其专集,无专集者取诸总集。为教员者,就此名家百余人,每家标举其文之专长及其人有关文章之事实,编成讲义,为学生说之,则文章之流别利病以足了然。"②又于"历代文章流别"下注云:"日本有《中国文学史》,可仿其意自行编纂讲授。"所以"历代文章流别"和"周秦至今文章名家",实则就是中国文学史的胚胎,因此才有了林传甲 1904 年在京师大学堂于"历代文章源流"科目下所讲的《中国文学史》。1913 年 1 月,教育部公布的大学章程中规定,大学文科分为哲学、文学、历史学和地理学四门,文学门中,设立了"国文学类"、"梵文学类"、"英文学类"、"法文学类"、"德文学类"、"俄文学类"、"意大利文学类"、"言语学类"八类。其中,除了"言语学类"外,都设有"中国文学史"课程③。自此,文学史的编撰因适应各个大学学科教学的需要如雨后春笋般应运而生。如董乃斌先生所言:"追究这类文学史著作的来源,多与课堂讲义有关,有的就是讲义的改写,有的就是讲义本身。"④

林传甲的《中国文学史》是他 1904 年在京师大学堂的国文讲义。其自序说:"大学堂章程曰:日本有中国文学史,可仿其意,自

---

① 详见璩鑫圭、唐良炎编:《中国近代教育史资料汇编·学制演变》,上海教育出版社 2007 年版,第 363 页。
② 同上书,第 365 页。
③ 同上书,第 710 页。
④ 陈飞主编:《中国文学专史书目提要·序》,大象出版社 2004 年版。

行编撰讲授。按：日本早稻田大学讲义，尚有中国文学史一帙。我中国文学，为国民教育之根本。昔京师大学堂，未列文学于教科，今公共科亦缺此课。传甲于优级师范生分类后，始讲历代文章源流，实为公共科之补习课也。"①黄人的《中国文学史》也是他聘为东吴大学文学教授时，于1904年到1909年所撰。而胡适著名的《白话文学史》最初也是讲义，这在他《白话文学史·自序》中有过明白的交待。基本情况如下：1921年，教育部办第三届国语讲习所，要胡适去讲国语文学史，他在八个星期内编了十五篇八万字的讲义，有石印本；1922年暑假中胡适又在南开大学讲过一次，有油印的删改本；同年又在教育部第四届国语讲习所讲一次，是以南开讲稿作底子，另印一种油印本。1927年，北京文化学社以这个本子为底本，排印出版了《国语文学史》；1928年，应上海新月书店之约，胡适对《国语文学史》作了大的修改，出版了《白话文学史》上卷②。张之纯1915年所编《中国文学史》，为本科用师范学校新教科书。其"编辑大意"说："本书遵照部定师范学校课程编纂，以供师范学校学生之用"，"部定师范学校课程，本科师范生修业第三、第四年国文科兼授中国文学史。"③王梦曾在教育部审定的中学校用共和国教科书《中国文学史》之"编辑大意"中亦云："本书恪遵部定中学章程编纂，以供中学校学生之用"，"部定中学章程，中学第四学年国文科兼授中国文学史。"④按：1912年《教育部公布中学校令施行规则》中规定的中学校学习科目中有"国文"科："国文

① 林传甲：《中国文学史》，武林谋新室1910年版，第24页。
② 详见胡适：《白话文学史·自序》，上卷，新月出版社1928年版，第1—12页。
③ 张之纯：《中国文学史》，商务印书馆1915年版，第1页。
④ 王梦曾：《中国文学史》，商务印书馆1914年版，第1页。

首宜授以近世文,渐及于近古文,并文字源流,文法要略,及文学史之大概。"①同年《教育部公布师范学校规程》中,本科第一部之学科中设有"国文"科,规定如中学章程。由此可见,是学校教学,促生了文学史。

不仅如此,大学教学的需要,也激发了教师编写文学史的热情,仅仅是上个世纪的二三十年代,就有上百部文学史问世。1949年后,中国文学史更是受到高度重视,成为中文学科基础也是必修课程。讲授中国文学史,在中文系所有课程中所占的课时量最多。而文学史教材的编写也受到教育主管部门和教学人员的高度重视。据游国恩讲:"1954年,高教部先是指定几个高校的中文系和文学研究所分段草拟大纲,到第二年,再由分段负责古典部分的各个学校,先后邀请部分高校及其他方面的专家聚集起来讨论,取得了初步一致的意见,1956年的7月和11月,高教部又先后召集过两次讨论会,这样历经反复,大纲才从草案变成定稿,正式成为编写中国文学史教科书的依据和各综合大学中文系文学史课的参考。"②而集体编写、全国性的文学史大讨论,成为1949年后教育界和文学界一种十分独特的现象。1958年,人民文学出版社出版了北京大学中文系文学专门化1955级集体编写的《中国文学史》;1959年,中华书局出版了复旦大学中文系古典文学组集体编写的《中国文学史》;1962年,人民文学出版社出版了中国科学院文学研究所编《中国文学史》;1963年人民文学出版社出版游国恩、王起、萧涤非、季振淮、费振刚主编的《中国文学史》。1999年,

---

① 璩鑫圭、唐良炎编:《中国近代教育史资料汇编·学制演变》,上海教育出版社2007年版,第680页。
② 游国恩:《对于编写中国文学史的几点意见》,《光明日报》1957年1月6日。

高等教育出版社出版了袁行霈主编,聂石樵、李炳海、袁行霈、罗宗强、莫砺锋、黄天骥、黄霖、袁世硕、孙静为分卷主编,由三十位作者组成庞大编写队伍的《中国文学史》。

这一百年中,中国经历了天翻地覆的变化,文学史观、学术思想亦多有变化或翻覆,如黄霖主编之《20世纪中国古代文学研究史》所言,"从传统的宗经退化论到近代的进化论再到30年代起的唯物史观","从传统政教文学观到近代'人性论'文学观再到马克思主义文学观"①,文学史观多有不同。通观这些文学史,我们会发现,由于时代的学术思想和文学史观的不同,不同文学史著作中所介绍的历代作家和作品以及对作家作品的评价也有所不同。

譬如在上个世纪二十年代产生了很大影响的胡适《白话文学史》。这部文学史的最大特点之一就是如胡适"自序"所说:"每讨论一人或一派的文学,一定要举出这人或这派的作品作为例子。故这部书不但是文学史,还可算是一部中国文学名著选本。文学史的著作者决不可假定读者手头案上总堆着无数名家的专集或总集。这个毛病是很普遍的。西洋的文学史家也往往不肯多举例;单说某人的某一篇诗是如何如何;所以这种文学史上只看见许多人名,诗题,书名,正同旧式朝代上堆着无数人名年号一样。这种抽象的文学史是没有趣味的,也没有多大实用的。"②从胡适编写文学史的体例可以看出,他是十分注意代表作家作品的,这可以很好地帮助我们考察他的文学史对于经典的把握。

胡适的文学史观是与众不同的。他的文学史观在"引子"中

---

① 黄霖主编:《20世纪中国古代文学研究史·总论卷》,东方出版中心2006年版,第153—154页。
② 胡适:《白话文学史·自序》,新月书店1928年版,第13—14页。

## 第九章　教育之于经典的传播与建构

讲得很清楚:"我要大家知道白话文学不是这三四年来几个人凭空捏造出来的;我要大家知道白话文学是有历史的,是有很长又很光荣的历史的。"①"我要大家知道白话文学在中国文学史上占一个什么地位。老实说罢,我要大家都知道白话文学史就是中国文学史的中心部分,中国文学史若去掉了白话文学的进化史,就不成中国文学史了,只可叫做'古文传统史'罢了。"②出自这种白话文学史观,胡适把中国古代文学分为"一条是那模仿的,沿袭的,没有生气的古文文学;一条是那自然的,活泼泼的,表现人生的白话文学"③。而对这两条文学路线,胡适的态度是十分明确的,那就是肯定白话文学,贬抑古文文学。

胡适的白话文学史观,使他能够跳出传统的文学眼光,提出了诸多新的见解。关于这些,他在"自序"中特别给予提示:"这部书里有许多见解是我个人的见地,虽然是辛苦得来的居多,却也难保没有错误。例如我说一切新文学的来源都在民间,又如说建安文学的主要事业在于制作乐府歌辞,又如说故事诗起来的时代,又如说佛教文学发生影响之晚与'唱导''梵呗'的方法的重要,又如说白话诗的四种来源,又如王梵志与寒山的考证,李杜的优劣论,天宝大乱后的文学的特别色彩说,卢仝张籍的特别注重,这些见解,我很盼望读者特别注意,并且很诚恳地盼望他们批评指教。"④这里边和经典相关的有两点:其一,发现了新的作家作品。比如七世纪中"白话大诗人"王梵志和寒山的发现。在《白话文学史》第十

---

① 胡适:《白话文学史·引子》,新月书店1928年版,第1页。
② 同上书,第3页。
③ 胡适:《白话文学史》,第16页。
④ 胡适:《白话文学史·自序》,第14—15页。

一章中,胡适用了很大篇幅考证王梵志和寒山的生平,并介绍了敦煌残卷中的《王梵志诗》,对其中的第二卷"吾有十亩田,种在南山坡"等五首诗给予了很高的评价,称其为"很好的诗"①。其二,白话文学史观也改变了胡适对作家作品传统的评价。

历史上一直并称的晋末宋初两大诗人陶渊明和谢灵运,如前所论,南朝时期对谢灵运的评价较高,陶渊明则未被重视,宋代之后,陶渊明的地位才超过了谢灵运。胡适的《白话文学史》给予陶渊明极高的评价,其原因即在于陶渊明"是自然主义的哲学的绝好代表者"②,而且是"一位平民诗人":"陶潜的诗在六朝文学史上可算得一大革命。他把建安以后一切辞赋化,骈偶化,古典化的恶习气都扫除得干干净净。"③"他的环境是产生平民文学的环境;而他的学问思想却又能提高他的作品的意境。故他的意境是哲学家的意境,而他的言语却是民间的言语。他的哲学又是他实地经验过来的,平生实行的自然主义,并不像孙绰支遁一班人只供挥麈清谈的口头玄理。所以他尽管做田家语,而处处有高远的意境;尽管做哲理诗,而不失为平民的诗人。"④不仅如此,胡适还以陶渊明为典型,证明"中国文学史的一个自然的趋势"⑤。与此相反,胡适对谢灵运却评价不高:"刘宋一代号称文学盛世。但向来所谓元嘉文学的代表者谢灵运与颜延之实在并不很高明。"⑥"谢灵运是一个佛教徒,喜欢游玩山水,故他的诗开'山水'的一派。刘勰说:

---

① 胡适:《白话文学史》,新月书店 1928 年版,第 233 页。
② 同上书,第 129—130 页。
③ 同上。
④ 同上书,第 130—131 页。
⑤ 同上书,第 132 页。
⑥ 同上书,第 135 页。

'宋初文咏,庄老告退而山水方滋。俪采百字之偶,争价一字之奇。情必极貌以写物,辞必穷力而追新。'但他受辞赋的影响太深了,用骈偶的句子来描写山水,故他的成绩并不算好。"①当然,由于元嘉三大家另一位诗人鲍照受乐府民歌的影响最大,诗里有很多白话,因此,受到了"伟大"诗人的评价。

　　胡适在序中特别提示我们要留意他文学史中的李杜优劣论。在书中,胡适对李白和杜甫在唐代文学史上的地位,有一基本的判断:"李白杜甫并世而生,他们却代表两个绝不同的趋势。李白结束八世纪中叶以前的浪漫文学,杜甫开展八世纪中叶以下的写实文学。"②这个判断是符合文学史发展实际的。不过由于胡适的文学史观是关注现实的文学史观,因此,在《白话文学史》中,一方面他承认:"李白是一个天才绝高的人,在那个解放浪漫的时代里,时而隐居山林,时而沉醉酒肆,时而炼丹修道,时而放浪江湖,最可以代表那个浪漫的时代,最可以代表那时代的自然主义的人生观。"③然而,胡适又提醒读者,"李白究竟是一个山林隐士","是个出世之士"④,他的人生态度远离人间生活,"所以我们读他的诗,总觉得他好像在天空中遨游自得,与我们不发生交涉","终觉得他歌唱的不是我们的歌唱"⑤。相反,胡适则赞许杜甫是"我们的诗人"⑥。胡适认为,八世纪下半叶和九世纪上半叶的文学是中国文学史上最光华灿烂的时期,与八世纪上半叶文学相比,此一时

---

① 胡适:《白话文学史》,新月书店1928年版,第136页。
② 同上书,第357页。
③ 同上书,第282页。
④ 同上书,第292页。
⑤ 同上书,第292—293页。
⑥ 同上书,第293页。

期的文学"最不同之点就是那严肃的态度与深沉的见解","伟大作家的文学要能表现人生——不是那想象的人生,是那实在的人生:民间的实在痛苦,社会的实在问题,国家的实在状况,人生的实在希望与恐惧"①。"内容是写实的,意境是写实的"②。而"这个时代的创始人与最伟大的代表是杜甫"③。因此胡适为杜甫专立了一章,用了四十八页的篇幅,几乎全面论述了杜甫的创作。而对李白,则在第十二章"八世纪的乐府新词"中,仅用了十二页给予介绍。胡适的李杜优劣态度可见十分鲜明。

同时,如胡适自序所言,《白话文学史》对于卢仝和张籍给予了特别的关注与强调,这自然还是因为张籍和卢仝的文学符合"要用文学来表现人生,要用诗歌来描写人生的呼号冤苦"④的一路。在文学史的第十五章"大历长庆间的诗人"一章中,胡适介绍了元结、顾况、孟郊、张籍、卢仝和韩愈五位诗人,但是除了韩愈,重点则在张籍和卢仝,评价亦高。张籍被重视,乃在于他的乐府诗:"张籍的天才高,故他的成绩很高。他的社会乐府,上可以比杜甫,下可以比白居易,元结元稹都不及他。"⑤而卢仝却在他的诗体解放:"卢仝,是一个有点奇气的诗人,用白话作长短不整齐的新诗,狂放自恣,可算是诗体解放的一个新诗人。"⑥胡适欣赏的是他信口开河,大胆作白话诗,爱说怪话,爱做怪诗。

分析胡适的《白话文学史》,可以看到,文学史观对文学史家

---

① 胡适:《白话文学史》,新月书店1928年版,第310页。
② 同上书,第311页。
③ 同上。
④ 同上书,第383页。
⑤ 同上。
⑥ 同上书,第391页。

## 第九章 教育之于经典的传播与建构

选取哪些作家作为代表作家介绍,如何评价一个作家及其作品,影响甚大。白话文学史观,使胡适发现了类似王梵志、寒山这样的白话诗人以及佛教文学,但是他重白话、轻古文的观念也屏蔽了一些在文学史上本来十分重要的作家作品。郑振铎 1958 年发表于《文学研究》第一期的文章《中国文学史的分期问题》,就批评胡适的《白话文学史》:"乃舍文学本质上的发展,而追逐于文学所使用的语言的那个狭窄异常的一方面的发展之后,以为中国文学的发展,只是'白话文学'的发展,执持着这样的'魔障',难怪他不得不舍弃了许多不是用白话写的伟大的作品,而只是在'发掘'着许多不太重要的古典著作。"①朱光潜在三十年代写的《替诗的音律辩护——读胡适的〈白话文学史〉后的意见》亦批评道:"作史都不能无取裁,胡适之先生的《白话文学史》像他的《词选》一样,所以使我们惊讶的不在其所取而在其所裁。我们不惊讶他拿一章来讲王梵志和寒山子,而惊讶他没有一字提及许多重要的诗人,如陈子昂,李东川,李长吉之类;我们不惊讶他以全书五分之一对付《佛教的翻译文学》,而惊讶他讲韵文把汉魏六朝的赋一概抹煞,连《北山移文》《荡妇秋思赋》《闲情赋》《归去来辞》一类的作品,都被列于僵死的文学;我们不惊讶他用二十页来考证孔雀东南飞,而惊讶他只以几句话了结《古诗十九首》,而没有一句话提及中国诗歌之源是《诗经》。"②这的确是胡适白话文学史观所带来的偏激与局限。

不仅如此,受文学史观的影响,文学史家对作家的评价也会有

---

① 郑振铎:《郑振铎古典文学论文集》,上海古籍出版社 1984 年版,第 18 页。
② 朱光潜:《诗论》,生活·读书·新知三联书店 1984 年版,第 229 页。

很大的出入。胡适的《白话文学史》因为强调白话,所以对作家作品的评价,也多以此为标准,比如对陶渊明、鲍照、王梵志、卢仝的评价都比较高,原因就在于其作品的通俗,或者是接受了乐府的影响。又由于胡适比较重视自然主义的作品,因为这类的作品"究竟有点解放的功用","使律诗倾向白话化"①,因此陶渊明、贺知章、孟浩然、王维等也都得到了胡适的肯定。即使是李白,在胡适的笔下虽然不能与杜甫这样"我们的诗人相比",但是对李白作为自然派的浪漫诗人的代表,还是给予了他应有的位置的。

上举胡适《白话文学史》之例,意在说明,任何文学史、学术史都要受到其时代的时尚的影响,都有其撰写者个人学术思想、知识背景等限制,这些因素都会影响到史的编纂者对入史者的抉择、对入史者的评价。因此文学史对经典的判断也必然带有时代的个人的色彩。当然,中国古代文学已经流传了相当长的历史时期,最近的清代文学也已经超过了一个世纪,如前面的章节所说,这些作家和作品都经过了历朝历代不同读者的不断鉴赏与评价,哪些作家、哪些作品应该属于经典,总体上形成了共识,这是文学史编纂者不能不面对的文学史前见。所以对于已经形成共识的经典,文学史家如果不是有其特别之见的话,基本上都能接受前人的共识,以之作为文学史选入经典作家作品的前见。所以通观这些中国古代文学史,文中所介绍的历代作家和作品,虽然个别地方还有所不同,但基本上还是比较接近的。以唐前的文学史为例,诸如先秦时期的《诗经》《楚辞》《论语》《孟子》《庄子》《左传》《战国策》,汉代的《史记》《汉书》,建安时期的曹植,正始时期的阮籍和嵇康,晋末宋

---

① 胡适:《白话文学史》,新月书店1928年版,第307页。

初的陶渊明和谢灵运,南朝的鲍照、谢朓;唐代的王维和孟浩然、高适与岑参、李白和杜甫、白居易与元稹、韩愈与柳宗元、李商隐与杜牧等作家和作品,等等,一般来说都是以经典视之的。

不仅是文学史,即在一般的研究者那里,对于古代作家哪些应该是经典作家也是有比较相同认识的。譬如学衡派学者胡先骕发表于《学衡》1922年第八期的《评金亚瓠秋蟪吟馆诗》,就对诗家作了一流诗家的排列:"第一流诗家至少亦有曹植、陶潜、阮籍、谢灵运、鲍照、李白、杜甫、王维、孟浩然、韩愈、柳宗元、王安石、苏轼、黄庭坚、陈师道、陆游、元好问、阮大铖诸人。而岑参、高适、韦应物、储光羲、孟郊、李贺、李商隐、杜牧、白居易、刘禹锡、欧阳修、梅尧臣、陈与义、范成大、姜夔、刘基、高启之诗,亦未可归之第二流之列"①。《学衡》的编辑邵祖平在《无尽藏斋诗话》中记载了他与胡先骕等友人论列古代作家之事:"六月一日,诸友共集金陵宴乐春酒肆,酒余论列古之诗人,因戏约各举十人,以概古今作者。当时取纸笔书举者,柳翼谋、马宗霍、胡步曾诸公暨仆凡四人,结果举列十人,大同小异。仆所举列者,计曹子建、陶渊明、谢康乐、李太白、杜子美、韩退之、白香山、苏东坡、黄山谷、陆放翁十人。柳髯所举几同,惟陆放翁易为王介甫。步曾所举者无曹子建,有王右丞、柳柳州,余无甚出入。马君所举仅九人,有一人尚在考虑中,未竟其选……灯下重有所感,复取前列之作家,依代增为二十家,计晋魏六朝五家,曹子建、陶渊明、谢康乐、鲍明远、庾子山;李唐五家,为李太白、杜子美、韩退之、孟东野、白香山;两宋五家,为梅圣俞、王

---

① 张大为、胡德熙、胡德煜编:《胡先骕文存》,江西高校出版社1995年版,第122页。

介甫、苏东坡、黄山谷、陆放翁;金元明清五家,为元遗山、虞道园、高青邱、吴梅村、郑子尹。"①邵祖平为章太炎之高足。这里所说的柳翼谋,即著名的历史学家、古代文学家柳诒徵;马宗霍即马骥,为文字学家和文史学家;胡步曾即上文的胡先骕。胡先骕为著名植物学家,然而于文学亦颇有造诣,1921年与梅光迪、吴宓等创办《学衡》杂志。此处所说的论列虽言是酒余戏举十人,但是,却反映出当时学者对古代优秀作家的基本看法。虽然所说的是一流二流作家,还不是谈的经典作家作品,然而从以上事例可以说明,中国古代文学经过了长则千年少则百年的经典化过程,哪些是经典作家,哪些是经典作品,基本已成定论。而古代文学史之于经典,与其说是建构,毋宁说是接受与传播。当然在近百年的传播中,经典得到了新时代的进一步承认,其经典的地位又得到了确认。

## 三

不过也应看到,仅凭文学史来考察经典显然是不全面的。教材编写者选择哪些作品进入教材,并非只有经典这一个衡量标准,比如进入文学史的作品,有的自然是出于选择历代文学精品同时又是文学规范的考虑。在撰写以及讲授魏晋南北朝的文学史时,陶渊明和谢灵运的章节的设计,就应该是出于经典的考虑;而撰写和讲授唐代文学史时,王维和孟浩然、高适与岑参、李白和杜甫、白居易与元稹、韩愈与柳宗元、李商隐与杜牧等作家和作品的进入,也多以其作为经典作家而考虑到他们的文学史地位和价值的。但

---

① 邵祖平:《无尽藏斋诗话》,《学衡》1923年第二十三期。

是,中国古代文学史不是中国古典文学史,教材编写者和教师在编写和讲授文学史时,既要给学生提供可供学习的文学经典之作,同时还有出于描述和介绍一种文学现象的目的而涉及到非经典但是对某一时期、某一地域、某一流派、某一文体具有代表性的作家和作品。譬如在文学史中,介绍到汉代作家时,一般的文学史都要介绍二司马——司马迁和司马相如。但是,一般来说,司马迁是作为经典作家推荐给读者的,而司马相如则不然,有的是作为经典作家来介绍的,有的则明显是作为汉赋的代表作家而介绍的。如王梦曾的《中国文学史》评价司马相如,在汉代的辞赋中:"而相如为之魁,其《上林》《子虚》诸赋,虽导源《高唐》《好色》,而词藻气体实胜之。"①评价司马迁:"其所以巍然为百世文史二家祖者,在其文善叙事,理辨而不华,质而不俚,无美不臻,无善不备。唐宋以还之古文家得其一鳞一爪,即足以傲睨一世,以嗣左氏,洵无愧矣。"②张之纯的《中国文学史》显然沿袭了王梦曾的观点,评司马迁为"史学家之模范":"《史记》一出,后之作史者,咸遵其体例,是诚可谓历史家之模范矣。"③评价司马相如,认为在汉代的辞赋中,"而相如为之魁,其赋如《上林》《子虚》诸篇,笔端云涌峰攒,词藻气体,实在《高唐》《好色》诸赋之上","高文典策,究推相如为独步"④。曾毅《中国文学史》:"武帝时文学之士甚多,实以司马迁、相如二人为巨擘。"⑤"司马相如者,汉代之词宗也。所谓赋,天籁

---

① 王梦曾:《中国文学史》,商务印书馆1914年版,第17页。
② 同上书,第18—19页。
③ 张之纯:《中国文学史》,商务印书馆1915年版,第65页。
④ 同上书,第67页。
⑤ 曾毅:《中国文学史》,上海泰东图书局1915年版,第61页。

也,神话也。赋中之圣,而非所语于雕虫篆刻之伦也。前有宋玉、景差、贾谊等之赋,而不及其雄大;后有扬雄、班固、张衡等之赋,而不敌其疏隽。故扬雄称之曰:长卿之赋,非自人间来,神化之所至也。"①"司马迁绝世之文豪也。读伯夷、屈原、管晏、孟荀、货殖等传,叙事议论,错综离合,变化无迹,有龙飞凤舞之观,可谓文中之圣也;读商鞅、伍胥、苏秦、张仪、范雎、蔡泽、乐毅、田单、蔺相如、李斯、淮阴侯等传,如幽燕老将,驰突于山河之间,左右前后,所向莫不如意,可谓文中之雄也;读老庄、鲁仲连等传,使人缥缈而有遗世独立之思,可谓文中之仙者也;读刺客、游侠、季布、栾布等传,使人决眦怒目而有轻死之志,可谓文中之侠也。迁之前非无太史,而有迁之才者甚希;迁之后史家纷纷,而如迁之能文者实少。故《史记》以前,有《左传》《国语》《国策》《楚汉春秋》等,而不如《史记》之大成;《史记》以后,有两汉、三国、晋以来二十三史,以及杂史、别史,要不如《史记》之文字,一一生动,而疏宕有奇气。盖迁多爱之人也,故其文热血横迸;多恨之人也,故其议论悲愤郁遏。若以儒教之家法绳之,诚不免扬雄所谓不与圣人同是非之嫌;而以历史之眼孔观之,变易编年,创为纪传,冠冕群伦,师法百代,实有如刘子玄所谓才学识三长,而邀郑渔仲之钦赏;即以文学之价值论之,自来文人学士,孰不仰为空前之杰作、绝后之至文者乎!"②这三部文学史尽管对司马迁和司马相如的评价稍有不同,王梦曾对司马迁多有推崇,而张之纯对司马相如的赞许多了些,曾毅则于司马迁用了更多的笔墨。但是很显然三部文学史都是把二人作为经典作

---

① 曾毅:《中国文学史》,上海泰东图书局1915年版,第62页。
② 同上书,第62—63页。

## 第九章 教育之于经典的传播与建构

家加以介绍的。

然而这样的评价在其后的文学史中有了变化。在谭正璧1929年写的《中国文学进化史》中,未涉及司马迁。于司马相如则承认他是"汉代最大的赋家",评价却不高:"他因《子虚赋》为武帝所赏,更为《上林赋》以媚之;知武帝好神仙,所以作《大人赋》;知武帝好虚荣,死后犹留《封禅书》以邀宠。""他的作品,又仿佛是辞典,一丝一毫没有表现出自己。像他这样的身世,有他这样的才气和艺术手腕,因为名利心所缚,遂只替君主作了一世的留声机,在文学上未留下一毫功绩,不是很可惜的吗?"①一方面,谭正璧指出司马相如是汉代最大的赋家,即他所具有的赋家代表的价值;另一方面,又说他在文学史上没有什么价值,实则否定了司马相如的经典地位。而到了上个世纪三十年代的文学史中,司马相如的经典作家地位,基本上遭致了否定。如贺凯《中国文学史纲要》说司马相如"是汉代最著名的赋家","所作《子虚赋》《上林赋》《大人赋》都是夸张皇帝的侈靡生活,献媚皇帝的文章,字句堆加,类似一部辞典"②。赵景深《中国文学史新编》说汉代的赋家中"杰出者是司马相如和扬雄",司马相如的"作品有《子虚赋》和《上林赋》作为散文体的代表,《大人赋》作为楚辞体的代表,每每堆砌太过,成为缩小的植物学大辞典;又无深刻的意义,实在不能算是文豪"③。司马相如是赋体代表,但不是文豪的态度极为明确。四十年代,刘大杰的《中国文学发展史》,并未涉及司马迁的《史记》,而对司马相如则基本仍然延续了三十年代文学史的评价。刘大杰认为,汉

---

① 谭正璧:《中国文学进化史》,光明书局1929年版,第47页。
② 贺凯:《中国文学史纲要》,新兴文学研究会1933年版,第76页。
③ 赵景深:《中国文学史新编》,北新书局1936年版,第27页。

代的武、宣、元、成时代,是汉赋的全盛期。"在这一时期内,有名的赋家,是司马相如、淮南群僚、严助、枚皋、东方朔、朱买臣、庄葱奇、吾丘寿王、刘向、王褒、张子侨诸人,名望最大,在赋史上占有最显著的地位的,自然是司马相如。""《子虚》《上林》为司马氏的代表作,亦为汉赋的典型。从贾谊的《鵩鸟》、枚乘的《七发》,到他这时候,才完全离弃楚辞的作风,建立了纯散文的汉赋体"。刘大杰承认司马相如的赋作为汉赋的典型地位,但总体评价不高:"这种文学自然是缺少高贵的情感与活跃的个性,只能用美丽的字句,尽其铺写夸张的能事,外表是华艳夺目,内容却空无所有。"①施慎之的《中国文学史讲话》从总体上对汉赋的评价就不高:"汉代的辞赋,可以说完全导源于楚辞的,于是屈原宋玉,成为中国辞赋的祖宗。不过汉赋之弊,乃是承屈宋的末流,缺乏情感和个性的表现;虽然壮伟古雅,往往太重词藻和故实,堆砌太甚,失掉文学的真价值,这是大可惋惜的。"②因此对司马相如的评价也是批评的多:"前汉辞赋的大家,不能不推司马相如。……他著名的作品,有《子虚》《上林》《大人》《长门》各赋,以《上林赋》最称情景兼到。……司马相如的赋虽好,然而他的作品,只是供帝王贵族的娱乐,毫无个性的表现和情感的发抒,这正是汉赋的通病。"③由上可见,三十至四十年代这一阶段的文学史,介绍司马相如及其作品,不是作为经典对待的,而是作为汉赋的最大赋家介绍的。到了二十一世纪,在袁行霈主编《中国文学史》中,司马迁自然还是以"汉代成就最高的散文家"而高居汉代文学榜首的,他的《史记》也被

---

① 刘大杰:《中国文学发展史》,中华书局1941年版,第111页。
② 施慎之:《中国文学史讲话》,世界书局1941年版,第16页。
③ 同上书,第18页。

## 第九章　教育之于经典的传播与建构

誉为"代表了古代历史散文最高成就"的经典之作。而司马相如也是以经典作家的面目出现的："《汉书·艺文志》著录相如赋29篇,今存5篇。其中《子虚赋》《上林赋》是其代表作,也是汉赋中最优秀、影响最深远、具有典范意义的作品"①。

为了描述和介绍一种文学现象而被涉及到的非经典作家和作品,最典型的莫过于南北朝时期的宫体诗人及其作品。讲授宫体诗,不是因为它内涵的价值和审美的意义,而在于其作为此一时期一种特出的文学现象的范本的意义。譬如袁行霈先生主编的《中国文学史》,在第三编《魏晋南北朝文学》的《永明体与齐梁诗坛》一章,就引了萧纲的《咏舞》其二、庾肩吾的《南苑看人还》、萧绎的《夕出通波阁下观妓》和陈叔宝的《玉树后庭花》等多首诗,这些诗多描写女性的容貌、体态和服饰等:"可怜二八女,逐节似飞鸿。悬胜河阳妓,暗与淮南通。入行看履进,转面望鬟空。腕动苕华玉,衫随如意风。上客何须起,啼乌曲未终。"(萧纲的《咏舞》其二)对这样作品的引用,除了便于分析宫体诗的题材特点和艺术特征,作为标本而展示之外,并无其他的典范意义。因此,不能说文学史立了宫体诗的章节,就意味着宫体诗也是人类优秀的精神产品了。而初唐的作家和作品,选进张若虚的《春江花月夜》,既有其作为典型的宫体题材的考虑,同时也是把它作为经典之作,推荐给学生的。因为这首诗虽然用的乐府旧题,而且春、江、花、月、夜,都是宫体习见题材,但是,这首诗"乃是令人讽咏不能去口的隽什"②,"作者已赋予了它全新的内容,将画意、诗情与对宇宙奥

---

① 袁行霈主编:《中国文学史》第一卷,高等教育出版社2005年版,第161页。
② 郑振铎:《插图本中国文学史》上册,上海世纪出版集团2005年版,第324页。

秘和人生哲理的体察融为一体,创造出情景交融、玲珑透彻的诗境"①。"表明唐诗意境的创造已进入炉火纯青的阶段"②。因此,中国文学史的编者显然是把它作为唐诗意境的经典之作而加以介绍的。还有,在现代文学中,不能不讲鸳鸯蝴蝶派,不能不涉及周瘦鹃的作品。不过在现代的经典作家中,周氏及其作品是无缘列入的。总之文学史和其他高校教材收录的作家作品,并非全是出于收录经典的考虑,因此不能仅凭文学史引用与否而判定其是否为经典。

即使是出于存录和推荐经典的考虑,但是囿于文学史和教材编写者的价值观、学术思想、知识背景、审美水平以及当下的学术时尚和审美标准等局限,如上所举的司马相如的例子,对于哪些作品应该是经典,哪些不是经典,在少数作家作品上还有一定的分歧。而且由于评价标准的不同,对经典价值的认定与评价也会有所出入,对于一个作家的认识也会有一定的差异。尤其是那些时隔尚近的作家和作品,就更是如此,所选作品常常难逃其时效性,有的未必是真正可以站得住的经典。英国著名文学批评家弗·雷·利维斯就曾针对上个世纪英国文学史所列入的经典提出过要进一步甄别的意见,他说:"然而我还是认为,要促进富有成效的探讨,最好则是自己先尽量弄清所判为何,所见何物,努力在所关注的领域里建立起基本的甄别准则,并尽力明晰出之(如有必要,与人明白论争)。在我看来,虚构领域就亟需若干促人深思的甄别性准则。这个领域阔大深远,每每于不知不觉间,便诱使人走上

---

① 袁行霈主编:《中国文学史》第二卷,高等教育出版社2005年版,第192页。
② 同上书,第193页。

## 第九章 教育之于经典的传播与建构

昏判糊断之途,陷入在批评的慵懒怠惰之中。我这里说的是隶属于文学范畴的小说领域,尤其是指维多利亚时代在当下的风行。特罗洛普、夏洛蒂·永格、盖斯凯尔夫人、威尔基·柯林斯、查尔斯·里德、查尔斯·金斯利和亨利·金斯利、马里亚特还有肖特豪斯——那个时代的次等小说家们,一个接一个地被推荐给我们,被人撰文颂扬,被无线电传播,而且透出一个显著的倾向,即是说这些作家不仅兴趣关怀五彩缤纷,而且他们就是当世的经典文豪。(他们不是都已进入文学史了吗?)举凡简·奥斯汀、盖斯凯尔夫人、司各特、'勃朗特姐妹'、狄更斯、萨克雷、乔治·艾略特、特罗洛普等等等等——人们可以推断,无一不是经典小说家了。如此一来,坚持要做重大的甄别区分,认定文学史里的名字远非都真正属于那个意义重大的创造性成就的王国,便也势在必行了。"[1]他认为,进入文学史中的作家,未必就是经典作家。因此对于进入文学史并被媒体推荐的所谓的"经典文豪",也要进行鉴别。

而在中国,在这一方面,现代文学史中表现得最为突出。中国现代文学若以1917年发轫、1949年作为结点的话,至今已经过去了六十余年,有了一段虽然不长但是已经有了一定时间距离的历史沉淀期。这六十年中,思想文化应该说前后有了很大变化,由最初的革命文化发展到极致,转变为1978年后的改革开放文化,但是从总体上看意识形态的性质没有根本改变,然而关于现代文学中哪些作家及其作品属于经典,至今仍然分歧很大,难有定论。

---

[1] 弗·雷·利维斯著,袁伟译:《伟大的传统》,生活·读书·新知三联书店2009年版,第2—3页。

上个世纪八十年代前的中国现代文学史，鲁迅、郭沫若、茅盾和巴金、老舍、曹禺稳居文学史的前数位，没有人怀疑他们的经典作家地位。而沈从文、钱锺书和张爱玲等作家却评价不高。在1979年出版唐弢主编的《中国现代文学史》中，钱锺书和张爱玲都没有进入文学史，沈从文也只列入"其他作家作品"中。这一情况到了文化大革命后发生了巨大变化："'文化大革命'后的现代文学研究处在一个标准不断更新的进程中，人们对现代作家的评价也发生了巨大的变化。原有的'鲁郭茅巴老曹'的文学史格局，受到强烈的震动，人们对这些'大师级'人物有了新的评价，还有人提出了新的现代文学'大师'名单。"①黄修己、刘卫国主编《中国现代文学研究史》，在第五卷第一章的《文学大师重排座次》一节，详细地介绍了这一变化过程。1979年，美籍华人夏志清编著的《中国现代小说史》传入国内。夏著在小说史中给予了沈从文、钱锺书和张爱玲等作家很高的地位，对国内的现代文学研究和教学都产生了很大影响。1984年修订出版的唐弢主编《中国现代文学史简编》中，首次介绍了钱锺书的《围城》，介绍沈从文的篇幅也比前多了一倍。1984年出版的黄修己《中国现代文学简史》中开始介绍张爱玲。1987年出版的钱理群等人编《中国现代文学三十年》也介绍了张爱玲。1989年严家炎的《中国现代小说流变史》中，张爱玲受到了高度评价。

到了上个世纪九十年代中期，现代文学界出现了重排现代文学大师的风潮。1994年，海南出版社出版了王一川、张同道主编

---

① 黄修己、刘卫国主编：《中国现代文学研究史》，广东人民出版社2008年版，第680页。

## 第九章 教育之于经典的传播与建构

的《二十世纪中国文学大师文库》,重排二十世纪文学大师座次。"现在,我们决定用审美标准重新阐释文学史,在20世纪中国文学的广阔背景上排定大师序列。我们选择的标准是作品的审美价值及文学影响,即一部作品向读者提供了什么样的审美体验、享受和升华,而不是它获取了政治宣传册、经济学例证之类的辉耀与成功"①。小说家座次先后为鲁迅、沈从文、巴金、金庸、老舍、张爱玲、郁达夫、王蒙、贾平凹。在王排的座次中,沈从文跃居第二:"沈从文排到第二,这必然与通常文学史座次相悖。我们相信,他借湘西边城风情而对中国古典诗意的卓越再造,足以使自己越过许多'大师'而上升到次席"②。而对于金庸排位第四,此书亦解释道:"金庸位居第四,或许更显离奇,简直就是离经叛道了。一位通俗武侠小说家,怎么可能有资格'混迹'于如此严肃而高雅的文学大师行列中?然而,人们将会看到,他的现代新武侠小说的出现,本身就标志着中国武侠小说在文化境界上的崭新拓展,并在总体上上升到一个前所未有的新高度,也推动了现代中国小说类型的丰富和发展。他在这方面的贡献独一无二,第四席位无可怀疑。"③至于茅盾的落选,此书说明理由如下:"茅盾,若按现成的鲁(迅)茅(盾)巴(金)老(舍)排名,应属仅次于鲁迅的第二小说大师,这里却何以落选了?我们认为,现成排名在今天看来存在问题。它仅仅涉及二十世纪前期(现代文学),并未顾及后代(当代文学)。如果后期作家加入,从整个二十世纪着眼,现成排名势必

---

① 王一川、张同道主编:《二十世纪中国文学大师文库·小说卷》,海南出版社1994年版,第3—4页。
② 同上书,第5页。
③ 同上书,第5—6页。

重行修订。同时,现成排名过分倚重'现实主义'、'史诗'这较单一的价值尺度,忽略文学审美世界的丰富性和多样性,所以把一些杰出大师如沈从文、郁达夫和金庸排斥在外。他们加入进来,必然动摇茅盾的地位。不可否认,茅盾在文学理论、批评、创作和领导等几乎各方面都影响巨大,如果总体上排'文学大师',他是鲜有匹敌的,第二位置应当之无愧,但我们这里只是从'小说大师'这一方面着眼。作为小说家,茅盾诚然贡献出《虹》等佳作,但总的说往往主题先行,理念大于形象,小说味不够,从而按我们的大师标准,与同类小说家相比,难于树立'小说大师形象'"①。诗歌的大师座次依次是穆旦、北岛、冯至、徐志摩、戴望舒、艾青、闻一多、郭沫若、纪弦、舒婷、海子和何其芳。穆旦排为现代诗歌大师首席,被誉为"中国现代诗最遥远的探险者,最杰出的实验者与最有力的推动者"②,其评语如下:"穆旦并不广为人知——这正是中国的悲哀。穆旦呈现了开创与总结的集合,他以西方现代诗学为参照,吸收现代生活语汇,建构了独立的意象符号系统,为20世纪中国现代诗学带来了革命性振荡。穆旦潜入现代人类灵与肉的搏斗的内部,他诗的力度、深度与强度抵达了空前的水准,构成了中国现代知识分子的一部心灵史。"③散文的大师为鲁迅、梁实秋、周作人、朱自清、郁达夫、贾平凹、毛泽东、林语堂、三毛、丰子恺、冰心、许地山、李敖、余秋雨、王蒙。在散文大师中,加入了当代的贾平

---

① 王一川、张同道主编:《二十世纪中国文学大师文库·小说卷》,海南出版社1994年版,第3—4页。
② 王一川、张同道主编:《二十世纪中国文学大师文库·诗歌卷》,海南出版社1994年版,第2页。
③ 《纯洁的诗歌》,同上书,第3—4页。

凹、李敖、余秋雨和王蒙,而1949年以后风靡一时的秦牧、杨朔、魏巍和刘白羽却落选,此书解释原因道:"1949—76年间众名家纷纷落选。在那一切都政治化的氛围中,作为写真性的散文,或多或少地受到浸染,很多名家成了时代集体意识的杰出歌手,但于写独特的个人心性上往往功亏一篑。"①

1995年,钱理群在谈与人合著彩色绘图本《中国文学史》的构想一文中,提出要对文学史上的作家进行"历史的重新筛选",以"作品的美学价值,现实与超越意义的结合程度"②,作为重新筛选的价值标准,也列出了"更为重要的文学史地位"的作家名单:"我们正是基于这样的认识,在这次'重写'中提出了自己的文学史定位。在我们看来,20世纪中国出现了一位足以与中国文学史与世界文学史上的伟大作家相并列的伟大作家,这就是鲁迅,这应该说是'20世纪中国文学'的一个带有标志性的重大收获。在鲁迅之下,我们给下列六位作家以更高的评价与更为重要的文学史地位,即老舍、沈从文、曹禺、张爱玲、冯至、穆旦。"③在这里,不仅茅盾,他如郭沫若、巴金也都未能获得"更为重要的文学史地位"。是什么原因?编者未予回答。但是对于张爱玲、冯至和穆旦,却有解释。张爱玲在文学史上的独特意义与价值,就在于:"她对于'战争'的独特而真实的生存体验,以及由此而形成的她的'边缘性的话语方式';不同于主流派作家与文学的独特的感受,把握、表现

---

① 《拥抱性灵》,王一川、张同道主编:《二十世纪中国文学大师文库·散文卷》,海南出版社1994年版,第2页。
② 钱理群:《"分离"与"回归"——彩色绘图本〈中国文学史〉(20世纪部分)的写作构想》,《反观与重构》,上海教育出版社2000年版,第192页。
③ 同上书,第193页。

世界的方式,独特的历史观、人生哲学与审美追求。"①"张爱玲完全自觉与自由地出入于'传统'与'现代','雅'与'俗'之间,并且达到了两者的平衡与沟通:这正是她的特殊所在。"②冯至之所以也能登榜现代文学前六名,在钱理群看来,不仅仅在于他的《十四行集》"是本世纪最杰出的新诗诗集","但我们还想强调,仅仅从诗歌领域去评价冯至的意义,是远远不够的。尽管长期以来,冯至在人们心目中是作为一个'诗人'存在的,但冯至同时是散文集《山水》的作者,中篇小说《伍子胥》的作者,仅有的这两部作品,却都达到了40年代,以至整个现代散文、小说创作的艺术高峰。像冯至这样,以其极其精粹的三部作品,同时占领诗歌、小说、散文三个领域的艺术制高点,树立起三块艺术的里程碑,在中国现代文学作家中是仅见的,在世界文学中也是罕见的。"③至于穆旦,钱理群坦言,把他作为中国最重要的诗人,也许会引起争议,但是作者解释其理由:"我们所看重的是穆旦诗歌中的'现代性':不是来自对西方某种'现代'观念的横移,而主要出于自身直面'战争'与'死亡'的个体感性生命体验,穆旦建立了自己的怀疑主义,'在毁灭的火焰中',他发现与正视'历史的矛盾'与不断分裂、破碎的自我,从而在思维方式,感受与把握世界的方式上,直接承接了鲁迅,并由此而建立了自己的智性化的,近于抽象的隐喻似的抒情方式,从根本上突破了中国传统诗学规范。"④如黄修己先生所言:"在这

---

① 钱理群:《"分离"与"回归"——彩色绘图本〈中国文学史〉(20世纪部分)的写作构想》,《反观与重构》,上海教育出版社2000年版,第193页。
② 同上书,第194页。
③ 同上。
④ 同上书,第195页。

## 第九章 教育之于经典的传播与建构

些新的名单中,原有的文学史格局被重新洗牌了。沈从文、张爱玲、钱锺书和穆旦等人成为文学大师名单中的'新秀'。但最为引人注目的还是郭沫若和茅盾的位置变动。郭沫若一直被视为鲁迅之后的第二号人物,但在王一川的诗歌大师名单中,郭沫若已经排到第六位,对他的评价也不高。而在钱理群的文学大师名单中,郭沫若名落孙山。……茅盾也落选小说大师名单。……在钱理群的大师名单中,也没有茅盾。"①

　　本文无意评价这场大师排名的允当与否,也无意评价大师排名风潮本身的是非。但是从中国现代文学史三十余年的巨大变化中可以得出这样的认识:高校教材中对年代且近的经典的认定,对经典的建构会有影响,但是对经典的命运不可能产生决定性的影响。某一个时期、某一部教材所认定的经典,时过境迁,会在另一个时期的教材中名落孙山;更有甚者,就是在同一时期,不同教材对经典的认定也会有所不同,甚至有根本的不同。原因何在?陈思和谈到现当代文学时说过的一个观点,可以解释这个问题:"我在20多年前《中国新文学整体观》时谈过一个现象,未来文学中出现任何一个新的文学实践,都可能改变我们对整个文学史的既定看法。譬如上世纪80年代对西方现代主义思潮的引进和再认识,导致了对现代文学史上的新感觉派、现代派的重新评价;上世纪90年代,上海经济起飞引起了对上世纪30年代老上海的怀旧热、海派文学以及张爱玲创作的追捧,张炜、莫言、张承志等一大批作家走向民间的写作立场,又引起了我们对文学史上沈从文、萧红

---

① 黄修己、刘卫国主编:《中国现代文学研究史》,广东人民出版社2008年版,第685页。

等持民间立场的作家的进一步关注;新世纪以来,旧体诗词、网络文学、类型小说以及科幻动漫等创作现象的泛滥,又激起了对文学史上'雅俗鸿沟'的再讨论,等等,我们的文学史就处于不停地重新认识、重新鉴定的过程中,这也是当年'重写文学史'的基本出发点。要想现代文学有个定论的文学史,选出一批'经典'不能动摇的地位,大约都是靠不住的,时间、未来、社会走向,都会改变我们今天的文学史观念。"① 陈思和所讲颇有道理,一定时期的教材,具体讲要受到编写者个人主观因素的局限,如编写者的意识形态属性以及其审美观念;从更为宏观的历史过程来看,更受制于时代风尚的制约,因此,不可能对经典的传播与建构起到决定性的作用。

由上也可以得出这样的结论:教育对经典的影响,并不在于凡进入教材的作家和作品,就必然是经典,或者必然成为经典。因此对教育决定了经典的说法,本文作者并不表示赞同。原因是学校的教材对经典的确定只起到一定的作用,并不起决定性作用。如上所述,对于传统的文化遗产,教材中选入作者和作品,当然要考虑到作者和作品的典范性,因此,必然要把优秀的精神遗产作为首选。但不能因此说是教育确定了经典,应该是经典通过教育而扩大了传播和影响。这是因为,经过漫长的历史传播,何为经典,已经形成基本的共识。不同时期的教材编写者,受到其价值观以及社会时尚的左右,自然会影响到其对作者作品的遴选与评价。但他们却不能无视历史的共识而完全另搞一套。上个世纪的二三十

---

① 《文学会使校园变得更美好——复旦大学文学院院长陈思和访谈》,《文艺报》2013年7月19日,第2版。

第九章 教育之于经典的传播与建构

年代,胡适的影响力甚大,他不顾传统,或对经典作家褒此贬彼,或以白话为标准,确定了新的文学经典,略去一些旧经典,同样遭到了学术界的批评,此即明证。所以更确切地说,教育在经典的建构中主要发挥的是传承与传播的作用。

当然,出于政治的、利益集团的需要,在教材的编写中,也会选入年代较近、编者自认为的优秀作品,甚至把这些作品评价为经典。但是其选编者的意愿能否实现则是另外的问题。入选作品确为人类文化的精华,经过时间的检验,得以流传,形成了重大影响,因此而被后人确认为经典,这样的作品也可以说因为某一时代、某一时期被选入教材,以此为契机而成为经典。但是起决定作用的却不能因此而说成是教育。更何况,某一时代、某一时期被作为精品甚至经典选入学校教材的作品会有很多,但是,有的寿命多则不过十几年,少则不到数年,昙花一现,很快就被读者遗忘,这就更证明了教育决定了经典命运说法的不可信。

## 四

教育对经典的传播与建构的影响,除了从教育制度和教学内容考察之外,还可以从读者阅读的角度入手,开辟另一条考察的渠道。如果把受教育的学生视为一名普通读者的话,教育对读者阅读和接受经典的影响,主要应从以下两个方面去考察。其一,小学、中学和大学所选的作者及其文章,会形成读者此后阅读经典的前见,影响到他对经典的认知。其二,更重要的是学校教育会干预学生阅读兴趣的形成,而学生时期所形成的阅读兴趣又往往影响甚至决定了一个人一生的阅读兴趣。这才是教育对经典传播产生的更为深刻的影响。

美国塔夫茨大学儿童发展中心心理学教授玛丽安娜·沃尔夫把阅读者分为五种类型：萌芽级阅读者、初级阅读者、解码级阅读者、流畅级阅读者和专家级阅读者①。这五种类型，实则就是人阅读的五个阶段。而小学至中学，正处于初级阅读者、解码级阅读者、流畅级阅读者中间三个阶段。初级阅读和解码级阅读还处于儿童由识字到整合语词的学习阅读阶段，"解码级阅读者还很稚嫩，才刚开始学习运用他们不断增长的语言知识与厘清文本的推理能力"②，只有到了流畅级阅读，才进入真正的阅读与理解阶段，即超越已知信息，能够独立思考的阶段。"在这样的地方，儿童理解力的成长十分惊人，他们在其中学习联结先前的知识、预测结果的好坏，在每一个充满危险的角落进行推理，修正他们理解的漏洞，并且解释每一个新的线索与启示，或者以新增的知识来改变旧有的认知……他们从了解文本字面的意义，进展到探索文字背后令人惊奇的领域"③。这个阶段一直持续到青少年时期。应该说进入到这样可以流畅阅读阶段的读者，已经接近于成为自主阅读的独立读者。而这个时期，已经进入到经典的重要接受期。在美国，"美国教育机构仅为高中学生求学期间开列出的必读的经典书目就有20部之多。我们不妨看一下这一个书目：莎士比亚的《哈姆雷特》，弥尔顿的《失乐园》，柏拉图的《理想国》，奥斯汀的《傲慢与偏见》，马克思和恩格斯的《共产党宣言》，陀思妥耶夫斯

---

① 玛丽安娜·沃尔夫著，王惟芬、杨仕音译：《普鲁斯特与乌贼——阅读如何改变我们的思维》，中国人民大学出版社2012年版，第111页。
② 同上书，第126页。
③ 同上书，第138页。

## 第九章 教育之于经典的传播与建构

基的《罪与罚》,托尔斯泰的《战争与和平》,马克·吐温的《哈克贝利·费恩历险记》,惠特曼的《草叶集》,爱默生的《演讲集》等等"①。但是,这个阶段的青少年读者,正处于心智的成长健全期和知识的接受期,如玛丽安娜·沃尔夫所言,这一时期的青少年仍然是自主性和理解力都在成长的可塑时期,还没有达到阅读的自由阶段,其阅读兴趣和取向都有很强的可塑性。因此这一时期的阅读经验相对于成年的阅读经验而言,印痕更深,导向性更强,对于其以后的阅读会产生很重要的影响。"童年和少年时代的头两三年,正是我们一生中最完满、最优美的部分,它是真正属于我们的,也几乎可说是最重要的;它在不知不觉中规定了我们的未来"②。这一时期的阅读经历,对于孩子的精神成长至为重要,会直接影响到他的未来。俄国的思想家赫尔岑回忆其在儿童时期的阅读时说:"我读了些什么呢?长篇小说和喜剧是不用说的。我还读了五十来册法国的《剧目》(指《法国上演剧目大全》)和俄国的《戏剧》(指《俄国戏剧剧本全集》),每册有三到四个剧本。除了法国作品,我母亲还有拉方登的小说和科策布的喜剧,这些书我都读过两遍。长篇小说对我的影响不能说很大,我像所有的孩子一样,喜欢找那些含有轻薄意味的、不正经的场面看,然而它们没有引起我的特别兴趣。有一个剧本使我着了迷,它对我的影响大得多,我反复读过二十来遍,不过我读的是《戏剧》中的俄译本,这就是《费加罗的婚礼》。我爱上了薛侣班和伯爵夫人,不仅如此,我自己就成了薛侣班;阅读时,我的心都收缩了,我感到了一种新

---

① 徐鲁:《重返经典阅读之乡》,上海教育出版社2001年版,第16页。
② 赫尔岑著,项星耀译:《往事与随想》,人民文学出版社1993年版,第51页。

的体验,虽然我还不清楚这是什么。"①"我忘记提到《维特》(指歌德的小说《少年维特的烦恼》),它也像《费加罗的婚礼》一样,使我沉醉。这小说有一半我不能理解,跳过去了,急着看那可怕的结局,看完,我发疯似的哭了。1839年,我无意之中又看到了《维特》,这是在弗拉基米尔。我告诉我的妻,我小时候如何为它哭泣,并把最后几封信念给她听……念到那个地方,我的眼泪又夺眶而出,我只得停止诵读。"②儿童时期阅读作品对赫尔岑精神世界的影响,还缺少研究。但是,从赫尔岑的回忆录来看,儿童时期阅读的作品显然对其激情浪漫的革命性情产生了影响。他在写到其大学初毕业以后的生活时说的一段话,就能证明这样一个论断:"奔放的热情有时胜过一切道德说教,更能防止真正的堕落。""青年一代而没有青春的气息,这样的民族我认为是最可悲的;我们已经看到,单单岁数上年轻是不够的。德国大学生最荒谬幼稚的时期,也比法国和英国青年那种老气横秋的市侩作风好上一百倍;我觉得,美国十五岁的老成少年简直令人作呕。"③赫尔岑崇尚青年奔放激情的思想来自何处,最重要的来源之一,就是他少年儿童时期的阅读。

英国作家伍尔夫在《读书的自由与限制》一文中说:"关于读书,一个人可以对别人提出的唯一的指导就是不必听什么指导。""因为,作为一个读者,独立性是最重要的品质;因为,对于书,谁又能制定出什么规律来呢?滑铁卢战役是哪一天打起来的——这种事当然会有肯定的回答;但是要说《哈姆雷特》是不

---

① 赫尔岑著,项星耀译:《往事与随想》,人民文学出版社1993年版,第32页。
② 同上书,第33页。
③ 同上书,第139页。

是比《李尔王》更好，那就谁也说不准了——对这样的问题，我们每个人都只能自己拿主意。如果把那些衣冠楚楚的权威学者请进图书馆，让他们来告诉我们该读什么书，或者我们所读的书究竟有何价值，那就等于在摧毁自由精神，而自由精神恰恰是书之圣殿里的生命所在。"① 这是在强调读书的独立和自由，其意义极为深刻。

读书自然是需要独立和自由的，然而少年儿童则又当别论。由于阅读能力的限制，即阅读理解力和判断力的局限，少年儿童还无法做到阅读自由，还需要老师以及家长的辅导。因此，中小学教育中对经典作家和作品的介绍，会成为比其成年阅读经验更为深刻的阅读前见，有的很可能根深蒂固地盘结在读者的头脑中，成为永远挥之不去的印痕。前苏联著名教育家 B. A. 苏霍姆林斯基说："自我教育和个人的精神生活是从书本开始的。……为了培养一个人能在精神上独立生活，必须把他引进书的世界。书应该成为每一个学生的良师益友和明智的教导者。我认为使每一个学生在小学毕业时能向往单独与书相处——向往默想与沉思，是一项重要的教育使命。单独与书相处并不意味着孤癖，这是思维、情感、信念和观点的自我教育的开始。只有当书作为精神上的需要进入幼小者的生活时，这样一个开始才有可能。"② 正是因为认识到少儿阅读对于一个人精神成长的重要影响，苏霍姆林斯基在他的快乐学校中，从一到四年级设置了类似于经典阅读的课程，通过讲故

---

① 弗吉尼亚·伍尔夫著，刘文荣译：《伍尔夫读书随笔》，文汇出版社2012年版，第3页。
② B. A. 苏霍姆林斯基著，毕淑芝等译：《育人三部曲》，人民教育出版社1998年版，第214页。

事和朗读等形式来阅读:"第一部分是故事……这一部分书可供小学四个学年使用。这一部分所选的故事都是通过鲜明的艺术形象体现能为孩子理解的深刻的人道主义思想的作品。它们是:Л.托尔斯泰的《鲨鱼》《跳跃》《高加索的囚徒》,П.叶尔绍夫的《驼背小马》,М.科秋宾斯基的《小松树》,В.茹科夫斯基的《睡女皇》《独眼巨人洞历险记》,Д.马明-西比里亚克《多嘴的傻猎人》《冰天雪地里过冬的地方》《财主和小便帽》《养子》《小灰脖》,安徒生的《小不点儿》《丑小鸭》《皇帝的新装》,雨果的《柯泽塔》和《加夫罗什》(选自《被抛弃的人》),格林兄弟的《根泽利和格列捷利》《懒惰的甘斯》《三个幸运儿》,А.普希金的《萨尔坦王的故事》《死皇后的故事》《驿站长》《安查尔树》《囚徒》《保姆》《小鸟》《冬日的傍晚》,亚努什·科尔恰克的《如果我返老还童》,В.科罗连科的《地下的孩子》,Н.涅克拉索夫的《农民的孩子》《雅科夫叔叔》《马扎伊爷爷和兔子》,И.屠格涅夫的《一只雌鹌鹑》,Д.格里戈罗维奇《橡胶孩子》,В.加尔申的《信号》,А.库普林的《椋鸟》,К.斯坦纽科维奇的《马克西姆卡》《保姆》《逃亡》,А.契诃夫的《醋栗》《小白花顶》《万卡》《逃亡者》《男孩子》《变色龙》,Г.先克维奇的《乐师杨科》,杰克·伦敦的《基什的故事》,马克·吐温的《汤姆·莎耶历险记》,М.高尔基的《贝贝》《帕尔马的孩子》《叶夫西卡的遭遇》《伊利的童年》《早晨》,А.盖达尔的《丘克和盖克》《远方的国家》《铁木儿和他的伙伴们》,В.邦奇-布鲁耶维奇的《列宁和孩子们》,А.捷斯连科的《小学生》,帕纳斯·米尔内的《严寒》,И.弗兰科的《格里采夫的学校生活》《铅笔》,А.科诺诺夫的《列宁的故事》,Л.科斯莫杰米扬斯卡雅的《卓娅和舒拉的故事》《少先队英雄的故事》,Д.别济克的《奥列格·科舍沃伊的童年》,В.卡塔耶夫的《团队之子》，A.戈洛夫科的《皮利普科》《红手帕》。阅读这些作品对孩子来说，不仅能认识世界，进行有助于培养扎实的技能和技巧的练习，而且也是培养感情和道德的学校"①。这里所选择的不仅仅是经典作家的作品，还有前苏联作家适合儿童阅读的作品，而且带有明显的意识形态的印痕。每本书对孩子以后对经典的接受究竟起到什么样的影响，由于苏霍姆林斯基没有涉及，因此还无从论证。但是阅读这些作品，如教育家苏霍姆林斯基所说，"每一本书都在孩子的心灵中留下深刻印象"②，这却是事实，因此也必然成为阅读者此后接受经典时的前见。孩子在学校接触到的经典作家，会在孩子的心中留下深刻的印象，有的甚至成为其一生崇拜的作家；而学生在学校阅读过的经典作品的题材内容和体裁形式，也会逐渐累积为学生的阅读取向，偏爱某一经典作家，偏爱某一类题材或体裁的作品。

到了大学阶段的青年学生，与中小学相比无疑已经成为相对独立的阅读主体，他们不仅有了一定的理解力和判断力，而且能够基于个人生活经验，对阅读文本进行创造性的接受。按照玛丽安娜·沃尔夫的阅读分类，大学生正处于由流畅级阅读向专家级阅读培养和发展阶段。"随着我们逐渐成熟，面对文字时。我们不仅会动用词语时间轴上所列的一切认知才能，也会联系到我们的生活经验，我们的喜爱、遗憾、高兴、痛苦、成功与失败都会左右我们的阅读生涯。我们对阅读的诠释通常会引导我们超越作者的思

---

① B.A.苏霍姆林斯基著，毕淑芝等译：《育人三部曲》，人民教育出版社1998年版，第211页。
② 同上。

想,向新的方向思考。"①但是这里说大学生是相对独立的阅读主体,而不是自由的阅读主体,乃是因为在这一阶段的青年读者,出于专业培养的需要,他们的阅读仍然要受到教师的辅导以及教学大纲的制约。俄罗斯国立莫斯科大学教授纳·达·塔马尔钦科在题为《他们在学校如何教作文……》一文中指出:"大多数年轻人无法认识到他们的与生俱来的表达个人观点和对所读材料进行独立判断的人类智能和倾向。"②年轻的读者们所呈现的,"要么是许多杂乱无章的个人评价和观点,通常只是纯粹的自我表达,而与正在讨论的文本几乎毫不相关;要么是对某个权威的明显服从"③。俄罗斯国立莫斯科大学教授塔吉雅娜·维涅蒂克多娃显然赞同这一见解,在引述了纳·达·塔马尔钦科的这段话后亦说:"后一种态度可能与(大概已被抛弃的)苏联习惯有关,而前一种态度与新的(大概不同的)自由主义的方法有关。实际上,在塔马尔钦科教授眼里,这两种态度是相似的,因为二者都表明(他们)无力作出独立的、经过深思熟虑的、合理的评价。"④对阅读对象的评价杂乱无章,与文本毫不相关,说明大学生还不具备专业的阅读眼光和专业的批评能力,还无法进入到自由的阅读境界。正因为如此,所以他们需要通过老师讲授和阅读教材来接受阅读辅导:"假如中学的最高年级、综合性大学或工学院的学生们来读'英语文学',实际上,他们所做的无非是花费大量的时间去'探讨'和'理解'文

---

① 玛丽安娜·沃尔夫著,王惟芬、杨仕音译:《普鲁斯特与乌贼 阅读如何改变我们的思维》,中国人民大学出版社2012年版,第148页。
② 转引自塔吉雅娜·维涅蒂克多娃:《阅读经典与我们自身》,见《文学经典化问题研究》,人民文学出版社2010年版,第8—9页。
③ 同上。
④ 同上书,第9页。

学,即通过聆听批评(老师的讲授)和阅读批评(书与文章)来创造出批评(课堂研讨和各种文章等等),并使他们自己成为蛮不错的批评家(其实这一点也就是通过期末考试来衡量罢了)。"①通过老师的讲授来聆听批评,就是接受老师对阅读文本的辅导,而阅读批评著作和文章,也同样是接受辅导,不过是辅导的形式不同而已。正因为大学生的阅读是在老师的辅导之下开展的,因此极容易受到老师和教材的影响,甚至盲从专家的权威论断。而在大学,无论教材还是课堂讲授,比起中学,更多地涉及经典作家和作品,如前面讨论过的文学史。但由于大学生的阅读还不完全具备专业的水平,因此学校的经典教育施与学生的实则是带有明显的塑造型的影响。

## 五

考察教育对经典的传播与建构的影响,还有一个问题需要讨论,即在学校里所表现的经典之争的性质问题。因为欧美等国家,在讨论学校里的经典之争时,多把其视为权力之争。而实际情况又是如何呢?

无论古代还是当代,教育都从属于统治者的政治权力。但这是总体上而言,实际情况是教育并不简单地从属于统治者的政治权力,教育比较集中地体现了现代与传统、官方与民间、本土与外来文化以及在同一国土和族群内不同利益集团之间的思想、观念、

---

① 彼得·威德逊著,王众译:《导言:英语文学研究的危机》,中国社会科学院外国文学研究所《世界文论》编辑委员会编:《重新解读伟大的传统——文学史论研究》,社会科学文献出版社1993年版,第169—170页。

文化上的交流、合作,乃至较量和冲突。而这些纠葛都在经典的传播和建构上表现出来。因此在教材中对于经典的选择及其评价,既有政治权力影响的因素,又不完全如此,有的或可隐含着其他的力量的较力,有的或者根本就没有所谓的权力之争,这是我们研究经典与教育的关系时必须注意到的。

在教育环境中,政治权力对经典传播、建构的影响主要是通过制度而实施的。更具体地说,政治是通过教育目的、教育机构和教育的规章制度来影响经典的传播与建构的。就一般而言,政治权力是能够通过教育制度推行其意志的。比如,在中国古代社会,朝廷通过科举制度,保障"五经""四书"的经典地位。在中国当代社会,国家亦通过教育纲要以及马克思主义工程等项目来保障马克思主义经典进教材,进课堂,进头脑。然而,教育目的和其规章制度的贯彻执行,必须通过教育机构,如中国高校院系的三级设置:学校、学院和科系或教研室;必须通过更为具体的实施者:教师。而这些教育机构以及实施个体,对于精神产品的认识,亦有其相对独立的意志和权力。一个学校,一个学院,一个教研室,在其办学过程中,或者是教学及研究过程中,形成了自身的学术传统,甚至形成了学术流派;而具体落实到教学和研究的教师个体,价值观、审美观、历史观以及学术传承的差异更大,因此而表现为对待特定的精神产品,教育机构与教学个体或者与教育制度保持同步(一般来说是如此),或者与教育制度拉开距离,甚至形成对立。即使是在教育机构内部,在价值观基本相同的情况下,也会因为历史观、审美观等等学术观点的不同,造成对经典接受与评价的不同。

因此,在教育界,围绕经典而展开的论争,有的表现为不同意识形态、不同政治权力之间的斗争,有的则并不表现为不同政治权

## 第九章 教育之于经典的传播与建构

力集团之间的利益冲突,也可以表现为学术派别之间的经典话语权之争,还有个人观点的差别。在西方,上个世纪七十年代以来,争夺经典话语权的斗争已经成为自觉的行动,何谓经典、哪些是经典的争论越来越激烈,发展为"文化战争",以致维护经典权力的哈洛·卜伦将对经典持有异议的后现代学者称为"憎恨学派"。但是整体看来,西方的经典之争仍是保守派或曰传统派与激进派的学派之争。在我国,上个世纪二十年代古史辨派关于《诗经》展开的讨论中,胡适、顾颉刚等学者非得要把《诗经》从经学的位置上拉下来,阐释以民间的"本来面目"。这场学术之争,其实质是新的意识形态、新的思想与旧思想、旧的意识形态之间的斗争,应该是民主思想力图摆脱封建思想阴影的一种努力。而此一时期围绕屈原及其楚辞而展开的论争,所反映的则是不同研究方法的差异。1922 年 9 月 3 日,胡适在《努力周报》第十八号的增刊《读书杂志》上发表了《读楚辞》一文。在这篇文章中,胡适首先否定了《史记·屈原贾生列传》记载的可靠性,进而对屈原这个作家的真实存在提出了质疑,认为屈原是一个"箭垛式"的人物:"我想,屈原也许是二十五篇《楚辞》之中的一部分的作者,后来渐渐被人认作这二十五篇全部的作者。但这时候,屈原还不过是一个文学的箭垛。后来汉朝的老学究把那时代的'君臣大义'读到《楚辞》里去,就把屈原用作忠臣的代表,从此屈原就又成了一个伦理的箭垛了。"①其次,推断《楚辞》二十五篇作者,认为只有《离骚》和《九章》中的部分篇章,或者是传说中的屈原作品。胡适此论一出,在

---

① 严云受编:《胡适学术代表作》(上卷),安徽教育出版社 2007 年版,第 176—177 页。

学术界就引起轩然大波,围绕屈原及其作品问题,学术界分为证实和怀疑两派。1922年11月,梁启超在18—24日的《晨报副镌》上发表《屈原研究》一文,论述了屈原的生平和身世,分析了楚辞产生的原因,并结合屈原身世对二十五篇楚辞作了梳理。认为:《离骚》"当是他最初的作品。起首从家世叙起,好像一篇自传"[1]。《天问》:"或是未放逐以前所作……这篇体裁,纯是对于相传的神话发种种疑问:前半篇关于宇宙开辟的神话所起疑问,后半篇关于历史神话所起疑问。对于万有的现象和理法怀疑烦闷,是屈原文学思想出发点。"[2]《九歌》:"含有多方面的趣味,是集中最'浪漫式'的作品。"[3]《九章》"并非一时所作","是《离骚》的放大"[4]。《远游》"是屈原宇宙观、人生观的全部表现,是当时南方哲学思想之现于文学者"[5]。《招魂》"是写怀疑的思想历程最脑闷最苦痛处"[6]。《卜居》"是说两种矛盾的人生观"[7]。《渔父》"是表自己意志的抉择"[8]。不仅如此,梁启超的文章还从"想象力"的角度,对屈原在文学史上的地位,给予了高度肯定,认为"就这一点论,屈原在文学史的地位,不特前无古人,截到今日止,仍是后无来者"[9]。"想象力丰富瑰伟到这样,何止中国,在世界文学作品中,

---

[1] 洪治纲主编:《梁启超经典文存》,上海大学出版社2003年版,第129页。
[2] 同上。
[3] 同上。
[4] 同上。
[5] 同上。
[6] 同上书,第130页。
[7] 同上。
[8] 同上。
[9] 同上书,第142页。

## 第九章 教育之于经典的传播与建构

除了但丁《神曲》外,恐怕还没有几家够得上比较呢"①。这场论争直接关系到屈原这位经典作家及其作品存在的真实合法性。但是,无论胡适,还是梁启超,都引用了新的文学观,如胡适的"箭垛式"文学观,梁启超的文学与哲学平行发展观、南北文化交融说以及他关于写实与浪漫文学的划分。所不同的是胡适持疑古的态度,采用了"大胆假设,小心求证"的方法,而梁启超则坚持了传统的知人论世的研究方法。因此,上个世纪二十年代展开的关于屈原及其作品的论争,显然不是政治权力之争,亦非新旧观念之争,而是研究方法不同带来的对经典认识的差异。

我们再来看中国上个世纪九十年代大师排座次之争。自现代文学之外的人看来,这场排座次之争有些近乎江湖气的可笑。然而现代文学界的学者对此却是十分认真的,是出自学术界重新审视现代文学、急于建立现代文学经典的责任和不可遏止的心理焦虑。如黄修己先生所说的那样,"文学大师的新选择与新评价,是文学史经典化的必然"②。然而此次经典之争所反映的情况,远比前面所论述的上个世纪二十年代围绕《诗经》和楚辞的论争复杂得多。这里边既有学术观点之争,表现在现代文学界重社会价值的一派与重审美价值一派观点之间的差异;亦有自《在延安文艺座谈会上的讲话》以来所形成的社会主义文学观与新时期以来欧美文学观念影响所造成的观念冲突。分析新时期以来现代文学经典之争的背景,揭示其内部所潜藏的各种较力,远非本文力所能及。本书只以此例说明教育界围绕经典之争的内在的复杂性。

---

① 洪治纲主编:《梁启超经典文存》,上海大学出版社2003年版,,第143页。
② 黄修己、刘卫国主编:《中国现代文学研究史》,广东人民出版社2008年版,第684页。

总之,教育之所以重视经典,是因为经典乃是教育机构从培养某种人才出发,灌输某种价值观、确立某种人才规格的重要途径。因此,经典与教育的关系至为密切,教育在经典的传播与建构过程中发挥着重要作用。主要表现为:传统的优秀作品进入教材,不断扩大其传播与影响,使传统经典在不同时期得到确认;而年代切近的作品进入教材,获得了成为经典的契机。更为重要的是经典进入教材,通过教学直接影响到青少年学生的阅读取向和阅读心理,成为其未来认识和阅读经典的前见。可是,教育对经典传播与建构的影响是有限而非无限的,发挥的只是多种作用之一,而非人们所认为的唯一的决定性作用。这是因为影响经典的因素有许多,即使是教育,教材对作品的选取也并非只有经典这一唯一的标准,而且受教材编写者主观因素的制约,对经典的判断也有一定的出入。

# 第十章 大众阅读与经典面临的挑战

以上用了很大篇幅讨论经典,立场已经十分清楚,即认为经典作为人类活性的优秀文化遗产,理应得到很好传承。当然,对待经典亦如对待一切人类的文化遗产,既要看到经典传世的普遍价值,同时也要认识到,任何文化遗产都会受到写作时代的影响,有其现实的"时尚"性,必然随着时间的推移,有一些内容会失去其仍可存世的意义。而且,也应承认经典有其民族性,这种民族性不仅仅表现为以语言为主要特征的表达方式,还表现为不同民族的不同关切与不同的思考成果。因此,我们对待经典不能犯绝对主义的错误,如古人所说的那样,凡是经典必然就是万世不变的"恒久之至道,不刊之鸿教"①。但是这与消解、拒斥经典,是完全不同的态度。然而,亦应看到,自上个世纪七十年代以来,经典就受到了来自学界的挑战;尤其是近些年来,大众文化的兴起,使经典阅读受到大众阅读的强力冲击,形势更为严峻。

学术界上个世纪七十年代以来围绕经典而展开的论争,在作

---

① 刘勰:《文心雕龙·宗经》,詹锳:《文心雕龙义证》,上海古籍出版社1989年版,第56页。

者看来,其话题的实质并不完全在于是否废除经典,其很重要的初衷则在于占有经典的话语权,重构经典。如美国普林斯顿大学非裔教授科内尔·韦斯特的文章所言,"旨在扩大旧经典或构成新经典的努力"①。最初,希拉·狄兰妮为大学生编选一本反传统的文集,目的在于对抗乃至取代官方经典;路易·坎普和保罗·洛特编选的《文学的政治》一书,也主要是批评传统的文学研究与教学以男性白人作家为主。激进的后现代主义反对经典,乃是认为传统经典带有太多的政治、种族、性别和权力的色彩。如斯坦福大学教授汤姆·莱恩达尔所概括的:"简而言之,传统经典反映白种人的、资产阶级男性的价值观和偏见,忽视了非主流文化、非强势种族、弱势群体及女性的文学成就。"②因此而遭到后现代学者的激进反对。所以说有些后现代学者挑战的是传统的经典,试图重新建构经典。在我国则更是如此。有关经典的文章和论著中,更多的观点还是在于讨论传统经典存在的合法性问题。尤其是在现当代文学研究界,争论的焦点为哪些作家作品是经典、那些作家作品不是经典的问题。因此学术界对于经典的论争,并不会对经典的存在和传播构成实质性的威胁。

对经典造成真正挑战与威胁的则是来自于新时期的大众文化。因为"文化工业的产品到处都被使用","文化工业的每一个产品,都是经济上巨大机器的一个标本,所有的人从一开始起,在工作时,在休息时,只要他还在进行呼吸,他就离不开这些产品。

---

① 《少数者话语和经典构成中的陷阱》,罗钢、刘象愚主编:《文化研究读本》,中国社会科学出版社 2000 年版,第 198 页。
② 汤姆·莱恩达尔:《文学经典在美国大学课程中的衰落》,《文学经典化问题研究》,人民文学出版社 2010 年版,第 114 页。

## 第十章 大众阅读与经典面临的挑战

没有一个人能不看有声电影,没有一个人能不收听无线电广播,社会上所有的人都接受文化工业品的影响"①。在本书的第八章,已经讨论过大众传媒对于经典的消解作用,本章拟集中研究受大众文化影响所形成的大众阅读对经典阅读形成的严重挑战。

一

大众文化这一概念,最早流行于二十世纪三十至五十年代的欧洲,今天已经成为世界重要研究领域。然而,这一概念的内涵,至今也没有比较统一的界定。

约翰·斯道雷《文化理论与大众文化导论》对六种定义进行了粗略勾勒:其一,"所谓大众文化,是指那些被很多人所广泛热爱与喜好的文化"②。"第二种定义认为,大众文化就是除了'高雅文化'之外的其他文化,是一个剩余的范畴,是那些无法满足'高雅'标准的文本和实践的'栖身之所'。换言之,大众文化乃是一种低等文化"③。第三种定义,把大众文化等同于"群氓文化":"对于那些将'大众文化'与'群氓文化'混为一谈的人而言,大众文化不过是一种不可救药的商业文化,是为大众消费而批量生产的文化,其受众是一群毫无分辨力的消费者。"④此种大众文化的定义,最早来自弗·雷·利维斯,他在《大众文明与少数人文化》

---

① 马克斯·霍克海默、特奥多·威·阿多尔诺著,洪佩郁、蔺月峰译:《启蒙辩证法(哲学片断)》,重庆出版社1990年版,第118页。
② 约翰·斯道雷著,常江译:《文化理论与大众文化导论》,北京大学出版社2010年版,第6页。
③ 同上书,第7页。
④ 同上书,第10页。

中,明确把文化分为少数人文化和大众文明。少数人文化体现在英国文学的伟大传统中,而大众文化则是指被大众所消费的商业化的低劣文化。法兰克福学派对大众文化的认识也基本相近。法兰克福学派对文化工业的批判,在大众文化理论中影响甚为深远。法兰克福学派中的西奥多·阿多尔诺(亦译作特奥多·威·阿多尔诺)和马克斯·霍克海默用"工业文化"这个概念来描述群氓文化,也就是大众文化。工业文化生产出来的文化,是资本主义为工人阶级生产出来的极具操纵性的消费品,如赫伯特·马尔库塞在《单向度的人》中所说,"这些文化产品向人们灌输某种虚假意识,操纵人们的思想,让大众无法看清其欺骗性"[1],从而达到工人阶级的去政治化,让工人阶级忘记在资本主义制度下遭遇的剥削和压迫,满足于现状。"第四种定义认为大众文化是来源于'人民'的文化。这一观点反对任何视大众文化为自上而下强加于'人民'的文化论断。鉴于此,'大众文化'一词仅指属于'人民'的'本真的'文化,就等于民间文化,乃是一种民治、民享的文化"[2]。大众文化的第五种定义与意大利马克思主义者安东尼奥·葛兰西的霸权理论相关。"葛兰西用'霸权'这个词来指涉社会统治集团如何通过控制'智力与道德的领导权'来赢取被统治集团的赞同"[3]。而"'葛兰西学派'的学者认为,大众文化是一个富含冲突的场所。在这里,被统治集团之'抵抗'力量与统治集团利益对被

---

[1] 引自约翰·斯道塞:《文化理论与大众文化导论》,北京大学出版社2010年版,第77页。
[2] 约翰·斯道雷著,常江译:《文化理论与大众文化导论》,北京大学出版社2010年版,第12页。
[3] 同上书,第13页。

## 第十章　大众阅读与经典面临的挑战

统治集团的'收编'力量进行着斗争。大众文化既不是自上而下灌输给'群氓'的欺骗性文化,也不是自下而上的、由'人民'创造的对抗性文化,而是两者进行交流和协商的场域,同时包括了'抵抗'和'收编'。大众文化的文本与实践就在葛兰西所谓的'均势妥协'(Compromise equilibrium)中流动"①。大众文化的第六个定义是从对后现代主义的争论思考中生发出来的。"后现代主义的核心观点是:后现代文化已不再具有高低之分"。"后现代主义模糊了'本真文化'与'商业文化'之间的区别"②。英国文化学者迈克·费瑟斯通所著《消费文化与后现代主义》说:"而在艺术中,与后现代主义相关的关键特征便是:艺术与日常生活之间的界限被消解了,高雅文化与大众文化之间层次分明的差异消弥了;人们沉溺于折衷主义与符码混合之繁杂风格之中,赝品、东拼西凑的大杂烩、反讽、戏谑充斥于市,对文化表面的'无深度'感到欢欣鼓舞;艺术生产者的原创性特征衰微了;还有,仅存的一个假设:艺术不过是重复。"③

台湾学者杭之根据一些文化批判学者就文化的生产方式及其运作的模式,概括为:"大众文化是指一种都市工业社会或大众消费社会的特殊产物,是大众消费社会中透过印刷媒介和电子媒介等大众传播媒介所承载、传递的文化产品,这是一种合成的(synthetic)加工的(processed)文化产品,其明显的特征是'它主要是

---

① 约翰·斯道雷著,常江译:《文化理论与大众文化导论》,北京大学出版社2010年版,第13页。
② 同上书,第15页。
③ 迈克·费瑟斯通著,刘精明译:《消费文化与后现代主义》,译林出版社2000版,第11页。

为大众消费而制造出来的',因而它有着标准化和拟似个性（pseudoindividuality）的特色"。"根据这个区分,我们提到大众文化的流行是指透过印刷媒介和电子媒介等传播科技来承载、传递之热门音乐、流行歌曲、电视、商业电影、流行（或消闲）书报杂志、西门町族之类的青少年次文化等等的流行,而不包括乡土文化之类的通俗文化"①。我国大陆学者张汝伦认为:"大众文化是大众社会特有现象。大众社会就是现代工商社会,其特点就是把一切变成对象、变成物,包括人的意识和精神。……意识的物化必然导致文化本身的物化,即文化艺术成为商品而文化成为文化工业。它的生产就像所有别的商品生产一样,遵循市场规律的最高原则,生产代替了创造,摹仿与复制代替了想象与灵感。""它其实是一种文化工业,商业原则取代艺术原则,市场要求代替了精神要求,使得大众文化注定是平庸与雷同的。"②文化学者王一川认为:大众文化"是以大众媒介为手段,按商品规律运作、旨在使普通市民获得感性愉悦的体验过程,包括通俗诗、通俗报刊、畅销书、流行音乐、电视剧、电影和广告等形态"③。

从文化生产的角度来分析,大众文化其实乃是一种特殊的商品。它的本质表现为:在现代工业社会下,资本以大众消费市场为导向,把商品转化为生活文化、同时把文化转化为商品的一种生产形式。用法国社会学家鲍德里亚的话来说,是商品"被文化"了,"它变成了游戏的、具有特色的物质,变成了华丽的陪衬,变成了

---

① 杭之:《一苇集》,生活·读书·新知 三联书店 1991 年版,第 141 页。
② 张汝伦:《论大众文化》,《复旦学报》1994 年第三期。
③ 王一川主编:《大众文化导论》,高等教育出版社 2004 年版,第 8 页。

## 第十章 大众阅读与经典面临的挑战

全套消费资料中的一个部分"①。即商品摇身一变,以消费者易于接受的文化的形式,进入到消费者的日常生活。另一方面,则是文化被商品化,如美国学者弗雷德里克·詹姆逊说的那样:"商品化进入文化意味着艺术作品正成为商品,甚至理论也成了商品。"②因此大众文化首先是一种商品,带有商品的属性。作为商品,自然要以赢利为目的,追求利润和时效是其本质属性。"它不是社会上自发产生的文化,而是商业公司的产品,它们衡量成功的最终标准是利润而不是质量"③。因此大众文化生产者要了解和掌握消费者的需求,并投合其所好,生产出适用的文化产品投放市场。而从消费者的大众文化消费特点来看,消费者趋之若鹜的乃是时尚、流行的文化。追求轻松愉悦,追求消遣渲泄,以刺激感官求得娱乐为目的。由此可见,大众文化是与高雅文化有明显区别的文化,对高雅文化既有补充作用,但是如果处理不得当,又会对高雅文化产生消解的作用。大众文化就其文化本质特征来看,是一种消闲享乐型的文化,因此自然疏离精英层所欣赏的高雅,同时也会逃离沉重,回避思考,而经典恰恰属于高雅厚重的文化。

---

① 鲍德里亚著,刘成富、全志刚译:《消费社会》,南京大学出版社2000年版,第5页。
② 弗雷德里克·詹姆逊著,陈清侨等译:《晚期资本主义的文化逻辑》,生活·读书·新知三联书店2003年版,第148页。
③ 西蒙·杜林文,冉华译:《高雅文化对低俗文化:从文化研究的视角进行讨论》,童庆炳、陶东风主编《文学经典的建构、结构和重构》,北京大学出版社2007年版,第162页。

## 二

　　而大众阅读,就是大众文化重要的接受形态之一。受这种大众文化的影响,中国现代社会的阅读也在短短的二三十年间发生了巨大的变化,迅速从传统阅读走向了大众阅读。在这里,"大众阅读"不是一般人所理解的大众或曰民众的阅读,而是指在大众社会的背景下、以大众传媒为载体,以大众文化为消费对象的新的阅读现象。

　　就阅读群体来说,在中国,大众阅读的群体是上个世纪九十年代以来,在大众文化兴起的背景下,受大众传媒引导所形成的阅读群体。这一阅读群体,虽然主要来自城镇各个阶层的市民文化消费群体,但是其成分十分复杂。在城镇企业工作的白领和蓝领阶层自然是其主体,但是也包括在政府和事业单位上班的公务员、教师、研究人员、医生、文化工作者等等,甚至也不排除所谓的知识分子精英阶层中的一部分人。严格说来,大众阅读的主体,并不决定于他的出身阶层。法兰克福学派认为,大众文化的消费主体主要是工人阶级,统治阶级则是文化商品的提供者。但是这一划分现在已经过时。英国学者迈克·费瑟斯通在《消费文化与后现代主义》一书中分析过新型中产阶级这一阶层。一般认为,新型中产阶级的定义经常包括管理者、雇主、科学家和技术人员等。但是迈克·费瑟斯通更愿意用它来指正在扩张的新型文化媒介人,他们是中产阶级中符号生产与传播的专家们。"这些人从事符号产品的生产与服务工作。早些时候,这些工作被叫做市场销售,广告人,公共关系专家,广播和电视制片人,表演者,杂志记者,流行小

## 第十章　大众阅读与经典面临的挑战

说家及专门性服务工作(如社会工作者、婚姻顾问、性治疗专家、营养学家、游戏带领人等)。"①这些人在媒体、学术和知识生活中间进行运作,担当了沟通知识分子与大众文化的媒介人,他们积极地促进和传播知识分子的生活方式,"致力于使诸如体育运动、时尚、流行音乐、大众文化等成为合法而有效的知识分析领域"②,"为消解横亘在大众文化与高雅文化之间的旧的差异与符号等级,提供了有效的帮助"③。而这些新型的文化媒介人既是大众文化的生产提供者,同时又是大众文化的消费者。在社会中出现了"既充当符号商品生产者又充当传播者,既充当消费者又充当文化商品之观众的专业化特殊职业群体"④。事实上,当代的大众文化自然仍然是统治集团所掌控的文化,但是消费的群体已经不再是不同阶层泾渭分明。因此以阶层来划分大众阅读群体,并不适合于大众阅读。"更普遍的群像(figuration)将所有职业政治家、政府管理者、地方性政治家、商人、金融家、行贾、投资者、艺术家、知识分子、教育工作者、文化媒介人以及公众等等,联结在一起"⑤。借用这个"普遍的群像"概念来说明大众阅读,就是包括了所有阶层的阅读群体。其实更确切地说,大众阅读的群体,决定于他们接受的是什么样的精神产品。无论来自社会的哪个阶层,只要他阅读、接受的主要内容是来自大众传媒的产品,如电视、电影、时尚报刊、网络信息、卡拉 OK,等等,他就属于大众阅读的群体之一。因

---

① 迈克·费瑟斯通著,刘精明译:《消费文化与后现代主义》,译林出版社 2000 年版,第 66 页。
② 同上书,第 67 页。
③ 同上。
④ 同上书,第 53 页。
⑤ 同上书,第 70 页。

此,严格说来,大众阅读,不是大众的阅读,而是在大众社会、即高度工业化社会下,由大众传媒生产和提供的标准化、普通化精神产品为主导的阅读。而大众阅读群体,就是这样的被社会或曰大众传媒在有形无形中剥夺了自主和自由、阅读取向和阅读习惯已经同一化的阅读群。

就阅读对象而言,大众阅读乃是"泛阅读"。大众阅读中的精神产品,就是一个时期内流行的大众文化产品。而且这种文化产品,已经不再局限于传统的纸本文献。我们这个时代,已经被图像和信息团团包围,它们渗透到人们生活的方方面面,因此大众阅读鲜明地呈现出泛阅读的倾向。即人们的阅读兴趣和阅读对象已经远远超越了文字阅读,扩大到对所有信息和图像的接受,而且越来越倾心并沉迷于图像和电子信息产品。这种文化产品,是以大众传媒为主导的文化产品。所谓以大众传媒为主导,意指这样两个层面:它是大众传媒直接生产出来的文化产品,如电视节目、电影、期刊文字、网络信息等;或以大众传媒为导向、受其影响而生成的文化产品。在霍克海默和阿尔多诺所批评的上个世纪四十年代,主要是电影、电视和无线电广播所生产出来的文化产品,诸如流行音乐、短小的广播剧、电影节目、美术和小说等等;而此时,产生于二十世纪二十年代的电视也逐渐显示出它"综合无线电广播和电影的作用"①的优势。1936年,英国广播公司(BBC)的电视广播台开播,1939年,美国的全国广播公司开设了美国第一个定时电视广播。但是更为重要的不是这些产品的品类,而是产品的内容、

---

① 马克斯·霍克海默、特奥多·威·阿多尔诺著,洪佩郁、蔺月峰译:《启蒙辩证法(哲学片断)》,重庆出版社1990年版,第116页。

形式及其格调被现代的大众传媒机制固定划一下来："不仅不同类型的流行歌曲、电影明星和短广播剧循环地固定下来,而且游艺节目的特殊内容,似乎变化的东西,都是由他们演变出来的。细节也发生作用。暂时固定的作品,在流行歌曲中容易记住的曲调,英雄人物看作美好游艺活动的一时的出丑表演,男明星用来痛打情妇的棍棒,他对放任的女继承人的粗暴野蛮行动,以及一切诸如此类的陈词滥调,被到处运用,而这一切又都是因为要使一切符合模式这个目的决定的。文艺节目就是汇集这些事情。电影节目情况也是如此,表现出某某人受到赞扬,某某人受到惩罚,某某人被遗忘了,等等。同样的,人们在听轻音乐时,从听到的流行歌曲的第一个音节,就可以猜出后来的续曲,往往因为乐曲果然如所猜想的,也就自得其乐。短小故事的字数也是不变的,不多不少老是那么多。甚至逗乐的技术、效果、幽默讽刺方式,都是按一定格式考虑设计出来的。"①

然而到了当代,大众文化的表现形式发生了很大变化,报刊杂志、广播电视、电影已经深入大众日常生活,成为日夜陪伴人们最为便利、最为普遍的媒体。如霍克海默和阿多尔诺所言："实际上,人们仅仅从映像中,通过电影院放映的影片或无线电广播,就已经接触到了文化,这里表明文化与日常生活已经联结在一起。"②尤其是电视。就当今大众传媒而言,论影响之广泛,进入家庭之深入,还没有任何一种媒体形式可以和电视相比。英国兰开斯特大学社会学教授尼古拉斯·阿伯克龙比说："电视在传媒渗

---

① 马克斯·霍克海默、特奥多·威·阿多尔诺著,洪佩都、蔺月峰译:《启蒙辩证法(哲学片断)》,重庆出版社1990年版,第116—117页。
② 同上书,第134页。

透的过程中起支配作用这一点是肯定无疑的。实际上,电视对整个现代社会都是必不可少的。大约有97%的英国家庭至少拥有一台电视机,53%的家庭拥有两台或两台以上。对有孩子的家庭来说,这一数字上升到了65%。68%的家庭拥有一台录像机,而7%的家庭拥有两台或两台以上。眼下,约14%的家庭能接收卫星节目。人们也投入大量的时间收看电视。在1980年到1990年的10年间,日平均收视每户4.9—5.3小时,每个人3—3.8小时。这的确是一种大投入。看电视耗费的时间比其他闲暇活动耗费时间的总和还多,被列为与工作和睡眠一样耗时的活动。""所有这一切表明,电视已融入到大众的生活中。有些节目和故事片有近一半的英国人收看。《加冕典礼街》这一节目的固定收视观众就有1800万人。这意味着,电视是英国人一个固定的(或许是最为重要的)共享源。在这一点上他们不分阶级、种族、性别、地区、个人兴趣和许多其他因素。因而,谈论电视节目成为人们日常社会交往中固定而当然的话题。在工作中,在家中,在街上,在公共汽车上或小酒店里,人们都谈论肥皂剧中的人物,最新自然历史节目中的奇闻,探讨新闻广播或纪实片中所涉及的一些重大问题。"①电视的发展,把大众带入到图像阅读的时代,同时也导引观众进入并且习惯于电视所提供的内容。

从尼古拉斯·阿伯克龙比介绍的英国情况,我们既可以了解到电视对于大众而言不仅仅在其日常生活中所具有的重要地位和意义,而且也可以掌握电视提供给大众的节目内容:肥皂剧、自然

---

① 尼古拉斯·阿伯克龙比著,张永喜、鲍贵、陈光明译:《电视与社会》,南京大学出版社2001年版,第3页。

## 第十章　大众阅读与经典面临的挑战

历史节目中的奇闻、新闻和纪实片,等等。"电视所表现的类型范围更大——纪录片、新闻、游戏节目、肥皂剧、警匪片、惊险故事片、情景喜剧和访谈节目"①。电视的生命线是其收视率,收视率既是电视的经济生命线,亦是其社会影响的生命线:"这是个隐匿的上帝,它统治着这个圈子,失去一个百分点的收视率在某种情况下无异于直接走向死亡。"②"信息在圈内人之间(恶性)循环,他们都有一个共同点,那就是都受到收视率的制约,就连负责人也不过是收视(听)率的一条膀子而已,这一点不能忘记。"③因此电视节目的内容,必须以能够招徕观众为最高准则,紧扣大众的普遍心理,设置吸引大众注意、让所有人都会感兴趣的电视节目。所以电视节目内容的突出特点,就是打破阶层的界限,切近人们的日常生活,使电视节目日常化。尼古拉斯·阿伯克龙比在其书中描述了电视内容的家庭特色:电视成为日常生活必不可少的一部分。"电视内容虽然不是完全地却是大量地涉及家庭、住家及家庭生活。譬如,几乎所有的情景喜剧或肥皂剧都以家庭为背景来编排,而且这两种节目形式也往往都假想一个由父母、子女组成的特殊类型的家庭作背景"④。此外,"电视特色常常就是与观众交谈的特色。大量的节目都采用面对观众'直接说'的形式"⑤。而在中国,近些年热播的各种各样的"星光大道"、"中国好声音"和"非诚

---

① 尼古拉斯·阿伯克龙比著,张永喜、鲍贵、陈光明译:《电视与社会》,南京大学出版社 2001 年版,第 49—50 页。
② 皮埃尔·布尔迪厄著,许钧译:《关于电视》,辽宁教育出版社 2000 年版,第 24 页。
③ 同上书,第 26 页。
④ 尼古拉斯·阿伯克龙比著,张永喜、鲍贵、陈光明译:《电视与社会》,第 19 页。
⑤ 同上书,第 20 页。

勿扰"一类的相亲节目、"舌尖上的中国"以及各类的旅游探秘、健康类节目等,也无不与人们的日常生活紧密联系。

电视节目的日常化,不仅指节目内容以家庭日常生活为主,还意味着电视节目的通俗化、随大流和去政治化。"我们都熟知这条规律:任何一个新闻机构甚或一种表达方式,越是希望触及广大的公众,就越要磨去棱角,摒弃一切具有分化力、排斥力的内容……除了某些无关痛痒的话题,永远不去触及敏感的问题。""正是这一切使整个的集体新闻工作趋于类似,趋于通俗化,'随大流','非政治化'等,而且显得再也合适不过。"①为了吸引更多的观众,不仅要贴近日常生活、贴近家庭,还要注意引起轰动效应的节目内容,譬如,在欧美等国家,其电视节目都有社会新闻一类的节目,这类节目的设置,主要是因为它能够娱乐公众,能够吸引观众的注意力:"社会新闻,这向来是追求轰动效应的传媒最钟爱的东西;血和性,惨剧和罪行总能畅销,为抓住公众,势必要让这些佐料登上头版头条,占据电视新闻的开场。"②这类东西既让所有的人感兴趣,打发了时间,又不触及任何重大问题,不会引起任何麻烦。布尔迪厄认为,电视记者对于他要报道的内容,是戴着"眼镜"来选择的。而"所谓的选择的原则,就是对轰动的、耸人听闻的东西的追求"③。

到了二十一世纪,被称之为第二媒体的网络文化异军突起。"信息传输能力(无论是连线还是非连线的)都将大大增加,以至

---

① 皮埃尔·布尔迪厄著,许钧译:《关于电视》,辽宁教育出版社2000年版,第51页。
② 同上书,第14页。
③ 同上书,第17页。

## 第十章 大众阅读与经典面临的挑战

网络中任何一点上任何类型的信息(音频、视频或文本)都有可能传输到任何一个或多个点上,并且这种传输是在'实时'中完成的;换句话说,其传输速度之快可使接收者以每秒起码二十四帧图像的速度看到或录下信息,而且还伴有二十到两万赫兹的音频频率。'超级信息高速公路'这一比喻只不过涉及信息传播的速度,并没有考虑到因特网上各种各样的网络空间,种种聚会处、工作区、电子咖啡屋等空间中大量传输着各种图像及文字,以至这些空间已变成交往关系的场所"①。因此大众阅读的内容,进入到了视频与读图及读文混融的时代。不仅如此,电影与电视属于单向言说,而互联网的阅读则转变为相向言说。读者不再简单地是阅读文本的单方面接受者,他也成为文本的评判或文本的互为书写者。因此,从未来的发展趋势看,网络阅读显示出旧的媒体无法比拟的优越性,必然会成为阅读的一个主流渠道。

网络既然开辟了一个无限的阅读空间,自然也就为经典的阅读提供了便利。事实上,在网络海量的信息中,就包含了众多的经典文本。就此来说,不能简单地把网络阅读也视为大众阅读。但也不能不看到,当下的网站同电视相似,亦以点击率作为其生命线,点击率之多寡,决定了一个网站的生存。为了追求点击率,网站在栏目内容设计上不能不投合大众读者的阅读趣味。就目前的网络阅读文本来看,基本上吸纳了流行书刊、电影、电视的传播特点,又有了更大的变化。不妨分析以下中国几个有影响网站所设置的栏目。如新浪 2013 年 11 月 22 日所看到的栏目:有视频 综

---

① 马克·波斯特著,范静哗译:《第二媒介时代》,南京大学出版社 2000 年版,第 37 页。

## 论 经 典

艺,新闻 图片,猜你喜欢 专栏,体育 NBA 体育视频,汽车 新车 购车,娱乐 八卦 大片,财经 股票 理财,博客,读书 小说,科技 探索,手机 数码,历史 文化,军事 社会 公益,游戏 看游戏,商讯,女性 情感,房产 二手房 家居,教育 出国 育儿,时尚 视觉,旅游 相册,收藏 高尔夫,健康,宠物 美食,星座,等等;手机阅读,微信,微博,等等。搜狐2013年11月22日栏目:新闻,图片·策划,娱乐·视频,搜狐视频,电视剧,体育,财经中心,娱乐中心,博客·专栏,汽车,房产,IT·数码·手机·家电·产品库·数码公社·手游,女人·男人·美食·奢侈品·母婴,健康·中医·食品·药品大全·疾病大全·访谈,文化·读书·艺术·历史·军事·社区·摄影,旅游·航空·酒店·城市,教育·高考·出国·中小学·商学院,17173·星座·彩票,原创小说,爱丽女性·娱乐·求医·女装·健康·美食·图库,网址导航·网站登录·搜狐商讯,行业资讯,大家谈,搜狐社区,搜狐同城,精彩推荐,汽车资讯,创富商情,商讯动态,我家理财,搜狐传媒,电视传媒,我来说两句,搜狐动态·官方站。凤凰网2013年11月22日所看到的栏目:要闻,视频,财经·股票,博报·微博,汽车·车型库,娱乐,科技·数码,体育,房产·家居,时尚·化妆品库,历史,纪实·VIP,军事,看游戏·玩游戏,文化,健康·亲子,公益·佛教,教育,台湾·城市,旅游·星座,读书·原创,论坛。从这些栏目可窥见网络文本内容之一斑。

  第一个特点与电视相近,就是这些阅读文本,要尽力融入人们的日常生活,并且演化为人们感兴趣的话题,如股票、汽车、家居、健康、教育、旅游等,都是近些年来中国城镇市民感兴趣的话题。在新浪、搜狐和凤凰网自然也设置了读书栏目,但是,在这一栏目

## 第十章 大众阅读与经典面临的挑战

中点击率最高的是流行小说,而经典却被冷落。因此可以说是网站与读者合谋,黜退了经典。我们不妨实际考察一下 2013 年 12 月 9 日几个网站"读书"版的情况。凤凰网站:第一条是:"特价惊喜:限时一元全本阅读!好色小姨";〔野渡〕《梁文道、骆以军对话录:港台文学'穷'经验》《男人的一半是女人》《性学三论》《黄帝内经》《不伦之恋》;〔乡土〕《山村娇娘》《情迷芦苇荡》《艳绝乡村》《多情村妇》;〔都市〕《风情女老板》《26 岁女上司》《贴身兵王》《美女保镖》;〔官场〕《花香满园》《官场铁律》《巅峰权贵》《燃情仕途》;〔异能〕《透视之眼》《神医黄祖南》《妖孽保镖》《护花高手》;〔热血〕《护花狂龙》《超级兵痞》《风流仕途》《御医天师》;〔畅销〕《抢官有术》《贴身高手》《寡妇玉兰》《桃运狂医》;〔推荐〕《合租情人》《嫂子别这样》《官道色戒》《一夜风情》。新浪网站:〔专区〕《首长娇妻来袭》《局长成长史》《契约娇妻太诱惑》《黑道宠妻要加油》《和嫂子相依为命》《花都贴身高手》《首长的小娇妻》《梦入神机:圣王》;〔组图〕《罕见名人插队照》《一女多夫部落》《少奇下葬真实场景》;〔官场〕《从小秘书到省委书记》《首长秘书腾云录》《官道迷情》;〔现言〕《兵哥的胸膛真温暖》《早安》《教官先生》《宠妻是辣妹》;〔都市〕《混在妇产科》《极品贴身保安》《功夫神医》《桃运狂医》;〔古言〕《男人生当明月辉》《重生侯府贵妻》《四阿哥身边的格格》;〔上架〕《嫡女难求》《首长需索无度》《乡村小老板》《首长缉爱令》;〔出版〕《花开半夏》《倾国女医》《最美时光》《腹黑高干铁腕夺妻》;〔推荐〕《豪门夺爱》《残君王爷虐情》《契丹灭族之谜》《中校新娘》;〔城市〕《福州拟花千万改造一公里路》《专家点评政务微博抗灾》。搜狐网站:《江青婚姻生活真相》《市长情妇》《汪东兴照》《女奴皇后》。从这些书名大致可以归纳出网络阅读的取向,是以性与官场黑幕为主。

还应注意到,由于互联网是一个互动的平台,变旧的传媒条件下的单向交流为对话交流,读者与作者及发布者的身份发生了很大变化,因此读者既是信息阅读主体,亦是信息制造和发布主体,这给普通民众言论的发表和意见的自由表达提供了技术空间。因此,网络文本除了大量新闻信息类的文章之外,说话和对话类文体亦占有了大量网络空间。微博以及手机的微信则是典型的说话和对话类文体。其次,网络界面是一个虚拟的空间。一方面,网络增加了人与人交往的空间,如迈克尔·海姆所言:"电信提供了一种不受限制的言论自由和个人接触,等级和礼节相比之下要较原来的社会世界中的少了许多。在当代城市社会中,孤独始终作为一大问题存在,我所说的是精神上的孤独,即便是大街上人满为患,个人也仍感到孤独。至于电话和电视,计算机网络可以说是个对策。计算机网络似乎是个天赐之物,它为人们提供了以惊人的个人接近方式——尤其是考虑到如今受限制的带宽——聚在一起的论坛,没有地理、时区、显著的社会身份的物理限制。对许多人而言,计算机网络和公告板对社会原子主义(atomism of society)而言简直就是解药。它们使单子聚集起来,起到社会节点的作用,为那些变动不居的单子培育起多重的可以随意选择的亲和关系。"[1]但"不幸的是,技术一只手给予,而另一只手则常常索取"[2]。互联网增加了人与人的交往,改善了人类的孤独,然而却营造了虚拟的世界,虚拟的人,虚拟的物,虚拟的情感。并且大有取代人与世界实

---

[1] 迈克尔·海姆著,金吾伦、刘刚译:《从界面到网络空间——虚拟实在的形而上学》,上海科技教育出版社2000年版,第102页。

[2] 同上。

## 第十章　大众阅读与经典面临的挑战

体之势。"现在,计算机网络却将参与者的肉身在场打上了括号,肉体的直接性既可省略也可模拟。在一种意义下,这将我们从我们的物理身份强加的限制中解放出来。我们在网上更加平等,因为我们或者可以忽略或者可以创造一个出现在网络空间的身体。但在另一种意义下,人类相遇的质量下降了。第二位的或替身的身体所揭示的,仅仅是我们心里希望揭示出来的那些东西。肉体的接触成为可有可无的了;在虚拟社区中,你永远不需要与其他成员面对面地站在一起。你用不着与另一个人谋面,就可以过你自己隔绝的日子。计算机一开始或许会通过增加通信而解放社会,甚至煽动革命,然而,它们还有另外一面,阴暗面"①。迈克尔·海姆注意到的仅仅是在虚拟的网络中,读者成为网上的宅男宅女,网上的交往多了,现实中的交往多被虚拟的网上交往所取代,使人愈发远离现实生活世界,渐生对虚拟世界的依赖。但是他却忽略了另外一个极为重要的问题,那就是虚拟的空间,造就了虚拟的情感、虚拟的人格,造成现实中人格的分裂,使人成为现实中的天使,网络中的恶魔。而这种网络中的恶魔不会永远停留在虚拟的空间,它迟早会从虚拟的现实中冲杀出来,改变现实中人的人格,这是网络更为可怕的阴暗面。由上分析可见,就目前的阅读状况而言,网络文化仍就是大众文化的主体,网络阅读毫无疑问就是大众阅读。而且既然是在市场之手的控制之下,其未来的角色也不会有根本的改变。

---

① 迈克尔·海姆著,金吾伦、刘刚译:《从界面到网络空间——虚拟实在的形而上学》,上海科技教育出版社 2000 年版,第 103 页。

## 三

在欧美的马克思主义文化理论中,有一应该注意的现象,即无论是法兰克福学派,还是葛兰西文化理论,都特别强调大众文化的阶级属性。法兰克福学派认为,在工业社会中,大众文化是资产阶级为工人阶级生产的操纵性文化。而葛兰西则认为,大众文化,既不是统治阶级的文化,也不是被统治阶级的文化,而是两者妥协结果的文化。这对我们了解当今大众阅读对象的文化属性是颇具启发意义的。

在欧美,大众阅读的对象虽然不能再似法兰克福学派那样简单地归之于资产阶级为工人阶级生产的文化产品,但是从本质上看仍然是资本为大众定制的精神产品。学者杭之在上个世纪八十年代的文章中就分析过欧美社会的文化:"概略地说,在第二次世界大战以后的欧美社会,随着科学技术(特别是所谓的电子革命)的进步,大众传播(特别是电视)与广告业的兴起,以及商业企业形式的改变,一种新型态的社会生活与经济秩序出现了,那就是消费社会与多国公司所主导之全球经济秩序的出现。在这种消费社会(也有叫做后工业社会、资讯社会、后期资本主义社会、支配消费之组织官僚社会)中,广告的渗透、电视与传播媒体之史无前例地渗透到公私生活的每一个角落、流行节奏的急遽变化、商品消费的新型态……都使得'商品化'这一资本主义社会中最强有力的力量征服尚未商品化的文化、精神领域,使文化生产这一精神领域继农业生产及劳动力等的商品化之后也跟着商品化,至此,'文化'成为一种商品,是用来消费的,文化生产也跟商品生产一般,

## 第十章　大众阅读与经典面临的挑战

遵循市场逻辑与资本、商品的逻辑,而成为法兰克福学派第一代思想家霍克海默与阿多诺所说的'文化工业'。"①

在中国当代,是否以阶级和资本来划分文化的属性,还是一个学术界未曾涉足的问题。然而,在市场经济条件下,资本是一只上帝的无形之手,无声无形地影响甚至就是控制着精神产品的生产。尽管在中国,文化是被视为具有商品和意识形态双重属性而加以管理的,文化的意识形态属性一直受到重视。但是资本的逻辑和商品的生产消费规律,同样适用于任何市场经济的国家,中国也不会例外。文化的商品属性和意识形态管理,自从进入市场经济之后,就一直在扭结和较力。表现为大众阅读,尽管面向普通观众的电视栏目和开放的网络空间,扩大了一般民众参与精神产品生产的可能性,以致造成一种假象,似乎大众阅读的对象就是大众自己生产的文化产品。譬如现在正在风行于电视的"星光大道""中国好声音"等节目,从形式看来无疑就是大众参与的节目。但是,它并不是产生于一般民众自己的节目,甚至连民众自娱自乐的节目也不是。出现于节目中的民众不过是电视台的道具,实则节目的策划出炉和内容的运作,无不是在市场的掌控之下。表面上这些节目投合了一般百姓的好恶,满足了其成名成星的心理,因此,我们不能说它没有娱乐大众、满足人们文化需求的愿望。然而,我们同样也应注意到,电视台和网站以及传统的出版社既然已经是文化企业,它的生产和营销就不能不按照市场的规律来进行,因此,它所推出的节目,主要目的还是为了扩大电视收视率和吸引更多的广告投资,终极目标还是资本的增值和再生产。杭之先生说得

---

① 杭之:《一苇集》,生活·读书·新知 三联书店1991年版,第153页。

好:"文化工业中,大众传播媒体占着重要的地位。在文化、精神领域尚未被资本逻辑、商品逻辑彻底渗透以前,大众传播媒体程度不一地发挥着让社会成员'参与性地讨论公共事物以形成关于公共事物之公共意见'的功能,因而在一定程度上扮演着社会公共生活领域之公共论坛的角色。然而,当文化彻底商品化之后,情况彻底改观了,传播媒体扮演社会公共生活领域之公共论坛的角色崩溃了。传播媒体成了文化工业之制造部门与流通部门的复合体,形成一市场消费式的、单行道的所谓'沟通结构',媒体的受众,也就是文化的消费者,'自由地、不受控制地、自主地'单方向接受、消费着文化工业所制造、供应之文化商品。这种个人化、私秘化、单向化的文化消费,使得文化商品之消费者变成被动地接受、费消文化商品的旁观者,而不再把文化生活当成自己可以主动地参与其中的一种社会过程;另一方面,文化工业体系中之文化商品的制造者、流通者也一样成为资本逻辑、商品逻辑支配、操纵下的旁观者,他也不再把文化生活看成是关联于真实生活、自己真实地参与其中的一种社会过程,而只把自己看成商品逻辑支配、操纵下的制造者或表演者,在文化市场上怎样表演或制造什么才有最大的市场交换价值,成为他最大的关切所在。"①因此,大众阅读的对象,不能如前简单地说就是一个时期的大众文化产品,还应更确切地说,是资本为大众定制的精神产品。

这样的文化产品,必然带有商品的属性,投合消费者的需求和心理,为其定制文化产品。因此,大众阅读的对象,一般会具有如下特征:

---

① 杭之:《一苇集》,生活·读书·新知 三联书店 1991 年版,第 154—155 页。

## 第十章　大众阅读与经典面临的挑战

其一，消遣娱乐性。文化作为一种商品，必须遵循商品的逻辑，寻求产品大量销售的可能性。而大众读者最平常也是最需要的则是消遣娱乐，因此，"娱乐消遣性的作品，比文化工业所有的因素都出现得更早"①，并迅速演化为文化的主要属性之一。早在上个世纪三十年代，本雅明就观察到："消遣正在艺术的所有领域里变得日益引人注意，并在统觉中变成了一场深刻变化的征候。"②正如此，大众阅读的对象仍以消遣娱乐类为主。杭之分析八十年代台湾的大众文化现状时，描述了其娱乐的倾向："我们的电视节目有七成的高比例是娱乐节目，其内容主要是连续剧、流行歌曲演唱为主的综艺节目、电视影片、歌仔戏、布袋戏等等，而且占据所有黄金时间。这些节目不是以低俗、无聊、装腔作势的内容来逗笑，就是以考究的布置、华丽的服饰、荒诞的男女情爱、幼稚的社会问题、扭曲史实的古代故事、装神弄鬼的武打等等脱离现实的、一个模子倒出来的题材来制造所谓的'娱乐'效果，来倾销海市蜃楼，要不然就是各种类型的歌手或'痛苦不堪'或'忧郁落寞'地唱着挫折、忧伤、寂寞、自恋自怜的'亚细亚孤儿心声'，莫名其妙地期望着'明天会更好'，来倾销让人逃避现实的空中楼阁。而这一类提供逃避、放松、安慰与梦想的流行歌曲更透过歌厅和录音带之类的电子媒体传播到大街小巷。"③而报刊杂志等印刷媒介呢，当时市场上的畅销书与流行杂志也有几个共同特色：类型化。"其

---

① 马克斯·霍克海默、特奥多·威·阿多尔诺著，洪佩都、蔺月峰译：《启蒙辩证法（哲学片断）》，重庆出版社1990年版，第126页。
② 汉娜·阿伦特编，张旭东、王斑译：《启迪：本雅明文选》，生活·读书·新知三联书店2012年版，第262页。
③ 杭之：《一苇集》，生活·读书·新知 三联书店1991年版，第143页。

内容大体上可以归纳为有限的几个类型:财经管理类、心理人生类、通俗流行小说类、生活流行品味类等等。"①包装化,"也就是说它会被精致地包装成高级文化呈现出来"。形式的花哨精致与内容的平庸形成鲜明的对比。简单化,"不管资讯所要呈现之实体(reality)的本质是简单明了的,还是繁复曲折的,所呈现出来的一定要是简单明了,而且愈简单明了愈好,即使过度简化、扭曲了资讯所要呈现的实体也在所不惜,以使读者毫不费脑筋地一目了然"②。报刊杂志的这些特点,也是服从于消遣娱乐的需要的。时间过去了三十余年,看看现在中国大陆的电视和报刊杂志等媒体,与当时台湾的文化极其相似,可以说步台湾之后尘,把当年台湾流行过的文化又演绎了一次。

其二,普通性。考虑到市场的占有,大众文化产品必然是以拥有更多的消费者为其追求的目标。因此,生产者在策划和推出其文化产品时,必须要预测并投合大多数读者的口味。因此大众阅读的产品,并非是个性化的高级产品,而是适合普通人水平和口味的产品。欧内斯特·范·登·哈格在《大众文化》中,从大规模生产的角度论述了大众文化之所以形成平均水平的原因:"大规模生产的商品没有必要降低目标,但它必须要盯住平均水平的品味。在有些方面,它符合(或者至少是很多)个人品味,而在其他方面又违背了每个人的品味要求。因为……迄今为止……不是一般人都是一般品味。从统计学的角度看,一般其实是许多具体情况的综合。一件大规模生产出来的商品在某种程度上反映了几乎每一

---

① 杭之:《一苇集》,生活·读书·新知 三联书店1991年版,第144页。
② 同上。

## 第十章　大众阅读与经典面临的挑战

个人的品味,但它不可能完全彻底地体现所有人的品味。这是大规模生产出来的商品的不尽如人意的原因之一。某些关于蓄意庸俗品味的理论能含含糊糊地解释这种原因。"①由此可见,大众阅读的产品之所以带有普通性,其重要原因之一决定于大众文化产品的规模性、标准化的生产。追求高雅,追捧小众,文化生产者就无法实现大规模的产品生产,就会失去市场;失去或退出市场的结果就是企业的破产与倒闭。

其三,摹仿性。复制与摹仿,是大众文化的显著特征之一。如果说独创性是艺术、尤其是经典的生命的话,而复制则是大众文化获得最高效益的生命体征。关于这个问题,本雅明有极为精辟的论述。某个产品畅销,厂家可以无限期地复制下去;不仅如此,一类产品畅销,受市场引力的影响,必然会引起文化生产的一片喧嚣,各种类似、相近产品蜂拥而上,充斥坊间。随着电视的普及和网络的走红,传统的大众传媒书籍和报刊,也出现了新的出版现象——傍电视和网络的出版业态。一部电视剧的窜红,马上就有与这部电视剧相关的纸质文本电视剧本或小说投放市场;在中国的各大电视台上,健康、鉴宝等近年来热播的节目,也都有其纸质的伴生品;而网络小说、动漫以及其他栏目的内容,一旦有了大量的点击率,伴随而生的就是纸质的文本。电影、电视和网络的广告功能逐渐显露,并且成为大众阅读的指挥棒。什么样的电视节目走红,马上就会拉动大众追风消费此类的文化产品,而媒体也会千方百计复制出类似的节目,以满足读者的需求。

---

① 约翰·斯道雷著,杨竹山、郭发勇、周辉译:《文化理论与通俗文化导论》,南京大学出版社2001年版,第49页。

大众阅读既然是以大众传媒为载体及导向、以大众文化为阅读对象,因此也就培养出与大众文化相适应的读者,形成大众阅读下的阅读心理和阅读习惯。

这种阅读习惯和阅读心理,同人们接受大众文化的心理一样,首先表现出快乐主义和享乐主义倾向。"快乐主义是理性哲学的对立面。"①这是一种快乐至上的非理性阅读心理。它追求享乐,放纵官能,止于快感,陷入阴暗的混沌的本能领域。近些年来,风行于文坛的性、暴力文字与节目,黑幕、侦破、玄幻及穿越小说等,就是满足读者快乐主义阅读心理的产物。媒体和社会文化机构为了吸引读者,推出了各种各样的阅读活动,其中最时尚的口号就是"悦读"。提出这一口号的组织者,其目的是为了使更多的人加入到阅读的队伍中来。但是无可否认,这个口号确实也反映了时下社会普遍存在的追求快乐主义的阅读倾向。快乐阅读与阅读的快乐主义有关系,但本质上不完全是一回事。快乐阅读,既可以是为了快乐而阅读,也可以是自由愉悦的阅读;前者与快乐主义有密切关联,而后者则可能来自读者的一种非功利阅读所带来的心理境界。然而,似后者这样完全超然于功利的阅读已经越来越稀见了。追求快乐和享受的阅读,自然是以容易接受的平易精神产品最受欢迎。读者的阅读心理是不愿思考,不愿用脑,满足于瞬间的感性接受,并逐渐形成畏惧艰深、畏难思考的心理习惯。读者不再在乎是否读完一本书、一本有价值的书,也不再习惯于读完一本书,新闻式、碎片式的点击浏览成为普遍的阅读习惯。阅读领域的快乐

---

① 赫伯特·马尔库塞著,李小兵等译:《现代文明与人的困境——马尔库塞文集》,上海三联书店1989年版,第323页。

## 第十章 大众阅读与经典面临的挑战

主义盛行,不仅使读者沉溺于感性的受用,还会使读者逐渐丧失理解和感受作品内涵的能力,使读者的阅读能力平庸化。快乐主义和享受主义的盛行,也使阅读成为逃避社会现实的避难所。由回避精神产品中有深度的思考内容,延伸到对社会问题的逃避。关于这个问题,霍克海默和阿多尔诺有极为精辟的分析,本书的后面会有详细的介绍。

其次,大众阅读心理还表现出趋同性和盲目性:缺乏个性,盲目从众,成为阅读的普遍态度。一方面是大众传播媒体的强势进入,渗透进大众的日常生活,客观上挤压了个人独立的文化空间,诱使读者的兴趣和习惯都自觉或不自觉与大众传媒保持一致性,日渐变为阅读取向标准化的读者;另一方面,则是读者主动交出其阅读的自由裁量之权力。乐观的分析,读者不愿花费脑力思考问题,是其原因之一;但更严重的是,也许大众阅读已经令读者失去了判断力和理解力,所以习惯于跟风,跟着广告走,跟着电视走。大众传媒喂什么,读者就吃什么。而这种阅读心理和阅读习惯,使者自然而然疏离经典,并且最终远离经典。因为我们知道,经典的属性就在于它是理性的,因而也是沉重的。它提出并思考的是人、人性、人生的大问题,试图给出解答或解决的方案,并且永远对现实保持着理性批判的态度,经典因此也就显得异常深沉,异常深刻。

现代社会,图书出版和信息发布极为便利,读者阅读真是到了"乱花渐欲迷人眼"的时代。以 2013 年为例,全国的出版社每年出书高达三十万种,数字惊人。在唐代,一个人如果努力读书,一辈子可以读完所有的存世之书。但是到了今天,一个人一生恐怕也读不完一年的出书。因此如果不是一个意志坚定的人,到了书店或图书馆,看到那一眼望不到头的书架和汗牛充栋的图书,一定会摧毁他读书和写书的信心。而这还是纸质的图书,至于互联网,就更是信息海量,稍不留心就会陷入迷魂阵中,教人不辨东西,难分南北。然而,在海量的图书和数字资源面前,我们并没有看到读者的压力,读者的焦虑。是什么原因消解了现代社会的读者面临海量读物应该有的焦虑和压力?就是以消遣娱乐为特征的大众文化!大众文化把读者从海量的读物中极为轻松地带到了报刊、电视和网络资源这些时尚的读物面前。使读者在毫不费力、轻巧愉快的猎奇性的新闻式阅读和碎片化阅读中,不知不觉销磨掉时间。

## 四

但是,这种大众阅读,会塑造成什么样的读者?给阅读带来什么样的后果呢?

关于这个问题,早就引起欧美学者的高度关注。西方很有影响的英国著名文学批评家弗·雷·利维斯早在1930年写过的《大众文明与少数人文化》一书中,就讨论过大众文化与精英文化的尖锐矛盾。他认为,任何一个时代的文学传统,都是要靠少数的文化精英来欣赏、评价和传承的。"依靠少数人,我们才能拥有从过去人类最宝贵的经验中获得益处的能力;他们保存了传统中最微妙、最容易遭到破坏的部分。依靠他们,才有了安排一个时代人类更好生活的内在标准,才有了不是那边、而是这边才是前进方向的意识,才有了中心在这比在那更好的意识"[①]。但是十九世纪的工

---

[①] 约翰·司道雷著,杨竹山、郭发勇、周辉译:《文化理论与通俗文化引论(第二版)》,南京大学出版社2001年版,第38页。

## 第十章 大众阅读与经典面临的挑战

业革命,分化出了大众文明和大众文化。这是一种低劣平庸而又标准化的商业文化,如电影、报纸、流行音乐、舞厅等等。这种文化的泛滥,切断了现代与传统文化的联系,大众文化挑战少数人的权威,并且严重地挤压了高雅的文学。弗·雷·利维斯的妻子奎·多·利维斯1932年出版的《小说与广大读者》一书,则更多地关注到了大众文化给经典阅读带来的危机。她援引爱德蒙德·高斯的话来说明这种现状:"从高涨的民族情绪,我早就预见到了一种危机,这就是文学品位和文学经典这些传统已被公众成功地改变了。到目前为止,没有受过教育和半教育的民众形成了读者群中的绝大多数,虽然他们不能也不会欣赏他们自己民族的经典著作,但他们满足于接受他们传统的优越感。近来,我发现有一些迹象,特别是在美国,表明有一群乌合之众反对我们的文学巨匠……如果文学由公民投票表决,如果民众承认文学的力量,那么文学反对品位的革命一旦开始,就会把我们置于无法恢复的混乱境地之中。"①弗·雷·利维斯夫妇,出于文化保守主义的立场,对大众文化带有明显的偏见,但是他们确实很敏锐地认识到了大众文化给经典带来的威胁,即会成功地改变经典的文学传统和文学品位,阻碍大众对经典的阅读与接受,使读者在大众文化的诱惑下,疏离经典,远离伟大的文学,在电影院、流行杂志、舞厅和流行音乐中打发时光,以致使包括经典在内的文学前景变得极为渺茫。

在西方文化学者中,法兰克福学派对大众文化持坚定的批评态度。马克斯·霍克海默和特奥多·威·阿多尔诺合著的《启蒙

---

① 约翰·司道雷著,杨竹山、郭发勇、周辉译:《文化理论与通俗文化引论(第二版)》,南京大学出版社2001年版,第39页。

辩证法(哲学片断)》中,批判的锋芒所向,就是资本主义社会的文化工业,实则就是资本主义为工人生产的大众文化。他们认为,大众文化为大众提供的是一种以消遣娱乐为主的文化商品,而且是把模仿绝对化了的文化。这种文化既是为了使劳动者松缓一下机械化的劳动过程,使劳动得以延续,同时文化工业还通过娱乐活动进行公开的欺骗,为劳动者画饼充饥。"文化工业通过不断地向消费者许愿来欺骗消费者。它不断地改变享乐的活动和装潢,但这种许诺并没有得到实际的兑现,仅仅是让顾客画饼充饥而已"①。"文化工业不仅说服消费者,相信它的欺骗就是对消费者需求的满足,而且它要求消费者,不管怎样都应该对他所提的东西心满意足"②。至于工业文化与经典阅读,霍克海默和阿多尔诺并没有给予直接回答,但是,他们二人却论述了工业文化给予精神产品以及读者带来的变化。首先是使文学作品丧失了批判现实的思想意义和其独创性价值。在霍克海默和阿多尔诺看来,真正伟大的文学作品,总是批判现实的作品:"那些在自己的著作中,把文艺风格作为反对混乱的表现痛苦的坚强武器,作为否定真实的武器的艺术家,才是伟大的艺术家。"③而且伟大的作品也一定是独创性的作品:"过去伟大的艺术作品所否定的风格,都具有总是与其他作品相类似的弱点,具有雷同这样的弱点。"④然而工业文化不仅驯化了文艺作品,"破坏了文艺作品的反叛性"⑤,而且"最终

---

① 马克斯·霍克海默、特奥多·威·阿多尔诺著,洪佩郁、蔺月峰译:《启蒙辩证法(哲学片断)》,重庆出版社1990年版,第130—131页。
② 同上书,第133页。
③ 同上书,第121页。
④ 同上书,第122页。
⑤ 同上书,第117页。

## 第十章　大众阅读与经典面临的挑战

使模仿绝对化了"①。在这里,霍克海默和阿尔多诺虽然没有论及经典,然而他们所说的伟大作品的两大属性——对现实永远持批判的态度,以及作品的独创性,恰恰都是经典所具有的属性。工业文化解除了精神产品中的批判性和独创性,明显地证明了大众文化对经典的消解作用。其次是读者想象力的萎缩:"今天,文化消费者的想象力和自发性之所以渐渐萎缩,这不能归罪于心理机制。文化产品本身,其中最有代表性的有声电影,抑制观众的主观创造能力。这些文艺作品,虽然能使观众迅速理解它们的真实内容,能吸引观众的注意力,也能使观众熟悉它们,但是,如果观众不能摆脱它们所表现出来的许多掠过的具体细节,它们却约束了观众的能动的思维。当然,因为这些文艺作品的内容是迅速而过的,所以各个细节不需要——表现出来,从而抑制了观众的想象力。"②从这段话似乎得出这样的结论:读者想象力的萎缩,是电影这门影像艺术所造成的。其实霍克海默和阿多尔诺的真意并非如此,他们是在说明所有工业文化给读者造成的影响,而电影不过是其所举之例而已。工业文化不仅仅会造成读者想象力的萎缩,还有解除读者思想的功效:"欢乐意味着满意。但是只有因为这些娱乐消遣作品充斥了整个社会过程,消费者已经变得愚昧无知,从一开始就顺从地放弃对一切作品(包括极无意义的作品)的苛求,按照它们的限制来反思整体,这种盲目的心满意足的情况才会出现。享乐意味着全身心的放松,头脑中什么也不思念,忘记了一切痛苦和忧伤。这种享乐是以无能为力为基础的。实际上,享乐是一种逃

---

① 马克斯·霍克海默、特奥多·威·阿多尔诺著,洪佩郁、蔺月峰译:《启蒙辩证法(哲学片断)》,重庆出版社1990年版,第122页。
② 同上书,第118页。

避,但是不像人们所主张的逃避恶劣的现实,而是逃避对现实的恶劣思想进行反抗。娱乐消遣作品所许诺的解放,是摆脱思想的解放,而不是摆脱消极东西的解放。"①它诱导读者逃避现实,忘掉现实造成的痛苦与忧伤,麻木不仁变得毫无所想和毫无所求。而缺乏想象力和思想的读者,怎么又能指望他们去阅读经典呢?

法兰克福学派另一重要代表人物、著名哲学家赫伯特·马尔库塞在其1964年出版的《单向度的人》一书中,也批判了现代工业社会给文化带来的变化,那就是高级文化被同化、转化为大众文化:"先进工业社会正面临着理想被物质化的可能性。这个社会的能力正进一步降低那个使人的状况得以表现、理想化和控诉的崇高领域。高级文化成了物质文化的一部分。在这个转变中,它丧失了它的大部分真理性。"②这里所说的西方高级文化,马尔库塞又把它称之为"前技术的文化",实则就是产生于过去社会的经典文化。马尔库塞认为,这种文化的最大特点,就在于它的浪漫主义的因素,"它的效力来自对一个不复存在而且不能重新得到的世界的体验"③。"在这个世界里,人和自然还没有被当作物和工具组织起来。这个过去的文化,以它的形式和方式的准则,以它的文学和哲学的风格与语汇,表现了一个宇宙的旋律和内容,在这个宇宙中,山谷和森林、村庄和客店、贵族和恶棍、沙龙和宫廷都是所体验到的现实的一部分。在这种前技术文化的诗歌和散文中,其

---

① 马克斯·霍克海默、特奥多·威·阿多尔诺著,洪佩郁、蔺月峰译:《启蒙辩证法(哲学片断)》,重庆出版社1990年版,第135—136页。
② 赫伯特·马尔库塞著,张峰、吕世平译:《单向度的人》,重庆出版社1988年版,第50页。
③ 同上书,第50页。

## 第十章 大众阅读与经典面临的挑战

旋律表现的是那些漫游或乘马车的人,那些有冥思、沉思、感觉和叙述的时间和快乐的人"①。从马尔库塞充满想象的语言来看,此文化就是未被工业社会异化的自然文化。这种文化,是双向度的,即保留了个人生活和体验的空间与自由,而这种文化与现代工业社会是格格不入的,"它的典型作品在方法上表现出自觉疏远整个商业和工业领域,疏远其斤斤计较和注重赢利的秩序"②。"它最先进的形象和立场似乎幸免于被同化进管理的舒适和刺激中;它们继续意识到在技术进步的完善中它们再生的可能性,它们表现了同既定生活方式的自由和自觉的疏远,文学艺术甚至在它们装饰这些既定生活方式的地方,也以这种疏远来反对这些既定生活方式"③。从这个意义上,马尔库塞又称它为后技术文化:"但在它的某些决定性因素上,这种文化也是一种后技术文化"④。在此书中,马尔库塞还讨论了杰出的作品:"在这种文化上的调和到来之前,文学艺术本质上曾是异化,维持和保存着矛盾——即对分化的世界、失败的可能性、未实现的希望和被背叛的前提的痛苦意识。它们是一种理性的认识力量,揭示着在现实中被压抑和排斥的人与自然的向度。它们的真理性就在于唤起的幻想中,在于坚持创造一个留心并废除生活恐怖——由认识来支配——的世界。这就是杰作之谜;它是坚持到底的悲剧,即悲剧的结束——它的不可能的解决的办法。要使人的爱和恨活跃起来,就要使那种意识

---

① 赫伯特·马尔库塞著,张峰、吕世平译:《单向度的人》,重庆出版社1988年版,第51页。
② 同上书,第50页。
③ 同上书,第51页。
④ 同上。

着失败、顺从和死亡的东西活跃起来。社会的罪恶,人为人造成的地狱,成了不可征服的宇宙力量。"①现实本身是充满矛盾的,这矛盾表现为世界本身就是一个分化的世界,存在着压抑与被压抑、排斥与被排斥;同时也表现为"现实的东西与可能的东西之间的紧张关系"②。杰作的价值就在于它的否定与超越:它包含着否定的合理性,作为一种理性的力量,揭示现实的矛盾,拒绝、抗议、控诉"认为人造成地狱"的现实,激发读者的爱与恨、失败与死亡的意识。因此,对于现实而言,它是一种破坏性和颠覆性的力量。同时,它又是超越现实的,保留了对一种已经过时的"宇宙的旋律和内容"的梦幻以及对未来的冥想与沉思。然而工业社会以其同化的力量,"通过吸收其对抗的内容而耗空了这一艺术的向度"③,"它们被剥夺了它们的对抗性力量,丧失了作为它们真理性之向度的外化"④,使文学艺术成为工业社会的装饰品和广告节目,实际上转化成为工业文化,即大众文化。"在这个转变中,它们在日常生活中找到了它们的家园,思想文化的被异化了和正在异化的作品成了人们熟悉的商品和服务。"⑤"它们起销售、安慰或激励的作用。"⑥

由此亦可见,经典与大众文化的差异,在于经典对现实始终保持一种批判和超越的态度,而大众文化则不然,它是顺从于现实,

---

① 赫伯特·马尔库塞著,张峰、吕世平译:《单向度的人》,重庆出版社1988年版,第52—53页。
② 同上。
③ 同上书,第52页。
④ 同上书,第55页。
⑤ 同上书,第52页。
⑥ 同上书,第55页。

## 第十章 大众阅读与经典面临的挑战

服务于现实的。而这也正是大众文化消解经典的关键所在。台湾学者杭之对台湾八十年代的大众阅读也有过清醒的分析,指出大众文化与严肃作品的矛盾:"严肃的、伟大的文学作品总是透过完美的形式允许我们再经验对现实的儆醒(awake),而成为我们对过去之活的记忆"①,然而大众文化却使"文学堕落为日常现实之平凡人物与平凡事物之静态的、无聊的描写与扯淡。无论对作家或对读者而言,整个生动复杂的社会生活世界变成了一种疏离于我们生命之外的光景(spectacle),在这堕落了的文学的形式中,人们不能再经验到对现实的儆醒,文学不再是人们对过去之活的记忆,而成为只是满足人们感官之清闲材料,成为只是人们消费的东西。各种各样之通俗流行小说就是这种文学之最彻底的形式"②。杭之认为,只要有社会大众的消闲与享乐的需要,就会有通俗流行小说这样的读物满足大众的此一需求。然而,杭之发问:"当商业化、广告化的趋势使得包裹着畸情与情绪发泄的通俗小说,以严肃文学的姿势出现在文化市场时;当商业化的诱惑使得严肃文学堕落为通俗流行小说时;当社会上最大多数的读书人口(尤其是年轻一代)只能耽溺在通俗流行小说的畸情与情绪发泄中,去寻找不费力的消闲与逃避,而不再去经验真正的文学所能提供给我们之对现实的儆醒意识,不再借着文学去面对并询问经历着各种变动形式之人的、社会的真质时;当我们的文学批评家们的品味开始堕落,开始把通俗流行小说捧为严肃文学时"③,会给我们的作家和读者带来怎样的影响呢?"我们的文学的堕落,正意味着我们

---

① 杭之:《一苇集》,生活・读书・新知三联书店1991年版,第121—122页。
② 同上书,第122页。
③ 同上书,第123—124页。

的作家和读者在失去高明的写作能力(阅读也可以看作另一种形式的写作)的同时,也失去了高明的感觉能力、思考能力和表达能力。因而,我们的许多作家和读者,不再意识到、不能意识到文学是保持我们对现实之儆醒的自由力量,不再意识到、不能意识到文学是为人的可能性留出空间的努力"①。这里虽然讨论的是大众文化与严肃文学的问题,但是也直接关涉到了经典与大众阅读的矛盾。即大众阅读不但使读者失去接受经典的兴趣,也正在使读者失去接受经典的能力。这是很可怕的后果。在中国大陆,也有学者认为,大众文化是经典的掘墓人。现代文学研究学者孟繁华指出:"消费文化的兴起和传媒多样化的发展,也终结了长篇小说在文化市场一枝独秀的'霸权'历史。……虽然我们可以批判包括网络在内的现代电子传媒是虚拟的'电子幻觉世界',以'天涯若比邻'的虚假方式遮蔽了人与人之间更加冷漠的关系。但在亚文化群那里,电子幻觉世界提供的自我满足和幻觉实现,是传统的平面传媒难以抗衡的。它在通过'开放、平等、自由、匿名'的写作空间的同时,也在无意中结束了经典文学的观念和历史。"②因此他认为:"当今世界,不是没有了文学经典,而是关心'文学经典'的人口已经分流于影视、读图、DVD、卡拉OK、酒吧、美容院、健身房、桑拿浴甚至是星巴克、超市或者远足、听音乐乃至独处。日常生活在商业霸权的宰制下也为人们提供了多种文化消费的可能。这就是文化权力支配性的分离,文学经典指认者的权威性和可质疑性已同时存在。在这一处境下,文学经典还为多少人关心,已经

---

① 杭之:《一苇集》,生活·读书·新知三联书店1991年版,第124页。
② 孟繁华:《新世纪:文学经典的终结》,童庆炳、陶东风主编:《文学经典的建构、结构和重构》,北京大学出版社2007年版,第113页。

很说明问题了。"①在大众文化生态下,不仅仅是电子传媒对传统的平面传媒显示出明显的优势,而且多元文化消费,也使阅读群体蜂拥向消遣娱乐型的文化形式,经典失去了它昔日的吸引力,逐渐被边缘化。

## 五

在中国,大众文化下的大众阅读流行二十余年,其后果已经显现,并且证明了前面几位文化批评家的论断,那就是大众阅读塑造出了一代远离经典、甚至不读经典的读者。

2013年6月24日,广西师范大学出版社发布了一份通过对三千名读者的问卷调查而形成的"死活读不下去排行榜":第一名:《红楼梦》;第二名:《百年孤独》;第三名:《三国演义》;第四名:《追忆似水年华》;第五名:《瓦尔登湖》;第六名:《水浒传》;第七名:《不能承受的生命之轻》;第八名:《西游记》;第九名:《钢铁是怎样炼成的》;第十名:《尤利西斯》②。这十名黑名单基本都是中外经典,中国古代小说的四大名著尽在其中。更有讽刺意味的是《红楼梦》竟然高居榜首。《尤利西斯》和《百年孤独》还被判了十年有期徒刑,为"十年以上有期徒刑必备书"。

2013年还有一条引起很大反响的消息,鲁迅的文章被撤出义务教育期间的教材。据2013年9月6日《北京晚报》报道,人民教育出版社新修订的七年级语文教材,三十篇课文被更换了九篇课

---

① 孟繁华:《新世纪:文学经典的终结》,童庆炳、陶东风主编:《文学经典的建构、结构和重构》,北京大学出版社2007年版,第115页。
② 《北京日报》2013年6月24日。

文,其中就有鲁迅的《风筝》。至于《风筝》为什么会被撤出七年级上册的教材,人民教育出版社办公室工作人员解释道:"鲁迅的《风筝》确实是好文章,但是原来的老版教材用了十年左右的时间了,根据十来年教师的反馈,感觉教学中学生的理解还是有一些困难。文章主题很好,但是学生不是很好把握,里面涉及到的背景等,超过了这个年龄段的学生的理解力,所以这次考虑到把《风筝》从这一册中撤下来。"①然而,鲁迅的这篇散文真的不适合初中生阅读吗?非也。儿童文学作家曹文轩谈到他小学到初中的阅读经验时就讲到,他小学五年级开始读鲁迅作品,开始似懂非懂,但是到了初中时阅读鲁迅作品已经达到痴迷的程度②。其实在鲁迅的作品中,《风筝》是比较适合少年儿童阅读的。更重要的是这篇散文传达的尊重儿童游戏天性的思想,不仅对儿童有意义,对于儿童家长和教师如何教育儿童也有助益。文章写了这样一个故事:作者由于不懂儿童的心理,撕掉了弟弟亲手做的风筝,"然而我的惩罚终于轮到了,在我们离别得很久之后,我已经是中年。我不幸偶而看了一本外国的讲论儿童的书,才知道游戏是儿童最正当的行为,玩具是儿童的天使。于是二十年来毫不忆及的幼小时候对于精神的虐杀的这一幕,忽地在眼前展开,而我的心也仿佛同时变了铅块,很重很重的堕下去了。"③这样的文章,无论对儿童还是对儿童实施教育的家长以及老师,都是少见的好文章。人民教育出版社删掉鲁迅的文章,其真正的背景,就是大众阅读的负面影响。不仅如此,鲁迅作品被撤出教材,已经不止一次成为媒体和社会关

---

① 人民网—教育频道,2013年9月6日。
② 《鲁迅文章被删,专家各有说法》,《京华时报》2013年9月5日。
③ 鲁迅:《野草》,《鲁迅全集》第二卷,人民文学出版社2005年版,第188页。

## 第十章 大众阅读与经典面临的挑战

注的热点。这说明,大众阅读确实在不断地消解经典在阅读领域的影响。现在,紧接而来的话题是,今天我们不阅读经典,又将给阅读个体以及我们的社会带来什么样的后果呢?

阅读除了消遣娱乐之外,自然有其塑造个人的灵魂、社会和民族的精神家园的作用。国外的学者认为,人的知识有百分之八十来自阅读。人的知识是否绝大部分来自阅读,还无从考证。但人的精神成长、人的灵魂的塑造、人格的形成,其主要的途径来自读书,应该没有问题。不过,什么样的图书,怎样的阅读才能有助于人的精神成长,有助于人的灵魂的塑造,人格的形成?仅靠大众阅读,显然是无法完成这个任务的。当然,读者的阅读需要是多方面的,为了松弛一下现代工作节奏下人的紧张情绪,为了缓解现代人生活的压力,读者阅读一些轻松愉悦的作品,自然无可非议。但是现代的大众文化,把这种消闲娱乐型的阅读膨胀为主要的、甚至是唯一的阅读,不免令人怀疑乃至忧虑,这样的阅读会造就什么样的人,会给我们的社会、我们的民族带来什么样的后果?读者通过读书,不仅仅是为了感官的愉悦,更是为了满足人的更深层的精神需要。克里夫顿·费迪曼在其《一生的读书计划》的前言《致读者》中说:"人们应当用一生很重要的时间去读这些书。而这些书中有许多本的确比最新的畅销书更加有趣,但要想从中受益,就不能光从娱乐的角度去读。这些书能给读者提供更加广阔的视野。就像是人在恋爱、婚姻、养育后代、打造事业、建立家庭中所能获得的启迪一样,这些书有可能大大增加人的阅历,成为一种使人不断成长的力量来源。""读这些书不能仓促,就好像交朋友不能仓促行事一样。这里开列的书目并不是'读完即可',而是一个丰富的宝藏,一直陪人走到生命的尽头。我们的目标非常简单,写这本书就是用最伟大的作家的思想、感觉和想象力,缓慢地、逐步地、自然而然地充实我们的头脑。即便体会到了这些思维、感情和意象,我们仍有很多东西要学。每个人死时都是无知的,但至少到死时,我们不会感觉如此失落和迷茫。那时,我们不会在仅仅执著于眼前的时代,而会对自己在时空中的位置产生一些认识,虽然这些认识谈不上丰富。我们会明白自己如何产生于历史长河之中,我们会知道自己如何无意中形成自己的人生观。而同样重要的是,我们会体会到什么叫做伟大的思想和情感。"①克里夫顿·费迪曼《一生的读书计划》所介绍的基本都是经典。他希望读者读这些书,能够了解经典作家的思想,体验经典作家的情感,体会其丰富的想象力,从而丰富读者自己的思想和情感,影响到读者的人生观。概括地说,就是通过读书来了解和弄通与人、人生和人性相关的事物。当然,在经典之中亦不乏探索宇宙自然奥秘的作品。不过也要看到,即使是对宇宙自然的探索,也不能离开人自身的精神需要,如满足人类好奇心的需要,人挑战自身智力极限的需要,人健全思想的需要,人了解人类周围环境的需要,等等。"正如黑格尔用一句格言所表述的,似乎整个漫长的精神史都是朝向一个唯一目标的历程:'tantae molis erat se ipsam cognoscere mentem'(认识自己本身,这对于精神来说是何等伟大的工作)②"。人生论其博大,不比宇宙更小;而人性论其复杂精微,甚至可以超过原子世界。人类的发展过程,既是一个认识世界的过程,也是一个人类自我了解的过

---

① 克里夫顿·费迪曼、约翰·S.梅杰著,谢天海、苑爱玲译:《一生的读书计划》,中信出版社2005年版,第1页。
② 汉斯-格奥尔格·伽达默尔著,洪汉鼎译:《诠释学Ⅱ 真理与方法》商务印书馆2010年版,第456页。

## 第十章　大众阅读与经典面临的挑战

程。而后者比起前者来,更为不易。

人既然有思维,有情感,就自然渴望了解自己,弄清人从哪里来,又到哪里去;弄清人生的意义、人生的价值、人生的复杂生活。因此希望了解人自身,希望解开人生之谜,应该是人最大的好奇心,是读者阅读经典最为深厚的前见。个体人对于人生的了解,有两个途径:一是个人的经历、个人的经验;一是读书。人生本身就是一部大书,所以司马迁除了讲读万卷书,还要讲行万里路,把阅历和读书看成是人了解世界的两大重要途径。不过人生毕竟时间有限,阅历也是极其有限的。所以,阅历之外的读书,尤其是读积累了人类文化精华的经典,对于我们尽可能多地了解人、人生和这个世界,就十分重要,也十分需要。而这种通过阅读了解人的自我的过程,实则就是读者个体自我认识、自我情感培养、自我思想健全、自我精神长成的过程。人只有通过阅读了解自己,了解世界,才会使自己成为一个人格独立,有思想、有境界、有品质的人。这是经典对于个体读者的意义。然而大众阅读能够解决以上问题吗?显然不可能。这种猎奇式的新闻阅读和碎片式阅读,自然也是人们了解社会的一种方式,但是由于提供给读者的作品,并未对社会进行过认真深入的了解,也未进行过深入的思考和探究,因此无法帮助读者深入社会,更无法深入人心,触及人的灵魂,自然也不可能培养提高读者的理解力和判断力,培养出有自己的精神世界、有思想、有灵魂的读者。林语堂说得好:"真正有益的读书,便是能引领我们进到这个沉思境界的读书,而不是单单去知道一些事实经过的读书。人们往往耗费许多时间去读新闻纸,我以为这不能算是读书。因为一般的新闻纸读者,他们的目的不过是要从而得知一些毫无回味价值的事实经过罢了。"[①]所谓进入"沉思境

---

[①] 林语堂:《生活的艺术》,群言出版社2010年版,第316—317页。

界",就是读书引发了读者的思考。正是在思考中,读者也许接受了作品的思想;或者虽未接受,却激发了读者对读物所涉及内容的兴趣以及对这一问题的进一步探讨;或者书中并未写到,而读者却"用他们自己那种富于想象的直觉",把作者"叙述方面的缺陷加以弥补"①。而这样的收获,必得读有深度的书,才能获得。堪当此任者,当然主要是经典。

不仅如此,一个社会、一个民族,只有有相当多的民众属于人格独立、有思想、有境界、有品质的人,这个社会和民族才是一个可以智慧生存和发展、而非愚昧的懵然前行的社会和民族。经典的属性之一,即在于它对社会现实所保持的高度关注和清醒的反省与批判立场。如鲁迅《关于知识阶级》一文所说:"真的知识阶级是不顾利害的,如想到种种利害,就是假的,冒充的知识阶级;只是假知识阶级的寿命倒比较长一点。像今天发表这个主张,明天发表那个意见的人,思想似乎天天在进步;只是真的知识阶级的进步,决不能如此快的。不过他们对于社会永不会满意的,所感受的永远是痛苦,所看到的永远是缺点,他们预备着将来的牺牲,社会也因为有了他们而热闹,不过他的本身——心身方面总是苦痛的;因为这也是旧式社会传下来的遗物。"②有良知的知识分子对社会永远不满意,看到的永远是缺点,形之于文,因此而表现为经典的批判精神。

本书在前面的章节中,多次讲到儒家和道家的思想。儒家提

---

① 哈代著,张谷若译:《德伯家的苔丝·原书第五版及后出各版序言》,人民文学出版社1984年版,第3页。
② 鲁迅:《集外集拾遗补编》,《鲁迅全集》第八卷,人民文学出版社2005年版,第226—227页。

## 第十章　大众阅读与经典面临的挑战

倡仁义,道家反对儒家的仁义,二者看似针锋相对,然而所持批判现实的立场却是一致的。儒家讲仁义,是有感于社会的礼坏乐崩,统治者的非仁政,社会的非仁非义,因此要用仁义来救世,规范人们的社会行为,其批判的态度十分鲜明。道家反仁义,则是持一种更为彻底的批判立场。这不仅仅是道家从其自然的本体出发,从根本上反对"文化";同时也是因为道家的经典作家看到了统治者滥用仁义、甚至就是窃用仁义来剥夺人的自由的社会现实。又如,儒家经典《春秋》,其批判的立场,表现为"春秋笔法",并且树立为史家秉笔直书史实、蕴批判态度于史实之中的史家精神。汉代著名史学家司马迁就继承了《春秋》的这一精神,因此,其《史记》被后世称为"无韵之《离骚》"。唐代两位伟大诗人李白和杜甫也是对社会充满忧患意识、对现实抱有批判精神的经典作家。李白生在开、天盛世,然而他从自己的遭遇,敏锐地感受到了现实的黑暗与不公,貌似鼎盛的唐代社会潜伏着危机。朝中小人当政,结党营私,权势倾天:"大车扬飞尘,亭午暗阡陌。中贵多黄金,连云开甲宅。路逢斗鸡者,冠盖何辉赫。鼻息干虹霓,行人皆怵惕。"①他们因受到皇帝嬖幸而拥有权势,也因有了权势而得豪富,因此在京城广占土地,建连云豪宅,如《新唐书·宦者列传》所记载:"甲舍、名园、上腴之田为中人所名者半京畿矣。"②他们互相倾轧,排斥贤才。此类人当道,朝廷政治岂不腐败!李白因此而感慨:"世无洗耳翁,谁知尧与跖?"举世皆为窃利盗名之人,社会已经没有是非善恶可言了。在这种情况下,似李白这样来自民间的天才,如其诗

---

① 李白:《古风五十九首》其二十四,詹锳主编:《李白全集校注汇释集评》第二卷,百花文艺出版社1996年版,第127—128页。
② 欧阳修、宋祁撰:《新唐书·宦者列传》,中华书局1975年版,第5856页。

中所抒发的那样,"大道如青天,我独不得出"①,徒抱大济天下之才,却因朝廷中小人当道而不得施展。因此在他的诗中,通过抒发个人怀才不遇之愤懑,强烈地批判了这一现实。而在杜甫的诗中,则更关心时事,关心民生的疾苦。他的作品,如《兵车行》、"三吏"、"三别"等诗,集中描写了朝廷征兵、社会上的连年战争给百姓造成妻离子别、民不聊生的苦难;而《自京赴奉先县咏怀五百字》《岁晏行》等诗更为尖锐地批判了社会的不公所带来的贫富悬殊:"朱门酒肉臭,路有冻死骨。"

到了现代,可以说,中国文学的主流就是批判的文学,这一点在经典作家身上体现得更为醒目。如鲁迅的作品,集中表现出他对中国国民性的深刻反思,对黑暗统治的无情揭露与反抗。他的小说是照出国民劣根性的一面镜子,他的杂文则被称为投向封建专制主义的匕首和投枪。而现代文学史上的另一位经典作家巴金的激流三部曲《家》《春》《秋》,则把其批判的矛头对准了封建家庭,揭开封建家庭温情脉脉的面纱,展现出封建家庭令人窒息的生存空间及其对青年人的压迫和迫害,从而暴露出封建社会吃人的本质。

中国经典是这样,外国经典亦是如此,甚至在某种程度上表现得更为突出。如在中国读者和世界读者中有着广泛影响的十九世纪英国伟大作家查尔斯·狄更斯,是位被称为幽默与悲悯大师的作家。其作品深切关注社会问题,经典之作《雾都孤儿》《远大前程》《荒凉山庄》《双城记》等,广泛而深刻地批判了维多利亚时代的社会制度和种种弊端。《雾都孤儿》中所描写的新救济法下育

---

① 李白:《行路难》其二,詹锳主编:《李白全集校注汇释集评》第三卷,第396页。

## 第十章 大众阅读与经典面临的挑战

婴房、贫民习艺所里孩子的悲惨生活,《远大前程》中人性在不平等制度下的扭曲,《荒凉山庄》这部"法律小说"对英国法律制度的非正义性和司法机构黑暗的揭露,无不充满批判的锋芒。英国维多利亚时期的另一位作家托马斯·哈代的两部经典《德伯家的苔丝》和《无名的裘德》,也通过苔丝和裘德两个人物形象,揭露了此一时期社会道德的虚伪以及法律不公,抨击了社会道德、世道习俗对出身于下层的男女青年善与美的扼杀。《德伯家的苔丝》中的主角苔丝是一位失身的农家少女,并且杀过人,但是哈代此书的副标题却称其为"纯洁的女人"。其所含之意是意味深长的。苔丝这个美丽纯朴的姑娘,甫一进入社会,就遭到本家恶少亚雷·德伯奸污,其后又因为新婚之夜向自己所爱之人克莱说了实话而被遗弃,导致她杀死亚雷,被判绞刑。因此,哈代通过这个副标题告诉他的读者:苔丝是无罪的,造成苔丝犯罪的乃是这个社会,苔丝乃是受害者,是社会毁灭了这个美丽的生命;苔丝本是纯洁善良的,她的失身来外在的恶力,而非自愿,因此是社会邪恶而非苔丝。其控诉之意甚明。正因为小说"和公认的习俗十分相反的了"①,对社会道德公然提出挑战,因此"反对这部书的内容和写法的","大有人在"②,遭到传统的卫道者的攻击。俄国伟大作家托尔斯泰的作品,也是"素来谴责政治压迫,武断暴力,经济剥削,以及一切在人间制造与维持不平等之事"③的。历数欧美经典,他如巴尔

---

① 哈代著,张谷若译:《德伯家的苔丝·原书第五版及后出各版序言》,人民文学出版社1984年版,第3页。
② 同上。
③ 以赛亚·伯林撰,彭淮栋译:《俄国思想家》(第二版),译林出版社2003年版,第281页。

扎克、雨果、果戈理、陀思妥耶夫斯基等等，无不如此。经典所具有的这种批判精神，代表了人类的良心与良知，也是人类社会的清醒剂。它会儆醒读者，对社会永远保持冷静的审视态度，反省不足，反对丑恶，追求完美。如此，才会使人类社会不断克服制度或人性的缺陷，保持其正确的前行方向。

经典之所以充满了批判现实的精神，主要是因为经典作家所怀有的社会关怀和理想。"道德主义者本质上是乌托邦主义者"①。经典作家追求理想的社会与人生，才会不懈地揭露黑暗，发现缺陷。读经典，我们在体验到其批判锋芒的同时，也会强烈地感受到经典作家对理想的追求。屈原"路漫漫其修远兮，吾将上下而求索"的精神就代表了经典的这一鲜明特征。我们可以批评托尔斯泰主义"勿以暴力抗恶"、"道德自我完善"和博爱的空想性，可以批评狄更斯"行善与爱"的人道主义的局限；也可以批评哈代宿命的悲观主义；我们更可以批评庄子否定文化的偏激，指出他所追求的复归自然的无法实现，但是它们却无疑为我们提供了使人性更加完善、社会更加完美的种种可能性。而经典作家为自己的思想寻找出路、为人类的灵魂寻找安顿、为社会寻找可能的探索精神，也为读者树立了不安于现状、超凡脱俗、为理想而不懈追求的榜样。借鉴班达的话说："知识分子向俗人提供了一种榜样，对于他们来说，生活的价值就在于超凡脱俗之中"②。

不仅如此，阅读经典，我们还会从经典对美好理想的追求与道的坚守中，感受到其中所弥漫的博大的同情之心和深厚的仁慈之

---

① 朱利安·班达著，佘碧平译：《知识分子的背叛》，上海人民出版社2005年版，第116页。
② 同上书，第131页。

## 第十章 大众阅读与经典面临的挑战

爱。托尔斯泰在1890年为俄译莫泊桑短篇小说所作序中认为,优秀的作品,除了个人的才能之外,还要题材本身有道德上的重要性,同时,作家必须真爱,爱所当爱;必须真恨,恨所当恨。其实这正是经典的特征。狄更斯的作品,深入社会底层,在狄更斯笔下所描写的多是受苦受难的小人物,尤其是儿童、妇女和老人。因此狄更斯的墓碑上写道:"他是贫穷、受苦与被压迫人民的同情者。"托马斯·哈代在《德伯家的苔丝》一书的题词中引用了莎士比亚的一句话:"可怜你这受了伤害的名字!我的胸膛就是卧榻,要供你栖息。"[①]他要用自己博大的仁慈之爱,抚慰似苔丝这样的受伤害者的心灵,一字一句都表达出作者对弱小者深切的同情。朱利安·班达在讨论知识分子中的道德主义者时评价道:"我们可以说,正是由于有了他们,在两千年里,人类虽然行恶,但是崇善。这一矛盾是人类的荣耀。人类文明正是在这一矛盾所造成的夹缝中发展起来的。"[②]这段话完全可以用来评价经典。正是经典,不断发现并揭示社会的不完美甚至还存在的丑恶,使人类虽然行恶,却在理想中保持向善。因此,经典不仅给读者认识社会、提高其是非善恶的判断力提供了极有价值的参考,同时也会培养读者不断向善,不断追求完美的品质,从而促进一个国家、一个民族,乃至人类社会的不断进步。

---

① 哈代著,张谷若译:《德伯家的苔丝·原书第五版及后出各版序言》,人民文学出版社1984年版,第9页。
② 朱利安·班达著,佘碧平译:《知识分子的背叛》,上海人民出版社2005年版,第79页。

# 引 用 书 目

## A

《爱因斯坦自述》,[美]阿尔伯特·爱因斯坦著,王强译,陕西师范大学 2010 年版。

《艾略特诗学文集》,[英]托马斯·斯特尔那斯·艾略特撰,王恩衷编译,国际文化出版公司 1989 年版。

## B

《巴黎圣母院》,[法]雨果撰,陈敬容译,人民文学出版社 1982 年版。

《包法利夫人》,[法]福楼拜撰,李健吾译,人民文学出版社 2003 年版。

《悲惨世界》,[法]雨果撰,李丹、方干译,人民文学出版社 1992 年版。

《白居易集》,白居易撰,中华书局 1979 年版。

《白话文学史》,胡适撰,新月书店1928年版。

《百年中国文学经典》,谢冕、钱理群主编,北京大学出版社1996年版。

《本事诗》,孟棨撰,丁福保辑《历代诗话续编》上册,中华书局1983年版。

《博尔赫斯全集》,[阿根廷]豪·路·博尔赫斯撰,王永年、林之木译,浙江文艺出版社1999年版。

# C

《插图本中国文学史》,郑振铎撰,上海人民出版社2005年版。

《草叶集》,[美]沃尔特·惠特曼撰,楚图南、李野光译,人民文学出版社1987年版。

《重返经典阅读之乡》,徐鲁撰,上海教育出版社2001年版。

《重新解读伟大的传统》,中国社会科学院外国文学研究所《世界文论》编辑委员会编,社会科学文献出版社1993年版。

《陈寅恪集》,陈寅恪撰,生活·读书·新知三联书店2001年版。

《忏悔录》,[法]卢梭撰,范希衡译,人民文学出版社2012年版。

《辞海》普及本,上海辞书出版社1999年版。

《沉重的肉身》,刘小枫撰,华夏出版社2007年版。

《城堡》,[奥地利]卡夫卡撰,高年生译,人民文学出版社1998年版。

《楚辞集注》,朱熹集注,北京图书馆出版社2003年据宋嘉定六年章贡郡斋刻本影印本。

《从〈聊斋志异〉到〈红楼梦〉》,马瑞芳撰,山东教育出版社2004年版。

## D

《代表人物》,[美]R.W.爱默生撰,生活·读书·新知三联书店1998年版。

《单向度的人》,[美]赫伯特·马尔库塞撰,张峰、吕世平译,重庆出版社1988年版。

《读杜诗愚得》,单复撰,《四库全书存目丛书》,齐鲁书社1997年版。

《读杜随笔》,陈讦撰,清雍正十年刻本。

《杜诗提要》,吴瞻泰撰,黄永武主编《杜诗丛刊》第四辑,(台北)大通书局1974年版。

《杜工部草堂诗笺》,蔡梦弼笺,《丛书集成初编》,中华书局1983年版。

《杜诗详注》,杜甫著,仇兆鳌注,中华书局1979年版。

《杜甫全集校注》,萧涤非主编,人民文学出版社2014年版。

《电视与社会》,[英]尼古拉斯·阿伯克龙比撰,张永喜、鲍贵、陈光明译,南京大学出版社2001年版。

《第二媒介时代》,[美]马克·波斯特撰,南京大学出版社2000年版。

《大众文化导论》,王一川主编,高等教育出版社2004年版。

《德伯家的苔丝》,[美]哈代撰,张谷若译,人民文学出版社1984年版。

## E

《俄国思想家》(第二版),[英]以赛亚·伯林撰,彭淮栋译,译林出版社2003年版。

《二十世纪中国文学大师文库·小说卷》,王一川、张同道主编,海南出版社1994年版。

《二十世纪中国文学大师文库·诗歌卷》,王一川、张同道主编,海南出版社1994年版。

《二十世纪中国文学大师文库·散文卷》,王一川、张同道主编,海南出版社1994年版。

《20世纪中国古代文学研究史》,黄霖主编,东方出版中心2006年版。

《20世纪中国文学经典文本》,吴秀明等主编,浙江大学出版社2005年版。

## F

《法华经》,中华书局2010年版。

《反观与重构》,钱理群撰,上海教育出版社2000年版。

《福柯集》,[法]福柯撰,杜小真编选,上海远东出版社2003年版。

《愤怒的葡萄》,[美]约翰斯·坦贝尔撰,胡仲持译,人民文学出版社 1959 年版。

## G

《该中国哲学登场了?》,李泽厚、刘绪源撰,上海译文出版社 2011 年版。

《郭象》,汤一介撰,东大图书公司 1999 年版。

《龚自珍全集》,龚自珍撰,上海人民出版社 1975 年版。

《关于电视》,[法]皮埃尔·布尔迪厄撰,许钧译,辽宁教育出版社 2000 年版。

《国家图书馆藏西厢记善本丛刊》,黄仕忠编,北京图书馆出版社 2011 年版。

《古史辨》,顾颉刚编著,海南出版社 2005 年版。

## H

《汉书》,班固撰,中华书局 1962 年版。

《韩昌黎诗集笺注》,韩愈撰,方世举笺注,中华书局 2012 年版。

《鹤林玉露》,罗大经撰,中华书局 1983 年版。

《后现代主义文化——当代理论导引》,[英]史蒂文·康纳撰,严忠志译,商务印书馆 2002 年版。

《后现代理论 批判性的质疑》,[美]道格拉斯·凯尔纳、斯蒂文·贝斯特撰,张志斌译,中央编译出版社 1999 年版。

《后现代状态》,[法]让·弗朗索瓦·利奥塔尔撰,车槿山译,南京大学出版社 2011 年版。

《红楼梦》,曹雪芹撰,人民文学出版社 1982 年版。

《红楼梦人物论》,王昆仑撰,北京出版社 2004 年版。

《红楼梦》,曹雪芹撰,上海文明书局 1929 年铅印本。

《红楼梦卷》,一粟编,中华书局 1963 年版。

《汉语大辞典》普及本,汉语大辞典出版社 2000 年版。

《胡先骕文存》,胡先骕撰,张大为、胡德熙、胡德焜编,江西高校出版社,1995 年版。

《胡适学术代表作》,胡适撰,严云受编,安徽教育出版社 2007 年版。

# J

《解释学 美学 实践哲学 伽达默尔与杜特对谈录》,[德]伽达默尔、杜特撰,金惠敏译,商务印书馆 2005 年版。

《基督教思想史》,[美]保罗·蒂利希撰,尹大贻译,东方出版社 2008 年版。

《晋书》,房玄龄等撰,中华书局 1974 年版。

《金圣叹全集》,金圣叹撰,陆林辑校整理,凤凰出版社 2008 年版。

《经典常谈》,朱自清撰,北京出版社 2004 年版。

《经学历史》,皮锡瑞撰,中华书局 1959 年版。

## K

《卡夫卡中短篇小说选》,[奥地利]卡夫卡撰,韩瑞祥、仝保民选编,人民文学出版社2003年版。

《卡夫卡全集》,[奥地利]卡夫卡撰,孙龙生译,河北教育出版社200年版。

## L

《论语集注》,朱熹集注,北京图书馆出版社2013年据嘉庆刻、嘉熙及淳祐递修本影印本。

《论传统》,[美]爱德华·希尔斯撰,傅铿、吕乐译,上海人民出版社2009年版。

《论人类不平等的起源和基础》,[法]让·雅克·卢梭撰,李常山译,商务印书馆1962年版。

《历史哲学》,[德]黑格尔撰,王造时译,三联书店1956年版。

《老子绎读》,老子撰,任继愈绎读,北京图书馆出版社2006年版。

《李太白全集》,李白撰,王琦注,中华书局1977年版。

《李太白全集校注汇释集评》,李白撰,詹锳等校注,百花文艺出版社1996年版。

《李太白文集》,李白撰,宋敏求、曾巩等编,巴蜀书社1985年影印。

《礼记正义》,郑玄注、孔颖达疏,《十三经注疏》(标点本),北京大学出版社 1999 年版。

《老学庵笔记》,陆游撰,上海古籍出版社 2012 年版。

《梁启超经典文存》,梁启超撰,洪治纲主编,上海大学出版社 2003 年版。

《冷斋夜话》,惠洪撰,中华书局 1988 年版。

《栾城集》,苏辙撰,曾枣庄、马德富校点,上海古籍出版社 2009 年版。

《聊斋志异》,蒲松龄撰,人民文学出版社 2001 年版。

《鲁迅全集》,鲁迅撰,人民文学出版社 2005 年版。

## M

《漫步遐想录》,[法]卢梭撰,徐继曾译,北京十月文艺出版社 2005 年版。

《马克思恩格斯选集》,[德]马克思、恩格斯撰,中央编译局编,人民出版社 1995 年版。

《毛诗正义》,毛亨传,郑玄笺,孔颖达疏,《十三经注疏》(整理本),北京大学出版社 2000 年版。

《孟子注疏》,赵岐注,孙奭疏,《十三经注疏》(标点本),北京大学出版社 1999 年版。

《蒙田随笔全集》,[法]米歇尔德·蒙田撰,马振骋译,上海书店出版社 2011 年版。

## N

《南齐书》,萧子显撰,中华书局1972年版。

## O

《欧阳修全集》,欧阳修撰,中华书局2001年版。

## P

《普鲁斯特与乌贼　阅读如何改变我们的思维》,[美]玛丽安娜·沃尔夫著,王惟芬、杨仕音译,中国人民大学出版社2012年版。

## Q

《诠释学Ⅰ Ⅱ 真理与方法——哲学诠释学的基本特征》,[德]汉斯-格奥尔格·伽达默尔撰,洪汉鼎译,商务印书馆2010年版。

《启迪:本雅明文选》,[德]瓦尔特·本雅明撰,[德]汉娜·阿伦特编,张旭东、王斑译,生活·读书·新知三联书店2012年版。

《潜斋集》,何梦桂撰,《文津阁四库全书》,商务印书馆影印,2005年版。

《全上古三代秦汉三国六朝文》,严可均编,河北教育出版社1997年版。

《启蒙辩证法(哲学片断)》,[德]马克斯·霍克海默、特奥多·威·阿多尔诺撰,洪佩都、蔺月峰译,重庆出版社1990年版。

## R

《人的问题》,[美]约翰·杜威撰,傅统先、邱椿译,上海世纪出版集团2006年版。

《如何阅读一本书》,[美]莫提默·艾德勒、查理·范多伦撰,郝明义、朱衣译,(台北)商务印书馆2008年版。

《儒林外史》,吴敬梓撰,人民文学出版社1958年版。

## S

《莎士比亚全集》,[英]莎士比亚撰,朱生豪等译,人民文学出版社1994年版。

《三国演义》,罗贯中撰,人民文学出版社2008年版。

《水浒传》,施耐庵撰,人民文学出版社1975年版。

《诗品集注》,钟嵘撰,曹旭集注,上海古籍出版社2011版。

《诗论》,朱光潜撰,三联书店1984年版。

《社会契约论》,[法]让·雅克·卢梭撰,何兆武译,商务印书馆1963年版。

《社会科学方法论》,[德]马克斯·韦伯撰,朱红文等译,中国人民大学出版社1992年版。

《生活的艺术》,林语堂撰,群言出版社2010年版。

《世说新语笺疏》,余嘉锡笺疏,中华书局2007年版。

《诗本义》,欧阳修撰,摛藻堂《四库全书荟要》本,世界书局1988年影印。

《史记》,司马迁撰,中华书局2013年版。

《诗话类编》,王昌会撰,《中国诗话珍本丛书》,北京图书馆出版社2004年版。

《苏轼文集校注》,苏轼撰,张志烈等校注,河北人民出版社2010年版。

《宋书》,沈约撰,中华书局1974年版。

《说苑》,刘向撰,《四部丛刊正编》,(台北)商务印书馆2011年版。

《四库全书总目》,中华书局1965年版。

《十七史商榷》,王鸣盛撰,《丛书集成初编》,中华书局1985年版。

《史通》,刘知己撰,上海古籍出版社2008年版。

《世宗宪皇帝御制文集》,爱新觉罗·胤禛撰,影印文渊阁四库全书,(台北)商务印书馆1986年版。

《双城记》,[英]狄更斯撰,石永礼、赵文娟译,人民文学出版社1993年版。

T

《陶渊明集笺注》,陶渊明撰,袁行霈笺注,中华书局2008年版。

《苕溪渔隐丛话前集》,胡仔撰,《丛书集成初编》,中华书局1983年版。

《唐宋词的定量分析》,刘尊明、王兆鹏撰,北京大学出版社2012年版。

《唐李杜诗集》,邵勋辑,黄永武主编《杜诗丛刊》第三辑,(台北)大通书局1974年版。

《唐诗排行榜》,王兆鹏、张静、邵大为、唐元等撰,中华书局2011年版。

《唐摭言》,王定保撰,上海古籍出版社2012年版。

《通典》,杜佑撰,颜品忠校点,中华书局1988年版。

# W

《文选》,萧统编,李善、吕延济等注,北京图书馆出版社2006年据宋刻本影印。

《文学批评术语》,[美]Frank Lentricchia & Thomas McLaughlin 编,张京媛等译,香港牛津大学出版社1994年版。

《文学理论》,[美]韦勒克·沃伦著,刘象愚等译,生活·读书·新知三联书店1984年版。

《文学研究与文化参与》,[荷]D.佛克马、E.蚁布思撰,北京大学出版社1996年版。

《文化研究读本》,罗钢、刘象愚主编,中国社会科学出版社2000年版。

《文化资本——论文学经典的建构》,[美]约翰·杰洛瑞撰,江宁康、高巍译,南京大学出版社2011年版。

《文学经典的建构、解构和重构》,童庆炳、陶东风主编,北京大学出版社2007年版。

《文学经典化问题研究》,林精华等主编,人民文学出版社2010年版。

《晚学盲言》,钱穆撰,广西师范大学出版社2004年版。

《围炉诗话》,吴乔撰,《丛书集成初编》,中华书局1983年版。

《伍尔夫读书随笔》,[英]弗吉尼亚·伍尔夫撰,刘文荣译,文汇出版社2012年版。

《晚期资本主义的文化逻辑》,[美]弗雷德里克·詹姆逊撰,陈清侨等译,生活·读书·新知三联书店2003年版。

《伟大的传统》,[英]弗·雷·利维斯撰,袁伟译,生活·读书·新知三联书店2009年版。

《文艺理论译丛》第四辑,人民文学出版社1958年版。

《围城》,钱锺书撰,人民文学出版社1991年版。

《为什么读经典》,[意]伊塔洛·卡尔维诺撰,黄灿然、李桂蜜译,译林出版社2006年版。

《魏晋南北朝文论全编》,穆克宏、郭丹编,江苏教育出版学2004年版。

《文化理论与大众文化导论》,[英]约翰·斯道雷撰,常江译,北京大学出版社2010年版。

《王蒙活说红楼梦》,王蒙撰,作家出版社2005年版。

《纬书集成》,[日]安居香山等辑,上海古籍出版社1994年版。

《往事与随想》,[俄]赫尔岑撰,项星耀译,人民文学出版社1993年版。

《文心雕龙义证》,刘勰撰,詹锳义证,上海古籍出版社1989年版。

《文献通考》,马端临撰,中华书局1986年版。

《雾都孤儿》,[英]查尔斯·狄更斯撰,黄雨石译,人民文学出版社2008年版。

# X

《现代艺术的探险者》,叶廷芳撰,花城出版社1987年版。

《现代文明与人的困境——马尔库塞文集》,[德]赫伯特·马尔库塞撰,李小兵等译,上海三联书店1989年版。

《现代汉语词典》第5版,中国社会科学院语言研究所词典编辑室编,商务印书馆2008年版。

《形而上学》,[古希腊]亚里斯多德撰,吴寿彭译,商务印书馆2009年版。

《谢灵运集》,谢灵运撰,李运富编注,岳麓书社1999年版。

《先秦文学史》,聂石樵撰,中华书局2007年版。

《西方正典》,[美]哈洛·卜伦撰,高志仁译,(台北)立绪文化事业有限公司1998年版。

《西方历史上的100部禁书》,[美]尼古拉斯·J.卡罗里德斯、玛格丽特·鲍尔德、唐·B.索瓦编著,张秀琴、音正权译,中信出版社2006年版。

《西谛书话》,郑振铎撰,生活·读书·新知三联书店2005年版。

《西游记》,吴承恩著,人民文学出版社1980年版。

《新唐书》,欧阳修、宋祁撰,中华书局1975年版。

《消费文化与后现代主义》,[英]迈克·费瑟斯通撰,刘精明译,译林出版社2000年版。

《消费社会》,[法]鲍德里亚撰,刘成富、全志刚译,南京大学出版社2000年版。

《荀子集解》,王先谦集解,《诸子集成》,中华书局2006年版。

## Y

《阅读史》,[加]阿尔维托·曼古埃尔撰,吴昌杰译,商务印书馆2002年版。

《阅读文学经典》,周庆华、王万象、董恕明撰,(台北)五南图书出版公司2004年版。

《阅读是一种宗教》,曹文轩撰,安徽教育出版社2011年版。

《郁达夫全集》,郁达夫撰,浙江大学出版社2007年版。

《艺概》,刘熙载撰,上海古籍出版社1978年版。

《一苇集》,杭之撰,生活·读书·新知 三联书店1991年版。

《一生的读书计划》,[美]克里夫顿·费迪曼撰,花城出版社1981年版。

《于丹〈庄子〉心得》,于丹撰,中国民主法制出版社2007年版。

《育人三部曲》,[苏]B. A. 苏霍姆林斯基撰,毕淑芝等译,人民教育出版社1998年版。

《潏水集》,李复撰,《文津阁四库全书》,商务印书馆影印,2005年版。

《影响的焦虑》，[美]哈罗德·布鲁姆撰，江苏教育出版社2006年版。

## Z

《中国文学专史书目提要》，陈飞主编，大象出版社2004年版。

《中国文学史》，林传甲撰，武林谋新室1910年版。

《中国文学史》，张之纯撰，商务印书馆1915年版。

《中国文学史》，王梦曾撰，商务印书馆1914年版。

《中国近代教育史资料汇编》，璩鑫圭、唐良炎编，上海教育出版社2007年版。

《中国文学史》，曾毅撰，上海泰东图书局1915年版。

《中国文学进化史》，谭正璧撰，光明书局1929年版。

《中国文学史纲要》，贺凯撰，新兴文学研究会1933年版。

《中国文学史新编》，赵景深撰，北新书局1936年版。

《中国文学史讲话》，施慎之撰，世界书局1941年版。

《中国文学发展史》，刘大杰撰，中华书局1941年版。

《中国文化史通释》，余英时撰，生活·读书·新知三联书店2012年版。

《中国现代文学论集》，樊骏撰，人民文学出版社2006年版。

《中国哲学小史》，冯友兰撰，中国人民大学出版社2005年版。

《中国小说考证》，胡适撰，上海书店1979年版。

《中国现代文学期刊史论》，刘增人等撰，新华出版社2005

年版。

《中国印刷史》,张秀民撰,浙江古籍出版社2006年版。

《中国现代文学研究史》,黄修己、刘卫国撰,广东人民出版社2008年版。

《中国现代文学史》,夏志清、刘绍铭撰,复旦大学出版社2005年版。

《中国当代短篇小说经典》,李敬泽编选,春风文艺出版社2003年版。

《中国百年文学经典》,谢冕、孟繁华主编,海天出版社1996年版。

《中国现代文学经典1917—2000》,朱栋霖主编,北京大学出版社2007年版。

《中国当代文学经典》,王家新主编,春风文艺出版社2008年版。

《中国出版史料》,宋原放主编,山东教育出版社2001年版。

《周作人全集》,周作人撰,(台北)蓝灯文化事业股份有限公司1992年版。

《庄子注疏》,郭象注、成玄英疏,中华书局2011版。

《赵翼全集》,赵翼撰,凤凰出版社2009年版。

《这一代人的怕和爱》,刘小枫撰,华夏出版社。

《朱子语类》,黎靖德编,中华书局1986年版。

《哲学纲要》,李泽厚撰,北京大学出版社2011年版。

《子思子全书》,上海古籍出版社1990年版。

《郑振铎古典文学论文集》,郑振铎撰,上海古籍出版社1984年版。

《知识分子的背叛》,[法]朱利安·班达著,佘碧平译,上海人民出版社2006年版。

《知识分子论》,[美]爱德华·W.萨义德著,单德兴译,生活·读书·新知三联书店2013年版。

《纂修四库全书档案》,张书才主编,上海古籍出版社1997年版。

# 人名索引

## A

阿波里奈尔　26
阿德勒　6
阿尔维托·曼古埃尔　25　31　164　207
艾青　38　39　292
艾芜　39　248
爱德华·希尔斯　21　35　41　43　73　163　237
爱德华·W.萨义德　74　75
爱德蒙德·高斯　339
爱默生　139　147　299
爱因斯坦　17　89　202
安东尼奥·葛兰西　314　330
安妮·弗兰克　208

安徒生　302
奥·格列乌斯　4
奥登　150

## B

苏霍姆林斯基　301　303
巴尔扎克　355
巴金　13　35　38　39　125　232　248　290　291　293　354
巴乌斯托夫斯基　129　131
白居易　35　47　278　281　282
柏拉图　101　139　144　298
柏生　80
班固　1　218　284

邦奇-布鲁耶维奇　302

薄伽丘　208

保罗·德曼　12

保罗·洛特　6　262　312

鲍德里亚　316

鲍照　277　280　281

北岛　292

贝克特　149

毕加索　75

卞之琳　248

别济克　302

冰心　38　39　247　248　292

波德莱尔　26

伯夷　284

勃朗特　289

博尔赫斯（波赫士）　103　104　149

布莱希特　17　202

## C

蔡泽　284

曹操　140　196　197　242

曹靖华　80

曹文轩　100　348

曹雪芹　77　85　118　232

曹禺　13　35　38　39　232　290　293

曹植　280　281

岑参　281　282

曾纮　31

曾毅　283　284

查尔斯·狄更斯　50　139　208　212　289　354　356　357

查尔斯·里德　289

查尔斯·金斯利　289

查理·范多伦　5

陈独秀　39

陈铨　39

陈师道　281

陈叔宝　287

陈思和　295　296

陈旭东　240

陈映真　305

陈与义　281

陈子昂　279

储光羲　281

## D

戴望舒　38　292
单复　186
但丁　77　78　101　149　150　309
狄德罗　96
笛福　136
丁玲　38　39　204
东方朔　28　286
董乃斌　271
董恕明　16
董贤　116
董仲舒　116　217　218　219
窦警凡　270
杜甫　27　28　29　35　47　72　77　125　141　185　186　188　189　190　191　193　232　257　268　269　277　278　280　281　282　353　354
杜牧　35　280　281　282
杜卫·佛克马　73　102　200
德·萨德　26　31

## E

恩格斯　5　110　111　131　205　298

## F

弗·雷·利维斯　44　45　92　93　94　104　105　288　313　338　339
樊迟　119
樊骏　38
范成大　281
范传正　27
范仲淹　266
方彦寿　240
菲尔丁　92
废名　39
费振刚　273
丰子恺　292
冯梦龙　242
冯雪峰　38　204
冯友兰　21　35　224
冯至　39　190　191

193　292　293　294

弗吉尼亚·伍尔夫　194　195　196　300

弗莱　26

弗兰科　302

弗兰克·席柏莱　24

弗兰克·科尔穆德　185

弗雷德里克·詹姆逊　317

弗洛伊德　149　155

伏尔泰　96

伏生　218　219

福柯（傅柯）　8　107　108

福克斯　111

福楼拜　208

傅喜　116

傅晏　116

## G

伽达默尔　33　34　81　112　113　117　121　122　123　132　137　138　143　159

盖达尔　302

盖斯凯尔夫人　289

高尔基　302

高启　281

高适　35　281　282

高堂生　219

戈洛夫科　303

歌德　72　77　78　81　150　215　300

格里戈罗维奇　302

格林兄弟　302

龚胜　116

顾颉刚　119　169　170　171　307

顾况　278

顾一樵　248

管仲　142　284

郭沫若　13　38　39　204　232　290　292　293　295

郭象　64　126　127　175　176　177　178　179　180　181　182　183　184

郭正域　187

果戈理　356

## H

哈伯来　101

哈洛·卜伦　8　14　15　16
21　36　42　45　46　101
102　105　139　140　147
149　150　152　263　307

哈钦斯　6

海明威　17　202

海因里希·曼　17　202

海子　292

韩非　219

韩信　128　284

韩婴　220

韩愈　28　278　281　282

寒山　275　276　279

汉哀帝　116

汉高祖　220

汉惠帝　203　220

汉景帝　220

汉文帝　219　220

汉武帝　116　203　217　218
219　220　283　285

杭之　315　330　331　333
345

何梦桂　188

何其芳　292

何武　116

何晏　175

荷马　76　101

贺凯　285

贺知章　280

赫伯特·马尔库塞　156　314
342　343

赫尔岑　299　300

赫胥氏　229

黑格尔　89　350

亨利·金斯利　289

亨利·詹姆斯　45　93　94

洪子诚　10

呼韩邪单于　115

胡风　38　39

胡适　2　38　39　146　147
166　171　172　173　174
272　274　275　276　277
278　279　280　297　307
309

胡毋生　219

胡先骕　281　282

胡也频　204

胡应麟　242

胡宗愈　186　191

华兹华斯　26

黄帝　228

黄霖　274

黄曼君　10

黄人　272

黄仕忠　239

黄天骥　274

黄庭坚　281

黄修己　13　290　294　309

黄正甫　239

霍光　115

## J

嵇康　175　280

纪弦　292

季孙行父　116

季振淮　273

加尔申　302

贾捐之　116

贾平凹　291

贾谊　284　286

简·奥斯汀　44　45　93　104　105　298

蹇先艾　248

姜夔　244　245　281

蒋光慈　204

杰弗里·乔叟　26　208

杰克·伦敦　17　202　302

捷斯连科　302

金圣叹（金人瑞）　2　237　242

金庸　291　292

靳以　248

景差　284

敬隐渔　248

居罗利　7　32　33　82　83

隽不疑　115

## K

卡尔·凡·德兰　6

卡夫卡　77　149　150　151　152　153　155　156　157　158　165

卡塔耶夫　302

凯恩斯　26

康德　69

康熙皇帝　203　208

科罗连科　302

科内尔·韦斯特　8　312

科诺诺夫　302

科秋宾斯基　302

科斯莫杰米扬斯卡雅　302

克里夫顿·费迪曼　20　124
136　137　139　144　349
350

克罗德　84

孔颖达　168

孔子　2　52　77　116　119
120　160　166　167　170
174　188　216　217　219
220　222　223　224　225
230　264

库普林　302

奎·多·利维斯　339

## L

莱斯利·菲德勒　7

郎瑛　242

劳伦斯　93　208

老舍　13　35　38　39　232
248　269　290　291　293

老子　58　59　60　61　128
129　174　175

雷乃·威勒克　5

李敖　292

李白　26　27　28　29　31
32　35　47　72　77　91
125　141　142　143　183
184　211　230　232　257
268　269　277　278　280
281　282　353

李炳海　274

李复　186

李广田　248

李杭春　9

李贺　279　281

李健吾　39　248

李劼人　39

李金发　247　248

李敬泽　15

李璘　28　29　142

李颀　279

李商隐　35　281　282

李斯　284

李阳冰　29

李泽厚　158　224

李贽　203　242

梁惠王　54　174

梁启超　308　309

梁实秋　39　292

梁宗岱　248

列夫·托尔斯泰　6　77　84
93　99　302　355　356　357

列宁　4

林传甲　271

林非　79　80

林语堂　39　144　145　184
292　351

蔺相如　284

刘白羽　293

刘备　140　197　242

刘大白　248

刘大杰　285　286

刘基　281

刘龙田　239

刘卫国　290

刘熙载　184

刘向　218　286

刘象愚　3　6　10　11　262

刘小枫　129　130　131

刘孝标　126

刘勰　1　30　40　276

刘心武　259

刘歆　218

刘应袭　240

刘舆　127

刘禹锡　35　281

刘再复　76

刘增人　246　247

刘知几(刘子玄)　2　285

刘尊明　244　246

柳诒徵　282

柳永　244　245

柳宗元　35　281　282

卢梭　89　94　95　96　97
98　99　149

卢仝　275　278　280

庐隐　39　248

鲁迅　3　5　8　9　72　77
79　80　125　140　141　146
147　192　197　204　208
209　211　213　232　235
241　242　243　247　246
248　269　290　291　292
293　294　295　347　348
352　354

鲁仲连　91　142　284

陆机　30　32

383

陆游　281

路翎　39

路易·坎普　6　262　312

罗大经　29

罗贯中　241　242

罗兰·巴特　26

罗曼·罗兰　80

罗宗强　274

骆玉明　13

吕尚　142

## M

马丁　111

马骥　282

马克·吐温　205　208　299　302

马克思　5　8　17　41　76　82　117　155　202　205　214　262　274　298　306　330

马克斯·霍克海默　314　320　321　331　337　340

马克斯·布洛德　152

马克斯·韦伯　111　112

117　118　121　122　205

马里亚特　289

马明-西比里亚克　302

玛丽安娜·沃尔夫　298　299　303

迈克尔·海姆　328　329

迈克尔·泰纳　16　23　24　37　38　39　75　135　199

迈克·费瑟斯通　315　318

曼佐尼　75

毛泽东　191　193　213　214　292

茅盾　13　38　39　140　232　235　248　290　291　292　293　295

枚乘　286

枚皋　286

梅光迪　282

梅娘　39

梅尧臣　281

孟繁华　9　249　346

孟浩然　35　91　280　281　282

孟郊　278　241　242

孟棨　185

孟子 50 51 52 53 55 90 266

米哈伊尔·巴赫金 109 83

米歇尔德·蒙田 149 195 196 208

莫泊桑 357

莫里斯·海涅 26

莫砺锋 274

莫提默·艾德勒 5

莫言 236 237 295

木山英雄 13

穆旦 13 39 292 293 294 295

穆时英 39

## N

拿迪安·阿尔风斯·法兰高斯·迪·萨德 26 31

拿破仑 83

纳·达·塔马尔钦科 304

尼古拉斯·阿伯克龙比 321 322 323

倪宽 115

聂鲁达 75 149

聂石樵 167 274

聂珍钊 10

涅克拉索夫 302

## O

欧内斯特·范·登·哈格 334

欧阳修 2 28 31 168 185 186 244 245 281

## P

帕纳斯·米尔内 302

帕森斯 111

潘岳 30

裴敬 27

裴索 149

皮埃尔·布尔迪厄 63 324

朴宰雨 79

普鲁斯特 17 26 149 202

普希金 78 302

## Q

齐景公　224

契诃夫　302

钱伯斯　107

钱理群　9　290　293　294　295

钱穆　269

钱锺书　13　39　99　100　290　295

乾隆皇帝　203　208　209

乔哀思　149

乔赛　101

乔治·艾略特　45　93　104　289

秦观　244　245

秦牧　293

秦始皇　88　203　205　218　220

仇兆鳌　188

屈原　57　72　141　284　286　307　308　309　356

瞿秋白　39　248

## R

让·佛朗索瓦·利奥塔尔　70　71　108　158

任继愈　43

茹科夫斯基　302

阮大铖　281

阮籍　127　175　280　281

## S

萨克雷　289

萨特　77

塞万提斯　101

赛缪尔·约翰逊　22　23　78

三毛　292

沙汀　38

莎士比亚　6　16　26　77　78　79　101　124　139　144　147　148　150　298　357

商鞅　284

邵祖平　282

申培　219

沈从文　13　38　39　248

290　291　292　293　295

沈约　30　218

圣·佩甫　80

施虹　9

施耐庵　242

施闰章　187

施慎之　286

石显　116

叔孙侨如　116

叔孙通　218

舒婷　292

舜　51　141　160　181　228

司各特　289

司马迁　174　216　283　284　285　351　353

司马相如　283　284　285　286　287　288

司马越　127

思悦　31

斯宾塞　26

斯坦纽科维奇　302

宋敏求　29

宋祁　186

宋仁宗　266

宋玉　284　286

宋真宗　266

苏格拉底　139

苏秦　219　284

苏轼　28　29　31　65　66　68　184　244　281　282

苏辙　29　31

孙伏园　248

孙静　274

孙犁　39

孙月峰　240

## T

塔吉雅娜·维涅蒂克多娃　304

谭正璧　285

汤姆·莱恩达尔　82　312

唐太宗　210

唐弢　290

唐玄宗　27　142　191　265

陶东风　10

陶渊明　29　30　31　32　35　64　65　66　67　68　90　184　198　257　276　280　281　282

特罗洛普　289

田单  284

田汉  39  204

田汝成  242

田生  219

童庆炳  10  11

涂秀红  240

屠格涅夫  165  302

托马斯·斯特尔那斯·艾略特  22  25  44  71  72  77  78

托马斯·哈代  208  352  355  356

托马斯·潘恩  206

陀思妥耶夫斯基  78  165  356

## W

瓦尔特·本雅明  156  333  335

汪曾祺  39

王安石  28  266  281

王褒  286

王弼  63

王勃  35

王昌会  184

王昌龄  35

王梵志  275  276  279  280

王家新  9

王敬乔  240

王昆仑  85

王蒙  145  146  291  293

王梦曾  272  283  284

王宁  10

王彭  242

王溥  29

王圻  242

王起  273

王任叔  248

王统照  39  247  248

王万象  16

王维  35  280  281  282

王希礼  80

王锡荣  79

王一川  250  290  294  316

王以仁  248

王兆鹏  34  244  246

威尔基·柯林斯  289

威尔斯  17  202

威廉·布莱克  26  31  35

韦勒克·沃伦  164

韦应物　281

维尔塞里斯夫人　95

维特根斯坦　69

魏颢　27

魏万　29

魏巍　293

闻一多　38　292

沃尔特·惠特曼　207　208　299

无名氏　39

毋将隆　116

吾丘寿王　286

吴承恩　242　243

吴尔芙　149

吴敬梓　232

吴炯　187

吴宓　39　282

吴乔　188

吴伟业　282

吴文英　244

吴秀明　9　16

吴瞻泰　187

伍胥　284

武松　140

## X

西奥多·阿多尔诺　314　321　337　339　340　341

希拉·狄兰妮　6　262　312

奚斯　2

袭人　85　86

夏侯湛　28

夏洛蒂·永格　289

夏衍　38　39

夏志清　290

先克维奇　302

向秀　175

肖特豪斯　289

萧涤非　273

萧纲　287

萧红　38　39　295

萧军　39

萧乾　248

萧士赟　29

萧统　30　32

萧望之　115

萧绎　287

萧子显　30

389

谢安　142

谢灵运　30　32　82　183　276　281　282

谢冕　9　15

谢朓　281

辛弃疾　244

熊冲宇　239

熊佛西　248

熊龙峰　240

休斯顿·贝克尔　7

徐继曾　96

徐讦　39

徐玉诺　248

徐志摩　38　39　247　248　292

许地山　38　247　248　292

许杰　248

荀子　284

## Y

亚里士多德　89

亚努什·科尔恰克　302

严家炎　290

严助　286

阎景娟　10

颜延之　276

晏婴　284

扬雄　30　284　285

阳休之　30　31

杨美生　239

杨齐贤　29

杨起元　239

杨朔　293

杨兴　116

尧　51　141　160　228　353

叶尔绍夫　302

叶圣陶　38　39　247　248

伊塔洛·卡尔维诺　15　17　103　122　134　158　165

蚁布思　200

雍正皇帝　88　208　209

游国恩　273

游敬泉　240

于丹　252　253　254　255　256　259

余秋雨　292

余象斗　239

余英时　265

俞为民　240

虞集　282

雨果  77  83  84  302  356

庾肩吾  227  287

庾信  281

庾敳  126  127  128  129

郁达夫  38  39  98  99  204  291  292

元好问  281  282

元结  278

元稹  278  281  282

袁行霈  13  274  286  287

袁宏道  184

袁世凯  204

辕固  219

约翰·杰洛瑞  11  12  103  123  263

约翰·弥尔顿  14  26  298

约翰·斯道雷  313

约翰·斯坦贝克  17  202  206

约翰·杜威  110  111  113  123

约瑟夫·康拉德  93

乐史  29

乐毅  284

## Z

詹姆斯·乔伊斯  208

张爱玲  13  36  38  39  290  291  294  295

张敞  115

张承志  295

张衡  284

张籍  275  278

张良  142

张汝伦  316

张若虚  287

张汤  115

张天翼  38  39  204  248

张同道  290

张炜  295

张闻天  248

张秀民  238

张仪  219  284

张载  266

张之纯  272  283  284

张资平  204

张子侨  286

章培恒  13

章太炎　171　282

赵次公　29

赵景深　285

赵蕤　27

赵树理　38　39

赵玄　116

赵翼　115

郑少垣　239

郑振铎　170　188　189　190　192　193　240　242　243　248　279

郑子尹　282

钟嵘　30　32　64

周邦彦　244

周公　2

周庆华　16

周瘦鹃　288

周文　39

周扬　39

周作人　2　38　39　98　119　140　173　174　247　248　292

朱博　116

朱栋霖　9

朱光潜　279

朱利安·班达　74　356　357

朱买臣　286

朱熹　167　168　224

朱湘　248

朱自清　3　38　247　248　292

诸葛亮　140　142

庄葱奇　286

庄子　47　60　61　63　64　65　77　90　92　126　127　128　160　174　176　177　178　179　181　183　184　219　226　227　228　229　230　253　254　255　256　356

左拉　17　202

左思　30

# 作 品 索 引

## A

《阿Q正传》 80 140
《哀江头》 187
《哀王孙》 187
《爱弥儿》 94 95
《安查尔树》 302
《安娜·卡列尼娜》 84 93
《安妮日记》 208
《傲慢与偏见》 298
《奥德赛》 165
《奥列格·科舍沃伊的童年》 302

## B

《巴黎圣母院》 83
《巴黎杂志》 208
《白话文学史》 174 272 274 275 276 277 278 279 280
《白毛女》 213
《百年孤独》 347
《百年中国文学经典》 9 15
《板》 231
《包法利夫人》 208
《保姆》 302
《悲惨世界》 83 84
《悲陈陶》 187
《北户录》 239

393

《北京晚报》 347

《北山移文》 279

《北征》 187

《贝贝》 302

《邶风·新台》 231

《被抛弃的人》 302

《本事诗》 185 186

《变色龙》 302

《冰天雪地里过冬的地方》 302

《兵车行》 354

《病后杂谈之余》 204 209

《卜居》 308

《不能承受的生命之轻》 347

## C

《财主和小便帽》 302

《采芑》 231

《蔡宽夫诗话》 186

《草堂集》 29

《草叶集》 207 208 212 299

《插图本中国文学史》 190 192

《查泰莱夫人的情人》 208

《忏悔录》 94 95 96 98 99 100

《常武》 231

《沉沦》 98 99 100

《陈风·株林》 231

《陈锡九》 162

《晨报副镌》 2 308

《成都草堂诗碑序》 186

《城堡》 151 152 153 155 157

《重刊元本题评音释西厢记》 240

《重校北西厢记》 240

《丑小鸭》 302

《出版法》 204

《楚辞》 280 207

《楚汉春秋》 284

《春》 354

《春江花月夜》 287

《春秋》 1 115 116 187 216 217 219 265 269 353

《春秋纬·演孔图》 220

《词选》（胡适） 279

《辞海》 106

《从斤竹涧越岭溪行》 183

《醋栗》 302

## D

《达庄论》 175

《打开经典》 7

《大鲁迅全集》 80

《大明》 231

《大鹏赋》 27

《大人赋》 285

《大学》 266

《大众文化》 334

《大众文化导论》 250

《大众文明与少数人文化》 313 338

《大宗师注》 179 183

《代表人物》 139

《单向度的人》 314 342

《荡》 231

《荡妇秋思赋》 279

《盗跖》 174

《道路忆山中》 182

《德伯家的苔丝》 355 357

《灯下闲谈》 238

《地下的孩子》 302

《第二十二条军规》 202

《钓矶立谈》 239

《鼎镌陈眉公先生批评西厢记》 240

《鼎镌西厢记》 240

《东京梦华录》 242

《东周列国志》 241

《冬日的傍晚》 302

《冬狩行》 187

《洞房》 187

《独眼巨人洞历险记》 302

《读楚辞》 307

《读第六才子书西厢记法》 237

《读杜诗愚得自序》 186

《读杜随笔跋》 187

《读毛诗序》 170

《读书的自由与限制》 300

《读书杂志》 307

《读〈欲海回狂〉》 2

《读张籍古乐府》 47

《杜工部草堂记》 29

《杜诗提要·评杜诗略例》

187
《杜诗详注序》 188
《多嘴的傻猎人》 302

### E

《俄国戏剧剧本全集》 299
《恶魔》 165
《饿鬼》 162
《20世纪中国古代文学研究史》 274
《二十世纪中国文学大师文库》 291
《20世纪中国文学经典文本》 9 16

### F

《法国上演剧目大全》 299
《费加罗的婚礼》 299
《分类补注李太白集》 29
《愤怒的葡萄》 202 206
《风筝》 348
《封禅书》 285
《佛教的翻译文学》 279

《佛经》 2
《鹏鸟赋》 286
《父与子》 165
《负薪对》 209

### G

《钢铁是怎样炼成的》 130 347
《高加索的囚徒》 302
《高唐赋》 283
《革命文艺的优秀样板》 213
《格里采夫的学校生活》 302
《葛覃》 173
《葛温德琳·哈雷斯》 93
《根泽利和格列捷利》 302
《公刘》 231
《公民们的感想》 96
《公孙九娘》 162
《公孙夏》 162
《共产党宣言》 298
《古代文学作品选》 125
《古典文学研究资料汇编·红楼梦卷》 146
《古风》 91 142

《古兰经》 5

《古诗十九首》 279

《古史辨》 170 173

《古文辞类纂》 244

《关雎》 167 168 169 172 173

《关于知识阶级》 352

《归去来辞》 31 279

《规范》 32

《鬼津》 161

《鬼哭》 162

《国家图书馆藏西厢记善本丛刊》 239

《国语》 284

《国语文学史》 272

## H

《哈克贝利·费恩历险记》 202 208 299

《哈姆雷特》 144 194 298 300

《海港》 213

《韩方》 162

《韩非子》 149

《汉书》 252 269 280

《汉书·百官公卿表》 218

《汉书·董仲舒传》 217

《汉书·贾捐之传》 116

《汉书·隽不疑传》 115

《汉书·倪宽传》 115

《汉书·儒林列传》 1

《汉书·毋将隆传》 116

《汉书·萧望之传》 116

《汉书·张敞传》 115

《汉书·张汤传》 115

《汉书·朱博传》 115

《汉书·艺文志》 174 287

《翰林学士李白墓碑》 27

《好色赋》 283

《荷马史诗》 76

《恨别》 187

《红灯记》 213

《红高粱》 237

《红楼梦》 16 17 36 72 85 86 87 88 118 136 140 145 146 158 192 203 206 232 240 243 251 259 347

《〈红楼梦〉的存在论阅读》

76
《红楼梦人物论》 85
《红楼评梦》 145
《红色娘子军》 213
《红手帕》 303
《虹》 292
《后现代状态》 70
《胡无人》 211 212
《画继》 238
《淮南子》 174
《荒凉山庄》 354
《皇帝的新装》 302
《皇矣》 231
《黄九郎》 162
《黄氏补千家集注杜工部诗史》 29
《挥麈录》 238

## J

《鸡鸣》 172
《基什的故事》 302
《集注李白诗》 29
《加夫罗什》 302
《家》 354

《建阳刻书史》 240
《江汉》 231
《江雁草序》 187
《〈绛花洞主〉小引》 146 192
《教育部公布师范学校规程》 273
《教育部公布中学校令施行规则》 272
《节南山》 231
《劫中得书记》 240
《金瓶梅》 243
《金蔷薇》 129 130
《晋书》 126
《晋书·庾峻传》 126
《晋书·庾敳传》 126
《晋书·阮籍传》 175
《晋阳秋》 126
《京报副刊》 80
《京报副刊·民众文艺》 80
《经典 经典性与关于"经典"的论争》 10
《经典常谈》 3
《经典化、非经典化与经典的重构》 10

《经验之歌》 26
《景德传灯录》 43
《九歌》 308
《九章》 141 307 308
《旧约全书》 166
《剧谈录》 238

**K**

《坎特伯雷日记》 208
《考弊司》 162
《考城隍》 162
《柯泽塔》 302
《刻杜工部诗序》 187
《孔子再评价》 225

**L**

《懒惰的甘斯》 302
《老子》 48 58 59 60 63 72 77 128 129 149 232 269
《离骚》 141 184 307 308 353
《礼记》 266

《李伯言》 162
《李尔王》 194 301
《李翰林别集》 29
《李翰林集》 29
《李翰林集序》 27
《李太白碑阴记》 28
《李太白文集》 29 211
《李卓吾先生批评北西厢记》 240
《理想国》 298
《理性时代》 206
《历朝文学史》 270
《连琐》 162
《椋鸟》 302
《聊斋志异》 161
《列宁的故事》 302
《列宁和孩子们》 302
《林四娘》 162
《刘全》 162
《留别王司马嵩》 142
《留花门》 187
《六月》 231
《鲁滨逊漂流记》 136
《鲁公女》 162
《鲁迅的"世界人"概念和世界

399

的"人"概念》 80
《鲁迅——第一位走向世界的中国作家》 80
《陆判》 162
《潞令》 162
《论传统》 35 41
《论人类不平等的起源和基础》 94 96 97 149
《论语》 48 72 77 119 149 160 223 252 259 266 280
《论语·季氏》 216
《论语·泰伯》 216 225
《论语·学而》 225
《论语·颜渊》 119
《论语·阳货》 225
《论语小记》 119
《罗曼·罗兰评鲁迅》 80
《吕无病》 162

## M

《马克西姆卡》 302
《马蹄注》 176
《马扎伊爷爷和兔子》 302

《买〈小学大全〉记》 208
《漫步遐思录》 98
《毛诗序》 168
《毛诗正义》 168
《茅亭客话》 239
《梅女》 162
《蒙田随笔》 195 208
《孟子》 48 51 53 57 149 217 266 280
《迷醉与遐想》 96
《绵》 231
《渑水燕谈录》 239
《民劳》 231
《明代建阳书坊刊刻戏曲知见录》 240
《明代南京书坊刊刻戏曲考述》 240
《墨子》 149

## N

《男孩子》 302
《南齐书·文学传论》 30
《南苑看人还》 287
《廿二史劄记·汉时以经义断

事》 115
《聂小倩》 162
《牛津选集》 267
《牛虻》 130
《牛虻和他的父亲、情人和她的情人》 130
《农民的孩子》 302
《努力周报》 307
《诺顿选集》 267

## P

《帕尔马的孩子》 302
《喷水》 161
《朋党论》 88
《批点杜工部七言诗序》 187
《皮利普科》 303
《琵琶记》 239 240 241
《评金亚瓠秋蟋吟馆诗》 281

## Q

《七发》 286
《齐风·南山》 231
《齐物论注》 183

《奇袭白虎团》 213
《歧异》 70
《铅笔》 30
《前后〈出塞〉》 187
《巧娘》 162
《巧言》 231
《且介亭杂文》 204
《箧中集》 239
《钦定高等学堂章程》 270
《钦定京师大学堂章程》 270
《丘克和盖克》 302
《秋》 354
《秋水》 176
《秋水注》 176
《秋兴》 187
《囚徒》 302
《屈原研究》 308
《胠箧》 174
《曲洧旧闻》 239
《权威与社会改变的对抗》 110
《全像牛郎织女传》 239
《却扫编》 239

401

## R

《人的问题》 110
《人民日报》 213
《如果我返老还童》 302
《如何阅读一本书》 5
《儒林外史》 232

## S

《萨尔坦王的故事》 302
《塞上曲》 211
《三朝元老》 162
《三个幸运儿》 302
《三国演义》 14 140 196 232 233 240 241 243 251 347
《三经新义》 266
《三生》 162
《桑柔》 231
《沙家浜》 213
《鲨鱼》 302
《山木注》 176
《山水》 294
《山中答俗人》 91
《上林赋》 283 285 286 287
《尚书》 1 2 48 115 205 216 218 219 264 265 269
《少年维特的烦恼》 300
《少先队英雄的故事》 302
《社会契约论》 94 96 149
《社会新闻》 204
《申报》 204
《什么是经典作品》 21 71
《神曲》 309
《审判》 152 153
《生民》 231
《圣经》 4 5 7 114
《尸变》 161
《失乐园》 298
《诗病五事》 29
《诗话类编》 184
《诗集传》 172
《〈诗经〉在春秋战国间的地位》 169
《诗经》 1 2 3 47 48 125 166 167 168 169

170　171　172　173　174
205　207　216　219　220
231　264　265　269　279
280　307　309

《诗经·国风》 172　173
231

《诗品》 30　32

《诗史浅论》 190　193

《十日谈》 208

《十三经》 48

《十四行集》 294

《十月之交》 231

《时间的检验》 23　37　75

《史记》 52　252　269　280
283　284　285

《史记·孔子世家》 216
217

《史记·老子韩非列传》 174

《史记·秦始皇本纪》 218

《史记·屈原贾生列传》 307

《史通·叙事》 2

《世说新语·文学》 126

《试论经典的永恒性》 10

《试说科举在中国史上的功能与意义》 265

《释名》 238

《收京有感》 187

《书靖节先生集后》 31

《述异录》 239

《双城记》 354

《水浒传》 17　36　140
196　203　206　232　239
240　242　347

《睡女皇》 302

《说唐》 241

《说文解字》 3

《说苑·至公》 218

《司文郎》 162

《死皇后的故事》 302

《四部丛刊续编》 209

《四家诗选》 28

《四库全书》 203　204　208
209　211　212

《四库全书总目》 204

《嵩山文集》 209　211

《宋书》 30

《宋书·谢灵运传论》 30

《宋书·百官志》 218

《隋唐演义》 241

《岁晏行》 354

403

## T

《他们在学校如何教作文……》 304
《谈谈诗经》 2 173
《汤海若先生批评西厢记》 240
《汤姆·莎耶历险记》 302
《汤姆·琼斯》 92
《汤姆大叔的小屋》 202
《汤姆历险记》 136
《唐类诗》 29
《唐三藏西游释厄转》 239
《唐诗排行榜》 34
《唐宋词的定量分析》 244
《唐左拾遗翰林学士李公新墓碑》 27
《逃亡》 302
《逃亡者》 302
《陶渊明集序》 30
《替诗的音律辩护——读胡适的〈白话文学史〉后的意见》 279
《天道注》 181
《天地》 65 177
《天方夜谭》 208
《天问》 308
《天真之歌》 26
《田子成》 162
《苕溪渔隐丛话前集·韩吏部下》 186
《调张籍》 28
《跳跃》 302
《铁木儿和他的伙伴们》 302
《图画见闻志》 238
《团队之子》 303
《驼背小马》 302

## W

《瓦尔登湖》 347
《外国文学研究》 9
《万卡》 302
《王大》 162
《王梵志诗》 276
《王六郎》 162
《王蒙活说红楼梦》 145
《王十》 162
《为什么读经典》 15 17

122　134　165

《围城》　99　100　290

《围炉诗话》　188

《伟大的传统》　44　105

《伪自由书》　204

《魏风·伐檀》　231

《魏风·硕鼠》　231

《魏晋南北朝文学》　287

《文化理论与大众文化导论》
313

《文化资本》　11　12　263

《文献通考·职官考九》　218

《文心雕龙》　30

《文心雕龙·原道》　2

《选本》　243

《文选》　30　32　244

《文学大师重排座次》　290

《文学的政治》　6　262　312

《文学经典：阅读、阐释和价值
发现》　10

《文学经典的建构、解构和重
构》　9　10

《文学经典化问题研究》　10

《文学经典建构诸因素及其关
系》　10　11

《文学经典与文化权力》　10

《文学评论》　9　10　190

《文学研究》　279

《文学研究与文化参与》　200

《文艺报》　10　18　79

《文艺研究》　9

《文渊阁记》　203

《我的读书经验》　21

《无尽藏斋诗话》　281

《无名的裘德》　208　355

《五秋月》　162

《伍子胥》　294

《雾都孤儿》　208　212　354


**X**

《夕出通波阁下观妓》　287

《西方历史上100部禁书》
206　208

《西方世界经典著作》　6

《西方正典》　15　16　46
101　149　152

《西汉演义》　241

《西厢记》　203　237　239
240　241

《西游记》 140 146 147 161 192 196 232 240 242 243 251 347

《西游记考证》 146

《惜抱轩全集》 244

《席方平》 162

《洗兵马》 187

《先秦文学史》 167

《闲情赋》 30 279

《现代汉语词典》 15 106

《现代文学作品选》 125

《湘山野录》 238

《巷伯》 231

《橡胶孩子》 302

《消费文化与后现代主义》 315 318

《小白花顶》 302

《小不点儿》 302

《小灰脖》 302

《小旻》 231

《小鸟》 302

《小说与广大读者》 339

《小说月报》 140 247 248

《小松树》 302

《小谢》 162

《小学生》 302

《孝经》 49

《新刊全像评释北西厢记》 240

《新刻笔峒先生批点西厢记》 240

《新刻魏仲雪先生批点西厢记》 240

《新刻徐文长公订西厢记》 240

《新列国志》 243

《新民声》 2

《新世纪:文学经典的终结》 249

《新唐书》 186

《新唐书·宦者列传》 353

《新唐书·杜甫传》 186

《信号》 302

《续黄粱》 162

《续世说》 238

《续幽怪录》 239

《学衡》 281 282

《荀子·荣辱》 264

## Y

《雅科夫叔叔》 302
《严寒》 302
《阎罗蕆》 162
《演讲集》 299
《养子》 302
《野狗》 162
《野有蔓草》 172
《野有死麕》 173
《叶夫西卡的遭遇》 302
《叶生》 162
《一个俄国文学研究者对于〈呐喊〉的观察》 80
《一生的读书计划》 349 350
《一只雌鹌鹑》 302
《伊利的童年》 302
《艺概》 184
《艺术百家》 240
《驿站长》 302
《意赋》 127 128
《饮中八仙歌》 27
《隐藏的财富》 253
《鄘风·墙有茨》 231
《鄘风·相鼠》 231
《永嘉林霁山诗序》 188
《永乐大典》 243
《咏舞》 287
《幽人箴》 128 129
《尤利西斯》 208 347
《酉阳杂俎》 268
《于丹〈庄子〉心得》 252 256
《于丹〈论语〉心得》 259
《于南山往北山经湖中瞻眺》 183
《于去恶》 162
《渔父》 174 308
《与侯谟秀才》 186
《与乐秀才第一书》 2
《雨无正》 231
《玉树后庭花》 287
《欲海回狂》 2
《元本出相北西厢记》 239
《远大前程》 354
《远方的国家》 302
《远游》 308
《约翰·德莱顿》 25

407

《阅读史》 25 205 207
《阅读文学经典》 16
《乐经》 1 216 219 220 264 265
《乐师杨科》 302

# Z

《在法的门前》 157
《在延安文艺座谈会上的讲话》 193 309
《早晨》 302
《赠孟浩然》 91
《瞻卬》 231
《战国策》 280 284
《战争与和平》 299
《长门赋》 286
《招魂》 308
《昭明太子集》 244
《哲人歌德》 77
《这一代人的怕和爱》 129
《真理与方法》 112
《正月》 231
《郑风》 172
《知识分子论》 74

《知识分子之背叛》 74
《志林》 242
《智取威虎山》 213
《中国比较文学》 10
《中国当代的"文学经典"问题》 10
《中国当代短篇小说经典》 15
《中国当代文学经典》 9
《中国教育报》 10
《中国文学发展史》 285
《中国文学进化史》 285
《中国文学史》（北京大学中文系文学专门化1955级集体） 273
《中国文学史》（曾毅） 283
《中国文学史》（复旦大学中文系古典文学组集体） 273
《中国文学史》（黄人） 272
《中国文学史》（林传甲）271
《中国文学史》（钱理群） 293
《中国文学史》[日本] 271
《中国文学史》（王梦曾） 272 283
《中国文学史》（游国恩等） 273

《中国文学史》(袁行霈等) 274 286
《中国文学史》(张之纯) 272 283
《中国文学史》(中国社会科学院文学研究所) 273
《中国文学史的分期问题》 279
《中国文学史纲要》 285
《中国文学史讲话》 286
《中国文学史新编》 285
《中国现代文学简史》 290
《中国现代文学经典 1917—2000》 9
《中国现代文学期刊史论》 247
《中国现代文学三十年》 290
《中国现代文学史》 290
《中国现代文学史简编》 290
《〈中国现代文学研究丛刊〉十年(1979—1989)》 38
《〈中国现代文学研究丛刊〉：又一个十年(1989—1999)》 39
《中国现代文学研究史》 290

《中国现代小说流变史》 290
《中国现代小说史》 290
《中国小说的历史变迁》 147 192
《中国小说史略》 241
《中国新文学整体观》 295
《中国印刷史》 238
《中庸》 266
《周礼》 1 49 216 219 264 265 266
《周易》 1 2 48 144 146 216 218 219 265 269
《诸将》 187
《硃订西厢记》 240
《祝福》 140
《祝翁》 162
《庄子》 48 72 77 90 126 127 128 129 149 160 174 175 176 180 182 183 184 216 226 230 232 252 253 254 269 280
《庄子·大宗师》 226
《庄子·庚桑楚》 254

《庄子·马蹄》 176 177 229
《庄子·骈拇》 179 227
《庄子·天运》 216
《庄子·逍遥游》 63 90
《庄子·知北游》 61 183 226
《庄子注》 175 176 182 183 184
《追忆似水年华》 347
《准风月谈·前记》 211

《卓娅和舒拉的故事》 302
《资本论》 117
《子虚赋》 283 285 286 287
《自京赴奉先县咏怀五百字》 354
《自由谈》 204
《奏定大学堂章程》 270
《罪与罚》 299
《左传》 280 284

# 后　记

专业是中国古代文学研究,我却跳到界外,写了一本理论书,这不能不让朋友们感到突兀与诧异。因此,此篇后记不能不写,交待我撰写此书的目的和动机。而这,或许还可以帮助读者更真切地了解这本书。

2003年至今,我已经有了十余年图书馆的馆龄。过去,我作为一名人文学者,自然是离不开书的,但读书仅仅是个人的事情。做了馆员,不仅与书结下更深的缘分,而且领会到读书对于个人和社会的重要,深切感受到倡导读书之于图书馆员的责任。因此,利用国家图书馆和中国图书馆学会这个平台,组织了一些推动阅读的活动。随着这些活动的深入,我逐渐看到了一些关于读书更深层次的问题,即大众文化的流行,不仅令文化变成了供人消费的商品,而且也使读书退化为单纯的消遣娱乐,读者正在远离数千年累积下来的人类优秀文化遗产——经典,经典已然被边缘化。而这委实是一个不祥的兆头。所以,我们不单是要推动阅读,使这个世界多几个读书人;而且还要提倡读经典,这个社会不仅有轻飘飘的阅读,更应该多些有深度、有厚重感的读书。然而,进入"经典"这个话题,我发现自己进入到一个很深的陷阱。原来,围绕经典,自上个世纪以来,竟有一场硝烟弥漫的文化战争。原来,很久很久以来,就有学者在解构经典了。所以,提倡读经典,必须从头说起什么是经典,经典是如何形成的,然后才会解释清楚,人们为什么要读经典。

即使从文学学科的角度来考虑,研究经典也有其必要性。文学学科中,自上个世纪初以来,最为重要的课程设置就是文学史:中国古代文学史、现当代文学史、外国文学史。一百多年过去了,文学史的模式没有太大的改变,主要以介绍作家作品为主。但是,哪些作家、作品可以进史,或者不能进史?并没有什么理论依据,基本上依靠经验和事实。而这,应该说是不严谨的。其实,文学史遴选作家、作品,至少有两个条件,或曰编选者的考虑:其一,是作为一个时期文学的代表,即一种文体、一个流派、一种文学现象的样品,选入文学史;其二,即是作为优秀的文化遗产——经典,在文学史中给予介绍。如果选择经典进入文学史,就必然涉及到何为经典的问题。

这里,我还要坦露此书写作过程中的心曲,那就是随着温习经典越来越多以及写作的深入,在沉着坚定地以仁义、民本思想救世的孔孟面前,在愤世嫉俗地以自然无为救人的庄子面前,在奋起抗争黑暗、高呼"救救孩子"的鲁迅面前,在柏拉图、莎士比亚、托尔斯泰等"西哲"面前,我强烈地感受到对当今学者文士、包括我自己甚深的失望。缺乏思想和信仰,没有悲天悯人的情怀,斤斤计较于一己之利,我们于世已经变得可有可无。

文章千古事,得失寸心知。我于2010、2011年读书准备,理清思路,2012、2013两年撰写完书稿,2014年继续修改,前后用了五年时间。不过,我知道,这部书稿虽然自己作了努力,框架结构和基本观点已经粗具,然而由于未能结合经典的具体文本展开论述,所以其内容尚不饱满。同是讨论经典,此书缺少哈罗德·布鲁姆

《西方正典》对于一部部经典详尽的分析，更没有他面对论敌咄咄逼人的气势和嚣张的气焰。但那需要的是饱读诗书的底气！

后记不能不写，还有另外的原因，即此书在撰写过程中，得到了许多人的支持，必须致谢。首先要感谢国家图书馆馆办公室、立法与决策服务部、外文采编部、典阅部的同事们。尤其要感谢办公室的于良杰、朱亮、景申、李楠、张喆等年轻的朋友，为我查书、复制资料付出了很多繁琐的劳动；感谢外文采编部主任顾犇先生，帮助我翻译书的内容提要和目录以及外文资料。感谢国家社科基金的中国文学学科评委对于此书的肯定，使其忝列国家社会科学成果文库。感谢人民文学出版社的管士光社长、周绚隆副总编和杨华编辑为此书出版所做的工作。感谢我的博士研究生杜文婕为此书编制的人名索引和作品索引，感谢博士后崔瑞萍、袁媛和博士生徐爽核对引文和校对样稿。此书部分章节，陆续揭表于《文艺研究》《文学评论》《复旦学报》《文学遗产》《河北学刊》《南国学术》《澳门理工学报》等刊，感谢刊物主编和编辑给予的支持。

我于2014年1月26日卸任国家图书馆领导职务，进入隐居的状态。在卸职会上，我口占《致仕》一诗云："脱却章服换布衣，桑榆告老正相宜。京南春甸应遛狗，城北秋郊好斗鸡。冷暖人生多进酒，是非文坛少弄奇。自今老叟逍遥日，勤向窗前拜六籍。"然而，生活中实在无缘有遛狗、斗鸡的闲逸，每日里沉浸于读书、写书或讲书中，却也从中获得到了由优孟衣冠生活到找回真实自我的欢欣。尤其是阅读经典，思接千载，视通万里，不时体会到心胸扩大的舒畅。因此，我这里更应该感谢的是先贤为我们所备下的精神圣餐——经典。

2015年1月22日于国家图书馆办公楼617室